Spanish Stories
of the Romantic Era

Cuentos españoles
del Romanticismo

A Dual-Language Book

Edited and Translated by
STANLEY APPELBAUM

D0916111

DOVER PUBLICATIONS, INC.
Mineola, New York

Copyright

Bibliographical Note

This Dover edition, first published in 2006, contains the complete Spanish texts of twelve stories, reprinted from standard editions (see the Introduction for details on the first publications, etc.), together with new English translations by Stanley Appelbaum, who also made the selection and wrote the Introduction and footnotes.

Library of Congress Cataloging-in-Publication Data

Spanish stories of the Romantic era = Cuentos españoles del romanticismo : dual-language book / edited and translated by Stanley Appelbaum.
p. cm.
Contents: The souls in purgatory ; Lady Luck and Mr. Money ; Soldier John / Fernán Caballero—The inn, or, Spain in Madrid / Ramón de Mesonero Romanos—A story of two slaps / Juan Eugenio Hartzenbusch—Marrying in haste ; The old Castilian ; Christmas Eve, 1836 / Mariano José de Larra—Nightful in San Antonio de la Florida / Enrique Gil y Carrasco—The green eyes ; Master Pérez, the organist ; Three calendar dates / Gustavo Adolfo Bécquer.
ISBN 0-486-44715-4 (pbk.)
1. Short stories, Spanish—Translations into English. 2. Short stories, Spanish. 3. Spanish fiction—19th century—Translations into English. 4. Spanish fiction—19th century. I. Title: Cuentos españoles del romanticismo. II. Appelbaum, Stanley.
PQ6267.E8S73 2006
863'.010805—dc22

2005054789

Manufactured in the United States of America
Dover Publications, Inc., 31 East 2nd Street, Mineola, N.Y. 11501

INTRODUCTION

The Romantic Era in Spain

Spanish Romantic literature shared many basic features with that of other European countries: an emotional exaltation of the self; a preference for instinct over reason, and inspiration over rules; idealism and mysticism; a love of the wilder aspects of nature, the eccentric, the exotic, and the morbid; a partiality for the (imperfectly understood) Middle Ages as an era of heroism and pageantry; and a renewed appreciation of national folkways, including legends and other lore, as well as naïve piety, and entailing a greater emphasis on regionalism. A writer's approach might be somber and self-important, but there was also much humor, either hearty or sarcastic.

Political conservatives celebrated the elements that they saw as being particularly grandiose in Spain's past, especially the Golden Age of the sixteenth and seventeenth centuries. Liberals worshipped freedom and dreamed of utopias which were then more closely defined, with preciser goals, by the militant socialists toward the end of the nineteenth century.

Naturally, not every writer of the time was a Romantic, nor could any one Romantic subscribe to each and every Romantic tenet. Indeed, certain writers who are thoroughly identified with Romanticism lampooned elements of the movement which they found excessive, their barbs being aimed chiefly at hangers-on and overeager followers of trends; there are a few examples of such criticism in the stories anthologized here.

Romanticism began to flourish in Spain much later than in England, Germany, or even France. Its inception is usually dated to 1814, when the German Hispanist Johann Niklaus Böhl von Faber (1770–1836), by then resident in Cádiz, introduced to Spain the great German Romantics' revaluation of Spanish Golden Age literature and rehabilitated the romancero (the corpus of Spanish medieval and

Renaissance narrative ballads) and such dramatists as Lope de Vega and Calderón. In the following years, Romanticism spread, but still under great duress.

The pan-European post-Napoleonic reaction was championed in Spain by King Fernando VII, who for most of his reign (except for a brief period, 1820–1823, when he had some degree of liberalism imposed upon him, and for his last couple of years, when he partially gave up the struggle) enforced a rigid censorship and drove many of the most eminent writers into exile. By 1832 there was much greater freedom of the press, and the exiles, who had profited greatly by their experiences and contacts in France and England, began to return home. (When Fernando died in 1833, the evil he had done lived after him: without secure constitutional underpinnings, he left his throne to his baby daughter, later Isabel II, under a regency, passing over his already disaffected brother Carlos, who plunged the nation into what would be some forty years of intermittent civil war; the first Carlist War lasted from 1833 to 1839.)

The 1830s and 1840s were the glory years of Romanticism in Spain. By 1850 the consolidation of the middle class led to a decline in idealism and the beginnings of Realism in fiction, which developed in mixed proportions until its victory in the 1870s. Nevertheless, between 1850 and 1875 there were enough major writers, primarily Bécquer, to constitute an important Postromantic period; Bécquer is well represented in this Dover volume. (To some literary historians, Romanticism was so revolutionary and pervasive a breakthrough that it has never really ended.)

In the heyday of Spanish Romanticism, 1830–1850, poetry and drama were more significant than prose fiction; many historians even speak of a huge qualitative hiatus in the Spanish novel and shorter fiction between the seventeenth century and the 1870s. This view may well be in need of revision; at any rate, the writers included here have always been highly regarded, and the reputation of some is actually on the upswing.

A special feature of Spanish Romantic prose is *costumbrismo,* a celebration, sometimes patronizing, of regional folkways or of everyday life, largely that of the lower classes. Visibly inspired, in the Romantic period, by such older predecessors as Addison and Steele, and by much more recent French practitioners, *costumbrismo* was also following in an unbroken native Spanish tradition of genial, witty depiction of the ways of common people, from at least Cervantes onward. *Costumbrismo,* in turn, became a major influence on the important

regional novelists and story writers of the later nineteenth century and beyond. The short pieces most characteristic of *costumbrista* writing, which vary greatly in the extent of their narrative element, are usually divided (not too strictly) into *artículos* (articles) *de costumbres*, which tend to be more didactic, satirical, and critical, and *cuadros* (pictures) *de costumbres*, which are more cheerful displays of local color. A galaxy of *costumbristas*, including three authors represented in this volume (Mesonero Romanos, Hartzenbusch, and Gil y Carrasco), contributed to the omnibus work that is considered the crowning achievement of the genre, *Los españoles pintados por sí mismos* (The People of Spain Painted by Themselves), 1843–1844.

"Fernán Caballero" (1796–1877)

"Fernán Caballero" was the masculine pseudonym of Cecilia Böhl von (in Spain: de) Faber, daughter of the above-mentioned scholar who was so influential in bringing Romanticism to Spain. She has been called the initiator in Spain of not only the regional novel (very important in the late nineteenth century), but also the thesis novel of ideological conflict.

Cecilia was born in Morges (on the Swiss shore of Lake Geneva) in 1796; her Spanish mother was also a writer. She went to Germany in 1805 with her father alone, and was educated at a French-language school in Hamburg from 1810 to 1813, when the whole family was reunited in Cádiz, where her father was the German consul. She married young, in 1816; accompanying her husband to Puerto Rico, she began writing there; this first of three husbands died the next year. When she remarried in 1822, it was to a marquess; they lived in and around Seville, which was to be her main gravitational point ever afterward; a street in that city is named for her. Her new social status was too lofty for her to publish her writings with decorum; thus, a few of her major novels remained unpublished for up to two decades after she had written them. Because of this gap in time, she deserves even more credit as a literary pioneer than she generally receives, and the question of whether she was primarily a Romantic or a proto-Realist merits a closer look.

The author's second husband died in 1835. Between then and her third marriage, in 1837, Cecilia enjoyed the one great love of her life, for an Englishman. Her third husband underwent severe economic setbacks and killed himself in 1859. Earlier, in 1857, Queen Isabel II

had made a gift to Cecilia of a home in the Seville Alcázar, but this was lost when Isabel was driven from the throne in 1868, and the author spent her final Seville years in some need.

"Fernán Caballero" had already published a few items outside Spain in the early 1840s, but her breakthrough year in Spain was 1849, when she published (in periodical installments; book publications came years later) her novels *La gaviota* (The Seagull), *La familia de Alvareda* (The Alvareda Family), and *Elia*. Some critics have spoken of these novels as series of *cuadros de costumbres* strung on a makeshift plot. Some of her earliest works were written in French or German, which she then knew much better than Spanish, and were translated into Spanish with, or by, her parents or friends.

She later wrote more novels, as well as books of Spanish folklore, containing tales, jokes, rhymes, and sayings. The folklore volumes cannot conceivably have been written in any language but Spanish, because they are flavorful and idiomatic, and their language itself is "the message." Cecilia's work, gentle and witty, is also didactic and conservative in tone, eschewing ardent sex and inculcating Christian values. It shows a deep affection for Andalusia and its humble, everyday life, striving to detect and record vanishing rural traditions. Her style is simple and clear. In most literary handbooks she is classified along with Alarcón as a pioneer of literary Realism in Spain.

"Fernán Caballero's" retellings of Andalusian folktales (which share plots and motifs with those of many other lands) have been singled out for especial praise. One eminent Spanish critic has written: "Her folktales are first-class; nothing better has been done in that line in our country."

All three stories in this Dover volume (appearing in the same sequence as in their source) are from *Cuentos y poesías populares andaluces* (Andalusian Folktales and Popular Poetry; some references add *Colección de* to the beginning of the title), originally published in Seville in 1859 by the press of the magazine *Revista Mercantil* (Mercantile Review). The volume comprises sixteen sections, several in the form of dialogues between "Fernán" (the author and folklore investigator) and Uncle Romance (the native informant; *tío* and *tía* are affectionate rural terms of address for mature or elderly people, with no reference to family relationships). In the preface to the volume, the author complains (as her contemporary, the great novelist Juan Valera, also did) that no one was collecting folktales in Spain the way that the Grimms and others had done in Germany and elsewhere.

"Las ánimas" and "Juan Soldado" contain elements that will be very

familiar to readers of the Grimms, Andersen, and other folklorists; while the strife between the two title characters in "Doña Fortuna y don Dinero" immediately recalls the Aesopic contest between the wind and the sun, trying to make a wayfarer remove his cloak. "Juan Soldado" strings together a number of different folktale motifs: the footloose discharged soldier, the fearless man in a haunted house that contains hidden treasure, the magic sack, the confounding of the Devil, and the sneaking into heaven.

The Spanish text is full of all kinds of verbal color: idioms, rhyming proverbs, sayings, and unusual vocabulary, regional, obsolete, or both. Because of this difficulty of vocabulary, a total of ten words or brief phrases in the three stories have been translated conjecturally.

Ramón de Mesonero Romanos (1803–1882)

Mesonero Romanos was the foremost author (and, according to some, the initiator) of lighthearted, jocular *cuadros de costumbres*. Born in Madrid in 1803, he remained all his life an affectionate chronicler of the city, where a street is named after him. He had to take over his father's successful business at the age of sixteen, and was self-educated, though he never ceased delving into archives and libraries for background material. He began writing during the liberal interlude (1820–1823) in the reign of Fernando VII: in 1822 he began submitting articles to periodicals, and published the volume *Mis ratos perdidos* (My Spare Time), on Madrid customs, which has been considered the first important example of *costumbrismo*.

In 1831, Mesonero Romanos published his *Manual de Madrid,* a very thorough handbook of the city. The following year, with the pseudonym "El Curioso Parlante" (The Inquisitive Chatterbox), he began the long series of articles that would eventually be known as the first series of *Escenas matritenses* (Scenes of Madrid). In 1833–1835 he traveled in Spain, France, and England. Back in Madrid in 1835, he became a cofounder of the great literary club (still in existence) the Ateneo (Athenaeum); he served the club as chief librarian from 1837 to 1840. Between 1835 and 1838 there appeared the three volumes of articles called *Panorama matritense*.

In 1836 Mesonero Romanos founded his own journal, to which numerous important writers would contribute over the years: the *Semanario Pintoresco Español* (Spanish Picturesque Weekly). The magazine ran from April 3, 1836, to December 20, 1857, though its

founder didn't manage it for its entire run. It was for that periodical of his own that, between 1836 and 1842, he wrote the second series of *Escenas matritenses.* In 1842 all the *Escenas* were published in four volumes, with the *Panorama* included as the first part. Between 1843 and 1862, Mesonero Romanos continued to write, his pieces being collected in such volumes as *Tipos y caracteres* (Types and Characters) and *Bocetos de cuadros de costumbres* (Sketches for Pictures of Folkways).

Travel books, literary essays, and topographical studies with influential proposals for urban renewal continued to flow from his pen. In 1880 he published an invaluable sourcebook on the Romantic era, *Memorias de un setentón* (Memories of a Septuagenarian). In his later years he was a literary "elder statesman," encouraging and advising the up-and-coming writers of Realist and Naturalist fiction, particularly Benito Pérez Galdós.

Mesonero Romanos, in his *cuadros de costumbres,* was consciously preserving for posterity disappearing folkways that he considered typically and traditionally Spanish, and threatened by increasing cosmopolitanism. His standpoint is that of a practical-minded, contented (at times even smug) bourgeois; he may sympathize with the destitute, but he never considers them as downtrodden victims of society. His criticism, always mild and benevolent, is sometimes directed at the more extravagant public displays of the Romantic spirit.

The article, or story, selected here, "La posada o España en Madrid" (in some editions, *posada* is replaced by *parada,* which in that case would probably denote a relay station), first appeared in the *Semanario Pintoresco Español* during July of 1839. In the 1842 publication of the *Escenas matritenses* (Imprenta de Yenes, Madrid) it was included in Series II. The story contains an immense amount of observation of occupations, costumes, and other folkways from various parts of Spain.

The character Juan Cochura had already appeared in the author's *cuadro* "El recién venido" (The Newcomer), published in his *Semanario* during August of 1838. There Juan is described as a naïve 25-year-old from the province of Ávila, who cuts short his first trip to Madrid after he is taken in by confidence men and jailed though he has committed no crime.

What with its rare vocabulary and idioms, its allusions to bygone current events, and its use of various languages (Galician, Catalan, etc.) and pseudodialects in unregulated spelling, the story is a daunting challenge to any translator; this Dover translator readily confesses

that about a dozen words or brief phrases have been rendered conjecturally. (The next four authors in the anthology do not present
these problems!)

Juan Eugenio Hartzenbusch (1806–1880)

Hartzenbusch has won a permanent niche in the history of Spanish
letters as the author of *Los Amantes de Teruel* (The Lovers of Teruel;
first performed, 1837), one of the three pinnacles of that nation's
Romantic drama, but his contribution to literature was much more extensive.

Born in Madrid to a German cabinetmaker, Hartzenbusch was
compelled to leave his prestigious Jesuit-run school at age fifteen to
take up his father's trade, but his love for learning never diminished.
As a young man he wrote for periodicals, worked as a government
shorthand secretary, and clerked at the Biblioteca Nacional (National
Library), where he was to become director in 1862! In 1841 he co-
founded the Academia Hispano-Alemana, which disseminated
German Romantic thought. In 1847 he was elected to the Spanish
Academy.

Hartzenbusch was a prolific playwright (his dramatic work beginning at least as early as 1831); some of his plays were written in col-
laboration with others, a not unusual custom at the time (in Paris, it
was virtually standard practice). He was a significant poet, best remembered today for the 120 verse *fábulas* he wrote between 1848
and 1861, under the inspiration of Lessing and other German writers
of fables. In prose he wrote several short novels, various stories and
artículos de costumbres, and a great deal of criticism. He was an important philologist and translator, and a major anthologist and editor
of older Spanish classics, contributing learned introductions that are
still considered valuable. His prose style is considered meticulous and
correct even by those literary historians who deem the general run of
Romantic prose to be slovenly.

The story included here, "Historia de dos bofetones" (in some editions, the last word appears as *bofetadas*), first appeared sometime in
1839 in a Madrid periodical to which Hartzenbusch contributed repeatedly, *El Panorama* (full run: March 1838 to September 1841).
The earliest volume in which I have found the story included is *Obras
escogidas de don J. E. Hartzenbusch,* published in Baudry's Librería
Europea, Paris, 1850, as Volume XLIX of the "Colección de los

mejores autores españoles" (this extremely distinguished series was published between 1838 and 1853).

The "Historia de dos bofetones" has a bouncy style, full of wit and irony, and many colorful scenes. It indulges in mild satire on the mindless devourers of the new "mythology" developed in the Romantic era. The references to unusual old books and documents testify to the author's own extensive bibliographical knowledge.

Hartzenbusch's stories are usually either historical reconstructions (sometimes couched in an unfortunate "ye olde" style) or varied accounts of life in the Madrid of his day: a gentleman in love with a shopkeeper's daughter; the difficulty of rural life for big-city dwellers (and vice versa); and even some studies of the working class.

Mariano José de Larra (1809–1837)

Larra is considered not only the outstanding author of severely critical *artículos de costumbres,* but also the best Spanish prose writer of the Romantic era as strictly defined (1830s and 1840s). It has been said wittily that his style, formed on that of the eighteenth-century Enlightenment, was not truly Romantic, whereas his own life certainly was!

He was born in Madrid on March 24, 1809 (my reason for specifying the date will be apparent to readers of the piece "La Nochebuena de 1836"). His father was a doctor in Napoleon's invading army, and had to flee to France in 1813 to escape Spanish fury. Young Larra attended school in Bordeaux, returning in 1818 to Madrid, which was to remain his home base (though, again for political reasons, he lived in Navarre from 1820 to 1824). After attending various secondary schools, he matriculated in the universities of Valladolid (1825) and Valencia.

In 1829, at age twenty, he made a disastrous marriage; he and his incompatible wife separated in 1834, which has been seen as a watershed year for Larra's psyche (he also had a brief, unhappy affair in that year with the great soprano Giulia Grisi, who had created the role of Adalgisa in Bellini's *Norma* in 1831); from then on, he became more grimly pessimistic and caustic.

Meanwhile, Larra had begun writing by 1827, and in 1828 became a permanent fixture in the world of Madrid journalism, a five-year ban on newspapers having been lifted in that year. Before long he was being given lucrative contracts, becoming not only the most famous,

but also the best-paid, writer of *artículos de costumbres* and of theo-retically eclectic, but very shrewd and perceptive, drama reviews. He used a number of pseudonyms, the one that is best remembered by posterity being "Fígaro," in homage to Beaumarchais's vivacious bar-ber of Seville. Larra also wrote a novel, a play, and poetry, but these all pale into insignificance beside his articles, which he himself col-lected into five volumes, published by Repullés, Madrid, from 1835 to 1837, under the title *Fígaro; Colección de artículos dramáticos, lite-rarios, políticos y de costumbres*. In 1835 Larra traveled in France, England, Belgium, and Portugal. In 1836 his political ambitions were cruelly crushed when a parlia-ment (Cortes) he had been elected to was dissolved on a technicality before it ever met. In 1837 he killed himself over his disappointments in politics and love (at the end of 1836, in his "Nochebuena," he had already contemplated his death, staring at the yellow case that obvi-ously contained pistols). The twenty-year-old José Zorrilla, later an ex-tremely famous poet and playwright, first made a name for himself by unexpectedly reciting an elegy at Larra's funeral.

Larra's articles were serious, logically developed on the basis of a leading idea, unified, artistic, written in a very correct style, unrelent-ing but free from personal attacks. He hoped for a better future for Spain, preaching an overhaul of local customs and practices in emula-tion of France. His great reputation has hardly ever waned. Between 1835 and 1845 there were numerous editions of his writings even in Hispanic America. He was admired by the Realist novelists of the late nineteenth century, and idolized by the Generation of 1898, who saw in him an articulate precursor in their mission to "regenerate" Spain. There was a successful Spanish television series about his life ca. 1980.

The *artículos de costumbres* included here have been chosen not only for their fame, but also for their relatively more extensive narra-tive content, making them closer to our current criteria for the desig-nation "story."

"El casarse pronto y mal" was first published on November 30, 1832, in the second of Larra's own periodicals, *El Pobrecito Hablador* (The Poor Little Talkative Fellow; this was one of his pre-"Fígaro" pseudonyms). The fourteen or fifteen issues of the paper (sources dif-fer) appeared between August 17, 1832, and March 26, 1833. The piece reflects Larra's own marital disappointments and his deep-seated concern with education and child rearing. The other nephew he mentions was a character in the article "Empeños y desempeños" (In and Out of Hock; *El Pobrecito Hablador*, September 26, 1832), a

callow young dandy and spendthrift who must borrow money from his uncle to redeem a pawned watch that its rightful owner is expecting back (it had been unethically borrowed on the pretext of having it cleaned); the pawnbrokers turn out to be substantial citizens carrying on this usurious trade clandestinely.

"El castellano viejo" was first published in issue 8 of *El Pobrecito Hablador* on December 11, 1832. In this case, the connotation of "Old Castilian" is that of a vulgarly hail-fellow-well-met petty bourgeois who mistakes boorishness for frankness and bonhomie. Larra himself, though, comes off as being neurotically fastidious (just think of how lovingly Dickens might have described the same party); he not only looks his gift horse in the mouth, but kicks it in the rump.

"La Nochebuena de 1836" was Larra's only contribution to *El Redactor General* (The General Editor), appearing there on December 26, 1836. It reflects his ultimate state of dejection, and clearly forecasts his suicide of a few months later.

The texts reprinted and translated here are the ones that appeared in the above-mentioned *Colección de artículos,* for which Larra himself pruned away some of the excrescences of the first periodical versions. In these three pieces, the only change worth mentioning is the omission of a rather lengthy prelude and postlude to the narrative portion of "El casarse pronto y mal." In the sections he decided to omit, Larra directly addresses his readers, countering various criticisms of his work with the argument that no one author can please everybody; he intends to continue discussing any topic he wishes in the frame of mind he wishes, even if it means attacking sacrosanct social institutions; the Spanish education of his day affords just a smattering of knowledge, and Spain must adopt solid, not merely fashionable, improvements from abroad.

Enrique Gil y Carrasco (1815–1846)

Gil y Carrasco's critical star is in the ascendant. His poetry, long neglected, is now seen as particularly quiet and subtle, as opposed to the more declamatory, loudly emotional verse of such traditionally acclaimed contemporaries as Espronceda and Zorrilla; and his novel *El señor de Bembibre* (The Lord of Bembibre) is now generally regarded as the best Spanish historical novel of the Romantic era.

He was born in Villafranca del Bierzo in 1815 (El Bierzo is a district in the region of León in northwestern Spain, close to Galicia). His fa-

ther was a landowner's steward. In 1824 the family moved to nearby Ponferrada, a larger town, where young Enrique studied humanities in an Augustine school until 1828, and then pursued secondary schooling until 1831. In 1832 he began law courses at the University of Valladolid. Apparently, his father was ruined financially in 1835, and Enrique had to leave his beloved native district and his sweetheart. From 1836 on, he was in Madrid, where he continued his law studies.

In Madrid he soon became a friend of such leading Romantic authors as Larra, Espronceda, Zorrilla, and the Duque de Rivas (author of the play *Don Álvaro,* on which Verdi's *La forza del destino* is based); Gil y Carrasco had achieved local celebrity by 1837, especially with his sensitive poetry. He contributed pieces to such outstanding periodicals as Mesonero Romanos's *Semanario Pintoresco Español*. In 1839 he received his law degree, but late that year he also suffered his first serious attack of tuberculosis.

In 1840, when he obtained a position in the Biblioteca Nacional, he began writing *El señor de Bembibre*. The novel was published in installments in *El Sol* (The Sun) during 1843, and as a volume (the only volume publication of any of the author's works in his lifetime) the following year. The novel, which achieved even greater fame for him, takes place in El Bierzo in the early fourteenth century, and concerns star-crossed lovers in a period when the Templars, already crushed in France, were mortally threatened in Spain as well. In this book Gil y Carrasco is said to have created the first great lyrical landscape in Spanish literature.

In 1844 he was sent, with others, on a diplomatic mission to Berlin, ostensibly to study the local culture and economy, but also to sound out the Prussian government with regard to the formal recognition of Queen Isabel II, whose minority was coming to an end. Gil y Carrasco was very well received there, being fêted by such intellectuals as Alexander von Humboldt. Unfortunately, his illness became much worse, and he died in Berlin in 1846. Besides his novel and his poetry (one sample of which is contained in the story included here), he had written some shorter fiction, *artículos de costumbres,* dramatic criticism, and travel pieces, and had maintained an interesting diary.

"Anochecer en San Antonio de la Florida" (also known as "El anochecer de la Florida") was originally published in Nos. 270 and 271 of *El Correo Nacional* (*Correo* can be translated as either Courier or Post), November 12 and 13, 1838. Said to be the author's first work of fiction, it is very autobiographical, concerning a young provincial poet who has suffered family misfortunes and feels out of place in

Madrid. The *ermita* (hermitage) of Saint Anthony of Padua is located
on the banks of the Manzanares, to the west of the heart of town, in
the neighborhood called La Florida. At the celebration held there
every June, single women traditionally prayed for a husband, seam-
stresses offering one of their needles. The chapel was built by the
Italian architect Francesco Fontana between 1792 and 1798, when it
was decorated with now world-famous frescoes (the chief one, in the
dome, depicts a miracle of the saint performed before an audience of
angels) by Goya, whose remains were moved there in 1919.

This story is the first one so far in this Dover volume to exhibit some
of the most characteristic traits of arch-Romanticism: an impassioned,
ecstatic flow of verbiage; childlike, visionary piety; and a confrontation
between a "disinherited" hero and a deified virginal heroine in a setting of peerless beauty.

Gustavo Adolfo Bécquer (1836–1870)

Bécquer, all of forty years younger than "Fernán Caballero," is obvi-
ously of a later generation than the other authors in this anthology,
and before his premature death Realism had already established itself, but Bécquer, the leading Spanish Postromantic, prolongs many
aspects of the early Romantic movement and, as a writer of prose fiction, represents the loftiest achievement of that aspect of
Romanticism in Spain.

The writer was born in Seville in 1836. His real family name was
Domínguez Bastida, but his father, a painter, had already adopted the
Flemish-derived name Bécquer used by another branch of the family.
(The writer's brother Valeriano, 1833–1870, later an eminent painter
and illustrator, and his lifelong companion, also called himself
Bécquer.) Gustavo's early training in art and music is very much in ev-
idence in his later writings. He began to write while still in secondary
school. He came to Madrid in 1854 and was soon contributing to periodicals. The only volume he published in his lifetime was the
1857–1858 *Historia de los templos de España* (History of the
Churches of Spain). In 1857 he had a serious attack of tuberculosis,
after which he took a number of rest cures in different parts of Spain,
incidentally gathering local lore for his stories.

In 1859 he wrote his first *rima* (rhyme; poem), continuing to write
seventy-odd *rimas* until 1868, only fifteen of which were published in
his lifetime. These (chiefly) love poems of quiet despair; with a strong

Heine influence, are among the most famous in Spanish literature, and inspired *modernista* poets, Juan Ramón Jiménez, and many others. Both the poems and the legends (to be discussed very soon) were first collected in the posthumous 1871 *Obras* (Works; published by T. Fortanet, Madrid) by friends of the author, who unfortunately felt called upon to introduce certain "corrections" which later editors have had to nullify on the basis of surviving manuscripts.

Between 1865 and 1868, Bécquer, as the protégé of a cabinet minister, served as a censor of novels. The revolution of 1868 ended that, and in the same year Bécquer separated from the woman he had been married to for seven years (his close attachment to his brother had been a factor contributing to the estrangement). Thereafter he spent a lot of time in Toledo, a city he was already extremely fond of. He died of tuberculosis in 1870.

For many years, the term *leyendas* (legends) was applied to all of Bécquer's twenty-odd stories, but more recently various editors have restricted that appellation to the sixteen (or so) stories with supernatural, historical aspects; so that, of the three stories included here, the first two would be legitimate *leyendas*, but the third would not, since it is autobiographical and takes place in the author's day. Bécquer's stories were published in periodicals between 1858 and 1864. Those now strictly called "legends" are from various written or oral European and Asian sources, and exhibit the influence of Poe and E. T. A. Hoffmann. Their language is poetic, their vocabulary rich, with an element of archaism. Even the other stories, though, have a distinctly dreamlike, poetic atmosphere.

All three stories in this Dover anthology were first published in the Madrid *El Contemporáneo* (The Contemporary), which ran from December 20, 1860, to October 31, 1865. Bécquer was a frequent contributor, and even managed the periodical for three months in 1864–1865.

"Los ojos verdes" was published in the December 15, 1861, issue. The Mount Moncayo region, near Soria, is connected with both Bécquer's wife's home and a monastery at which he recuperated in 1863–1864, writing there his famous *Cartas desde mi celda* (Letters from My Cell), combining autobiographical data, records of local excursions, and retellings of local legends. The destructive water nymph in the story is a well-known feature of worldwide folklore, and many great authors have used the theme in prose and verse to symbolize the deadlier aspects of obsessive love. Incidentally, Bécquer's Rima XII concerns a beloved woman with green eyes.

"Maese Pérez, el organista" was published in two issues of *El Contemporáneo,* December 27 and 29, 1861. All the churches in Seville mentioned in the story are real, though some are no longer extant. Bécquer's musical training comes to the fore in this story. The extensive historical background is delivered to the reader in the lighthearted form of a stream of babble emitted by a singularly poetic and well-informed neighborhood gossip, whose dialogue is nevertheless as colloquial as Bécquer ever gets.

"Tres fechas" was published sometime in 1862. It clearly shows Bécquer's admiration of Toledo, and its long, detailed descriptions of architecture and public spaces could only have been written by a trained artist. The story is typically Romantic in its daydream quality, its quest for an ideal woman, and its deep feeling of eternal regret for lost opportunities.

CONTENTS

1

"Fernán Caballero" (1796–1877)

Las ánimas

Cuento andaluz

FERNÁN.—Tío Romance, aquí me entro, aunque no llueva.
Tío Romance.—Bien venido, señor D. Fernán. Viene su mercé a
su casa como el sol: para alegrarla. ¿Qué tiene su mercé que man-
darme?
FERNÁN.—Necesito un cuento como el comer, tío Romance.
Tío Romance.—¡Otra te pego! Señor, ¿se ha figurado su mercé que
son mis cuentos como los dictados de D. Crispín, que no tenían fin?
Su mercé me ha perdonar; pero hoy estoy de mala vuelta; tengo la
memoria aliquebrada y los sentidos más tupidos que caldo de habas.
Pero voy a llamar a mi Chana para que complazca a su mercé. ¡Chana!
¡Sebastiana! . . . ¡Caramba con la mujer! que le va sucediendo lo que
al marqués de Montegordo, que se quedó mudo, ciego y sordo.
¡Chana!
La tía Chana.—¿Qué quieres, hombre, con esas voces tan de-
samoretadas que parecen de zagal? ¡Ay! que está aquí el señor D.
Fernán. Dios guarde a usted, señor; ¿cómo lo pasa su mercé?
FERNÁN.—Bien, tía Sebastiana. ¿Usted tan buena?
Tía Chana.—¡Ay, no señor!, que me he caído como horno de cal.
FERNÁN.—¿Pues qué ha tenido usted?
Tío Romance.—Lo que la otra que estaba al sol:

> *Una vieja estaba al sol,*
> *y mirando al almanaque,*
> *de cuando en cuando decía:*
> *ya va la luna menguante.*

La tía Sebastiana.—No, señor D. Fernán, no es eso; que Dios y su
madre no quitan carnes, sino el hijo al nacer y la madre al morir; y mi
hijo, el alma mía . . .

2

"Fernán Caballero" (1796–1877)

The Souls in Purgatory

An Andalusian Tale

FERNÁN: Uncle Romance, I'm coming in, even though it isn't raining.
UNCLE ROMANCE: Welcome, Don Fernán! Your worship comes to my house like the sunshine: to cheer it. What can I do for your worship?
FERNÁN: I need a story just as much as I need food, Uncle Romance.
UNCLE ROMANCE: What, still another! Sir, does your worship imagine that my stories are like "the titles of Lord Trend, which have no end"? Your worship must forgive me, but I'm not in good form today; my memory is broken-winged and my senses are more thick and sluggish than bean soup. But I'll call my Chana, and she'll oblige your worship. Chana! Sebastiana! . . . Darn the woman! She's got the same problem as "the Marquess of F, who became mute, blind, and deaf." Chana!
AUNT CHANA: Man, what do you want with those yells so wild they're like a shepherd boy's? Ah, Don Fernán is here! God keep you, sir. How has your worship been?
FERNÁN: Well, Aunt Sebastiana. Are *you* still well?
AUNT CHANA: Alas, no, sir! I've gone to pieces like a lime kiln.
FERNÁN: Why, what's been wrong with you?
UNCLE ROMANCE: The same thing as with the woman in the sunshine:

> *An old woman was in the sunshine,*
> *and, looking at the calendar,*
> *from time to time she said:*
> *"My moon is already on the wane."*

AUNT SEBASTIANA: No, Don Fernán, it's not that; because God and his mother don't wear you down: your child does when he's born, and your mother when she dies; and my boy, the soul of me . . .

3

Tío Romance.—Calla, Chana, y no hables de Juan, que es un atallancón con más costilla que una fragata.

Tía Sebastiana.—No lo crea usted, señor; no sabe lo que se dice, y va despeñado; es más manso y boje el hijo mío, que no es capaz de decirle zape al gato. Ha servido seis años y tiene las luces espabiladas.

Tío Romance.—No tiene más luces que las del día; es un boje; ha servido, pero es como aquel que: bárbaro fue a Madrid y bárbaro volvió a venir.

Fernán.—¿Pero qué le apura a usted, tía Sebastiana?

Tía Sebastiana.—¡Señor, que no encuentra trabajo!

Fernán.—Vamos, yo se lo proporcionaré si me cuenta usted un cuento.

Tía Sebastiana.—Señor, para eso era mejor mi Juan; ya sabe usted las voces que tiene de buen contador, saca las cosas de su meollo.

Fernán.—Sí; pero hoy no está de humor de hablar.

Tía Sebastiana.—Es que yo . . .

Tío Romance.—Vamos, mujer, no tengas al señor aguardando como perro de cortijo; cuenta, y liberal, que tú eres capaz de hablar hasta debajo del agua.

Tía Sebastiana.—¿Quiere su mercé que le cuente el cuento de las ánimas?

Fernán.—Desde luego; vamos, pues, con el cuento de las ánimas.

Tía Sebastiana.—Había una vez una pobre vieja que tenía una sobrina que había criado sujeta como cerrojo, y era muy buena niña, muy cristiana, pero encogida y poquita cosa. Lo que sentía la pobre vieja era pensar lo que iba a ser de su sobrina cuando faltase ella, y así no hacía otra cosa que pedirle a Dios que le deparase un buen novio.

Hacía los mandados en casa de una comadre suya, pupilera, y entre los huéspedes que tenía había un indiano poderoso, que se dejó decir que se casaría si hallase a una muchacha recogida, hacendosa y habilidosa. La vieja abrió tanto oído, y a los pocos días le dijo que hallaría lo que buscaba en su sobrina, que era una prenda, un grano de oro, y tan habilidosa que pintaba los pájaros en el aire. El caballero contestó que quería conocerla y que al día siguiente iría a verla. La vieja corrió a su casa que no veía la vereda, y le dijo a la sobrina que asease la casa, y que para el día siguiente se vistiese y peinase con primor, porque iban a tener una visita. Cuando a la otra mañana vino el caballero, le preguntó a la muchacha si sabía hilar.

Uncle Romance: Quiet, Chana, don't talk about Juan, who's a strapping fellow sturdier than a frigate.

Aunt Sebastiana: Don't believe him, sir; he doesn't know what he's saying, and he's too hasty; my boy is so meek and innocent that he can't say boo to a goose. He was in the army for six years, and he's seen the light.

Uncle Romance: The only light he sees is daylight; he's a fool; he was in the army, but he's like the man who was a savage when he went to Madrid and was still a savage when he got back.

Fernán: But what *is* troubling you, Aunt Sebastiana?

Aunt Sebastiana: Sir, it's that he can't find work!

Fernán: Come now, I'll give him some if you tell me a story.

Aunt Sebastiana: Sir, my Juan would be better for that; you already know his reputation as a good storyteller; his head is full of them.

Fernán: Yes, but today he doesn't feel like talking.

Aunt Sebastiana: The thing is that I . . .

Uncle Romance: Come on, woman, don't keep the gentleman waiting like a farm dog; tell a story, and liberally, because you're able to talk even under water.

Aunt Sebastiana: Would your worship like me to tell you the story of the souls in purgatory?

Fernán: Of course; come on, let's hear the story of the souls in purgatory.

Aunt Sebastiana: Once upon a time there was a poor old woman with a niece she had raised under the tightest control; she was a very good girl, very pious, but timid and not very capable. What distressed the poor old woman was the thought of what would become of her niece after she herself died, and so all she did was to pray to God to allot her a good husband.

The woman did chores in the house of a neighbor of hers who ran a boardinghouse; among her guests was a man who had made a fortune in the New World; he was heard to say that he'd marry if he found a quiet, industrious, and capable girl. The old woman was all ears, and a few days later told him he'd find what he was looking for in her niece, who was a jewel, a grain of gold, and so skillful that she could sprinkle salt on a bird's tail. The gentleman replied that he'd like to meet her and that he'd come to see her the next day. The old woman ran home without seeing the path, and told her niece to put the house in order and dress and comb splendidly the next day, because they would receive a visit. When the gentleman arrived the following morning, he asked the girl whether she knew how to spin.

—¿Pues no ha de saber? —dijo la tía—; las madejas se las bebe como vasos de agua.

—¿Qué ha hecho usted, señora? —dijo la sobrina cuando el caballero se hubo ido después de dejarle tres madejas de lino para que se las hilase—; ¿qué ha hecho usted, señora, si yo no sé hilar?

—Anda —dijo la tía—, anda, que mala seas y bien te vendas. Déjate ir y sea lo que Dios quiera.

—¡En qué berenjenal me ha metido usted, señora! —decía, llorando, la sobrina.

—Pues tú ve cómo te compones —respondió la tía—, pero tienes que hilar esas tres madejas, que en ello te va tu suerte.

La muchacha se fue a la noche a su cuarto en un vivo penar, y se puso a encomendarse a las ánimas benditas, de las que era muy devota.

Estando rezando se le aparecieron tres ánimas muy hermosas vestidas de blanco; le dijeron que no se apurase, que ellas la ampararían en pago del mucho bien que les había hecho con sus oraciones, y cogiendo cada cual una madeja, en un dos por tres las remataron, haciendo un hilo como un cabello.

Al día siguiente, cuando vino el indiano, se quedó asombrado al ver aquella habilidad junto con aquella diligencia.

—¿No se lo decía yo a su mercé? —decía la vieja, que no cabía en sí de alegría. El caballero preguntó a la muchacha si sabía coser.

—¿Pues no ha de saber? —dijo con brío la tía—, lo mismo son las piezas de costura en sus manos que cerezas en boca de tarasca.

Dejóle entonces el caballero lienzo para hacer tres camisas; y para no cansar a su mercé, sucedió lo mismo que el día anterior, y lo propio al siguiente, en que le llevó el indiano un chaleco de raso para que se lo bordase. Sólo que a la noche, cuando estando encomendándose la niña con muchas lágrimas y mucho fervor a las ánimas, éstas se le aparecieron y le dijo la una: No te apures, que te vamos a bordar este chaleco; pero ha de ser con una condición.

—¿Cuál? —preguntó ansiosa la muchacha.

—La de que nos convides a tu boda.

—Pues qué, ¿me voy a casar? —preguntó la muchacha.

—Sí —respondieron las ánimas—, con ese indiano rico.

Y así sucedió, pues cuando al otro día vio el caballero el chaleco tan primorosamente bordado, que parecía que manos no lo habían tocado, y tan hermoso que quitaba la vista, le dijo a la tía que se quería casar con su sobrina. La tía se puso que bailaba de contento; pero no así la sobrina, que le decía:

"Of course she knows how," her aunt said; "she drinks up the skeins like glasses of water."

"What have you done, ma'am?" her niece said, once the gentleman had departed, leaving her with three skeins of flax for her to spin. "What have you done, ma'am, seeing that I don't know how to spin?"

"Get along," said her aunt, "get along, because it's not what you are but how you advertise yourself. Just try, and let it be as God wills."

"What a mess you've gotten me into, ma'am!" her niece said, weeping.

"Well, just see how you can manage," her aunt replied, "but you've got to spin these three skeins, because your future depends on it."

At night the girl went to her room in deep sorrow, and began to commend herself to the souls in purgatory, of whom she was a great devotee.

While she was praying, there appeared to her three very beautiful souls clad in white; they told her not to worry, for they would protect her as a reward for all the good she had done them with her prayers; each one picked up a skein, and in a flash they finished them off, spinning thread as fine as a hair.

On the following day, when the rich man came, he was amazed to see so much skill combined with so much diligence.

"Didn't I tell your worship so?" said the old woman, beside herself with joy. The gentleman asked the girl whether she knew how to sew.

"Of course she does!" her aunt said energetically; "pieces of sewing in her hands are just like cherries in a dragon's mouth."

Then the gentleman left linen for her to make three shirts with; and, so that I don't bore your worship, the same thing happened as on the previous day, and the same thing on the day following, when the rich man brought her a satin vest to embroider. Except that, at night, when the girl was commending herself to the souls with many tears and much fervor, they appeared and one of them said: "Don't worry, we'll embroider this vest for you, but only on one condition."

"Which is?" the girl asked anxiously.

"That you invite us to your wedding."

"Am I to be married, then?" the girl asked.

"Yes," the souls replied, "to that rich man."

And so it came about, because when, on the following day, the gentleman found the vest so splendidly embroidered that it seemed no human hands could have done it, and so beautiful that it dazzled the eyes, he told the aunt that he wanted to marry her niece. The aunt was so happy that she danced, but not so her niece, who said:

—Pero señora, ¿qué será de mí cuando mi marido se imponga en que yo nada sé hacer?

—Anda, déjate ir, respondió la tía; las benditas ánimas que ya te han sacado de aprieto, no dejarán de favorecerte.

Arreglóse, pues, la boda, y la víspera, teniendo la novia presente la recomendación de sus favorecedoras, fue a un retablo de ánimas y las convidó a la boda. Al día de la boda, cuando más enfrascados estaban en la fiesta, entraron en la sala tres viejas tan rematadas de feas que el indiano se quedó pasmado y abrió tantos ojos. La una tenía un brazo muy corto y el otro tan largo, que le arrastraba por el suelo; la otra, jorobada, y tenía un cuerpo torcido, y la tercera tenía los ojos más saltones que un cangrejo y más colorados que un tomate.

—¡Jesús María! —dijo a su novia, perturbado, el caballero—. ¿Quiénes son esos tres espantajos?

—Son —respondió la novia— unas tías de mi padre que he convidado a mi boda.

El señor, que tenía crianza, fue a hablarles y a ofrecerles asiento.

—Dígame —le dijo a la primera que había entrado—, ¿por qué tiene un brazo tan corto y otro tan largo?

—Hijo mío —respondió la vieja—, así los tengo por lo mucho que he hilado.

El indiano se levantó, se acercó a la novia y le dijo:

—Ve sobre la marcha, quema tu rueca y tu huso, ¡y cuidado como te vea jamás hilar!

En seguida preguntó a la otra vieja por qué estaba tan jorobada y tan torcida:

—Hijo mío —contestó ésta—, estoy así de tanto bordar en bastidor.

El indiano, en tres zancajadas, se puso al lado de su novia, a quien dijo:

—Ahora mismo quema tu bastidor, ¡y cuidado como en la vida de Dios te vea bordar!

Fuese después a la tercera vieja, a la que preguntó por qué tenía los ojos tan reventones y encarnados.

—Hijo mío —contestó ésta, retorciéndolos—, es de tanto coser y agachar la cabeza sobre la costura.

No bien había dicho estas palabras cuando estaba el indiano al lado de su mujer, a quien decía:

—Agarra las agujas y el hilo y échalos al pozo, y ten entendido que el día en que te vea coser una puntada me divorcio; que el cuerdo en cabeza ajena escarmienta.

"But, ma'am, what will become of me when my husband finds out I can't do anything?"

"Get along, let things take their course," her aunt replied; "the blessed souls, who have already gotten you out of a fix, won't stop helping you."

And so the wedding was arranged, and the day before, recalling her helpers' request, the bride went to a shrine for souls in purgatory and invited them to the wedding. On the wedding day, when the people were most deeply engrossed in the festivities, there entered into the room three old women so absolutely ugly that the rich man was astounded and his eyes goggled. One of them had one arm that was very short and the other so long that it dragged along the ground; the second was hunchbacked and had a crooked body, while the third had eyes more bulging than a crab's and redder than a tomato.

"Lord of mercy!" the gentleman said to his bride in alarm. "Who are those three scarecrows?"

His bride answered: "They're aunts of my father's whom I invited to my wedding."

The gentleman, who was well bred, went to greet them and offer them chairs.

"Tell me," he said to the one who had come in first, "why do you have one arm that's so short and another that's so long?"

"My boy," the old woman replied, "they're this way because of all the spinning I've done."

The rich man got up, went over to his bride, and said to her:

"Go at once and burn your spinning wheel and spindle, and never let me catch you spinning again!"

Immediately he asked the second old woman why she was so hunchbacked and crooked. She replied:

"My son, I'm this way from all that embroidery on a frame."

In three huge strides the rich man reached his bride, and said to her:

"Burn your embroidery frame this very minute, and don't let me see you embroidering for as long as you live!"

Then he went up to the third old woman, and asked her why her eyes were so bulging and red.

"My boy," she replied, twisting her eyes, "it's from so much sewing and bending my head over the job."

No sooner had she uttered those words than the rich man was alongside his wife, saying:

"Grab your needles and thread and throw them into the well, and let it be understood that on the day when I see you taking a single stitch, I'll divorce you; because a wise man profits by other people's mistakes."

Y señor D. Fernán, ya está mi cuento rematado; ojalá os haya gustado.

Fernan.—Mucho, tía Sebastiana, mucho; pero lo que veo es que las ánimas, a pesar de ser benditas, son en esta ocasión unas picarillas.

Tía Sebastiana.—Señor, ¿y va su mercé a buscar doctrina en un cuento como si fuera un ejemplo? Señor, los cuentos no son más que reideros, sin preceptos y sin enseñanza. De todo quiere Dios un poquito.

Fernán.—Verdad es, tía Sebastiana; mejor dice usted con su sencillo buen sentido que pueden pensar otros con su culto criterio; pero, tío Romance, no me voy sin mi correspondiente chascarrillo, y éste a usted toca contármelo. ¿No me ha dicho usted otras veces que todos somos devotos de Santo Tomás? Pues si lo es usted, allá van estos habanos como ofrenda al santo.

Tío Romance.—Por no desairar a su mercé . . .

Fernán.—Pero quiero el chascarrillo; me hace falta para mi intento.

Tío Romance.—¡Ya! Su mercé lo quiere por aquello de que sin un ochavo no se hace un real; pues vamos allá. Ya que de ánimas se platica, vaya de ánimas.

Había un mayordomo de una cofradía que era un pan perdido; siempre le faltaba un bocado, como a la oveja; de manera que no tenía capa y andaba siempre dando diente y aterido de frío. ¿Qué hace? Sin decir cruz, ni muz, ni caqueberaque, cogió dinero del fondo de las ánimas y se mandó hacer una capa, con la que paseaba por las calles tan en sí y tan pechisacado, como los ricos de poco tiempo, levantados del polvo de la tierra. Pero sucedía que no daba un paso que no le tirasen un tirón de la capa, y por más que miraba no veía quién; no bien se la subía sobre el hombro izquierdo cuando la tenía caída del hombro derecho, de conformidad que, sin estarlo, llevaba planta de borracho, por lo que se lo llamaba pata de puya.

Iba mohíno, con esta gelera, y haciendo sumarios de lo que aquello podría ser, cuando se encontró con un amigo y compadre suyo que era mayordomo de la Hermandad del Santísimo, que venía tan recompuesto, llenando la calle y diciendo: «yo soy, yo soy.»

—¿Qué tiene usted, compadre, le dijo cuando emparejaron, que hay días que lo veo tan pardilloso?

—Qué he de tener? —contestó éste, subiéndose la capa por el hombro derecho, mientras se le escurría por el izquierdo—; ha de saber usted que, a entradas de invierno, me hallé apuradillo; había sembrado un pegujar y no le vi el color; mi mujer trajo dos niños,

And, Don Fernán, my story is now at an end; I hope you liked it.

FERNÁN: Very much, Aunt Sebastiana, very much; but it seems to me that, despite their being "blessed," on this occasion the souls were little scalawags.

AUNT SEBASTIANA: Now, sir, are you trying to find a serious teaching in a fairy tale as if it were a parable in a sermon? Sir, fairy tales are merely for amusement, they don't impart rules and lessons. God wants there to be a little bit of everything.

FERNÁN: That's true, Aunt Sebastiana; you speak more wisely with your plain common sense than others might judge with their educated standards. But, Uncle Romance, I won't leave without hearing the joke that's coming to me, and it's your turn to tell it. Didn't you tell me on other occasions that we're all devotees of Saint Thomas? Well, if you are, here are some Havana cigars as an offering to the saint.

UNCLE ROMANCE: So as not to anger your worship by refusing them . . .

FERNÁN: But I want the joke, I need it for my purposes.

UNCLE ROMANCE: I get it! Your worship wants it because "many a mickle makes a muckle"; so let's go to it. Since we're speaking about souls in purgatory, let it be about them.

There was a chairman of a religious brotherhood who was an idler; he was always in need of a mouthful, like the sheep in the saying; so that he had no cape and always went about with his teeth chattering, and chilled to the bone. What did he do? Without making a peep, he filched money from the collection for the souls in purgatory, and had a cape made, in which he'd stroll down the street as full of himself and proud as the newly rich who have been raised from the dust of the earth. But it so happened that he couldn't take a step without feeling a tug at his cape, and no matter how hard he looked, he couldn't see who it was; as soon as he hitched it over his left shoulder it would slip off his right shoulder, so that, even though he wasn't drunk, he looked as if he was, and people called him "the lush."

This affliction made him go about in gloom, wondering what it might be, when he met a friend and neighbor of his, the chairman of the Brotherhood of the Most Holy, who was all dolled up, swaggering down the street and in love with himself.

"Neighbor, what's wrong with you?" the man asked when they came abreast. "For some days now I've seen you looking like a yokel."

"What should be wrong with me?" he replied, hitching his cape over his right shoulder while it slipped off his left. "If you must know, at the beginning of the winter, I found myself strapped; I had sown a small plot of land and nothing came up on it; my wife gave birth to twins,

cuando uno que hubiese traído estaba de más donde hay otros nueve; le costó esto una enfermedad y a mí los ojos de la cara; en fin, me vi como las buenas mozas en cuaresma, sin un cuarto y con más hambre que un maestro; de manera que no tuve más remedio que emprestarle a las ánimas para mercarme esta capa. Pero no sé qué demonios tiene, que siempre que la tengo puesta parece que me están tirando de ella: tirón por aquí, jalón por allá; ni con dos clavos timoneros se me quedaría sujeta en los hombros.

—Su culpa de usted es, compadre —respondió el otro—. Si usted emprestase a un señor poderoso, grande y dadivoso, como yo, no había de andar apremiado y acosado por la deuda; pero si empresta usted de unas pobrecillas miserables y necesitadas, ¿qué han de hacer las infelices sino andar tras de lo suyo, que les hace falta?

Doña Fortuna y don Dinero

Pues señores, vengamos al caso; era éste, que vivían enamorados doña Fortuna y don Dinero, de manera que no se veía al uno sin el otro; tras de la soga anda el caldero; tras doña Fortuna andaba don Dinero; así sucedió que dio la gente en murmurar, por lo que determinaron casarse.

Era don Dinero un gordote rechoncho con una cabeza redonda de oro del Perú, una barriga de plata de Méjico, unas piernas de cobre de Segovia, y unas zapatos de papel de la gran fábrica de Madrid. Doña Fortuna era una locona, sin fe ni ley, muy «raspagona,» muy «rala», y más ciega que un topo.

No bien se hubieron los novios comido el pan de la boda, que se pusieron de esquina: la mujer quería mandar; pero don Dinero, que es engreído y soberbio, no estaba por ese gusto. —Señores —decía mi padre (en gloria esté)—, que si el mar se casase había de perder su braveza, pero don Dinero es más soberbio que el mar, y no perdía sus ínfulas.

Como ambos querían ser más y mejor, y ninguno quería ser menos, determinaron hacer la prueba de cuál de los dos tendría más poder. «Mira —le dijo la mujer al marido—, ¿ves allí abajo en el «chueco» de un olivo aquel pobre tan cabizbajo y mohíno? Vamos a ver cuál de los dos, tú o yo, le hacemos mejor suerte.»

Convino el marido; enderezaron hacia el olivo, y allí se encampanaron, él raneando, ella de un salto.

El hombre, que era un desdichado que en la vida le había echado

when even one more child would have been too much, seeing we had nine already; the delivery made her ill, and cost me an arm and a leg; finally, I found myself like good-looking girls in Lent, without a penny and hungrier than a schoolteacher, so that I had no other recourse than to make a loan from the souls in purgatory to buy myself this cape. But I don't know what the devil is wrong with it, because every time I put it on, it feels as if someone is pulling it: a tug here, a jerk there; even two big carpenter's nails wouldn't keep it steady on my shoulders."

"It's your fault, neighbor," the other man replied. "If you had borrowed from a great, wealthy, generous lord, the way I did, you wouldn't have to be harassed and dunned for the debt; but if you borrow from such poor, needy wretches, what are the unfortunate things to do, except keep after their money, which they need?"

Lady Luck and Mr. Money

Well, gentlemen, let's get down to brass tacks: Lady Luck and Mr. Money were so much in love that one was not to be seen without the other; birds of a feather stick together; Mr. Money stuck with Lady Luck; and so it came about that people began to gossip, which made them decide to marry.

Mr. Money was plump and chubby, with a round head of Peruvian gold, a belly of Mexican silver, legs of Segovia copper, and paper shoes from the big mint in Madrid. Lady Luck was a madcap, who didn't play by the rules, very argumentative and saucy, and blinder than a mole.

As soon as the bride and groom had finished eating the bread baked for their wedding, they were at loggerheads: the wife wanted to be boss, but Mr. Money, who's conceited and proud, wouldn't stand for it. "Gentlemen," my father used to say (may he rest in peace), "if the ocean got married it would lose its wildness," but Mr. Money was prouder than the ocean, and didn't give up his fancy airs.

Since each of them wanted to rule the roost, and neither one wanted to play second fiddle, they resolved to put it to the test to see which of them was more powerful. "Look," said wife to husband, "down there in the crook of an olive tree, do you see that poor man so dejected and gloomy? Let's see which of the two, you or I, can better his lot."

Her husband agreed; they headed for the olive tree, and there they arrived, he hopping like a frog, she at one bound.

The man, an unfortunate who had never set eyes on either one of

la vista encima ni al uno ni al otro, abrió los ojos tamaños como aceitunas cuando aquellos dos usías se le plantaron delante.

—¡Dios te guarde! —dijo don Dinero.

—Y a usía también —contestó el pobre.

—¿No me conoces?

—No conozco a su mercé sino para servirlo.

—¿Nunca has visto mi cara?

—En la vida de Dios.

—Pues qué, ¿nada posees?

—Sí, señor, tengo seis hijos desnudos como cerrojos, con gañotes como calcetas viejas, pero en punto a bienes, no tengo más que un «coge y come» cuando lo hay.

—¿Y estás aquí aguardando algo?

—¡Yo aguardar! como no sea la noche . . .

—¿Y por qué no trabajas?

—¡Toma!, porque no hallo trabajo. Tengo tan mala fortuna, que todo me sale torcido como cuerno de cabra; desde que me casé, pareció que me había caído la helada, y soy la «prosulta» de la desdicha, señor. Ahí nos puso un amo a labrarle un pozo a «estajo», «aprometiéndonos» sendos doblones cuando se le diese rematado; pero antes no soltaba un maravedí; «asina» fue el trato.

—Y bien que lo pensó el dueño —dijo sentenciosamente su interlocutor, pues dice el refrán: «dineros tomados, brazos quebrados.» Sigue, hombre.

—Nos pusimos a trabajar echando el alma, porque aquí donde su mercé me ve con esta facha ruin, yo soy un hombre, señor.

—¡Ya! —dijo don Dinero, en eso estoy.

—Es, señor —repuso el pobre— que hay cuatro clases de hombres; hay hombres como son los hombres, hay hombrecillos, hay monicacos y hay monicaquillos, que no merecen ni el agua que beben. Pero como iba diciendo, por mucho que cavamos, por más que ahondamos, ni una gota de agua hallamos. No parecía sino que se habían secado los centros de la tierra; nada hallamos, señor, a la fin y a la postre, sino un zapatero de viejo.

—¡En las entrañas de la tierra! —exclamó don Dinero, indignado de saber tan mal avecindado su palacio solariego.

—No, señor —respondió el pobre—; no en las entrañas de la tierra, sino de la otra banda, en la tierra de la otra gente.

—¿Qué gentes, hombre?

—Los «antrípulas», señor.

them in his whole life, opened his eyes till they were as big as olives when those two distinguished people showed up in front of him.

"God keep you!" said Mr. Money.

"The same to you," the poor man answered.

"Don't you know me?"

"I don't know your worship, though I'm at your service."

"You've never seen my face?"

"Not in my whole life."

"So then, you have no possessions?"

"Oh, yes, sir, I have three children as naked as jaybirds, with gullets as wide as old stockings; but as for belongings, all I have is a bite to eat whenever one is available."

"And you're here waiting for something?"

"What would I be waiting for, except nightfall?"

"Why don't you work?"

"Well, it's because I can't find any. My luck is so bad that everything turns out warped for me like a goat's horn; ever since I got married, a frost seems to have fallen on me, and I'm the epitome of misfortune, sir. A landowner brought us here to do a small job for him at a flat rate, promising us a doubloon apiece when we had finished; before then, he wouldn't let go of a farthing; that was the deal."

"And that landlord was very wise to do so," his conversation partner said sententiously, "because, as the proverb goes: 'Cash up front, arms go limp.' Continue, fellow."

"We started to work like dogs, because, even though your worship sees me here with this wretched appearance, I'm a man, sir."

"Of course," said Mr. Money, "I can see that."

"You see, sir," the poor man went on, "there are four types of men; there are men as men should be, there are punier men, there are weaklings, and there are punier weaklings who aren't even worth the water they drink. But, as I was saying, no matter how hard we dug, no matter how deep we got, not a drop of water did we find. It seemed exactly as if the center of the earth had dried up; we found nothing, sir, at the end of it all, but a cobbler."

"In the bowels of the earth!" exclaimed Mr. Money, infuriated to hear about such unworthy residents in his ancestral palace.

"No, sir," the poor man replied, "not in the bowels of the earth, but on the other side, the land where different people live."

"What people, man?"

"The antipodes, sir."

—Quiero favorecerte, amigo —dijo don Dinero, metiendo al pobre pomposamente un duro en la mano.

Al pobre le pareció aquello un sueño, y echó a correr que volaba: que la alegría les puso alas a los pies; arribó derechito a una panadería y compró pan; pero cuando fue a sacar la moneda, no halló en el bolsillo sino un agujero, por el que se había salido el duro sin despedirse.

El pobre, desesperado, se puso a buscarlo; pero ¡qué había de hallar! Cochino que es para el lobo, no hay San Antón que lo guarde. Tras el duro perdió el tiempo, y tras el tiempo la paciencia, y se puso a echarle a su mala fortuna cada maldición que abría las carnes.

Doña Fortuna se tendía de risa; la cara de don Dinero se puso aún más amarilla de coraje; pero no tuvo más remedio que rascarse el bolsillo y darle al pobre una onza.

A éste le entró un alegrón que se le salía el corazón por los ojos. Esta vez no fue por pan, sino a una tienda en que mercó telas para echarles a la mujer y a los hijos un rocioncito de ropa encima. Pero cuando fue a pagar y entregó la onza, el mercader se puso por esos mundos diciendo que aquélla era una mala moneda, que por lo tanto sería su dueño un monedero falso, y que lo iba a delatar a la justicia.

El pobre al oír esto se abochornó y se le puso la cara tan encendida que se podían tostar habas en ella; tocó de suela y fue a contarle a don Dinero lo que le pasaba llorando por su cara abajo.

Al oírlo doña Fortuna se desternillaba de risa, y a don Dinero se le iba subiendo la mostaza a las narices.

—Toma —le dijo al pobre, dándole dos mil reales—; mala fortuna tienes, pero yo te he de sacar adelante, o he de poder poco.

El pobre se fue tan enajenado, que no vio, hasta que se dio de narices con ellos, a unos ladrones que lo dejaron como su madre lo parió.

Doña Fortuna le hacía la mamola a su marido, y éste estaba más corrido que una mona.

—Ahora me toca a mí —le dijo—, y hemos de ver quién puede más, las faldas o los calzones.

Acercóse entonces al pobre que se había tirado al suelo, y se arrancaba los cabellos; y sopló sobre él. Al punto se halló éste debajo de la mano el duro que se le había perdido. Algo es algo, dijo para sí, vamos a comprarles pan a mis hijos, que ha tres días que andan a medio sueldo, y tendrán los estómagos más limpios que una «paterna».

"I want to help you out, friend," said Mr. Money, pompously placing a five-peseta coin in the poor man's hand.

The pauper thought he was dreaming, and broke into a run so rapid he fairly flew, for joy lent wings to his feet; he went straight to a bakery and bought bread; but when he went to take out the coin, all he found in his pocket was a hole, through which the five pesetas had departed without saying good-bye.

In despair, the poor man started to look for the coin, but he found nothing. If a pig is destined to be eaten by the wolf, even Saint Anthony can't save it. Along with the coin he lost time, and along with the time he lost patience, and he began to curse his bad luck so hard that it was frightening.

Lady Luck was bursting with laughter; Mr. Money's face got even yellower with anger; but he had no other recourse than to dig down in his purse and give the pauper an eighty-peseta coin.

The man got so happy that his heart was dancing in his chest. This time he didn't go for bread, but to a shop where he bought cloth so he could put a few shreds of clothing on the backs of his wife and children. But when he went to pay and handed over the coin, the storekeeper objected violently, saying it was a fake coin, that its owner was therefore a counterfeiter, and that he would report him to the police. When the pauper heard that, he became flushed, his face burning so hotly that you could have roasted beans on it; he lit out and went to tell Mr. Money what had happened to him, tears streaming down his face.

Hearing this, Lady Luck was splitting her sides with laughter, and Mr. Money got more and more angry.

"Take this," he said to the pauper, giving him five hundred pesetas. "You have bad luck, but I'm going to improve your life, or else I haven't any power!"

The pauper departed, so beside himself that, until he ran right up against them, he didn't notice a group of robbers, who left him naked as the day he was born.

Lady Luck chucked her husband under the chin in mockery, and he was as embarrassed as can be.

"Now it's my turn," she said, "and we'll see which has more power, the petticoats or the pants."

Then she approached the pauper, who had flung himself to the ground and was pulling out his hair; and she blew on him. Immediately he found under his hand the five-peseta coin he had lost. "Something is better than nothing," he said to himself; "let me buy bread for my children, who've been on 'half pay' for three days, and must have stomachs cleaner than a Communion platter."

Al pasar frente a la tienda en la que había mercado la ropa, lo llamó el mercader, y le dijo que le había de disimular lo que había hecho con él; que se le figuró que la onza era mala, pero que habiendo acertado a entrar allá, el contraste le había asegurado que la onza era buenísima; y tan cabal en el peso, que más bien le sobraba que no le faltaba; que ahí la tenía, y además toda la ropa que había apartado, que le daba en cambio de lo que había hecho con él. El pobre se dio por satisfecho, cargó con todo, y al pasar por la plaza, cate usted ahí que una partida de Napoleones de la guardia civil traían presos a los ladrones que le habían robado, y en seguida el juez, que era un juez como Dios manda, le hizo restituir los dos mil reales sin costas ni mermas.

Puso el pobre este dinero con un compadre suyo en una mina, y no bien habían ahondado tres varas, cuando se hallaron un filón de oro, otro de plata, otro de plomo y otro de hierro. A poco le dirigieron don, luego usía, y luego excelencia.

Desde entonces tiene doña Fortuna a su marido amilanado y metido en un zapato; y ella más casquivana, más desatinada que nunca, sigue repartiendo sus favores sin ton ni son, al buen tun tun, a tontas y a locas, a ojo de buen cubero, a la buena de Dios, a cara y cruz, a manera de palo de ciego, y alguno alcanzará al narrador si le agrada el cuento al lector.

Juan Soldado

Érase un mozo solariego, sin casa ni canastilla, al que tocó la suerte de soldado. Cumplió su tiempo, que fue ocho años, y se volvió a reenganchar por otros ocho, y después por otros tantos.

Cuando hubo cumplido estos últimos, ya era viejo y no servía ni para ranchero, por lo que le licenciaron, dándole una libra de pan y seis maravedís que alcanzaba de su haber.

—¡Pues dígole a usted —pensó Juan Soldado cogiendo la vereda— que me ha lucido el pelo! ¡Después de veinticuatro años que he servido al rey, lo que vengo a sacar es una libra de pan y seis maravedís! Pero anda con Dios; nada adelanto con desesperarme sino el criar mala sangre.

Y siguió su camino cantando:

When he passed by the shop in which he had bought the clothing, the merchant called him in, and asked him to forgive his prior actions; he had imagined that the eighty-peseta piece was fake, but the inspector of weights and measures had happened to drop in and had assured him it was perfectly good, and of such proper weight that there was rather too much metal in it than too little; he, the shopkeeper, had the coin there, together with all the clothing he had set aside, which he made him a gift of in compensation for his wrong treatment of him. The pauper agreed to overlook the affront and took hold of everything; when he walked through the square, lo and behold, a troop of constables of the Civil Guard were leading captive the robbers who had despoiled him, and at once the judge, who was a real, proper judge, had the five hundred pesetas returned to him with no costs or deductions.

The poor man invested this money in a mine along with a neighbor of his, and as soon as they had dug three fathoms they found a vein of gold, another of silver, another of lead, and another of iron. Before long he was being addressed as "Don," then "your worship," and then "your excellency."

Ever since then, Lady Luck has kept her husband intimidated and under her thumb; and she, more scatterbrained and reckless than ever, continues to distribute her aid at random, higgledy piggledy, as her fancy dictates, without rules or regulations, by chance, mindlessly, groping in the dark like a blind man with his stick; and some piece of luck will befall the narrator if the reader likes the story.

Soldier John

There was a young serf, without a house or anything to his name, who was drafted into the army. When his eight-year term was up, he reenlisted for another eight, and then for the same number of years again.

At the end of his last eight years of service, he was already old and wasn't even fit to be a cook, so they discharged him, giving him a pound of bread and six maravedis coming to him from his pay.

"Well, I tell you," Soldier John thought as he hit the trail, "I've really done well! After twenty-four years serving the king, all I get is a pound of bread and six maravedis! But, let it be; I gain nothing by despairing except making myself sick."

And he went along his way, singing:

La boca me huele a rancho
Y el pescuezo a corbatín,
Las espaldas a mochila
Y las manos a fusil.

En esos tiempos andaba Nuestro Padre Jesús por el mundo y traía de lazarillo a San Pedro. Encontróse con ellos Juan Soldado, y San Pedro, que era el encargado, le pidió una limosna.

—¿Qué te he de dar yo —le dijo Juan Soldado—, yo, que después de veinticuatro años de servir al rey lo que me he agenciado no es más que una libra de pan y seis maravedís?

Pero San Pedro, que es porfiado, insistió:

—Vaya —dijo Juan Soldado—, aunque después de servir al rey veinticuatro años sólo tengo por junto una libra de pan y seis maravedís, partiré el pan con ustedes.

Cogió la navaja, hizo tres partes del pan, les dio dos y se quedó con una.

A las dos leguas se halló otra vez con el Señor y San Pedro, el que le volvió a pedir limosna.

—Quiéreme parecer —dijo Juan Soldado— que les he dado *nantes* a ustedes y que ya conozco esa calva; pero ¡anda con Dios!, aunque después de veinticuatro años de servir al rey sólo tengo una libra de pan y seis maravedís, y que de la libra de pan no me queda sino este pedazo, lo partiré con ustedes.

Lo que hizo, y en seguida se comió su parte para que no se la volviesen a pedir.

Al ponerse el sol se halló por tercera vez con el Señor y San Pedro, que le pidieron limosna.

—Sobre que juraría que ya les he dado a ustedes —dijo Juan Soldado—, pero ¡anda con Dios!, aunque después de servir al rey veinticuatro años sólo me he hallado con una libra de pan y seis maravedís, repartiré éstos como repartí el pan.

Cogió cuatro maravedís, que le dio a San Pedro, y se quedó con dos.

—¿Dónde voy yo con un ochavo? —dijo para sí Juan Soldado—; no me queda más que ayuncar al trabajo y echar el alma si he de comer.

—Maestro —le dijo San Pedro al Señor—: haga su Majestad algo por ese desdichado que ha servido veinticuatro años al rey y no ha sacado más que una libra de pan y seis maravedís, que ha repartido con nosotros.

My mouth smells of army chow
and my neck of a soldier's leather tie,
my shoulders of a pack,
and my hands of a rifle.

In those days Our Lord Jesus walked on earth, with Saint Peter as his guide. Soldier John met them, and Saint Peter, whose duty it was, asked him for alms.

"What can *I* give you," said Soldier John, "I, who after twenty-four years serving the king, wangled no more than a pound of bread and six maravedis?"

But Saint Peter, who is persistent, persevered.

"All right," said Soldier John, "even though after twenty-four years serving the king, I have as sum total a pound of bread and six maravedis, I'll share the bread with you two."

He drew his knife, cut the bread into three pieces, gave them two, and kept one.

Two leagues further on, he once again met the Lord and Saint Peter, who again asked him for alms.

"It seems to me," said Soldier John, "that I gave you something before, and I recognize that bald head; but, what do you want! Even though after twenty-four years serving the king all I have is a pound of bread and six maravedis, and of the pound of bread only this piece is left, I'll share it with you."

He did so, and immediately ate up his share, so they wouldn't ask him for it again.

When the sun was setting, he met the Lord and Saint Peter for the third time, and they asked him for alms.

"I'd swear I already gave you something," said Soldier John, "but, what do you want! Even though after twenty-four years serving the king I found myself with a pound of bread and six maravedis, I'll share the coins the way I shared the bread."

He took out four maravedis, which he gave to Saint Peter, leaving two for himself.

"Where can I go with two maravedis?" Soldier John said to himself. "I have no other choice than to go to work and put my back into it if I want to eat."

"Master," Saint Peter said to the Lord, "let Your Majesty do something for this unfortunate who served the king for twenty-four years and came away with merely a pound of bread and six maravedis, which he shared with us."

—Bien está, llámalo y pregúntale lo que quiere —contestó el Señor.

Hízolo así San Pedro, y Juan Soldado, después de pensarlo, le respondió que lo que quería era que en el morral que llevaba vacío se le metiese aquello que él quisiese meter en él. Lo que le fue concedido.

Al llegar a un pueblo vio Juan Soldado en una tienda unas hogazas de pan más blancas que jazmines y unas longanizas que decían: «Comedme.»

—¡Al morral! —gritó Juan Soldado en tono de mando.

Y cáteme usted las hogazas dando vueltas como ruedas de carretas, y las longanizas arrastrándose más súpitas que culebras, encaminándose hacia el morral sin perder la derechura.

El montañés dueño de la tienda y el montañuco su hijo corrían detrás dando cada trancazo que un pie perdía de vista al otro; pero ¿quién las atajaba, si las hogazas rodaban desatinadas como chinas cuesta abajo y las longanizas se les escurrían entre los dedos como anguilas?

Juan Soldado, que comía más que un cáncer, y aquel día tenía más hambre que Dios paciencia, se dio un hartagón de los cumplidos, de los de no puedo más.

Al anochecer llegó a un pueblo; como era licenciado del ejército, tenía alojamiento, por lo cual se encaminó al Ayuntamiento para que le diesen boleta.

—Soy un pobre soldado, señor —le dijo al alcalde—, que, después de veinticuatro años de servir al rey, sólo me hallé con una libra de pan y seis maravedís, que se gastaron por el camino.

El alcalde le dijo que si quería le alojaría en una hacienda cercana, a la que nadie quería ir porque había muerto en ella un condenado, y que desde entonces había asombro; pero que si él era valiente y no le temía al asombro, podía ir, que allí hallaría de cuanto Dios crió, pues el condenado había sido muy riquísimo.

—Señor, Juan Soldado ni debe ni teme —contestó éste—, y allá voy a encamparme en un decir tilín.

En aquella posesión se halló Juan Soldado el centro de la abundancia: la bodega era de las famosas; la despensa, de las bien provistas, y los sobrados estaban atestados de frutas.

Lo primero que hizo a prevención, por lo que pudiera tronar, fue llenar un jarro de vino, porque consideró que a los borrachos se les tapaba la vena del miedo; en seguida encendió candela y se sentó a ella para hacer unas migas de tocino.

"Fine. Call him over and ask him what he wants," the Lord replied. Saint Peter did so, and Soldier John, after thinking it over, answered that his wish was that whatever he wanted to put in his empty backpack should enter it of its own accord. This was granted to him. On arriving in a village, Soldier John saw in a shop big loaves of bread whiter than jasmines and some sausages that cried out to be devoured.

"Into the pack!" Soldier John cried in a tone of command.

And, lo and behold, the loaves rolled like cartwheels, and the sausages crawled more rapidly than snakes, heading for his pack in the straightest of lines.

The Santander highlander who owned the shop, and his little son, ran after them with such mighty strides that one foot lost sight of the other, but who could intercept them, with the loaves rolling as recklessly as pebbles downhill, and the sausages slipping through their fingers like eels?

Soldier John, who had a huge appetite, and on that day felt more hunger than God has patience, made a complete feast on them, till he couldn't eat another bite.

At nightfall he reached a small town; since he was a discharged soldier, he had the right to free lodgings, to obtain which he headed for the town hall, to be given a billeting order.

"I'm a poor soldier, sir," he told the mayor, "who after twenty-four years serving the king found himself with nothing but a pound of bread and six maravedis, which got used up on the way."

The mayor told him that, if he liked, he'd put him up in a nearby plantation house which nobody wanted to stay in because a criminal had been executed there and it had been haunted ever since; but if he was brave and not afraid of the ghost, he could go to that house, where he'd find all the bounty God created, the executed man having been exceedingly wealthy.

"Sir, Soldier John has no debts or fears," John replied, "and I'm off to make camp there before you can say Jack Robinson."

In that house Soldier John found the horn of plenty: the cellar was renowned for its wines; the larder was of the most abundant, and the attic was crammed with fruit.

The first thing he did, as a precaution against anything that might happen, was to fill a jug with wine, because he believed that drink blotted out fear; right after that, he made a fire and sat down next to it to toast some breadcrumbs with bacon.

Apenas estaba sentado, cuando oyó una voz que bajaba por la chimenea y decía:

—¿Caigo?

—Cae si te da la gana —respondió Juan Soldado, que ya estaba pintón con los lapos de aquel rico vino que se echaba entre pecho y espalda—; que el que ha servido veinticuatro años al rey sin sacar más que una libra de pan y seis maravedís, ni teme ni debe.

No bien lo hubo dicho, cuando cayó a la mismita vera suya la pierna de un hombre: a Juan Soldado le dio un espeluzo que se le erizaron los vellos como el pelo a un gato acosado; cogió el jarro y le dio un testarazo.

—¿Quieres que te entierre? —le preguntó Juan Soldado.

La pierna dijo con el dedo del pie que no.

—Pues púdrete ahí —dijo Juan Soldado.

De allí a nada volvió a decir la misma voz de *denantes:*

—¿Caigo?

—Cae si te da la gana —respondió Juan Soldado dándole un testarazo al jarro—, que quien ha servido veinticuatro años al rey ni teme ni debe.

Cayó entonces al lado de la pierna su compañera. Para acabar presto, de esta manera fueron cayendo los cuatro cuartos de un hombre, y, por último, la cabeza, que se apegó a los cuartos, y entonces se puso en pie en una pierna, no un cristiano, sino un espectáculo fiero, como que era el mismísimo condenado en cuerpo y alma.

—Juan Soldado —dijo con un vocejón que helaba la sangre en las venas—: ya veo que eres un valiente.

—Sí, señor —respondió éste—; lo soy, no hay que decir, ni hartura ni miedo ha conocido Juan Soldado en la vida de Dios, pues a pesar de eso, ha de saber su merced que en veinticuatro años que he servido al rey, lo que he venido a sacar ha sido una libra de pan y seis maravedís.

—No te apesadumbres por eso —dijo el espectáculo—, pues si haces lo que te voy a decir salvarás mi alma y serás feliz; ¿quieres hacerlo?

—Sí, señor; sí, señor; más que sea lañarle a su merced los cuartos para que no se vuelvan a desperdigar.

—Lo malo que tiene —dijo el espectáculo— es que me parece que estás borracho.

—No, señor; no, señor; no estoy sino calomelano, pues ha de saber su merced que hay tres clases de borracheras: la primera, es de escucha y perdona; la segunda, es de capa arrastrando, y la tercera, de medir el suelo; yo no he pasado de escucha y perdona, señor.

Scarcely had he sat down when he heard a voice issuing from the chimney, asking:

"Shall I fall down?"

"Fall if you like," replied Soldier John, who was already flushed by those gulps of strong wine he was swigging down, "because a man who has served his king for twenty-four years, getting out of it nothing but a pound of bread and six maravedis, has no fears or debts."

No sooner had he said that than a man's leg fell down right beside him: it gave Soldier John such a start that his hair stood on end like that of a hounded cat; he picked up the jug and took a big swig.

"Do you want me to bury you?" Soldier John asked.

The leg made a negative sign with one toe.

"Then stay there and rot," said Soldier John.

In no time at all, the same voice as before said again:

"Shall I fall?"

"Fall if you like," replied Soldier John, taking a swig from the jug, "because a man who has served his king for twenty-four years has no fears or debts."

Then the companion leg fell beside the first one. To make a long story short, in the same way all four quarters of a man came tumbling down, and, lastly, his head, which attached itself to the quarters; and there, standing on one leg, was not an ordinary human being, but a wild apparition: that executed man himself in body and soul.

"Soldier John," he said in a loud voice which froze the blood in one's veins, "now I see you're a brave man."

"Yes, sir," John replied, "I am, no doubt about it; for as long as he has lived, Soldier John has never known a full belly, or fear, but in spite of that, I'll have your worship know that after twenty-four years serving the king, all I got out of it was a pound of bread and six maravedis."

"Don't be melancholy over that," the apparition said, "because if you do what I'm going to tell you, you'll save my soul and you'll be happy. Are you willing to do it?"

"Yes, sir, yes, sir, unless it means sewing your worship's four parts tightly together so they won't get separated again."

"The trouble I foresee," the apparition said, "is that you seem to be drunk."

"No, sir, no, sir, I'm just mildly tipsy, since I'll have your worship know there are three degrees of drunkenness: the first one is 'listen and forgive'; the second is dragging your cape; and the third is being stretched out on the floor; I haven't gotten beyond 'listen and forgive,' sir."

—Pues sígueme —dijo el espectáculo.

Juan Soldado, que estaba peneque, se levantó, haciendo su cuerpo para aquí para allá como santo en andas, y cogió el candil; pero el espectáculo alargó un brazo como una garrocha y apagó la luz. No se necesitaba, porque sus ojos alumbraban como dos hornos de fragua.

Cuando llegaron a la bodega, dijo el espectáculo:

—Juan Soldado: toma una azada y abre aquí un hoyo.

—Ábralo usted con toda su alma si le da gana —respondió Juan Soldado—, que yo no he servido veinticuatro años al rey sin sacar más provecho que una libra de pan y seis maravedís para ponerme ahora a servir a otro amo que puede que ni eso me dé.

El espectáculo cogió la azada, cavó y sacó tres tinajas, y le dijo a Juan Soldado.

—Esta tinaja está llena de cuartos, que repartirás a los pobres; esta otra está llena de plata, que emplearás en sufragios para mi alma, y esta última esté llena de oro, que será para ti si me prometes emplear el contenido de las otras según lo he dispuesto.

—Pierda su merced cuidado —respondió Juan Soldado—; veinticuatro años he estado cumpliendo con puntualidad lo mandado, sin sacar más premio que una libra de pan y seis maravedís, con que ya ve su merced si lo haré ahora, en que tan buena recompensa me *apromete*.

Juan Soldado cumplió con todo lo que le encomendó el espectáculo, y se quedó hecho un usía considerable, con tanto oro como había en su tinaja.

Pero a quien le supo todo lo acaecido a cuerno quemado fue a Lucifer, que se quedó sin el alma del condenado por lo mucho que por ella rezaron la Iglesia y los pobres, y no sabía cómo vengarse de Juan Soldado.

Había en el infierno un Satanasillo más ladino y más astuto que ninguno, que le dijo a Lucifer que él se determinaba a traerle a Juan Soldado.

Tuvo de esto tanta alegría el diablo mayor, que le *aprometió* al chico, si le cumplía lo ofrecido, regalarle una jarapada de moños y de dijes para tentar y pervertir a las hijas de Eva, y una multitud de barajas y de pellejos de vino para seducir y perder a los hijos de Adán.

Está Juan Soldado sentado en su corral, cuando vio llegar muy diligente al Satanasillo, que le dijo:

—Buenos días, señor don Juan.

—Me alegro de verte, monicaquillo; ¡qué feo eres! ¿Quieres tabaquear?

"In that case, follow me," the apparition said.

Soldier John, who was reeling, stood up, his body swaying from side to side like a saint's image being carried in a procession, and he picked up the oil lamp; but the apparition stretched out an arm like a pikestaff and put out the light.

It wasn't needed, because his eyes glowed like two forge furnaces. When they reached the cellar, the apparition said:

"Soldier John, take a hoe and dig a hole here."

"*You* dig as hard as you like if you want to," replied Soldier John, "because I didn't serve my king for twenty-four years, getting no more out of it than a pound of bread and six maravedis, only to start serving another master who might not even give me that much."

The apparition took the hoe, dug, and drew out three storage jars, saying to Soldier John:

"This jar is full of copper coins, which you'll distribute to the needy; this second one is full of silver, which you'll use for masses for my soul, and this last one is full of gold, which will be for you if you promise me to use the contents of the others in accordance with my instructions."

"Don't worry, your worship," Soldier John replied; "for twenty-four years I carried out orders faithfully, with no more reward than a pound of bread and six maravedis, so that your worship can be sure I'll do so now, when you promise me such good compensation."

Soldier John fulfilled all of the apparition's requirements, and became a distinguished gentleman with all the gold that was in his jar.

But, if there was anyone who found all these events as unpleasant-tasting as a burnt horn, it was Lucifer, who was cheated out of the executed man's soul thanks to all the prayers for it on the part of the clergy and the needy, and who didn't know how to take revenge on Soldier John.

In hell there was a young devil more sly and cunning than all the rest, and he told Lucifer he was resolved to bring Soldier John to him.

The senior devil was so overjoyed at this that he promised the young one that, if he kept his word, he'd give him a big heap of ribbon bows and trinkets with which to tempt and seduce the daughters of Eve, and a huge number of packs of cards and wineskins to make the sons of Adam go astray and lose their souls.

Soldier John was seated in his courtyard when he saw the young devil arrive very diligently, saying:

"Good day, Master John."

"I'm happy to see you, peanut. How ugly you are! Want a smoke?"

—No fumo, don Juan, sino pajuelas.

—¿Quieres echar un trago?

—No bebo sino agua fuerte.

—Pues, entonces, ¿a qué vienes, alma de Caín?

—A llevarme a su merced.

—Sea en buena hora. No tengo dificultad en ir contigo. No he servido yo veinticuatro años al rey para tocar retirada ante un enemiguillo de mala muerte como tú. Juan Soldado ni teme ni debe, ¿estás? Mira, súbete a esa higuera que tiene brevas tamañas como hogazas de pan, mientras yo voy por las alforjas, porque me se antoja que la vereda que vamos a andar es larga.

Satanasillo, que era goloso, se subió en la higuera y se puso a engullir brevas, entre tanto que Juan Soldado fue por su morral, que se colgó, y volvió al corral gritando al Satanasillo:

—¡Al morral!

El diablo chico, pegando cada hipío que asombraba, y haciendo cada contorsión que metía miedo, no tuvo más remedio que colar en el morral.

Juan Soldado cogió un dique de herrero y empezó a sacudir trancazos sobre el Satanasillo hasta que le dejó los huesos hechos harina.

Dejo a la consideración del noble auditorio el coraje que tendría Lucifer cuando vio llegar a su presencia a su Benjamín, a su ojito derecho, todo derrengado y sin un hueso que bien lo quisiese en su cuerpo.

—¡Por los cuernos de la luna! —gritó—, aseguro que ese descarado hampón de Juan Soldado me las ha de pagar todas juntas; allá voy yo por él en propia persona.

Juan Soldado, que se aguardaba esta visita, estaba prevenido y tenía colgado su morral. Así fue que apenas se presentó Lucifer, echando fuego por los ojos y cohetes por la boca, plantósele Juan Soldado delante con muchísima serenidad y le dijo:

—Compadre Lucifer: Juan Soldado no teme ni debe, para que lo sepas.

—Lo que has de saber tú, fanfarrón tragaldabas, es que te voy a meter en el infierno en un decir Satán —dijo bufando Lucifer.

—¿Tú a mí? ¿Tú a Juan Soldado? ¡Fácil era! Lo que tú no sabes, compadre soberbio, es que quien te va a meter el resuello para dentro soy yo.

—¡Tú, vil gusano terrestre!

—Yo a ti, gran fantasmón, en un morral te voy a meter a ti, a tu rabo y a tus cuernos.

"Master John, I smoke only sulfur wicks."

"Like a drink?"

"I drink only nitric acid."

"Then, what have you come for, soul of Cain?"

"To carry your worship away."

"Fine with me. I have no problem in going with you. I didn't serve the king for twenty-four years only to beat retreat in the face of an insignificant little devil like you. Soldier John has no fears or debts, see? Look, climb up that fig tree which has early figs as big as loaves of bread, while I go get the saddlebags, because I imagine the way we have to go is a long one."

The little devil, who had a sweet tooth, climbed the fig tree and started gulping down figs, while Soldier John went to get his military pack, which he put on; then he returned to the yard, calling to the little devil:

"Into the pack!"

The young demon, hiccuping so hard that it was awesome, and writhing so violently that it was scary, had no other choice than to slip into the pack.

Soldier John picked up a blacksmith's hammer and started to rain blows onto the little devil until his bones were turned to flour.

I leave it to my noble listeners to judge how angry Lucifer was when he saw his darling, the apple of his eye, arrive in his presence all demolished, without a sound bone in his body.

"By the horns of the moon!" he shouted. "I assure you that I'll pay back that shameless crook Soldier John for every last thing. I'm going after him in person."

Soldier John, who had expected that visit, was forewarned and was wearing his backpack. And so, the moment Lucifer showed up, emitting fire from his eyes and rockets from his mouth, Soldier John took his stand in front of him with enormous calm, and said:

"My friend Lucifer, I'll have you know that Soldier John has no fears or debts."

"The thing that *you* need to know, you gluttonous braggart, is that I'm going to put you in hell before you can say Satan," said Lucifer, snorting.

"You'll do that to me? You'll do that to Soldier John? Easy to say! What you don't know, my arrogant friend, is that *I* am going to cut off *your* breath."

"You, you low earthworm?!"

"Yes, me, you big spook, I'm going to put you, your tail, and your horns into a pack."

—Basta de jactancias —dijo Lucifer alargando su gran brazo y sacando sus tremendas uñas.

—¡Al morral! —exclamó en voz de mando Juan Soldado.

Y por más que Lucifer se repercutó; por más que se repeló, se defendió y se hizo un ovillo; por más que bramó, bufó y aulló, al morral fue de cabeza sin que hubiese tu tía.

Juan Soldado trajo un mazo y empezó a descargar sobre el morral cada taramazo que hacía hoyo, hasta que dejó a Lucifer más aplastado que un pliego de papel.

Cuando se le cansaron los brazos, dejó ir al preso y le dijo:

—Mira que ahora me contento con esto; pero si te atreves a volver a ponérteme delante, gran sinvergonzón, tan cierto como que he servido al rey veinticuatro años sin haber sacado más que una libra de pan y seis maravedís, que te arranco la cola, los cuernos y las uñas, y veremos entonces a quién metes miedo. Estás prevenido.

Cuando su corte infernal vio llegar al diablo mayor, lisiado, tullido, más transparente que tela de tamiz y con el rabo entre piernas, como perro despedido a palos, se pusieron todos aquellos ferósticos a echar sapos y culebras.

—Después de esto, ¡qué hacemos, señor? —preguntaron a una voz.

—Mandar venir cerrajeros para que hagan cerrojos para las puertas, albañiles para que tapen bien todas las rajas y boquetes del infierno, a fin de que no entre, no cuele ni aporte por aquí el gran insolentón de Juan Soldado —les respondió Lucifer.

Lo que al punto se hizo.

Cuando Juan Soldado conoció que se le acercaba la hora de la muerte, cogió su morral y se encaminó para el cielo.

A la puerta se halló con San Pedro, que le dijo:

—¡Hola! Bien venido. ¿Dónde se va, amigo?

—Toma —respondió muy fantasioso Juan Soldado—, a entrar.

—¡Eh, párese usted, compadre, que no entra cada quisque en el cielo como Pedro por su casa! Veamos qué méritos trae usted.

—Pues no es nada —respondió Juan Soldado muy sobre sí—; he servido veinticuatro años al rey sin sacar más recompensa que una libra de pan y seis maravedís. ¿Le parece a su merced poco?

—No basta, amigo —dijo San Pedro.

—¿Qué no basta? —repuso Juan Soldado dando un paso adelante—; veremos.

San Pedro le atajó el paso.

—¡Al morral! —mandó Juan Soldado.

—Juan, hombre, cristiano, ten respeto, ten consideración.

"Enough boasting," said Lucifer, extending his long arm and exposing his tremendous claws.

"Into the pack!" Soldier John exclaimed in a tone of command.

And no matter how hard Lucifer resisted, fought back, defended himself, and curled up; no matter how loud he bellowed, snorted, and howled, into the pack he went, head first, without a ray of hope.

Soldier John brought a mallet and started to deal dent-making blows on the pack with it, until he left Lucifer flatter than a sheet of paper.

When his arms got tired, he let his captive go, saying:

"Look, for now I'm satisfied with this, but if you dare to show up in my presence again, you big scoundrel, as surely as that I served my king for twenty-four years and got nothing out of it but a pound of bread and six maravedis, I'll pull out your tail, horns, and claws, and then we'll see who you'll frighten. Don't say you weren't warned."

When his infernal court saw the senior devil arriving maimed, bashed, and more transparent than cheesecloth, his tail between his legs like a beaten dog that has been driven off, all those disagreeable monsters started to emit toads and snakes from their mouths.

"After this, what are we to do, sir?" they asked with one voice.

"Send for locksmiths to make bars for the doors, for masons to fill in every crack and hole in hell, so that that impudent Soldier John can't walk in, slip in, or land anywhere around here," Lucifer replied.

And it was done immediately.

When Soldier John realized the hour of his death was approaching, he took his backpack and headed for heaven.

At the gate he encountered Saint Peter, who said to him:

"Hello! Welcome! Where are you going, friend?"

"Why," replied Soldier John very conceitedly, "I'm coming in."

"Ho, stop right there, neighbor; not just anybody can come into heaven and make himself at home! Let's see what merit you've acquired."

"Well, it's more than nothing," Soldier John replied, very full of himself; "I served my king for twenty-four years and got no more reward than a pound of bread and six maravedis. Does your worship find that insufficient?"

"It's not enough, friend," said Saint Peter.

"What's not enough?" Soldier John retorted, taking a step forward. "We'll see."

Saint Peter blocked his path.

"Into the pack!" Soldier John ordered.

"John, man, my good fellow, have respect, have regard!"

—¡Al morral!, que Juan Soldado ni teme ni debe. Y San Pedro, que quiso, que no, se tuvo que colocar en el morral.

—Suéltame, Juan Soldado —le dijo—; considera que las puertas del cielo están abiertas y sin custodia, y que puede colarse allí cualquier alma de cántaro.

—Eso era cabalmente lo que yo quería —dijo Juan Soldado, entrándose adentro muy pechisacado y cuellierguido; pues diga usted, señor don Pedro, ¿le parece a su merced *rigular* que después de veinticuatro años de servir al rey allá abajo, sin haber sacado más que una libra de pan y seis maravedís, no halle yo por acá arriba mi cuartel de inválidos?

"Into the pack, because Soldier John has no fears or debts."
And Saint Peter, willy nilly, had to put himself in the pack.
"Release me, Soldier John!" he said. "Remember that the gates to heaven are open and unguarded, and that any old blockhead of a soul could sneak in!"

"That was precisely what I wanted," said Soldier John, entering very arrogantly and haughtily. "Well, tell me, Peter, doesn't your worship consider it only fair that, after twenty-four years serving the king down below, without gaining more than a pound of bread and six maravedis, I should find my veterans' home up here?"

Ramón de Mesonero Romanos (1803–1882)

La posada o España en Madrid

La patria más natural
es aquella que recibe
con amor al forastero;
que si todos cuantos viven
son de la vida correos,
la posada donde asisten
con más agasajo es patria
más digna de que se estime . . .
(Tirso de Molina.)

I: El paradero Cabezal

No hace muchas semanas que en el *Diario de Madrid,* y en su penúltima página, en aquella parte destinada a las habitaciones, nodrizas, viudas de *circunstancias* y demás objetos de alquiler, se leía uno, dos y hasta tres días consecutivos el siguiente anuncio:

«Se traspasa la posada número . . . de la calle de Toledo, con todos los enseres correspondientes. Es establecimiento conocido hace más de cien años con el nombre del *Parador de la Higuera.* Su parroquia se extiende más allá de los puertos, sirve de posada a los ordinarios más famosos de nuestras provincias. En cuanto a noticia sobre precio y condiciones, el mozo de paja y cebada dará una y otra a quien le convenga; teniendo entendido que el miércoles 9 del corriente, a las diez de la mañana, se adjudicará al mejor postor.»

No fue menester más que estas cuatro líneas para que todos los trajineros y especuladores provinciales, estantes y transeúntes, que de ordinario asisten en esta muy heroica villa, acudiesen al reclamo en el día y hora señalados, como si llamados fueran a son de campana comunal.

RAMÓN DE MESONERO ROMANOS (1803–1882)

The Inn; or, Spain in Madrid

The most natural homeland
is the one that welcomes
strangers lovingly;
for if all living men
are travelers through life,
the inn where they lodge
in greatest comfort is the homeland
worthiest of esteem. . . .
(TIRSO DE MOLINA.)[1]

I: The Cabezal Guesthouse

Not many weeks ago, in the *Madrid Daily*, and on its next-to-last page, in the section devoted to rooms, wet nurses, temporary widows, and other objects for hire, there could be read for one, two, and even three consecutive days the following announcement:

"For sale: the inn at number . . . on the Calle de Toledo, with all appurtenances belonging to it. It is the establishment known for over a hundred years by the name Fig Tree Inn. Its clientele extends beyond the mountain chains that encircle Madrid; it serves as lodgings to the most famous long-distance haulers of our provinces. With regard to information on price and terms, the head stableman will give both to suitable inquirers; it being understood that on Wednesday the ninth of this month, at ten A.M., it will be awarded to the highest bidder."

It took no more than these few lines for all the provincial carriers and speculators, whether domiciled here or passing through, who are usually present in this very heroic city, to respond to the call at the announced day and hour, as if they had been summoned by a community church bell.

---

1. Major Golden Age playwright (real name, Gabriel Téllez; 1583–1648).

Y el caso, a decir verdad, no era para menos. Tratábase (como quien nada dice) de aprovechar la más bella ocasión de echar los cimientos a una sólida fortuna, de arraigar en un suelo fructífero y sazonado, de continuar una historia y fama seculares, y dar a conocer a la Corte y a la Villa, a las provincias de aquende y allende puertos, que el famoso *Parador de la Higuera* había variado de dueño, y lo que el país podía esperar de su nueva administración.

Nacía tan importante como súbita variación de un suceso de aquellos grandes y para siempre memorables que marcan la historia de los imperios y de las posadas; y este suceso, que iba a formar época en el establecimiento que hoy nos ocupa, era la abdicación espontánea y expresa del tío *Cabezal II,* anciano venerable de los buenos tiempos, hijo y sucesor de *Cabezal I,* fundador que fue de la *Venta de la Trinidad,* en los arranques del puerto de Guadarrama, ascendido después a una de las centrales de la carretera de Andalucía, en el Real Sitio de Aranjuez, y dueño, en fin, hasta su muerte, del gran *Parador de la Higuera,* cuya sucesión transmitió, naturalmente, a su hijo primogénito, el mismo que hoy fijaba sobre sí la atención de la posteridad por su espontánea y magnánima resolución.

No era ésta hija de un momento de irreflexión ni de un capricho pasajero, como es de suponerse, sabiendo que nuestro tío Cabezal frisaba ya en los ochenta eneros y podía alcanzar todo el grado de madurez de que era capaz su organización cerebral. Pero hay sucesos en la vida que dan origen a aquellas peripecias que marcan sus diversas fases, y hay objetos que, por separados que parezcan entre sí, mantienen con nuestro espíritu cierta oculta relación, que una grave circunstancia viene tal vez a descubrir.

Aquel suceso, pues, y aquel objeto, ligados tan estrecha e indisolublemente con el ánima del tío Cabezal, era la muerte del *Endino,* soberbio macho, natural de Villatobas, que prematuramente, y a los treinta y siete años de su edad, había dejado de existir, privando de su motor agente e inteligente a la noria del parador, porque conviene saber que el parador tenía noria en uno como patio que en los tiempos atrás sirvió de huerta, de que aún se conserva una higuera, por donde le vino el nombre al establecimiento.

En esta circunstancia desgraciada, en esta muerte natural, *lógica* y consiguiente, que cualquiera hubiera tomado desde el punto de vista material, vio nuestro Cabezal explicado el fin de una emblemática parábola, que de largos años atrás gustaba explicar a sus comensales; a saber: que la noria era su posada, el macho su persona, los arcaduces los trajineros que venían a verter en su regazo el fruto de sus acarreos,

And, to tell the truth, the circumstances deserved it. It was a matter (to say the least) of profiting by the most splendid opportunity to lay the foundation of a solid fortune, to take root in fertile, matured soil, to uphold a historic reputation going back centuries, and to inform the national capital, and the provinces on either side of the mountain ranges, that the famous Fig Tree Inn had changed ownership, and to proclaim what the country might expect of its new management.

This change, as significant as it was sudden, arose from one of those great and forever memorable events that leave their mark on the history of empires and inns; and this event, which was to initiate a new era in the establishment under discussion, was the spontaneous, intentional abdication of old man Cabezal II, a venerable ancient from the good old days, son and successor to Cabezal I, who had founded the Trinity Roadside Inn, at the foot of the Guadarrama pass, who had then bettered himself with one of the central inns on the highway to Andalusia, in the royal town of Aranjuez, and had finally become owner, until he died, of the great Fig Tree Inn, which he naturally bequeathed to his firstborn son, the very man who today was attracting the attention of posterity to himself by his spontaneous and magnanimous decision.

This decision was not born of a moment of thoughtlessness or a passing fancy, as might be imagined, knowing that our old man Cabezal was already getting on for eighty Januaries and might well have achieved the maximum degree of maturity that his cerebral organization was capable of. But there are events in life that give rise to those vicissitudes which mark its diverse phases, and there are objects that, as separate from one another as they may seem, have a certain hidden relation to our mind, a relation that a serious circumstance sometimes reveals.

Well, that event and that object, tied so closely and indissolubly to old man Cabezal's spirit, was the death of Wicked, a magnificent mule, a native of Villatobas, who prematurely, at thirty-six years of age, had ceased to exist, depriving the inn's waterwheel of its thought-endowed driving power; because it is fitting to know that the inn possessed a waterwheel in a sort of patio which in times past had served as an orchard and vegetable garden, of which one fig tree is still extant, giving the establishment its name.

In this unfortunate circumstance, in this natural, logical, and reasonable death which anyone else would have looked on from the realistic viewpoint, our Cabezal saw the end and solution of an emblematic parable that for many long years he had enjoyed telling his guests; to wit, that the waterwheel represented his inn, the mule was himself, the buckets of the wheel were the carriers who came and poured into his lap the profits from

y que en el punto y hora en que el macho dejase de existir, la noria dejaría de dar vueltas, el agua de llenar los arcaduces, el pilón de recibir su manantial. Y llegaba a tal extremo su supersticiosa creencia, y de tal suerte creía identificada su existencia con la existencia del macho, que le mimaba y bendecía con más celo que el hechizado don Claudio a su *lámpara descomunal,* y faltó poco para que, realizando su profecía, le ahogase su dolor a la primera nueva de la muerte de su compañero. El ánima, empero, resistió a tan violenta comparación, y pudo sobrevivir a aquel terrible impulso de pecar; pero, agotadas por él todas las fuerzas de la resistencia, cortó las alas al albedrío, y dejó al infeliz Cabezal condenado a vegetar estérilmente y sin amor a la gloria ni esperanza en el porvenir. Esta fue la razón por que, desengañado del mundo, determinó poner un término a sus negocios, retirarse a la vida privada y dejar las riendas del gobierno a manos más ágiles y bien templadas.

II: Los provincianos

A misa major repicaban las campanas de San Millán cuando por la calle baja de Toledo, entre el tráfago de carromatos y calesas, trajineros y paseantes, veíanse adelantar agitadamente y con rostros meditabundos, reveladores de una preocupación mental más o menos profunda, diferentes figuras, cuyos trajes y modales daban luego a conocer su diversa procedencia. Y puesto que la relación haya de padecer algún extravío, no podemos dispensarnos de hacer tal cual ligero rasguño de las principales de aquellas figuras, siquiera no sea más que por poner al lector en conocimiento de los personajes de las escenas, dándole de paso alguna indicación sobre las diversas inclinaciones y peculiar modo de vivir de los naturales de nuestras provincias en este emporio central de España, adonde vienen a concurrir en busca de más próvida fortuna.

El primero que llegó al lugar de la cita fue, si mal no recordamos, el señor Juan de Manzanares (alias el tío *Azumbres*), honrado propietario y traficante de la villa de Yepes, ex cuadrillero de la ex santa hermandad de Toledo, arrendador de diezmos del partido y persona notable por su buen humor, por el nombre de sus bodegas y por los catorce pollinos que le servían para el acarreo.

Este tal, montado en ellos, y en las nueve leguas que dista de Madrid su villa natal, había hecho el camino de la fortuna con mejor

their hauling; and that at the very moment when the mule ceased to exist, the wheel would stop turning, the water would stop filling the buckets, and the basin would stop receiving its water supply. And his superstitious belief reached such proportions, so closely did he believe his own existence to be identified with that of the mule, that he used to pamper and bless it more zealously than the bewitched Don Claudio blessed his miraculous lamp; and at the first news of his companion's death his sorrow was not far from killing him and making his prophecy come true. But his spirit withstood that violent identification, and he was able to survive that terrible urge to sin; yet, all the strength to resist having been exhausted by that impulse, it clipped the wings of his willpower, leaving poor Cabezal condemned to vegetate barrenly with no more love of glory and no more hope for the future. This was the reason why, disenchanted by the world, he decided to put an end to his business activities, retire to private life, and hand over the reins of government to more agile and courageous hands.

II. The Provincials

The bells of Saint Millán's were ringing for high mass when, coming down the lower stretch of the Calle de Toledo, amid the traffic of covered wagons and calèches, teamsters and promenaders, could be seen approaching nervously, with pensive faces that revealed more or less profound mental preoccupation, different figures whose attire and behavior made it possible to recognize their diversified origins. And though it means that our narrative must suffer from some digression, we cannot forgo a slight sketch of the principal figures among them, even if it is merely to acquaint the reader with the characters in the following scenes, at the same time affording him some hint of the diverse propensities and special life style of the natives of our provinces in this central emporium of Spain, where they assemble in quest of a more ample fortune.

The first to arrive at the announced site, if our memory serves, was Señor Juan de Manzanares (also known as Old Man Half-Gallons), a respected property owner and dealer from the town of Yepes, a former trooper in the former Holy Constabulary of Toledo, a district collector of tithes, and a person noted for his good humor, the renown of his wineries, and the fourteen young donkeys that aided him in his transport business.

This fellow, relying on them and on the nine leagues' distance between his hometown and Madrid, had won his way to fortune with bet-

resultado que Sebastián Elcano dando la vuelta al globo, o que Miguel de Cervantes encaramado sobre los lomos del Pegaso; y era porque no había tenido la necia arrogancia de echarse, como aquél, a descubrir mares incógnitos, ni, como éste, a proclamar verdades añejas, sino que, dejando a un lado la región de las ideas, se había internado en la de los hechos, limitándose a establecer una sólida, o mejor dicho, líquida comunicación entre sus tinajas y las ochocientas dieciséis tabernas públicas que cuenta nuestra noble capital. Por lo demás, eso le daba a él de los tratados de los economistas célebres, sobre las relaciones de los productos con el consumo, como de la guerra próxima del sultán con el virrey de Egipto; y así entendía la teoría de la sociedad de templanza de Nueva York como el alfabeto de la China; sin que esto sea decir tampoco que en punto al alfabeto conociese siquiera el vulgar castellano, y con respecto a aritmética tuviese otra tabla pitagórica que los diez dedos que en ambas manos fue servido de darle el Señor, con los cuales y su natural perspicacia tenía lo bastante para arreglar sus cuentas con sus infinitos comensales, y era fama en el pueblo que todavía no había ninguno conseguido eludir ni burlar su vigilancia.

La idea de un establecimiento en Madrid, a cuyo frente pensaba colocar a su yerno, *Chupacuartillos*, recientemente enlazado con su hija única (alias la *Moscatela*), había hallado acogida en el bien templado cerebro de nuestro *Azumbres*, y en silencioso recogimiento meditó largo rato sobre ella, la una mano en el pecho, la otra a la espalda, sostenido en un pie sobre el suelo, y el otro casi reposando encima de uno de los pellejos, símbolo de su gloria y prosperidad; hasta que, por fin, se decidió acudir al remate del parador, seguro de que sus antiguas relaciones con el poseedor dimisionario, y más que todo, la fama de su gran responsabilidad y gallardía le daba de antemano por vencidas todas las dificultades que pudieran oponérsele.

Contraste singular y antítesis verdadera del ricachón de *Azumbres* formaba el mísero Farruco Bragado, hijo natural de la parroquia de San Martín de Figueiras, provincia de Mondoñedo, reino de Galicia. Este infeliz ser, casi humano, en cuyo rostro, averiado del viento y ennegrecido del sol, no era fácil descubrir su fecha, hacía tres semanas que había arribado a estas cercanías de Madrid, a bordo de sus zuecos de madera, y en compañía de una columna de compañeros de armas, que con grandes hoces y el saco al hombro, suspendido de un res-

ter results than Sebastián Elcano[2] sailing around the world, or Miguel de Cervantes perched high on Pegasus's back; and this was because he hadn't had the foolish arrogance of trying to discover unknown seas, like the former, or proclaiming age-old truths, like the latter, but, setting aside the realm of ideas, had delved into the realm of action, confining himself to the establishment of a solid (or rather, liquid) communication between his storage jars and the eight hundred sixteen public taverns of which our noble capital boasts. Furthermore, he cared as much about the treatises of famous economists, and the relationship between supply and demand, as he did about the next war between the sultan of Turkey and the viceroy of Egypt; and he understood the theories of the New York temperance society as well as he did the Chinese writing system; which is not to say that, as far as literacy goes, he could even read ordinary Spanish; and as for arithmetic, his only Pythagorean table was the ten fingers that the good Lord was pleased to place on his two hands; with them, and with his inborn shrewdness, he had enough equipment to settle his accounts with his numberless customers, and it was a byword in town that no one yet had succeeded in eluding, or getting the better of, his vigilance.

The idea of an establishment in Madrid, in charge of which he intended to place his son-in-law Liter-Drainer, recently wed to his only daughter (called Dumb Muscatel), had taken root in the well-tempered brain of our Half-Gallons, and in silent meditation he had pondered over it for some time, one hand on his chest and the other behind his back, standing with one foot on the ground and the other nearly at rest on one of the wineskins, symbol of his glory and prosperity; until he had finally resolved to attend the auction of the inn, certain that his former dealings with the outgoing owner, and especially his reputation as a most responsible and enterprising man, overcame in advance any difficulty that might confront him.

A singular contrast and veritable antithesis to the very wealthy Half-Gallons was the impoverished Farruco Bragado, native son of the parish of Saint Martin of Figueiras, province of Mondoñedo, kingdom of Galicia. This unfortunate, quasi-human being, from whose face, wind-lashed and sun-blackened, it wasn't easy to guess his age, had landed three weeks earlier in this Madrid region, on board his wooden clogs, and accompanied by a column of companions in arms who, carrying big sickles and with bundles tied to respectable sticks over their

---

2. Elcano (1476–1526) completed Magellan's circumnavigation after the latter's death.

petable palo, venían desde cien leguas, al son de la *muiñeira*, a brindar su indispensable misterio agostizo a todos los señores terratenientes y arrendatarios de nuestra comarca; excepto, empero, el término del lugar de Meco, adonde ningún gallego honrado segaría una espiga, siquiera le diesen por ello más oro que arrastra el Sil en sus celebradas arenas.

Mas la señora Fortuna, que a veces tiene toda la maliciosa intención de una dama caprichosa y coqueta, quiso probar la envidiable tranquilidad de nuestro segador, y permitió que, guiado de aquel instinto con que el gato busca la cocina, el ratón el granero, el mosquito la cuba y el hombre la tesorería, reparase nuestro Farruco en una puerta de cierta tienda de la calle de Hortaleza, a cuya parte exterior alumbraban dos reverberos con sendas letras, que, aunque para él eran griegas, bien pronto fueron cristianas, oyendo pregonar a un ciego que, sentado en el umbral de dicha puerta, exclamaba de vez en cuando:

—La fortuna vendo; esta noche se cierra el juego; el terno tengo en la mano; a real la cédula.

Farruco, a la vista de la fortuna (porque la vio, no hay que dudarlo; la vio fantástica, aérea y calva por detrás, como la pintaban los poetas clásicos), hizo alto repentino, como acometido de súbita aparición. Miró al ciego chillador, miró a la puerta, escudriñó el interior de aquella mansión de la deidad, vio relucir el oro sobre su altar, clavó los ojos en el suelo, y sin ser dueño a contenerse, metió dos largas uñas en el bolsillo, y con heroica resolución y no meditado movimiento, sacó uno a uno hasta ocho cuartos y medio que dentro de él había, entre diversas migajas de pan y puntas de cigarro, y los puso sobre el mostrador, a cambio de la cédula incorpórea, fugaz, transparente, al través de la cual vio con los ojos de la fe un tesoro de veinte pesos.

Pero no fue esto lo mejor, sino que Farruco había visto bien, y al cabo de los pocos días llegó un lunes (¡dichoso lunes!) en que la fortuna acudió a la cita; quiero decir que los números del billete respondieron exactamente a los que proclamaban los agudos chillidos de los pilluelos de Madrid. Con que mi honrado segador, por aquella atrevida operación, se vio, como quien dice, al frente de un capital de cuatrocientos reales; desde cuyo punto empezó para él una existencia nueva, que, si no más feliz, era, por lo menos, más interesante y animada.

Altos y gigantescos proyectos eran los que habían despertado en la imaginación del buen Farruco aquellos veinte pesos, inverosímil tesoro, superior a sus más dorados ensueños. Con ellos y por ellos

shoulders, had come from a hundred leagues away, to the music of their local muiñeira dance, to offer their indispensable summer service as reapers to every owner or leaser of land in our area, except for the Meco district, where no self-respecting Galician would cut one stalk of grain, even if he got for it more gold than the river Sil carries in its celebrated sands.

But Lady Luck, who is at times as mischievous as a capricious coquette, decided to test the enviable tranquillity of our reaper, and allowed our Farruco, guided by the same instinct that makes a cat seek the kitchen, a mouse the granary, a mosquito the water barrel, and a man the treasury, to stop in the doorway of a certain shop on the Calle de Hortaleza, outside which two lamps were shining, with a sign on each of them, which, though they were Greek to him, very soon turned into Spanish when he heard a blind man, seated on that threshold, announce loudly every few minutes:

"I'm selling good luck; tonight the betting ends; I've got the lucky triple number in my hand; only a quarter for a lottery ticket!"

Farruco, at the sight of his fortune (because he saw it, no doubt about it; he saw it in imaginary, airy form, bald in back as described by the ancient poets), made a sudden halt, as if assailed by an unexpected apparition. He looked at the shrill blind man, he looked at the door, he scrutinized the interior of that dwelling place of the deity, he saw the gold gleaming on his altar, he glued his eyes to the ground, and unable to restrain himself, he thrust two long fingernails into his pocket and, with heroic resolve and unpremeditated energy, he took out, one by one, up to eight and a half coppers he had in it, among various bread crumbs and cigarette butts, and placed them on the counter, in exchange for the incorporeal, fugitive, transparent ticket, through which he saw with the eyes of faith a hundred-peseta treasure.

But the best of it was that Farruco had seen correctly, and after a few days came a Monday (lucky Monday!) when fortune kept its date; I mean, the numbers on the ticket exactly matched those which were being called out in shrill tones by the urchins of Madrid. So that my honorable reaper, by means of that bold negotiation, found himself, so to speak, in command of a capital of a hundred pesetas; and from then on a new existence began for him, which, if not happier, was at least more interesting and livelier.

Lofty and gigantic were the plans that had been awakened in good Farruco's mind by that hundred pesetas, an inconceivable treasure that surpassed his greatest dreams of wealth. With and through that

creíase ya señor de la más alta fortuna; y ni los elevados palacios ni las brillantes carrozas parecíanle ya reñidos perpetuamente con su persona.

Bien, sin embargo, echó de ver que le era forzoso buscar, con el auxilio de su ingenio, útil empleo y provechosa colocación a aquella suma; y aquí de los desvelos y cavilaciones del pobre segador, que estuvieron a pique de dar con él en los Orates de Toledo. ¡Trabajo ordinario y pensión obligada de las riquezas el venir acompañadas de los graves cuidados que alteran la salud y quitan el sueño!

Parecióle primero, como la cosa más natural, el regresar a su país natal, donde compraría algunas tierras, prados y vacorriños: ítem más, una moza garrida que sirvió tres años de doncella al cura de la parroquia, y que era la que le inquietaba el ánima y hacía darle brincos el corazón. Pero el miedo natural del largo camino y peligros consiguientes le detenían en su resolución. Hubo, pues, de tratar de asegurar su capital por estos contornos, y como nada le parecía demasiado para aquel tesoro, todo se le volvía informarse con reserva de si estaban de venta la Casa de Campo o los bosques de El Pardo; otras veces hallábase inclinado al comercio y quería tomar por su cuenta el Peso Real o el nuevo mercado de San Felipe. En vano su amigo y compatricio Toribio Mogrovejo, alumno de Diana en la fuente de Puerta Cerrada, hacíale ver las ventajas del oficio, la solidez y seguridad de sus rendimientos, el líquido producto de la cuba, y el sólido de la esportilla o del carteo, y ofrecíale asegurarle *media plaza*° y salir su *corresponsable* para el pago de la *cubeta.* Farruco se sonreía desdeñoso, como compadeciendo la ignorancia en que suponía a Toribio de su nueva fortuna, y proseguía sus castillos en el aire, hasta que, teniendo noticia del arriendo del *Parador de la Higuera,* parecióle que nada sería tan bien como emplear en esto sus monedas, y para ello acudió a la cita a la hora prefijada.

En pos de él se descolgó un valenciano ligero y frescachón, con sus zaragüelles y agujetas, manta al hombro izquierdo y pañuelo de colores a la cabeza. Llamábase Vicente Rusafa, y era natural de Algemesí, camino de Játiva. Inconstante por condición, móvil por instinto, agitado y resuelto por necesidad, una mañana de mayo, por no sé qué quimeras, de que resultaron dos *cruces* más en el camino de la

---

° *Media plaza:* Nombre que dan los aguadores de Madrid al derecho, que compran o transmiten de unos a otros, de llenar sus cubos en ciertas fuentes; derecho que muchas veces hacen subir hasta diez, doce y más onzas de oro. (Nota del autor.)

money, he already thought himself the possessor of the highest good fortune; and neither tall palaces nor splendid carriages now seemed to him permanently out of reach.

Nevertheless, he became aware that, aided by his wits, he needed to seek a useful and profitable way to invest that sum; and this created so many sleepless nights and so much racking of brains for the poor reaper that it nearly landed him in the Toledo madhouse. It's the usual task and necessary consequence of wealth to be accompanied by the solemn cares which injure health and drive away sleep!

First, the most natural thing to do, it seemed to him, was to return home, where he'd buy some land, meadows, and suckling pigs; not to mention a pretty lass who had worked as a maid for the parish priest for three years and was the girl who troubled Farruco's mind and made his heart jump. But his natural fear of the long journey and the dangers it entailed weakened his resolve. Well, then, he had to try and invest his capital around here, and since in his eyes nothing was too good for such a treasure, he did nothing but inquire cautiously whether the Casa de Campo, or the woods of El Pardo, were for sale; at other times he felt inclined toward business and wanted to take over the Royal Food Market or the new San Felipe market.[3] It was in vain that his friend and compatriot Toribio Mongrovejo, an acolyte of Diana at the Puerta Cerrada fountain, showed him the advantages of his own calling, the solid and sure nature of its income, the liquid product of the water cask, and the solid product of the carrying basket or cart, and offered to assure him of a *media plaza** and to be his guarantor for the payment of the water-carrying license. Farruco would smile contemptuously, as if pitying Toribio's presumable ignorance of his new fortune, and he'd keep on with his castles in the air, until, hearing about the letting of the Fig Tree Inn, he decided that nothing would be better than to invest his money that way; therefore he was present at the preannounced hour.

After him there turned up a lightweight, wiry Valencian with his wide trousers and metal-tipped belt, a blanket over his left shoulder and a colored kerchief on his head. His name was Vicente Rusafa, and he was a native of Algemesí, on the way to Játiva. Unsteady in accordance with his walk in life, nomadic by nature, and lively and resolute by necessity, one May morning, after some argument or other which resulted in two

---

3. All of these are major public spaces or concerns in Madrid.   * (Author's note:) *Media plaza* is the name given by Madrid water sellers to the right (either purchased or handed down from one to another) of filling their pails at certain fountains, a right which often costs as much as ten, twelve, or more golden *onzas* [an *onza* being equivalent to eighty pesetas].

Albufera, abandonó sus pintados arrozales por estos secos y llanos de Castilla; dijo «adiós» por un año al Miguelete, y se vino a colocar un puesto de horchata de chufas por bajo de la torre de Santa Cruz. Pero pasó el estío, y pasaron con él la horchata de chufas y las elecciones; y vino el otoño, y con él las ferias y los muñecos de pasta, y nuestro industrial tuvo que acogerse a vender sandías por las calles, hasta que, ya entrado el invierno, se colocó en un portal, donde estableció su depósito de estera de pleita fina, que le produjo lo bastante para abrir en la primavera comercio de loza de Alcora y pan de higos de Villena.

Detrás de él, y por el mismo camino, se adelantó un robusto mancebo, alto de seis pies, formas atléticas, facciones ásperas y pronunciadas, voz estentórea y desapacible acento gritador. Su nombre, Gaspar Forcalls; su patria, Cambrils; su acento, provenzal; su profesión, trajinante carromatero. Llevaba alpargatas de cáñamo y medias de estambre azul; calzón abierto de pana verde, y tan corto por la delantera, que a no ser por la faja que le sujetaba, corría peligro su enorme barriga de salir al sol. La chaqueta era de la misma pana verde, y el gorro de tres cuartas que llevaba en la cabeza, de punto doble de estambre colorado; ocupando ambas manos, una con un látigo, que le servía de puntal, y la otra con una pipa de tierra, en que fumaba negrillo de la fábrica de Barcelona.

Este tal, mayoral en su tiempo de la diligencia de Reus a Tarragona, ordinario periódico después de aquella capital a Madrid, había calculado lo bien que a sus intereses estaría el establecer en ésta un depósito de mensajerías con que poder abarcar gran parte del comercio de Madrid con el Principado; y parapetado con buenos presupuestos y con no escasa dosis de inteligencia y suspicacia, se presentaba al concurso a la hora prefijada.

Del género trashumante también, y ocupado igualmente en el transporte interior, aunque por los caminos de herradura, el honrado Alfonso Barrientos, natural de Murias de Rechivaldo, en la Maragatería, se presentó también con sus anchas bragas del siglo XV, su sombrero cónico de ala tendida, su coleto de cuero y su fardo bajo el brazo. Hábil conocedor de las necesidades mercantiles de Madrid, relacionado con sus casas de comercio principales, que no tenían reparo de fiar a su honradez la conducta de sus caudales; jefe de una escuadra de parientes, amigos y convecinos, que desde los puntos de la costa cantábrica sostenían hace veinte años la comunicación regular con la capital, hallábase el buen Alfonso en la absoluta necesidad de

more crosses on the road to La Albufera, he abandoned his colorful rice paddies for these dry Castilian plains; for a year he bade farewell to the Micalet,[4] and set up a stand selling cold earth-almond drinks below the Santa Cruz tower. But the summer passed, and with it passed the earth-almond drinks and the elections; and autumn came, bringing street fairs and little dough figurines, and our businessman had to have recourse to selling watermelons in the street, until, with winter here, he found a spot in an arcade displaying his stock of finely braided esparto mats, which brought him in enough by springtime to begin selling Alcora chinaware and fig bread from Villena.

After him, and down the same path, came a robust lad, six feet tall, of athletic build, sharp and pronounced features, a stentorean voice, and a harsh, loud accent. His name, Gaspar Forcalls; his hometown, Cambrils; his accent, Catalan; his calling, hauler by covered wagon. He wore hemp sandals and blue worsted stockings; beltless trousers of green broadcloth, so low in front that if it weren't for the sash holding them up, his enormous belly risked exposure to the sun. His jacket was of the same green cloth, and the three-pointed cap he wore on his head was a double-faced knit of red worsted; both of his hands were taken, one with a driver's whip that served him as a prop, and the other with a clay pipe in which he smoked dark tobacco from the Barcelona factory.

This man, once the conductor of the stagecoach from Reus to Tarragona, later a periodic hauler from the latter city to Madrid, had calculated how advantageous it would be to his interests to set up a storehouse for shipped goods here, enabling him to capture a large part of the trade between Madrid and Catalonia; and, bolstered by good budgets and no small share of intelligence and wariness, he showed up at the gathering at the preannounced hour.

Also of the nomadic sort, and also occupied with internal transport, though along animal trails rather than cartroads, the honorable Alfonso Barrientos, a native of Murias de Rechivaldo in the Maragato district of León, also showed up, in his fifteenth-century wide breeches, his conical broad-brimmed hat, his waist-length leather jerkin, and his bundle under his arm. A skillful expert in the mercantile needs of Madrid, and dealing with its major trading houses, which had no hesitation in entrusting the management of their resources to his honesty; chief of a squadron of relatives, friends, and fellow citizens, who had been keeping up regular communication between Madrid and the points of the Cantabrian coast for twenty years, the

---

4. A Gothic church, one of the landmarks of Valencia.

establecer en ésta una factoría principal donde expender sus lienzos de Vivero, jamones de Caldelas y truchas del Barco de Ávila; amén de las expediciones de caudales de la Hacienda Pública y particulares, víveres de los ejércitos y provisiones de las plazas; y estaba seguro de que con su presencia y antigua fama no podía largo tiempo disputarle la preferencia ningún competidor.

Alegre, vivaracho y corretón, guarnecido de realitos el chupetín, con más colores que un prisma y más borlas que un pabellón, *Currillo el de Utrera,* mozo despierto y aventajado de ingenio, rico de ardides y de esperanzas, aunque de bolsa pobre y escasa de realidades, se asomó como jugando al lugar del concurso, en la esperanza de que acaso le fuera adjudicada la posada, bajo la palabra de fianza de un sobrino del compadre de la mujer del cuñado de su mayoral; y todo con el objeto de dejar su vida nómada y aventurera, porque se hallaba prendado de amores por una mozuela de estos contornos, que encontró un día vendiendo rábanos en la calle del Peñón, con un *aquel,* que desde el mismo instante se le quedó atravesada en el alma su caricatura, y no acertó a volver a encontrar otro camino que el del Peñón.

La nobilísima Cantabria, cuna y rincón de las alcurnias góticas, de la gravedad y de la honradez, contribuyó también a aquel concurso con uno de esos esquinazos móviles, a cuyos anchos y férreos lomos no sería imposible el transportar a Madrid la campana toledana o el cimborrio de El Escorial. Desconfiado, sin embargo, de sus posibles, más como espectador que como actor, se colocó en la puja con ánimo tranquilo y angustiado semblante, como quien estaba diciendo en su interior:

—¡Ah Virgen! Si non custara mais de dus riales, eu tamen votaba una empujadura!

—A los ricos melocotones de Aragón, de Aragón, de Aragón — venían gritando por la calle abajo Francho el Moro y Lorenzo Moncayo, vecinos de la Almuñia y abastecedores immemoriales de las ferias matritenses.

La rosada y oronda faz del primero, imagen de la fruta que pregonaba; su aspecto marcial, su voz grave y entera, su risa verdaderamente espontánea, y el grave aspecto y la formal arrogancia del segundo, inspiraban confianza al comprador y brindaban de antemano al paladar la seguridad de los goces más deliciosos. Colocados muchos años a la puerta de la posada de la Encomienda, calle de Alcalá, o caminando a dúo por las calles con su banasta a medias agarrada por las asas, habían logrado establecer tan sólidamente su reputación, que estaban ya en el caso de aspirar a mayor solidez, teniendo en ésta un

good Alfonso found himself absolutely compelled to establish a main trading post here in which to retail his Vivero linens, Caldelas hams, and Barco de Ávila trout; not to mention the shipments of assets from the Treasury Department and private persons, food for the armies, and provisions for fortresses; and he was sure that, with his standing and established reputation, no competitor could remain in his way at the auction for very long.

Merry, lively, and fidgety, his jerkin decorated with coins, more colorful than a prism, with more tassels than a banner, Currillo from Utrera, a wide-awake young man endowed with wit, and rich in ruses and hopes, but with a purse poor and devoid of hard cash, showed up playfully at the gathering place, in the hope that perhaps the inn might be awarded to him, thanks to the guarantee given by the nephew of the godfather of the wife of the brother-in-law of his overseer; and all with the object of leaving behind his nomadic, adventurous life, because he was enamored of a young lass of these parts whom he came across one day selling radishes on the Calle del Peñón, a girl so charming that, from that moment on, her image remained lodged in his soul and he was unable to find any other destination than the Calle del Peñón.

The most noble Cantabria, cradle and hearth of Gothic lineages, solemnity, and honesty, also contributed to that gathering one of those walking boulders on whose broad, ironlike back it wouldn't be impossible to transport to Madrid the Toledo cathedral bell or the dome of the Escorial. Nevertheless, not confident of his chances, more as a spectator than as an actor, he took his place among the bidders with a calm mind and a worried face, like someone saying to himself:

"O Virgin! If it didn't cost more than half a peseta, I would also place a bid!"

"Get your delicious peaches from Aragon, Aragon, Aragon!" came the cries down the street uttered by Francho the Moor and Lorenzo Moncayo, inhabitants of La Almuñia and suppliers from time immemorial to the Madrid street fairs.

The round, rosy face of the first-named, the very image of the fruit he was vending; his martial aspect, his solemn, full voice, his truly spontaneous laughter, and the grave aspect and serious haughtiness of the other man, inspired confidence in the purchaser and offered the palate in advance the assurance of the daintiest treat. For many years stationed at the entrance to the Encomienda Inn, on the Calle de Alcalá, or else walking the streets together with their hamper half-grasped by the handles, they had managed to gain such a solid repu-

depósito central donde poder recibir sus variadas cosechas y hacer su periódica exposición.

Si no dulces y regalados frutos naturales, por lo menos picantes y sabrosos artificios era lo que ofrecer podía en el nuevo establecimiento el amable Juan Farinato, vecino del lugar de Candelario, en Extremadura, célebre villa por los exquisitos chorizos que desde la invención de la olla castellana ha vinculado a su nombre una reputación colosal. Farinato, descendiente por línea recta del inventor de la salchicha, y vástago aprovechado de una larga serie de notabilidades de la tripa y del embudo, había traído por primera vez a Madrid a su hijo y sucesor, verdadera litografía de su padre en facciones, traje y apostura; y después de introducirle con el sinnúmero de amas de casas, despenseros y fondistas, de cuyos más picantes placeres estaba encargado, pensó en fijar en ésta su establecimiento, dejando al joven Farinatillo el cuidado de ir y volver a Candelario por las remesas sucesivas.

Por último, para que nada faltase a aquel general e improvisado cónclave provincial, no habían sonado las diez todavía, cuando, espoleando su rucio, compungida la faz, la nariz al viento, y las piernas encogidas por el cansancio, llegó a entrar por la posada adelante el buen Juan Cochura, el castellano viejo, aquel mozo cuitado y acontecido, de cuyas desgraciadas andanzas en su primer viaje a la Corte tienen ya conocimiento mis lectores. Con que se completó aquel animado cuadro, y pudo empezarse la solemne operación del *traspaso*; pero antes que pasemos a describirla, bueno será pasear la vista un rato por el lugar de la escena, si es que lo desabrido de la narración no ha conciliado el sueño de los benévolos lectores.

III. El Parador de la Higuera

En el comedio del último trozo de la calle de Toledo, comprendido entre la puerta del mismo nombre y la famosa plazuela de la Cebada, teatro un tiempo de los dramas más románticos, ahora de las Musas más clásicas y pedestres, conforme bajamos o subimos—que esto no está bien averiguado—, a la izquierda o derecha, entre una taberna y una barbería, álzase a duras penas el vetusto edificio que desde su primitiva fundación fue conocido con el nombre de *Parador de la Higuera*, el mismo a que nos dejamos referidos en la narración anterior.

Su fachada exterior, de no más altura que la de unos treinta pies, se

tation that they were now able to aspire to greater solidity by maintaining in this inn a central stockpile for receiving their various harvests and making their periodic display.

If not sweet and delicate natural fruit, at least spicy and tasty articles could be offered in the new establishment by the likeable Juan Farinato, an inhabitant of the village of Candelario, in Extremadura, a place famous for the exquisite chorizos which, since the invention of the Castilian hotpot, has attached a colossal reputation to its name. Farinato, a descendant in a direct line from the inventor of the sausage, and a resourceful scion of a long series of notables of innards and stuffing, had for the first time brought along to Madrid his son and successor, a true lithograph of his father in features, attire, and bearing; and after introducing him to the innumerable housewives, pantrymen, and innkeepers, of whose spiciest pleasures he was in charge, he thought about setting up trade in this very inn, leaving young Farinatillo the duty of shuttling between Madrid and Candelario for successive consignments.

Lastly, so that nothing would be lacking to that general, improvised provincial conclave, the clock had not yet struck ten when, spurring his donkey, his face sorrowful, his nose in the air, and his legs weakened by weariness, there arrived at the inn the good Juan Batch-of-Bread, the Old Castilian, that worried, unhappy young man whose unfortunate adventures during his first visit to Madrid my readers are already familiar with. Thereby that animated picture was completed, and the solemn procedure of the sale was able to begin; but before we move on to describe it, it's a good idea to run our eyes for a while over the scene of the event; that is, unless the insipidity of my narrative hasn't put my benevolent readers to sleep.

III: The Fig Tree Inn

Halfway down the last stretch of the Calle de Toledo—which runs from the monumental gateway of the same name to the famous little Plaza de la Cebada, at one time the scene of the most Romantic dramas, now that of the most classic and pedestrian Muses—to the left or the right, depending on whether you're going up or down the street (for this isn't clearly ascertained), between a tavern and a barber shop, there rises with great difficulty the ancient building which ever since its pristine founding has been known by the name of the Fig Tree Inn, the same building to which we referred earlier in the story.

Its facade, not higher than some thirty feet, is interrupted in its ex-

ve interrumpida en su extensión por algunos balcones y ventanas de irregular y raquítica proporción, faltos de simetría y correspondencia; y ofrece, como es de presumir, pocos atractivos al pincel del artista o a las investigaciones del arqueólogo.

Su color primitivo, oscuro y monótono; la solidez de su construcción, de argamasa de fuerte pedernal y grueso ladrillo; las mezquinas proporciones de los arriba nombrados balconcillos, el enorme alero del tejado, y la altísima puerta de entrada, cuyas jambas de sillería aparecen ya un sí es no es desquiciadas, merced al continuo pasar de carromatos y galeras, dan a conocer desde el primer aspecto la fecha de aquel edificio, si ya no la revelase expresamente una inscripción esculpida en el dintel de la dicha puerta; la cual inscripción, alternada con la que sirve de insignia al parador, viene a formar un todo bastante heterogéneo y difícil de comentar; dice, pues, así:

PARADOR JHS. 16. MRA. 22. JHE DE LA HIGUERA

Se yerra a fuego y en frío

Qué, según los inteligentes, se reduce a declarar (después de los respetables nombres de la Sacra Familia y del emblemático título del parador) que aquella casa fue construida en el año de gracia de 1622; con que es cosa averiguada sus dos siglos y pico de antigüedad.

En el ancho y cuadrilongo vestíbulo que sirve de ingreso no se mira cosa que de contar sea, supuesto que a aquella hora todavía no trabajaba el herrador de la parte afuera de la calle, y los mozos ordinarios no habían colocado aún el banco temblador sobre que suelen pasar las siestas jugando al *truquiflor* y a la *secansa*.

Pásase desde el citado ingreso a un gran patio cuadrilátero, cercado por su mayor parte de un cobertizo, que sirve para colocar las galeras y otros carruajes, y sobre el que sustentan los pasillos y ventanas de las habitaciones interiores de la casa. A su entrada, el indispensable pozo con su alto brocal y pila de berroqueña, y en ambos lados, por bajo del cobertizo, las cuadras y pajares con la suficiente comodidad y desahogo.

La habitación alta está dividida en sendos compartimientos, adornados cada uno con su tablado de cama verde, jergón de paja, sábanas choriceras y manta segoviana; su mesilla de pino, con un jarro y candil, y una estampa del Dos de Mayo o del Juicio Final, pegada con miga de pan en el comedio de la pared, amén de los diversos adornos que alternativamente aparecen y desaparecen, tales como albardas, colleras, esquilones y otros propios de los trajinantes que suelen ocupar aquellos aposentos.

panse by a few balconies and windows of irregular and rickety proportions, lacking in symmetry and not matching in style; as may be
imagined, it offers few attractions to the painter's brush or the arche-
ologist's investigations. Its original color, dark and monotonous; its
solid construction, of rubble with sharp flint and thick brick; the
skimpy proportions of the above-mentioned little balconies, the enormous roof eaves, and the very high entrance door, whose stone jambs
now appear ever so little out of alignment, thanks to the continual
passing of covered wagons and carts, could tell the viewer at first
glance how old that building is, if its age weren't already intentionally
revealed by an inscription carved into the lintel of that door, which inscription, in alternation with the one serving as the inn sign, forms a
rather heterogeneous and hard-to-interpret ensemble; for it reads:

INN JES. 16. MAR. 22. JOS. OF THE FIG TREE

Horseshoeing hot and cold

Which, according to the experts, comes down to declaring (after the
revered names of the Holy Family and the emblematic title of the inn)
that the house was built in the year of grace 1622; so that it's a cer-
tainty that it's a bit over two centuries old.

In its wide, oblong entranceway one sees nothing worth mentioning, since at that hour the blacksmith was not yet working on the side
away from the street, and the young teamsters had not yet set up the
shaky bench on which they usually spend the siesta playing various
card games.

From this entranceway one steps into a large square patio encircled
for most of its perimeter by a shed which is used to park the carts and
other vehicles, and on which are supported the corridors and windows
of the inner rooms of the house. At the entrance to the patio is the indispensable well with its high curb and granite basin, and, on either
side, under the roof of the shed, are the stables and straw lofts with
sufficient ampleness and space.

The upper story is divided into a number of compartments, each
provided with a green bed frame, a straw mattress, sheets from
Extremadura, and a blanket from Segovia; a little pine table with a jug
and an oil lamp, and a print of the Second of May or the Last
Judgment, stuck halfway up the wall with soft bread, not to mention
the various decorations that come and go, such as saddles, horse col-
lars, collar bells, and other belongings of the haulers who generally occupy those rooms.

Únicos habitadores permanentes de tan extenso recinto, y ruedas fijas de su complicada máquina, eran: primero, el dueño propietario, Pedro Cabezal, anciano respetable, de que queda hecha mención, cuya estampa, lozana y crecida en sus años juveniles, aparecía ya un sí es no es encorvada por el transcurso del tiempo y los cuidados que pesaban sobre su despoblada frente; segundo, Anselma Ordóñez, hija putativa de Diego Ordóñez, difunto mozo de mulas, mayordomo y despensero que fue de la casa en los primeros años del siglo actual, y esposo de Dominga López, también difunta, ama de llaves del Cabezal. Esta tal Anselma era una moza rolliza, de veinte abriles poco más o menos, cuya fecha, no muy conforme con la muerte del padre Diego, que falleció heroicamente de hambre en el año 12, se explicaba más naturalmente por las malas lenguas, que atribuían al tío Cabezal algunas relaciones en su tiempo con la viuda Dominga, y creían descubrir entre las facciones de aquél y las de la moza mayor relación y concomitancia que con las del difunto mozo de mulas. Pero sea de esto lo que quiera, y la verdad no salga de su lugar, es lo cierto que el famoso dueño del *Parador de la Higuera* la tenía por ahijada, y en los últimos años de su edad, desprovisto como estaba, desgraciadamente, de sucesión directa, varonil y ostensible, manifestaba cierta predilección y deferencia hacia la muchacha, y aun daba a entender claramente que aquel feliz mortal que lograse interesar su aspereza sería dueño de su mano, ítem más del consabido parador con todas sus consecuencias. Razón de más para atraer a su posada crecido número de parroquianos gallardos y merecedores.

El tercer personaje de la casa era Faco el Herrador, poderoso atleta de medio siglo de data, cojo como Vulcano, y señalado en la frente con una *U* vocal, insignia de su profesión, que le fue impuesta por un macho cerril de Asturias, con quien habrá quince años sostuvo formidable y singular combate. Gesto duro y avinagrado, manos férreas y cerdosas, alto pecho, cuello corto y cabeza bien templada. Esta tal era el consejero áulico, el amigo de las confianzas del Cabezal; era el que imprimía, digámoslo así, *su sello* a todas las determinaciones de aquél, que no tenían, como suele decirse, fuerza de ley hasta después de bien claveteadas por el señor Faco y pasadas por el yunque de su criterio.

Último miembro de aquella cuádruple alianza venía a ser Periquillo *el Chato*, joven alcarreño hasta de diecinueve primaveras, mozo de paja y tintero, que así enristraba la pluma como rascaba la guitarra; más amigo del movimiento rápido y de la vida nómada, propia de su antiguo oficio de acarreador de yeso que del quietismo y trabajo mental a que le obligaba el arcón de la cebada y el grasiento cuaderno de

The only permanent residents of such extensive precincts, and the reliable gears of its complicated machinery, were: first, the proprietor, Pedro Cabezal, a respectable old man already mentioned, whose figure, robust and tall in his youthful years, was by now slightly bent by the passage of time and the cares that weighed on his hairless brow; second, Anselma Ordóñez, putative daughter of Diego Ordóñez, the deceased mule groom, steward, and pantryman of the house during the first years of the present century, and husband of Dominga López, likewise deceased, Cabezal's housekeeper. This Anselma was a plump girl of twenty Aprils more or less, whose age was not in strict accordance with the date of her father's death (he died heroically of hunger in 1812); this was explained more naturally by scandalmongers, who attributed to old man Cabezal certain relations in his time with the widow Dominga, and thought they could discover in the girl's features a greater resemblance and concomitance to Cabezal's face than to that of the deceased mule groom. But be that as it may, if the truth is never revealed, what is certain is that the famous owner of the Fig Tree Inn had adopted her, and in the last years of his life, lacking, as he unfortunately did, a direct, visible male successor, he showed a certain predilection and regard for the girl, and even let it be clearly understood that the lucky mortal who succeeded in arousing tender feelings in that severe girl would become master of her hand, and of the inn in question with all its appurtenances. Another reason that drew to his inn a large number of bold, worthy customers.

The third personage in the house was Faco the blacksmith, a mighty athlete of fifty, lame like Vulcan, and marked on his forehead with an articulate U, sign of his calling, which had been stamped on him by an untamed mule from Asturias with which, some fifteen years earlier, he had waged a formidable, singular combat. A hard, sour expression, bristly hands like iron, a broad chest, a short neck, and a steady head. He was the privy counselor of Cabezal, his trusted friend; it was he who, so to speak, affixed his seal to all the old man's decisions, which weren't valid, as the saying goes, until they were solidly nailed down by Señor Faco and tried on the anvil of his judgment.

The last member of that quadruple alliance came to be Periquillo the Snubnosed, a young man of La Alcarria, of some nineteen springs, a groom and clerk, because he wielded the pen as well as he scraped the guitar; he was more at home with rapid movements and the nomadic life peculiar to his former calling as a gypsum hauler than with the quietude and mental labor demanded of him by the barley chest

la paja, de que estaba hoy encargado, gracias a su notable habilidad para trazar algunos rasgos, que, según el maestro de su pueblo, podían pasar por letras y por guarismos, siempre que abajo se explicase en otros más claros lo que aquéllos querían decir.

IV: El traspaso

Sentados, pues, majestuosamente en un ancho escaño colocado a la espalda del vestíbulo de entrada el famoso Cabezal y su adjunto el herrador: aquél a la diestra mano, y éste al costado izquierdo; el primero embozado en su manta de Palencia, y el segundo apoyado en su bastón de fresno con remates de Vizcaya; colocados en pie en respetuoso grupo circular todos los aspirantes y mantenedores de aquella lid, y asomando, en fin, por el balconcillo que daba encima del cobertizo la rosada faz de la joven Anselma, premio casi indudable y última perspectiva del afortunado vencedor, déjase conocer la importancia del acto y su completa semejanza con los antiguos torneos y justas de la Edad Media, en que los osados caballeros venían desde luengas tierras a punto donde poder manifestar su garbosidad y arrojo ante los ojos de la hermosura.

Dio principio a la ceremonia un sentido razonamiento del buen Cabezal, en que hizo presentes las razones que le asistían para retirarse de los negocios y envolverse en la tranquilidad de la vida privada, con todos aquellos considerandos que en igualdad de circunstancias hubiera explanado un Séneca, y que nuestras costumbres político-modernas suelen poner en boca de los magnates dimisionarios y que quieren ser reelegidos. Con la diferencia que el honrado Cabezal, que ignoraba quién fuera Séneca, así como también el lenguaje político cortesano, procedía en ello con la mayor sinceridad, siguiendo sólo los impulsos de su conciencia, y bien convencido de que desde la muerte del *Endino*, sus débiles manos no eran ya a propósito para regir debidamente las riendas del aquel Estado.

Seguidamente, el herrador Faco, en calidad de superintendente y juez de alzadas del establecimiento, dio cuenta a la junta de su estado *financiero*, del presupuesto eventual de sus beneficios y gastos, y del *balance* de sus almacenes y mobiliario, no tratando, empero, de la propiedad de la finca, cuyo dominio se reservaba Cabezal, y concluyendo con animarles a presentar incontinenti sus proposiciones de traspaso, a fin de proceder, en su vista, a la definitiva adjudicación.

Aquí del rascar de las orejas de los circunstantes; aquí el hacer cír-

and the greasy straw ledger he was in charge of today, thanks to his notable skill in drawing a few lines which, to hear his village schoolteacher tell it, might pass as letters and numbers, as long as someone
wrote a clearer explanation of their meaning right under them.

IV: The Sale

So, then, seated majestically on a wide bench backed up against the
entranceway were the famous Cabezal and his associate the blacksmith: the former on the right hand, and the latter on the left side; the
former enveloped in his Palencia mantle, and the latter leaning on his
Biscayan metal-tipped ashwood cane. Standing in a respectful circle
were all the aspirants and entrants into that contest; and, finally, as she
stood on the little balcony overlooking the shed, was the rosy face of
the young Anselma, the all-but-undoubted prize and ultimate goal of
the fortunate winner. All this indicates the importance of the event
and its total similarity to the old tournaments and jousts of the Middle
Ages, in which bold knights came from far and wide to a spot where
they could display their gracefulness and daring to the eyes of beauty.

Commencing the ceremony was a heartfelt speech by the good
Cabezal, in which he presented his reasons for retiring from business
and immersing himself in the tranquillity of private life, with all those
considerations which, under similar circumstances, might have been
expounded by Seneca, and which our modern political customs are
wont to place in the mouths of end-of-term politicians who want to be
reelected. The difference being that honest Cabezal, who didn't know
who Seneca was and had no notion of polite statesmanlike terminol-
ogy, gave his speech with the greatest sincerity, following solely the
dictates of his conscience, fully convinced that, ever since the death of
Wicked, his feeble hands were no longer suitable for the proper control of the reins of that government.

Next, the blacksmith Faco, in his capacity as overseer and judge of
appeals of the establishment, gave the assembly a report on its finan-
cial status, the probable budget of profits and expenses, and the "balance" of its storage areas and furnishings, though he avoided
mentioning the ownership of the property, control over which
Cabezal reserved to himself; he concluded by urging them to present
their purchase offers at once, so that the final adjudication could take
place as he looked on.

Now those in attendance scratched their ears; now they made cir-

culos en la arena con las varas; aquí el atar y desatar de las fajas y de los botones de la pretina; aquí el arquear de las cejas, tragar saliva, mirar a un lado y a otro, como tomando en cuenta hasta las más mínimas partes de aquel conjunto; aquí el mirarse mutuamente con desconfianza y aparente deferencia, instándose los unos a los otros a romper el silencio, sin que ninguno se atreviese a ser el primero. Aquí, en fin, el balbucir algunas palabras, aventurar tal cual pregunta, rectificar varias indicaciones, y volverse a recoger en lo más hondo de una profunda meditación.

Por último, después de la media hora larga de escena muda, en que sólo se oía el pausado compás de las campanillas de los machos que retozaban en las cuadras, y el silbido de Periquillo, que servía de reclamo para atraer a la puerta del parador a algunas aves trashumantes de las que tienen sus nidos hacia la calle de la Arganzuela, se oyó, en fin, entre los concurrentes un gruñido semejante al último *¡ay!* del infeliz marranillo cuando cede la existencia al formidable impulso de la cuchilla. Y siguiendo acústicamente la procedencia de tal sonido, volvieron todos los ojos hacia un extremo del círculo, y conocieron que aquél había sido lanzado por la agostada garganta del señor Farruco, quien alzando majestuosamente la cabeza, y como hombre seguro de sostener lo que propone, exclamó:

—En Dios y en mi ánima, iba a decir que si vustedes non risuellan, yo risuellaré.

—¡Bravo! ¡Bien por el segador! —exclamaron todos, como admirados de esta brusca salida de parte de quien menos la esperaban.

—Silencio, señores —dijo el herrador—; Farruco tiene la palabra.

—Es el casu —prosiguió Farruco —que non sé cómo icirlu; peru, si ma dan el edificiu, y toudo lu que en él se contién, ainda mais, la moza, para mí solitu, pudiera ser que yu meta de trapasu hasta duscientus riales, pagadus en cuatru plazus desde aquí hasta la Virgen del outru agostu.

—¡Bravo, bravo! —volvió a resonar por el concurso, en medio de estrepitosas carcajadas—. ¡Bien por Farruco el segador! ¡Doscientos reales en cuatro plazos! Vamos, señores, animarse, que si no, queda el campo por Galicia. ¡Viva Santiago! ¡Uff! . . .

Con otros alegres dichos y demostraciones que para todos eran claras, menos para el honrado y paciente segador.

—*¡Ira de Deu!* —gritó a este tiempo el catalán, blandiendo el látigo por encima de las cabezas del amotinado concurso—. *¿Será ya hor que nos antandams en formalidat y prudensia? Les diables carguen con este Castilla, en que tot se hase riendo como les carrers de Hostalrich! Poqs rasons, pues, y al negosio, que se va hasiendo tard, y*

cles in the sand with their sticks; now they tied and untied their sashes and buttoned and unbuttoned their waistbands; now they arched their eyebrows, swallowed their saliva, looked on this side and that, as if taking into account the slightest details of the ensemble; now they looked at one another with distrust and a feigned regard, urging one another to break the silence, though nobody dared to speak first. Now, finally, someone stammered a few words, ventured some question, or rectified certain indications, and they all relapsed into the deepest possible meditation.

At last, after a long half-hour of dumbshow, in which all that was heard was the slow rhythmic ringing of the collar bells of the mules frisking in the stables, and the whistling of Periquillo, serving as a lure to attract to the inn door some of the migratory birds that nest toward the Calle de la Arganzuela, there was finally heard among those present a grunt like the final "alas" of an unfortunate piglet on surrendering its life to the formidable knife blow. And, following with their ears the provenience of that sound, they all turned their eyes toward a far point of the circle, and realized that it had been uttered by the parched throat of Señor Farruco, who, raising his head majestically, like a man sure of defending his proposal, exclaimed:

"By God and my soul, I wanted to say that if the rest of you won't show signs of life, I will!"

"Bravo! Hurrah for the reaper!" they all exclaimed, as if amazed at that abrupt remark from a quarter where it was least expected.

"Silence, gentlemen!" said the blacksmith; "Farruco has the floor."

"The truth is," Farruco continued, "that I don't know how to put it; but if I'm given the building, and everything contained in it, and the girl as well, for myself alone, I might very well make an offer of up to fifty pesetas, payable in four installments between now and Assumption Day next August."

"Bravo, bravo!" was the cry once more in the assembly, amid noisy guffaws. "Hurrah for Farruco the reaper! Fifty pesetas in four installments! Come, gentlemen, show some spunk, or else Galicia will win the day! Long live Santiago! Uff! . . ."

Together with other witty words and gestures that were clear to everyone but the honest, patient reaper.

"God damn!" shouted the Catalan at this point, brandishing his whip over the heads of the unruly crowd. "Isn't it time we became serious and prudent? The devil take this Castile, where everything is done laughing like a hyena! Enough talking now, let's get down to business, because it's getting late, and my wagons are waiting for me

a mí me asperan mis galers a les ports de la siudat. Vean ells si les aco-
mod trasients librs per tot, pagaders en Granollers, en cas de mi sosio
Alberto Blanquets, de la matrícula de San Felíu de Guixols.

—¡Otra, otra! —dijo gravemente el aragonés—; aguarda, aguarda
con lo que sale media lengua. Yo adelanto trescientos pesos mondos
y redondos; con más, toda la fruta que gaste el señor amo, y la es-
tameña franciscana que necesite para su mortaja, y ofrezco icir tres
misas a las ánimas por mor de la señá Cabezala, que Dios tenga allá
abajo; y endiñale un responso en el Pilar que la Virgen se ha e reír de
gusto.

—¡Que viva el aragonés! —gritó el concurso alborozado; y a los ojos
del anciano Cabezal se asomó una lágrima, tributo del amor conyugal,
cuyo recuerdo había despertado Francho el *Moro.*

—A que si valen seis tahullas de tierra de buen arrós, orilla del
Grao, y como hasta diez libras de seda en el Cañamelar para la próxima cosecha, aquí hay un valensiano que dará todo esto, y las gracias,
si el señor amo quiere sederle el parador.

—¿Qué *eztán uzteez jablando ahí, compaez?* Aquí hay un hombre,
tío *Cabesal:* y *detraz dezte* hombre hay un *compae* que *zale* por mí, y
ez primo *der cuñao* de la sobrina *der* regidor de Morón, que tiene
parte con otros *sinco* en *er* macho con que traje la carga de *aseite pa*
el *compae Cabesal* en la *Pazcua* anterior; el cual, *zi zale (que zí zal-*
drá), por mi honor y juramento, *ende luego pedirá a zu* prima que le
diga *ar cuñao* que *pía* a la *zobrina der regidor* que haga que *zu* tío
ponga por hipoteca la parte *trazera der* macho, *pa* servir *ar* señor
Cabesal y a toda la buena gente que *moz ezcucha.*

—¡Que viva Utrera! —exclamaron todos con algazara—; y arriba
Currillo, que nos ha ganado la palmeta prontito y bien; ¡dichoso el que
tiene compadres para sacarle de un ahogo! ¡Que viva Curro y el cuarto
trasero de macho de su compadre, que son tal para cual!

—Gracias, *señorez* —repetía Curro—; pero bien *zabe Dioz* que no
lo *desía* por tanto.

—Basta ya de bromas, señores, si ustedes gustan, que la mañana
pasa, y todavía tengo que llegar a Valdemoro a comer. Creo, por lo
visto, que aquí todos son dimes y diretes, y el amo, a lo que entiendo,
no nos ha llamado para oírnos ladrar —esto dijo con importante
gravedad el manchego, y adelantándose un paso en medio del corro—
: Yo —continuó con valentía— voy a tomar la gaita por otro lado, y
creo que vuesas mercedes habrán de llevar el paso con el sonsonete.
Aquí mismo, al contado, todo en doblones de a ocho corrientes y pasados por estas manos, que se han de comer la tierra, aquí está mi ar-

at the city gates. See if you're satisfied with three hundred *libras* for everything, payable at Granollers, at the home of my partner Alberto Blanquets, registered at San Felíu de Guixols."

"Hear my bid!" the Aragonese said solemnly. "This is no time for hemming and hawing. I offer fifteen hundred pesetas neat and clean; and, in addition, all the fruit the landlord consumes, and the Franciscan worsted he needs for his shroud, and I promise to say three masses for the souls in purgatory on behalf of Señora Cabezala (may God keep her down there!), and to commission prayers for her in Saragossa which will make the Virgin of the Pillar there laugh with pleasure."

"Long live the Aragonese!" shouted the assembly in an uproar; and a tear came to the eyes of old Cabezal in tribute to conjugal love, the memory of which had been awakened by Francho the Moor.

"If two acres of good rice land mean anything, on the banks of the Grao, and up to ten pounds of silk in the Cañamelar at the next harvest, here stands a Valencian who will give all that, plus thanks, if the landlord is willing to give him the inn."

"What are you all talking about, neighbors? Here stands a man, Uncle Cabezal: and behind this man stands a neighbor who vouches for me, and he's the cousin of the brother-in-law of the niece of the town councillor of Morón, who holds a share with five others in the mule on which I brought the load of olive oil for neighbor Cabezal last Easter; and if he backs me up (and he will!), on my honor and oath, he'll immediately ask his cousin to tell her brother-in-law to ask the councillor's niece to make her uncle mortgage the hindquarters of the mule, in the service of Señor Cabezal and all the good people who are listening to me."

"Long live Utrera!" everyone exclaimed in a hubbub. "And up with Currillo, who has won the prize quickly and fairly! Lucky the man who has neighbors to get him out of a fix! Long live Curro and the hindquarters of his neighbor's mule, because they're two of a kind!"

"Thank you, gentlemen," Curro kept repeating, "but God knows I didn't say it for that."

"Enough jokes, gentlemen, if you like, because the morning is passing, and I still have to get to Valdemoro to eat. From what I've seen, everyone here is just quibbling, and the landlord, as I understand it, didn't call us here to hear us bark." This was said with pompous gravity by the La Mancha man, who, taking a step forward in the center of the circle, continued boldly: "I'm going to play a different tune on the bagpipe, and I believe you gentlemen will dance to my refrain. Right here, in cash, all in valid pieces of eight which have passed through these hands which the earth will devour, here is my argument and

gumento, y mi elocuencia está aquí —y lo decía por un taleguillo de cordellate que alzaba con la diestra mano—. A ver, a ver si hay alguien que me le empuje, porque si no, mío queda el parador; y cuenta, herrador, a ver si me equivoco; mil pesos dobles, justos y limpios hay dentro del taleguillo; éstos doy, y pues que no hay ni puede haber competencia, señores, pueden vuesas mercedes, si gustan, llegarse a oír misa, que ahora poco estaban repicando en San Millán.

Un confuso rumor de desaprobación y algunas interjecciones expresivas dieron a conocer el enojo que semejante arrogancia había inspirado a la asamblea. El opulento *Azumbres* no por eso desconcertó su continente; antes bien, sacando pausadamente la vara del cinto, tomóla con la diestra mano, y pasando a la izquierda el taleguillo de los doblones, paseó sus insultantes miradas por toda la concurrencia, como aquel que está seguro de no encontrar enemigos dignos de combatir con él.

Sin embargo, no había calculado con la mayor exactitud, porque adelantándose al interior del círculo el honrado maragato, hecha la señal de la cruz, como aquel antiguo paladín que se disponía a temerosa liza, tosió dos veces, escupió, miró en derredor y quitándose modestamente el sombrero prorrumpió en estas razones:

—Con permiso del señor manchego y de toda la concurrencia, yo, Alfonso Barrientos, natural y vecino de Murias de Rechivaldo, en el obispado de Astorga, parezco de cuerpo presente y digo: que aunque no vengo tan prevenido para el caso como el señor que acaba de hablar, todavía traigo, sin embargo, otro argumento que no le va en zaga a su saquillo de arpillera; y este argumento y este tesoro, que no le cambiaría por toda la tierra llana que se encuentra comprendida entre la mesa de Ocaña y las escabrosidades de Sierra Morena, es mi palabra, nunca desmentida ni desfigurada; es mi crédito, harto conocido entre las gentes que se ocupan en el tráfico interior. Saque el señor herrero un papelillo de los que sirven para envolver su cigarro, y déjeme poner en él tan sólo mi rúbrica, y ella acreditará y hará buena la palabra que Alfonso Barrientos da de entregar *mil y doscientos pesos* por el traspaso del parador.

—¡Viva el reino de León! ¡Viva la honradez de la Montaña! —exclamaron estrepitosamente todos los concurrentes—, y al diablo sea dada la arrogancia de la tierra llana.

—Que me place —replicó sonriéndose el manchego— encontrar con un competidor digno por todos títulos de habérselas con *Azumbres,* el cochero de Yepes; pero como no es justo darse por vencido a la primera de vuelta, y como tampoco soy hombre a quien asus-

here is my eloquence." He alluded to a little bag of ribbed wool he was holding up in his right hand. "Let's see, let's see whether anyone can outbid me; if not, the inn is mine; count it, blacksmith, to see if I'm wrong; there are five thousand pesetas in hard cash inside the bag; I offer this, and since there's no competition, and there can't be, gentlemen, you can all go and hear mass, if you like, because a while ago they were ringing for it at Saint Millán's."

A confused sound of disapproval and a few expressive remarks indicated the irritation that such arrogance had aroused in the assembly. All the same, the wealthy Half-Gallons made no change in his attitude; rather, he deliberately drew his switch out of his belt, taking it in his right hand, and, shifting the bag of doubloons to his left hand, he directed his insulting glances at the whole assembly, like a man sure of finding no enemies worthy of combating him.

Nevertheless, he hadn't calculated with the utmost precision, because, stepping forward inside the circle, the honest Maragato, making the sign of the cross like a paladin of old about to enter the dangerous lists, coughed twice, spat, looked around, and, modestly doffing his hat, uttered this statement:

"By the leave of the gentleman from La Mancha and all those present, I, Alfonso Barrientos, native and inhabitant of Murias de Rechivaldo, in the diocese of Astorga, stand here in person and say that, though I haven't come so well prepared for the eventuality as the gentleman who has just spoken, nevertheless I offer another argument that is no less powerful than his little burlap bag; and this argument and this treasure, which I wouldn't trade for all the level land between the mesa of Ocaña and the rugged terrain of the Sierra Morena, is my word, which has never been found false or dishonored; it's my credit, which is well known among the people who deal in domestic transport. Let the blacksmith take out one of those little papers he uses to roll his cigarettes, and let me write on it nothing but my signature, and it will accredit and make good the word that Alfonso Barrientos now gives to hand over six thousand pesetas for the purchase of the inn."

"Long live the kingdom of León! Long live the honor of the mountaineers!" everyone present exclaimed noisily, "and to the devil with the arrogance of the lowlanders!"

"I'm pleased," retorted the La Mancha man with a smile, "to encounter a competitor altogether worthy of challenging Half-Gallons, the wagoner from Yepes; but since it isn't right to surrender the first time around, and since I'm not a man, either, to be frightened by all

tan todas las firmas leonesas, aquí traigo prevenidas para el caso nuevas municiones con que hacer la guerra a todos los créditos del mundo, aunque entren en corro los billetes del Tesoro y las sisas de la villa de Madrid.

Sepan, pues, que en este otro saquillo —y esto dijo sacando a relucir del cinto un nuevo proyectil de mediano volumen— se encierran hasta doscientos doblones más, los mismos que ofrezco al señor Cabezal por su traspaso, y punto concluido, y buena pro le haga al rematante.

—Apunte vuesa merced, señor herrador —dijo con calma el maragato—, que Alfonso Barrientos da *dos mil pesos fuertes,* si no hay quien diga más.

Aquí la algazara y el entusiasmo de los concurrentes llegó a su colmo, viendo embestirse con aquel ahínco a los dos poderosos rivales, que mirándose recelosos, a par que prevenidos, como que dudaban ellos toda la extensión de sus fuerzas y el punto término a que los llevaría el combate. Pero la mayoría de los pujadores, que conocían, muy a su pesar, que sólo podían servir de testigos en lucha tan formidable, iban descartándose del círculo y abandonando con sentimiento el palenque. De este número fueron el choricero Farinato, el gallego y el asturiano, los aragoneses y el andaluz, los cuales, sin embargo, se mantenían a distancia respetuosa, como para mejor observar el efecto de los golpes y los quites respectivos.

Uno solo de los concurrentes no había dicho aún «esta boca es mía», y parecía como extraño a aquel movimiento, sin duda midiendo en su imaginación la pequeñez y mal temple de sus armas para tan lucido y arduo empeño; y este ser infeliz y casi olvidado de los demás no era otro que nuestro Juan *Cochura,* el castellano viejo, el cual, con aparentes señales de distracción, paseaba sus miradas por las alturas, como quien busca y no encuentra inspiración o mandato a su albedrío. Pero a decir verdad, si nuestro anteojo escudriñador hubiera podido penetrar en aquel recinto, no hay duda que muy luego hubiera observado que lo que parecía desdén e indiferencia de parte de Juan no era sino cálculo refinado; y que sus miradas, al parecer estúpidas e indecisas, iban dirigidas nada menos que a otro *traspaso* que le pusiera en posesión omnímoda y absoluta del parador.

Tal vez nuestros lectores habrán olvidado, en el curso de esta estéril y cansada relación, que sobre el círculo de los famosos mantenedores del torneo y asomada en un balconcillo de madera que apenas se distinguía, ofuscada entre el humo que salía de la cocina inmediata, se hallaba presenciando aquella animada escena la robusta Anselma, la hija adoptiva del señor del castillo, la estrella polar de aquellos nave-

the León signatures put together, I have here, ready for the eventuality, new munitions with which to wage war on all the credit in the world, even if the treasury banknotes and the food taxes of the city of Madrid enter the fray. I'll have you know, then, that in this other little bag" (and here he drew from his belt a new projectile of average bulk) "are contained up to two hundred more doubloons, which I offer to Señor Cabezal for the purchase. That's that, and may it do the highest bidder good!"

"Blacksmith, note down," said the Maragato calmly, "that Alfonso Barrientos gives ten thousand pesetas, if no one has any objection."

Here the hubbub and excitement of those present reached its peak, as they saw how violently the two mighty rivals locked horns. The rivals looked at each other suspiciously and cautiously, as if each one were uncertain of the extent of the other's strength and of the limit to which the combat would drive them. But the majority of the bidders, who much to their sorrow knew they could be merely witnesses to that fearful struggle, gradually withdrew from the circle and regretfully abandoned the arena. Of their number were the chorizo-maker Farinato, the Galician, and the Asturian, the men from Aragon, and the Andalusian, who nevertheless remained at a respectful distance, as if to observe more easily the effect of the various thrusts and parries.

One alone among the group hadn't even made a peep and seemed to be extraneous to that activity, no doubt reflecting on the smallness and feebleness of his weapons in such an eminent, arduous undertaking; this unhappy being, nearly forgotten by the rest, was none other than our Juan Batch-of-Bread, the Old Castilian, who, showing feigned signs of absentmindedness, had been casting his gaze upward like a man seeking, but not finding, an inspiration or command to suit his fancy. But actually, if our investigative spyglass had been able to penetrate those precincts, it would no doubt have soon discovered that what appeared to be disdain and indifference on Juan's part was really shrewd calculation, and that his glances, seemingly stupid and indecisive, were directed at nothing less than a different change of ownership which would put him in total, absolute possession of the inn.

Our readers may have forgotten, in the coarse of this dry, tiresome narrative, that above the circle of famous participants in the tournament, standing on a little wooden balcony that could hardly be discerned, and veiled by the smoke coming from the adjacent kitchen as she observed that animated scene, was plump Anselma, adoptive daughter of the lord of the castle, pole star of those navigators, and

gantes, y el puerto y seguro término de sus arriesgadas aventuras. Verdad es—sea dicho de paso—que casi todos ellos navegaban como Ulises, sin saber por dónde, ignorantes del faro que sobre sus cabezas relucía, y a merced de los escollos e incertidumbres de tan dudoso mar; mas por fortuna nuestro Juan *Cochura* tenía un amigo . . . , ¡y qué amigo! . . . , práctico y conocedor de aquel derrotero, playa saludable en medio de tan intrincado laberinto, el cual amigo no era otro que Faco el Herrador, quien, por movimiento indefinible de simpatía hacia nuestro mozo castellano, le había secretamente instruido sobre el rumbo cierto que tomar debía, diciéndole que si lograba interesar el amor de la joven Anselma, él y no otro sería el dueño del parador.

La gramática de Juan, parda como su vestido, no hubo menester más reglas para comprender aquel idioma; y así, desde el principio de la refriega dirigió sus baterías al punto más importante y descuidado del combate, hasta que, viendo que éste se empeñaba con la artillería gruesa, y escaso él de municiones para sostener con decoro el castellano pendón, apeló a la estratagema de la fuga; pero fue armónica, cadenciosa y bien entendida, que ni el mismo Bellini hubiera ideado otra mejor.

Echó, pues, sus alforjas al hombro, y confiado en su buena estrella y en sus gracias naturales —de que ya tiene conocimiento el lector—, subió poquito a poquito la escalera de la cocina, se llegó al balconcillo, tiró del sayal a la moza como quien algo tenía que pedirla, y ella le siguió como quien algo le tenía que dar.

Lo que al amor de la lumbre pasó, los coloquios y razonamientos que medirían entre ambos en los pocos minutos que, inadvertidamente, desaparecieron de la vista del concurso, son cosas de que sólo los pucheros que hervían y el gato que dormitaba a la lumbre pudieran darnos razón; y es lástima, sin duda, que no quieran hacerlo, pues acaso por este medio vendríamos en conocimiento de una de las escenas de más romántico efecto que ningún dramaturgo pudiera inventar.

Ello es lo cierto que por resultas de este desenlace de bastidores —muy conforme también con la escuela moderna—, dio fin al drama, volviendo de allí a poco a salir la dueña y el mancebo al balconcillo asidos de las manos y con los ojos brilladores de alegría, y oyéndose prorrumpir a la heroica Anselma en estas palabras:

—Padrino, padrino, que se suspenda el remate, que ya queda con-

port and safe haven of their perilous adventures. To tell the truth (let it be said in passing), nearly all of them were sailing like Ulysses, not knowing where, unaware of the beacon shining over their heads, and at the mercy of the reefs and uncertainties of so treacherous a sea; but luckily our Juan Batch-of-Bread had a friend (and what a friend!), an experienced man familiar with the navigational course, a lifesaving coast amid such a complicated labyrinth, which friend was none other than Faco the blacksmith, who, by some indefinable stirring of affection for our Castilian lad, had secretly instructed him as to the sure course he was to sail, telling him that if he succeeded in arousing love in young Anselma, he and no other would be owner of the inn.

Juan's grammar, as gray as his outfit, needed no further rules to understand that language; and so, ever since the outset of the fray he had been aiming his batteries at the most important, but neglected, point of the battle, until, seeing that it was being fought with heavy artillery and that he was too short of ammunition to uphold the Castilian banner honorably, he resorted to the stratagem of retreat;[5] but one so harmonious, rhythmic, and well managed that not even Bellini could have composed a better one.

So, then, he threw his saddlebags over his shoulder and, trusting to his lucky star and natural charms (which the reader is already familiar with), he gradually climbed the stairs to the kitchen, reached the little balcony, and tugged at the girl's rough wool dress as if he had something to ask her for, and she followed him as if she had something to give him.

What occurred when they were beside the fire, the conversation and discourse they may have shared during those few moments when they had disappeared, without being noticed, from the view of the assembly, are things that only the pots that were boiling and the cat that was dozing by the fire could tell us; and no doubt it's a pity that they refuse to do so, because perhaps in that way we'd come to know one of the scenes of greatest romantic power that any playwright could invent.

What is certain is that, as a result of that denouement taking place offstage (which is also very much in line with the modern school), the drama ended; shortly thereafter, the lady and the lad reemerged on the balcony holding hands, their eyes shining with joy, while the heroic Anselma uttered these words:

"Father, father, call off the auction, because the sale has been con-

5. There is an untranslatable word play here, *fuga* meaning both "retreat" and "fugue."

cluido el *traspaso*: Juan Algarrobo (alias *Cochura*), natural de
Fontiveros, ha de ser mi esposo, que así lo ha querido Dios.

Alzaron todos la vista con extrañeza al escuchar estas razones, y el
anciano Cabezal hizo un ademán violento, que parecía como preludio
de alguna gran catástrofe. Miró al balconcillo con ojos encendidos, y
alzándose de repente y desembozándose de la manta: «¡Ah perra!» —
exclamó—, y ya se disponía a saltar a la escalera, cuando el buen Faco
el Herrador, el alma de sus movimientos, le detuvo fuertemente, trató
de desarmar su cólera, y en pocas y bien sentidas razones le hizo ver
la alcurnia del mozo y lo bien que le estaría admitirle por marido de
su ahijada.

Todos los concurrentes conocieron entonces que habían sido víctimas de una intriga concertada de antemano, y dieron por de todo
punto perdido su viaje, con lo cual fueron desapareciendo uno en pos
de otro, después de felicitar burlescamente al Cabezal por la astucia
de los novios.

Estos, pues, después de solicitar la bendición paternal, quedaron
instalados en sus funciones; y nuestro Juan *Cochura*, a quien en su
primer viaje a Madrid vimos burlado, escarnecido y preso por su ignorancia, llegó en el segundo a ser burlador ajeno y a ponerse al frente
de un establecimiento respetable.

La fortuna es loca, y gusta las más veces de favorecer a quien menos
acaso es digno de ella . . . ¿Quién sabe? . . . Todavía quizá le reserva
una contrata de vestuarios o una empresa de víveres; y al que vimos
entrar ayer cruzado en un pollino, preguntando los nombres de la
calle, quizá le miraremos mañana pasearlas en dorada carretela, y
adornado su pecho con bandas y placas que nos deslumbren y oculten
a nuestros ojos la pequeñez del origen de su poseedor. Espectáculo
frecuente en el veleidoso teatro cortesano, y grato pasatiempo del ob-
servador filósofo, que contempla con sonrisa tan mágico movimiento.

cluded: Juan Algarrobo (alias Batch-of-Bread), native of Fontiveros, is to be my husband, for God has so willed it."

Everyone looked up in surprise on hearing those words, and old Cabezal made a violent gesture, seemingly the prelude to some great catastrophe. He looked at the balcony with blazing eyes, and suddenly standing up and throwing off his mantle, he exclaimed "You bitch!" and was getting ready to leap to the stairs, when the good blacksmith Faco, the soul of his actions, restrained him with force, tried to defuse his anger, and with a few well-placed words pointed out that the lad was of good family and that he would benefit by allowing him to marry his adoptive daughter.

Then all present realized they had been the victims of a prearranged cabal, and they saw that their journey had been for absolutely nothing; whereupon one after the other vanished, after sarcastically congratulating Cabezal on the cunning of the young couple.

Well, after seeking the paternal blessing, the youngsters took over the inn; and our Juan Batch-of-Bread, whom we saw cheated, mocked, and arrested because of his ignorance on his first trip to Madrid, became a mocker in his turn on his second trip, taking control of a time-honored establishment.

Fortune is a madcap, and most often likes to favor the man who is perhaps least deserving of it. . . . Who can tell? . . . It may still hold in store for him a contract to supply uniforms or an order for provisioning the army; and the man we saw arriving yesterday on the back of a young donkey, asking where on the street houses were located, we may very well behold tomorrow riding down that street in a gilded coach, his breast decorated with ribbons and medals that dazzle us and hide from our eyes their owner's small beginnings. A frequent sight on the capricious stage of the capital, and a pleasant pastime for the philosophical observer who contemplates with a smile this magical bustle.

Juan Eugenio Hartzenbusch (1806–1880)

Historia de dos bofetones

Primera parte

De la iglesia de San Sebastián de Madrid salía a la calle de las Huertas un día de Pascua de Pentecostés, hará siglo y medio con poca diferencia, un mendigo tan andrajoso como lucio y colorado, con un ojo y un pie menos, una joroba más, dos muletas, cien remiendos y cien mil marrullerías. Bajaba resueltamente la calle, harto desigual y barrancosa entonces, avanzando seis pies burgaleses de cada tranco, y deteniéndose alguna vez a excitar la conmiseración de los fieles que subían a la parroquia, hiriendo sus oídos con mil estudiadas fórmulas de pordiosear, articuladas en voz aguardentosa y aguda. Brincando y pidiendo, bendiciendo a unos, renegando de otros y estorbando a todo el mundo, llegó a las últimas casas de la calle vecinas al Prado, y se paró delante de una de buena apariencia, como recién construida, limpio aún el desnudo ladrillo de la fachada, sin orín todavía los clavos de la puerta, blanca la madera del ventanaje, y acabada de esculpir sobre el friso de la portada, en caracteres legibles a la media hora de estudio, esta inscripción, que trasladamos al pie de la letra, y que parece quería decir: «Resucitó al tercero día, año mil seiscientos. María, Jesús, José, setenta y ocho»:

RRESSVR REX Y TTERCIA DIE
AN. 16 MAR. IHS. IPH. 78.

(Entre paréntesis, esta fecha de la resurreción del Señor me parece algo atrasada.) Allí el astroso pordiosero, esforzando la robusta voz de que estaba dotado, comenzó a demandar limosna,

Juan Eugenio Hartzenbusch (1806–1880)

A Story of Two Slaps

Part One

One Whitsunday, about a century and a half ago more or less, there emerged from the church of Saint Sebastian in Madrid onto the Calle de las Huertas a beggar as ragged as he was glossy and ruddy, lacking one eye and one leg, having one hump in addition, two crutches, a hundred patches, and a hundred thousand cajoleries, He resolutely descended the street, which was quite uneven and broken up in those days, advancing six Burgos feet at each stride, halting at times to arouse the compassion of the churchgoers who were coming up the street to their parish church and assailing their ears with a thousand carefully planned begging formulas, uttered in a high-pitched brandy voice. Hopping and begging, blessing some, grumbling at others, and bothering everyone, he reached the last houses on the street, the ones adjoining the Prado, and stopped in front of a fine-looking one, apparently newly built, the bare brick of the facade being still clean, the door studs still free of rust, and the wood of the window frames white, bearing a freshly carved inscription over the doorway frieze, in lettering that was legible after a half hour's study; we copy it verbatim (it apparently means: "He was resurrected on the third day, in the year 1600, Mary, Jesus, Joseph, 78"):

RRESSVR REX Y TTERCIA DIE

AN. 16 MAR. IHS. IPH. 78.[1]

(By the way, that date for the Lord's resurrection seems a bit belated to me.) There the shabby beggar, bellowing in the robust voice with which he was endowed, began to ask for alms, listing all the saints

---

1. The first line is a garbling of "*Resurrexit tertia die.*" The 16 and 78 of the year (of construction) 1678 are separated by the names of the Holy Family.

pasando lista a todos los santos del calendario; y cabalmente al nombrar al glorioso fundador de la venerable Orden tercera, se oyó un suave ceceo detrás de las espesas celosías de una reja, correspondiente a la casa flamante que observaba el cojo, el cual, oído el reclamo, atravesó de un brinco la calle, echó un papel y tomó otro por debajo de la celosía, recogió por delante de ella unas monedas, soltó un «el Señor la corone de gloria», y emparejó calle arriba listo como un cohete, clamando a grito pelado: «Por la invención de San Esteban, hermanitos, una caridad a este pobre lisiado.»

Pocos momentos después los postigos de aquella reja se cerraron con estrépito, se oyeron voces de mujeres, unas humildes como de quien pide silencio, y otras imperiosas como de quien manda obediencia; y al cabo de un rato se abrió la puerta y salieron dos damas limpia y honestamente vestidas; pero sin paje, ni dueña, ni rodrigón, ni criada. Cubiertas con sus mantos, no era fácil adivinar su clase por lo señoril u ordinario del rostro: el hábito del Carmen que llevaban, lo mismo convenía a la rica que a la pobre, a la tendera que a la titulada; pero el rosario devanado a la mano izquierda de cada una de las dos tapadas, labrado de filigrana de oro, con medallas preciosas y una cruz sembrada de diamantes, revelaba la riqueza que se encubría en el modesto atavío de la persona. Santiguáronse las dos al atravesar el umbral, y la que venía detrás dijo a la primera con voz grave y no muy recatada: «Cuidado, doña Gabriela, con lo que te he prevenido; tú ya debes considerarte como casada, porque el señor don Canuto de la Esparraguera debe llegar muy pronto a recibir tu mano. Basta de devaneos; que si llego a cogerte otro papel, allá de tu ingenioso Gonzalvico, por el siglo de mis padres que le he de dar ocasión para que encarezca en veinte sonetos la grana de tus mejillas.» Doña Gabriela respondió con voz tan sumisa y apagada a esta amorosa insinuación en forma de apercibimiento, que sólo se le pudo entender la palabra *madre*, tras un suspiro ahogado entre los pliegues del velo. Y con esto la madre y la hija se encaminaron a San Jerónimo, donde tocaban a misa mayor, dejando adivinar el desabrido silencio que una y otra guardaban, la poco airosa celeridad del paso y el violento manejo de los mantos, que si los hubiesen alzado entonces, hubieran dejado ver dos caritas ajenas a toda consonancia con la festividad de aquel día que ya hemos dicho era de pascua.

¿Qué había sido entretanto del ágil correo con joroba y muletas? El cojo mientras tanto había ya dado cuenta de su encargo en el atrio de

in the calendar; and precisely when he named the glorious founder of the venerable Third Order, a soft lisp was heard behind the thick lattice of a barred window, belonging to the brand-new house that the lame man was observing; he, hearing the call, crossed the street in one hop, thrust a paper under the lattice, picking up another one, gathered up a few coins that had been left in front of the lattice, uttered a "May the Lord crown you with glory," and proceeded down the street with the speed of a rocket, yelling at the top of his voice: "In memory of Saint Stephen, brothers, some charity for this poor crippled man!"

A few moments later, the shutters of that barred window closed with a crash, and women's voices were heard, one humble, as if begging for silence, and the other imperious, as if demanding obedience; and after a while the door opened and two neatly and respectably dressed ladies came out; but without a page, duenna, elderly manservant, or maidservant. With their heads covered by their shawls as they were, it wasn't easy to guess their rank by the aristocratic or plebeian cast of their features: the Carmelite habit they were wearing was equally suited to the rich and the poor, to the shopkeeper's wife and the titled lady; but the rosary coiled around the left hand of each of the enveloped ladies, made of gold filigree, with costly medallions and a cross studded with diamonds, revealed the wealth concealed by the modest attire on their bodies. Each one made the sign of the cross when stepping over the threshold, and the one walking in back said to the one in front in a solemn, not very demure tone: "Miss Gabriela, remember my warning; by now you should consider yourself a married woman, because Don Canuto de la Esparraguera is due to come very soon to receive your hand. No more flirting; because if I catch you with another love letter from your clever Gonzalvico, by the memory of my parents I'll give him an occasion to write twenty sonnets in praise of the scarlet of your cheeks!" Doña Gabriela answered this prompting toward love that took the form of a warning in so submissive and muffled a tone that all that could be understood was the word "mother," after a sigh smothered in the folds of her veil. Thereupon mother and daughter headed for Saint Jerome's, where the bells were ringing for high mass; it could readily be guessed from the sullen silence each of them maintained, the inelegant haste of their pace, and the violent handling of their shawls, that if they had lifted them at that time, they would have displayed two faces totally out of harmony with the festive nature of that day, which we have said was Whitsunday.

What had become, meanwhile, of the agile messenger with the hump and crutches? In the meantime, the lame man had reported on his mis-

San Sebastián a un caballero muy atildado de bigotes, pero algo raído
de ropilla; y mientras el galán, vista la carta de doña Gabriela, iba a su
casa y escribía la urgentísima respuesta que su enamorada le pedía, ya
el correveidile había evacuado tres o cuatro negocios de igual especie,
había visitado media docena de tabernas, y antes que principiase el
sermón de San Jerónimo, ya se hallaba a las puertas del convento
aguardando ocasión de cumplir con un nuevo mensaje para Gabriela,
encontrándose con ella al tiempo que saliese del templo el numeroso
concurso que asistía al santo sacrificio.

Era entonces la iglesia de los padres Jerónimos inmediata al Prado,
que de ella tomaba el nombre, mucho más concurrida que lo ha sido
en estos calamitosos tiempos que hemos alcanzado. En aquella época,
en que habitualmente se combinaba la holganza con la piedad, se iba
a misa a San Jerónimo como si dijéramos: «por atún y ver al duque»,
porque antes o después, o después y antes, se paseaba al Prado, el
cual, a la sazón, merecía este nombre legítimamente, pues no era su
suelo como ahora, un tablar de monótona infecunda arena, sino una
vistosa alfombra de lozana yerba salpicada de frescas flores.
Agolpábase la muchedumbre de curiosos a las puertas del templo para
ver entrar y salir a las hermosas, y aprovechar una sonrisa, una palabra
o cosa de interés más alto, y agolpándose, por consiguiente, allí los
que acuden siempre adonde se reúne gran gentío: vendedores,
ociosos y pedigüeños. Fruteras despilfarradas, bolleros sucios, alojeros
montañeses harto más a propósito para terciar la pica que para portear
la garrafa, demandantes para monjas, para frailes, para hospitales,
para presos, para una necesidad, para una dote, para mandar pintar un
exvoto, para comprar un cilicio, todos se apiñaban a las puertas del
convento; y estimulados los unos por su interés, los otros por un santo
celo (que viene a significar lo mismo) disputaban sobre el puesto, lo
defendían o usurpaban a fuerza de juramentos y cachetes; y cuando,
acabada la función, la gótica puerta vertía revueltas oleadas de pueblo,
confundiendo en completa anarquía sexos, edades y condiciones, un
grito general compuesto de mil se elevaba por el aire, y penetrando
por las prolongadas naves del lugar santo, parecía al oír aquel ruido
sordo bajo la empinada bóveda que las venerandas efigies, inmóviles
pobladores de altares y nichos, murmuraban entre sí ofendidas de
aquel escandaloso estrépito, codicioso y profano.

Apenas doña Gabriela y su madre, menguando el ímpetu de la multitud que las había llevado a gran trecho de la puerta, pudieron cami-

sion, in the portico[2] of Saint Sebastian's, to a gentleman highly adorned with mustaches, but somewhat threadbare of wardrobe; and by the time that the wooer, having seen Doña Gabriela's letter, had gone home and written the very urgent reply his sweetheart had requested, the go-between had already performed three or four assignments of a similar nature, had visited a half-dozen taverns, and, before the sermon began at Saint Jerome's, was already at the entrance to the monastery awaiting the opportunity to deliver a new message to Gabriela on meeting her when the large crowd attending the sacred service came out of church.

In those days the church of the Hieronymite fathers adjacent to the Prado, which took its name from it, was much more heavily attended than it has been in these disastrous times of ours. In that era, when pleasure was customarily combined with piety, people went to Saint Jerome's for mass "to kill two birds with one stone," so to speak, because before or after the service, or after and before, they'd promenade on the Prado, which deserved that name of "meadow" legitimately at the time, since its ground cover wasn't a sheet of monotonous, barren sand as it is now, but an attractive carpet of lush grass dotted with fresh flowers. The crowd of curious people flocked to the church doors to see the beautiful women go in and out and to profit by a smile, a word, or something of greater interest; consequently, the spot was also thronged by those who always show up wherever many people assemble: vendors, idlers, and beggars. Wasteful fruit sellers, dirty bun vendors, mead sellers from the Santander mountains much better suited to wielding a pike than to carrying carafes; collectors of alms for convents, friaries, hospitals, prisoners, for some need, for a dowry, to have an ex-voto painted, to buy a hairshirt: they all crowded at the monastery doors; and, some stimulated by self-interest, others by sacred zeal (which comes down to the same thing), they fought over locations, defending or usurping them by dint of oaths and slaps; and when, the service over, the Gothic doorway poured out confused waves of people, mingling in total anarchy sexes, ages, and ranks, a general shout made up of a thousand rose into the air and, when it penetrated the long naves of the holy edifice, it seemed, on hearing that muffled noise below the lofty vault, as if the sacred images, motionless inhabitants of altars and niches, were muttering to one another, shocked by that scandalous din, so greedy and profane.

Hardly had Doña Gabriela and her mother, as the impetus of the crowd that had carried them some distance from the door abated, been

---

2. Also means "forecourt."

nar por voluntad propia y se detuvieron a reparar el desorden de los mantos y vestidos, fueron conocidas de la turba postulante; y en un abrir y cerrar de ojos se formó en torno de ellas un triple muro de chilladores espectros.

Afamada por su caritativo corazón doña Lupercia (que no es justo se ignore el nombre de una mujer benéfica), así acechaban los necesitados su manto, su rosario y su vestido, como una enamorada pescadora la vela del barco de su marinero. Era de ver la grita, el ahínco, el afán con que los pobres acosaban a la madre y a su hija. Un ciego, apisonando con su palo los pies de sus colegas a título de reconocer el terreno, se empeñaba en que le comprase Gabriela un romance de un ajusticiado; otro le ofrecía una jácara a lo divino donde, sin que la inquisición se escandalizase, se calificaba al pan eucarístico de *pan de perro*; otro más sagaz le presentaba la historia de los amores del conde de Saldaña, y conseguía ser atendido el primero. Doña Lupercia, mientras tanto, reñía al uno, preguntaba al otro por su mujer, limpiaba la moquita a una muchacha, tiraba a un chicuelo de las orejas, y distribuía el bolsillo según las leyes de la equidad y de la justicia. Daba un real de a ocho a un infeliz que medio escondido entre los demás apenas se atrevía a implorar un socorro con la mirada de la necesidad y del encogimiento; pero al ver a un ex trompeta que, apestando a tabaco y zumo de vides, decía con harto mal modo: «Distinga voacé de personas, y acuérdese, voto a Bruselas, de que ricos y pobres, todos los hijos de Adán somos hermanos», la discreta señora buscaba el ochavo más ruin del bolsillo, y entregándoselo al grosero con aire, le replicaba: «Tome, señor soldado; que si todos sus hermanos le dan otro tanto, millones puede regalar al rey de España.»

Un grupo de damas y caballeros, de cuya alta jerarquía daba testimonio otro grupo de lacayos poco distante, se acercó en esto a las dos misericordiosas tapadas, cuyos nombres habían oído entre las bendiciones de los desgraciados a quienes socorrían. Abriéronles paso los mendigos, y la madre y la hija se levantaron entonces los velos. La madre contaba ya cuarenta y cinco otoños, y aún era hermosa; la hija era lo que la madre había sido a los veinte abriles, una preciosa joven. Al ver Gabriela a unas amigas suyas entre las damas que venían a saludarla, asomó a sus labios una sonrisa, graciosa sí, pero insuficiente a disipar cierta nube de tristeza que empañaba su semblante, animado antes y rubicundo, y ya pálido y ojeroso. Los recién venidos, después de los comedimientos ordinarios, dirigieron a Gabriela repetidos parabienes de su próximo enlace, que ella oía clavados los ojos en el suelo, no sabemos si por modestia o disgusto. Uno de los caballeros

able to walk wherever they wished, and hardly had they stopped to ad-
just their disordered shawls and robes, when they were recognized by
the mob of beggars; and in the twinkling of an eye there formed around
them a triple wall of shrieking ghosts. Known for her charitable heart as
Doña Lupercia was (for it isn't right that the name of a benevolent
woman should remain unknown), the needy lay in ambush for a sight of
her shawl, rosary, and robe just as a fisherman's loving wife awaits the sail
of her mariner's boat. The shouting, pressure, and eagerness with which
the paupers hounded mother and daughter were a sight to behold. A
blind man, ramming his colleagues' feet with his stick by way of reconnoitering the terrain, insisted that Gabriela buy from him a ballad about
an executed criminal; another one offered her a roguish ballad adapted
to a religious theme, in which, without arousing the notice of the
Inquisition, the Communion bread was called "bread for poisoning
dogs"; another, wiser one offered her the story of the loves of the Count
of Saldaña, and succeeded in being the first one she heeded. Meanwhile
Doña Lupercia was arguing with one, asking another about his wife,
blowing a little girl's nose, pulling a little boy by the ears, and distribut-
ing her purse according to the laws of equity and justice. She gave a
quarter to an unfortunate man who, half-hidden among the rest, hardly
dared to implore some aid with a look of necessity and timidity; but
when she saw an ex-bugler who stank of tobacco and wine and was saying very rudely, "Make some distinction of persons, and remember,
damn it, that rich or poor, all of us sons of Adam are brothers," the wise
lady sought out the most wretched farthing in her purse and, handing it
to the impolite man graciously, replied: "Take this, soldier, and if all your
brothers give you as much, you can give millions to the king of Spain."

Meanwhile a group of ladies and gentlemen, whose high rank was attested to by another group of lackeys not far away, approached the two
merciful ladies whose faces were covered by their shawls, having heard
their names amid the blessings of the unfortunates they were aiding.
The beggars made way for them, and mother and daughter then raised
their veils. The mother was already forty-five, but still beautiful; the girl
looked the way her mother had looked at twenty, a priceless young lady.
When Gabriela saw some girlfriends among the ladies coming to greet
her, there came to her lips a smile that was charming, but not enough
to dispel a certain cloud of sadness that was covering her face, formerly
lively and ruddy, now pale with rings around the eyes. The newcomers,
after the usual polite remarks, congratulated Gabriela repeatedly on her
upcoming marriage, while she listened with eyes glued to the ground,
we don't know whether from modesty or displeasure. One of the gen-

que allí se hallaban atormentaba su escasa imaginación buscando
hipérboles y piropos con que encarecer la felicidad de una novia,
cuando en mala hora para ella descubrió su madre un brazo envuelto
en una manga, toda rasgones y zurcidos, que penetrando el corro buscaba la mano de la confusa y distraída desposada, la cual, a pesar de
su confusión, recibía disimuladamente un papel que procuraba ocultar en el pañuelo. Arrojóse doña Lupercia a su hija con la celeridad del
águila, quitóle el billete, miró el sobrescrito, conoció la letra, y deján-
dose arrebatar de la ira, en nadie más violenta que en una mujer devota, levantó furiosa la mano y descargó sobre doña Gabriela el más
recio bofetón que mejillas femeniles soportaron jamás. «Se lo había
prometido (perdóneme el Señor el enfado)», decía doña Lupercia,
mientras la triste joven, casi muerta de rubor, se tapaba con el velo
para ocultar su llanto. Y despidiéndose apresuradamente de aquellos
señores, cogió a su hija del brazo y se la llevó de allí, todavía más aprisa
que habían venido. Los mancebos del corro se rieron de la madre. Las
doncellas se burlaron de la poca destreza de la hija, las madres dijeron
que estaba bien hecho lo que no sabían a punto fijo por qué se había
hecho, y al cabo de cinco minutos, en que se había hablado de salmón,
de comedias, de peinados, del flato y del gran turco, ya nadie se acor-
daba de una cosa tan insignificante como un bofetón dado *coram po-
pulo* a una niña casadera.

   ¿Y creerán nuestras amables lectoras (a quienes libre Dios de tan
duros trances) que la severísima doña Lupercia se contentó con la
afrentosa corrección que había impuesto a la apasionada doncella?
Nada de eso. Así que llegó a su casa, y antes de quitarse el manto,
pidió la llave del cuarto oscuro y encerró en él a su hija, retirándose
sin decir una sola palabra; pero dejándole sobre una mesa una luz, un
rosario, sus capitulaciones matrimoniales y un tratado de agricultura.
No hay que pensar que doña Lupercia tomase un libro por otro: el
tratado de que hablamos, obra de una religioso sapientísimo, amigo de
la familia, a vueltas de las instrucciones para el cultivo de la zanahoria
y del puerro, contenía excelentes consejos de moral para las jóvenes,
llegando a tal punto el esmero y minuciosidad del reverendo autor,
que les prescribía lo que debían hacer cuando les aconteciese hallarse
a solas con un hombre malintencionado; y les aconsejaba que al salir
de casa mirasen si les colgaba algún hilacho, o si llevaban mal atadas
las ligas. La lectura, pues, de algún capítulo de dicha obra era muy del
caso en tal ocasión.

   Aquella noche, entre doce y una, penetró con mucho sigilo una criada en la prisión de Gabriela y le entregó otro billete de su amante,

tlemen present was torturing his weak mind in a search for hyperboles and compliments in praise of a bride's happiness, when, at an evil hour for her, her mother caught sight of an arm, wrapped in a sleeve that was all rips and darns, which, penetrating the circle of people, was seeking the hand of the confused and distracted fiancée, who, despite her confusion, was surreptitiously receiving a paper that she tried to hide in her handkerchief. Doña Lupercia pounced upon her daughter with the speed of an eagle, snatched the note from her, looked at the address, recognized the writing, and letting herself be carried away by anger, which is most violent when it overpowers a pious woman, raised her hand in fury and gave Doña Gabriela the hardest slap that female cheeks ever endured. "I had promised her to do it (may the Lord pardon my wrath!)," said Doña Lupercia, while the unhappy girl, almost dead of shame, covered her face with her veil to conceal her tears. And hastily taking leave of those ladies and gentlemen, she took her daughter by the arm and led her away, even faster than they had come. The young men in the circle laughed at the mother. The young ladies derided the daughter's lack of skill, their mothers said it was well done, though they didn't exactly know why it was done, and five minutes later, during which the conversation had turned to salmon, plays, hairdos, stomach gas, and the sultan of Turkey, no one any longer recalled something so insignificant as a slap given in public to a girl of marrying age.

And will our charming lady readers (may God deliver them from such harsh events!) believe that the very strict Doña Lupercia was satisfied with the insulting punishment she had inflicted on the passionate young lady? By no means. As soon she got home, before taking off her shawl, she asked for the key to the windowless punishment room and locked her daughter in it, departing without saying a single word, but leaving on a table a candle, a rosary, her marriage contract, and a treatise on agriculture. Let no one think that Doña Lupercia mistook one book for another: the treatise we're speaking of, the work of a very learned monk and a friend of the family, alongside instructions for growing carrots and leeks, contained excellent advice on morality for young women, the reverend author's diligence and love of detail even going so far as prescribing what they should do when they happened to find themselves alone with an ill-intentioned man; and he advised them that, when they went out, they should look and see whether any thread was caught in their clothes, or whether their garters were loose. So that the reading of some chapter in that book was very appropriate on such an occasion.

That night, between twelve and one, a maid slipped into Gabriela's prison very cautiously and handed her another note from her wooer,

instruido ya por el cojo del doloroso suceso de la mañana. Gabriela se apoderó con ansia de la pluma y del papel que le traía la subcomisionada del cojo, y de un tirón escribió estas palabras: «Líbrame del poder de mi madre, Gonzalo mío, porque jamás seré esposa de un hombre que, aunque honrado, discreto y rico, tiene una cicatriz en la cara, no es capaz de escribir una redondilla y se llama don Canuto.» Aquí llegaba, cuando acordándose del bofetón y temiendo que podría no ser último, rasgó el papel y dijo con resolución a la mensajera: «Vete y di a ese don Gonzalo que ni me escriba, ni me vea, ni vuelva a pensar en mí en toda su vida.»

Quince días después, mientras su madre estaba en el jubileo, se halló doña Gabriela en su cuarto al anochecer con el mismo don Gonzalo en persona. «Sígueme —prorrumpió él—: todo está dispuesto para la fuga; dineros me faltan, pero arrojo me sobra; viviremos pobres en una aldea, pero felices.» Gabriela seguía maquinalmente a su galán, el cual había ya pasado el umbral de la puerta, cuando recordando el tremendo golpe de la mano materna, recuerdo que llevaba consigo el de la promesa solemne hecha al caballero de la cicatriz, se paró, retrocedió, y cerrando de pronto el postigo, se quedó la dama dentro, y en el portal el desventurado amante, que no tuvo más remedio que irse hacia el Prado a tomar el fresco, muy provechoso en ocasiones así.

Otros quince días después, el cura de San Sebastián, rodeado de una turba de curiosos, tapadas y muchachos, y asistido de sacristán y monacillos, preguntaba en la sacristía de la parroquia a doña Gabriela si quería por su legítimo esposo a don Canuto de la Esparraguera. Y aunque es de ley que todas las que oyen dirigir tan tremendas palabras las escuchen con los ojos bajos, ello es que doña Gabriela, o porque oyó alguna tos o chicheo, o porque sonó en el techo algún ruido que llamó su atención y temió que se le desplomase encima, levantó contra el ceremonial la vista, y su mirada se encontró con la de don Gonzalo. Tuvo ya la novia en los labios la primera letra de un no claro y redondo, que no diese lugar a interpretaciones; pero acordándose en aquel momento del bofetón de pascua, miró a las manos de su madre y pronunció sin titubear el fatídico *sí quiero*.

Cuatro años después subía a San Jerónimo una señora bizarramente vestida de terciopelos y encajes, con diamantes en la frente y perlas en el cuello, vertiendo salud y alegría su semblante lleno y colorado, emblema de la paz y la dicha, apoyando su carnoso brazo en el de un caballero con un chirlo en el arranque de las narices, y acom-

who had already been informed by the lame man of the sorrowful event of that morning. Gabriela anxiously seized the pen and paper that the lame man's auxiliary had brought in for her, and in one go she wrote these words: "Rescue me from my mother's power, my Gonzalo, because I shall never be the wife of a man who, though honorable, wise, and wealthy, has a scar on his face, is incapable of writing poetry, and is named Don Canuto." She had gotten that far when, recalling the slap and fearing it might not be the last, she tore up the paper and said resolutely to the messenger: "Go tell that Don Gonzalo not to write me, or try to see me, or ever think of me again for the rest of his life."

Two weeks later, while her mother was at a Jubilee service, Doña Gabriela was in her room at nightfall with that very Don Gonzalo in person. "Come with me," he blurted out; "all is in readiness for our elopement; I don't have money, but I have boldness to spare; we shall live humbly, but happily, in a village." Gabriela was automatically following her wooer, who had already crossed the threshold, when, recalling that tremendous blow from her mother's hand, a recollection that brought with it the recollection of the solemn promise she had made to the gentleman with the scar, she stopped short, went back, and, quickly shut the door. The lady remained inside, and her unhappy wooer on the doorstep, with no other recourse than to go to the Prado for some fresh air, which is very beneficial on such occasions.

Two weeks later still, the parish priest of Saint Sebastian's, surrounded by a crowd of busybodies, women hidden in shawls, and young men, and assisted by the sacristan and altar boys, was in the sacristy of the church, asking Doña Gabriela whether she would take Don Canuto de la Esparraguera for her lawful wedded husband. And, even though it's normal for all women who are addressed with such tremendous words to listen to them with lowered eyes, the fact is that Doña Gabriela, either because she heard some cough or hiss, or because there was some noise on the ceiling that attracted her attention and she was afraid it might crash down on her, disregarded ceremony by raising her eyes, which met those of Don Gonzalo. The bride already had on her lips the first letter of a clear, unmistakable "no" that didn't lend itself to interpretations; but at that moment she remembered the big slap on Whitsunday, looked at her mother's hands, and unfalteringly pronounced the fateful "I do."

Four years later, there ascended the street to Saint Jerome's a lady elegantly clad in velvet and lace, with diamonds on her brow and pearls around her throat, her full, ruddy face exuding health and joy, an emblem of peace and happiness; she was resting her fleshy arm on that of a gentleman with a scratch at the base of his nose, and she was

pañada además de dos dueñas, dos pajes, dos niños y dos pasiegas con dos criaturas de pecho. Traía la feliz pareja una conversación secreta, aunque al parecer muy festiva; y habiéndose parado un instante, dijo el caballero: «¿Fue por aquí sin duda?» «Aquí fue», respondió la noble matrona, fijando con amorosa expresión sus ojos hermosísimos en el semblante de su esposo. El caballero estrechó vivamente la mano de la virtuosa consorte, y le dijo en voz baja: «No me podrás negar que fue un bofetón bien aprovechado.»

Segunda parte

Era de noche, y un sereno de Madrid anunciaba las dos y media. Esto anuncia que hemos dado un salto superior al de Alvarado en la calzada de Méjico; y si añadimos que el sereno llevaba pendiente del chuzo un farol numerado, nuestros lectores conocerán que hablamos de estos felices tiempos de libertad y de estados excepcionales, de liceos y de represalias, de poesía y de miseria. Eran las dos y media de la noche, y dentro de un gabinete profusamente adornado con estampas de la Atala, de Ivanhoe, de Bug-Jargal y del Corsario, una interesante joven de negros ojos y negra cabellera, el rodete en la nuca y los rizos hasta el seno, se deshacía al amor de la lumbre en amargo llanto que inundaba sus mejillas medianamente flacas y descoloridas. Es común decir que cuando llora una niña tiene algún hombre la culpa de su lloro; y esto era puntualmente lo que se verificaba con doña Dolorcitas del Tornasol aquella noche, porque hombre era el que había escrito no sé qué cuento, novela o drama que tenía en el regazo, y al héroe de aquella soñada historia, oprimido de imaginarios males por gusto del autor, iban consagradas las lágrimas de la sensible lectora. Por lo demás, ningún hombre había dado a Dolorcitas hasta entonces motivo de pesadumbre, porque a todos los veintiséis amantes que había tenido hasta la edad que contaba (sin incluir en aquel número ningún galán del tiempo en que la niña iba a la maestra) a todos veintiséis había dado calabazas, al uno por joven, al otro por muchacho; al uno por rico, al otro por no serlo; al uno por elegante, al otro por zafio. Aguardando que la suerte le depare algún Arturo o caballero del Cisne, todos le parecían Frentes-de-Buey y Cuasimodos. Esparcidos

accompanied, as well, by two duennas, two pages, two children, and two nurses with two infants. The happy couple were carrying on a conversation that was secret, but seemingly very amusing; having halted for a moment, the gentleman said: "No doubt it was around here." "It was here," replied the noble matron, gluing her beautiful eyes on her husband's face with a loving expression. The gentleman squeezed his virtuous consort's hand warmly, and said in low tones: "You can't deny it was a very beneficial slap."

Part Two

It was at night, and a Madrid watchman was calling out two-thirty. This indicates that we have made a jump longer than Alvarado's[3] on the Mexico City causeway; and if we add that the watchman had hanging from his stick a numbered lantern, our readers will realize that we are speaking of these happy days of liberty and martial law, literary societies and reprisals, poetry and poverty. It was two-thirty at night, and in a study profusely adorned with prints of Atala, Ivanhoe, Bug-Jargal, and the Corsair,[4] a charming young lady with dark eyes and hair, a chignon on her nape and curls down to her bosom, was dissolving in the firelight into bitter tears that flooded her rather thin, colorless cheeks. It's a commonplace to say that when a girl cries, some man is responsible for it; and this was precisely the case with Doña Dolorcitas del Tornasol that night, because it was a man who had written that story, novel, or play, whichever it was, which she had on her lap, and it was to the hero of that made-up story, laden with imaginary woes at the author's pleasure, that the tears of the sensitive reader were devoted. Otherwise, no man had yet given Dolorcitas any cause for grief, because all twenty-six suitors she had had up to that time (not including any wooer from the days she attended girls' elementary school) she had turned down, one because he was just a young man, one because he was just a boy; one because he was rich, one because he wasn't; one because he was a dandy, one because he was a boor. While she waited for fate to allot her some King Arthur or Swan Knight, they all seemed to her like Front-de-Boeuf[5] or Quasimodo. Still scattered on the floor were the pieces of a pink note, scented, bordered, marked with a signet, and gilt-edged, the

---

3. Pedro de Alvarado, a lieutenant of Cortés, behaved valiantly during the "Sad Night" uprising he himself had caused.   4. Protagonists of works by Chateaubriand, Scott, Hugo, and Byron.   5. A villain in *Ivanhoe*.

por el suelo estaban todavía los pedazos de un billete color de rosa,
perfumado y con orla y sello y canto dorado, primera entrega del vigesimoséptimo galán, hecha furtivamente aquella noche en una academia de baile; pero téngase entendido a pesar de esto que, sin llegar
el amante novísimo al modelo ideal que existía en la cabeza de la
melindrosa niña, tenía, sin embargo, cierto aire o traza novelera que
agradaba algún tanto a la pretendida. Mientras ella se acongojaba por
la infelicidad ajena a falta de la propia, el libro mal colocado en los
pliegues de la amplísima falda que se escapaba de un talle de sílfide,
cayó repentinamente en el brasero, cuyas ascuas devoraron en un
punto la inocente margen de las mentirosas páginas. Acudió Dolores
a salvar del suplicio de la inquisición a su héroe favorito; pero acudió
tan tarde, que, convertida ya en brasa gran parte de las hojas, el rápido
movimiento de la mano libertadora al sacarlas del fuego sólo sirvió
para hacer que brotase del libro consumidora llama que envolvió el
brazo de la niña, defendido sólo por una delgada tela de algodón, fácil
de inflamarse. Soltó Dolores asustada el libro, cayó éste ardiendo
sobre la falda, prendió en ella, y viose en un momento rodeada de
fuego y humo la señorita, que, aturdiéndose entonces de todo punto,
principió a correr por la casa como una loca, pidiendo auxilio con tan
desaforadas voces como la ocasión requería, y un poco más, si cabe. Al
estrépito que armaba, despertó no sólo la única persona que vivía con
ella (que era una anciana, tía suya), sino la vecindad entera: quién
creyó que los facciosos estaban ya cantando el *Te Deum* en Santa
María, quién que estallaba en Madrid un pronunciamiento en regla,
quién que sus acreedores habían descubierto el undécimo asilo que
había mudado en cuatro semanas. Conmovióse toda la casa; los milicianos nacionales de ella se echaron las correas encima y salieron a los
corredores a paso de ataque y haciendo la carga apresurada; y fue cier-
tamente un espectáculo notable el ver abrirse unas tras otras todas las
puertas y ventanas que daban al patio y a la escalera y asomar por ellas
viejos y viejas, mozos y mozas, chicos y chicas, cada cual con su luz en
la mano; envuelto en un cobertor el uno, el otro en una capa, ellos sin
calzones y ellas en enaguas; habiendo llegado a tanto la curiosidad de
una vecina coja y medio cegarra, que al salir a informarse olvidó su
muleta, y no se olvidó del anteojo. Mientras todos preguntaban y
ninguno respondía, los gritos habían cesado, y por consiguiente, la
perplejidad era mayor. Era el caso que la respetable doña Gregoria (la
tía de Dolores), puesta en pie al primer grito que oyó, había saltado
de la cama, y encaminándose hacia donde sonaban los alaridos, se encontró al atravesar la cocina con la atolondrada joven, que ya no es-

first offering of the twenty-seventh suitor, furtively handed to her that night at a ball; but let it be understood, nevertheless, that though her latest wooer didn't measure up to the ideal model that existed in the capricious girl's mind, he still had a certain novelistic air or way about him which somewhat pleased the girl he was courting. While she was distressing herself with other people's unhappiness for lack of her own, the book, awkwardly placed on the folds of her very wide skirt, which billowed out from her sylph-like waist, suddenly fell into the brazier, the coals of which instantly devoured the innocent margin of the mendacious pages. Dolores hastened to rescue her favorite hero from the punishment of the Inquisition, but she was so late that most of the leaves were already turned into embers, and the rapid movement of her rescuing hand in plucking them out of the fire merely served to make a consuming flame burst from the book and envelop the girl's arm, which was protected only by a thin layer of cotton, readily inflammable. In fright Dolores let go of the book, which fell, still burning, onto her skirt and set fire to it; and in a moment the young lady found herself ringed about by fire and smoke, so that, becoming entirely confused, she started to run around the house like a madwoman, calling for help with the tremendous cries that the occasion required, and even more, if possible. The din she was raising awoke not merely the only person who lived with her (an old lady, her aunt), but also all the neighbors: one person thought that the Carlist rebels were already chanting the Te Deum at Saint Mary's; one, that a bona fide pronunciamiento was breaking out in Madrid; another, that his creditors had discovered the eleventh refuge he had moved to in four weeks. The whole building was in an uproar; the national guardsmen who lived in it threw on their belts and dashed into the corridors ready to attack, at a quick charge; and it was surely a noteworthy sight when all the doors and windows facing on the courtyard and the staircase opened one after the other and old men and women, lads and lasses, and boys and girls, each with candle in hand, appeared in the openings; one wrapped in a blanket, another in a cape, the men without trousers and the women in petticoats; the curiosity of one lame and extremely shortsighted neighbor woman had reached such a pitch that, on going out to discover what was happening, she forgot her crutch but not her glasses. While everyone was asking questions and no one was answering, the cries had ceased and therefore the perplexity was greater. What had occurred was that the honorable Doña Gregoria (Dolores's aunt) had been awakened by the first shout she heard, had leapt out of bed, and, heading for the place where the shrieks were coming from, she ran into the dazed girl, who could no

taba para conocer a nadie; y gracias a las nueve arrobas que pesaba la
buena anciana pudo resistir el recio envión sin venir al suelo, y la que
cayó hecha un ovillo fue la sobrina. La tía, aprovechando aquella feliz
coyuntura, hizo un esfuerzo para verter sobre Dolores un barreño de
agua, y en un santiamén apagó el fuego y puso a la niña más fresca que
una lechuga. Desnudóla, llevóla a la cama, apaciguó el tumulto veci-
nal con dos palabras, volvió a la autora de él, vio que todo el daño que
había sufrido se reducía a un ligero chamuscón de rodillas abajo, y un
rizo menos; con lo cual la prudente doña Gregoria se sosegó y principió a indagar la causa del incendio. «Ha de saber usted —decía
Dolores, ya recobrada de su turbación—, ha de saber usted, tía de mi
alma, que de aquel lienzo que me regaló mi padrino estaba haciendo
yo unas camisitas que pensaba dar a los niños de la pobre viuda de la
buhardilla, que están los angelitos que da lástima verlos, cuando . . .»
Al llegar aquí la relación, que, como ve el lector, no prometía mucha
fidelidad histórica, salteó las narices de doña Gregoria un tufo a
chamusquina que le hizo salir de la alcoba al gabinete, temerosa de
nueva catástrofe; y casi debajo del brasero halló el lomo de un libro en
rústica, cuyas hojas habían sido reducidas a pavesas. Apareció entonces toda la verdad del caso; amostazóse sobradamente la buena
señora y apostrofó a su sobrina con los epítetos de embustera, de-
sobediente, perturbadora del sosiego público, y romántica amén de
esto, que le parecía peor que todo. Ella, para disculparse, habló de
subterfugios inocentes y de irritabilidad de nervios, de consideraciones justas y de arbitrariedad doméstica, soltando de aquella boca
tan copioso caudal de bachillerías, formuladas en la peregrina frase-
ología moderna, y acompañadas con tales suspiros, ayes y lágrimas,
que la grave doña Grigoria, más por ver si conseguía hacerla callar que
por otra cosa, se atrevió a poner su mano irreverente y prosaica sobre
aquellas mejillas de alfeñique.

¡Nunca tal hiciera la mal aconsejada tía! Allí los chillidos de Dolores
cual si la mataran, allí el arrancarse frenética los cabellos, allí el caer
en un soponcio de media hora de duración, y salir de él para entrar en
una convulsión espantosa, en medio de la cual invocaba a todas las
potestades del infierno, desgarraba las sábanas y aporreaba a su tía,
que no tuvo más remedio que pedir favor a los vecinos. Nuevo alboroto, nueva encamisada. La habitación de Dolores se llenó de
gente: unos se destacaron en busca de facultativos, otros por medici-
nas. «Sinapismos», decía uno; «Friegas», repetía otro; «Darle a oler un
zapato», decía un señor antiguo; «Darle con él en las espaldas», decía
una desenfadada manola. Por último, como todo tiene fin en este

longer recognize anyone, while crossing the kitchen; and thanks to the
225 pounds that the good old lady weighed, she was able to withstand
the hard jolt without falling; it was her niece who fell and curled up. Her
aunt, profiting by that lucky opportunity, did her best to pour a bowl of
water onto Dolores, and in a trice she put out the fire and made the girl
as cool as a cucumber. She undressed her and led her to bed, set the
neighbors' hubbub at rest with a couple of words, returned to its insti-
gator, and found that the only injury she had suffered was a light singe-
ing from the knees down, and the loss of one curl; so that the wise Doña
Gregoria calmed down and began to investigate the cause of the fire.
"Let me tell you," said Dolores, who had already recovered from her
confusion, "let me tell you, aunt darling, that with that linen my godfather gave me I was making some little shirts which I intended to give to
the children of the poor widow in the garret, because the little angels
are in such a state it's a pity to look at them, when. . . ." When she got
this far in her story, which, as the reader can see, didn't promise much
historical accuracy, Doña Gregoria's nose pounced upon a smell of
burning which made her go from the bedroom to the study, fearing
some new catastrophe; and nearly beneath the brazier she found the
spine of a paperbound book, the pages of which had been reduced to
cinders. Then the whole truth about the situation came to light; the
good lady became excessively angry and bawled out her niece, calling
her a deceiver, a disobedient child, a disturber of the peace, and a romantic to boot, which she considered worst of all. To excuse herself, she
spoke of innocent subterfuges, nervousness, fair play, and domestic
tyranny, emitting from her lips such a copious stream of prattle, formu-
lated in the odd modern phraseology, and accompanied with such sighs,
moans, and tears, that the severe Doña Gregoria, more in an attempt to
quiet her than for any other reason, ventured to lay her irreverent, prosaic hand on those sugar-candy cheeks.
    The ill-advised aunt should never have done it! The result was:
shrieks from Dolores as if she were being killed, frenetic tearing out
of her hair, falling into a faint that lasted half an hour, and emerging
from it only to fall into fearful convulsions, during which she called
upon all the powers of hell, clawed up the sheets, and beat her aunt,
who had no other recourse than to ask the neighbors for help. A new
uproar, a new night attack. Dolores's room filled up with people: some
broke away in search of doctors, while others went for medicine.
"Mustard plasters," said one. "A rubdown," said another. "Give her a
shoe to smell," said one old gentleman. "Give her a shoe over her
back," said one outspoken lower-class woman. Finally, since every-

mundo, menos las miserias de España, a las dos horas y media de brega y barahúnda cesó el síncope, y volvió en su acuerdo la irritable señorita, a tiempo que se deshacían tocando a fuego las campanas de la parroquia, donde, engañado, uno de los vecinos había ido a avisar así que oyó las voces del primer alboroto, sin haber podido conseguir hasta entonces que el sacristán despertase. Poco después comenzaron a sonar las demás campanas de Madrid; acudieron las bombas de la Villa, los serenos, los celadores, los alcaldes, la guardia con dos docenas de aguadores embargados, los milicianos que estaban de imaginaria; y guiados todos por el diligente vecino, ocuparon la casa; y poco satisfecho el celo de los peritos de la Villa con la declaración unánime de los interesados, invadieron los desvanes, subieron al tejado, descubrieron dos o tres carreras, echaron una chimenea abajo y rompieron los vidrios de un tragaluz, con lo cual se retiraron plenamente satisfechos de haber cumplido su obligación.

Pocos días después, el vigesimoséptimo galán de Dolorcitas recibía una carta en que la chamuscada niña le decía que era el único hombre que había encontrado el camino de su corazón, y le rogaba que tendiera su mano protectora hacia una huérfana infelice, víctima de una tía bestial.

Tres meses después anunciaba un periódico chismográfico de la Corte que una agraciada joven de ojos negros, pelinegra y descolorida se había fugado de la casa de su tutora en compañía de un peluquero, llevándose equivocadamente él o ella cierto dinero y alhajas que no pertenecían a ninguno de los dos.

Dos años después, en la feria de Jadraque obtenía los mayores aplausos una cómica de la legua llamado como nuestra heroína, representando en un pajar el papel de la infanta doña Jimena; y al día siguiente su alteza la señora infanta dormía en la cárcel de la villa por disposición de su alcalde celoso de la salud y de la moralidad pública.

Mes y medio después, un alguacil que había traído de orden de un señor juez una ninfa de ojos negros a Madrid, como pueblo de su naturaleza, contaba a un colega suyo en un figón de la calle de Fuencarral que la ninfa mencionada había preferido una habitación en el hospicio a vivir bajo la custodia de cierta parienta suya que no gustaba de monerías.

Otro mes y medio después faltaba una noche una persona en el dormitorio mujeril de la casa de Beneficencia de esta Corte, y los dependientes del Canal de Manzanares a las cuarenta y ocho horas sacaban de aquellas cenagosas aguas el cadáver de una joven con las manos puestas delante de la cara.

thing in this world comes to an end, except the miseries of Spain, after two and a half hours of strife and uproar the fit ended, and the nervous young lady came to her senses, while the bells of the parish church were madly ringing a fire alarm, because one neighbor had mistakenly gone there to inform them as soon as he heard the shouts from the first hubbub, and until then hadn't managed to awaken the sacristan. Shortly afterward all the other church bells in Madrid started to ring; the municipal firemen showed up, as did the night watchmen, the guards, the deputy mayors, the police with two dozen water carriers they had pressed into service, and the national guardsmen from the reserve; all of them, guided by the diligent neighbor, occupied the house; and the zeal of the municipal authorities being unsatisfied with the unanimous deposition by those involved, they invaded the attics, climbed onto the roof, uncovered two or three girders, knocked down a chimney, and broke the glass of a skylight, whereupon they withdrew, perfectly convinced they had done their duty.

A few days later, Dolorcitas's twenty-seventh suitor received a letter in which the singed girl told him he was the only man who had found the way to her heart, and asked him to extend his protecting hand to an unhappy orphan, victim of a bestial aunt.

Three months later, a Madrid gossip sheet announced that an attractive young woman with dark eyes and hair and pallid complexion had run away from her female guardian's house in the company of a hairdresser, he or she having mistakenly taken along a certain sum of money and jewels that didn't belong to either of them.

Two years later, at the fair in Jadraque, the greatest applause was garnered by a strolling actress with the same name as our heroine, who played the role of the princess Doña Jimena in a barn; and the next day her highness the princess was sleeping in the town jail by order of the mayor, who was concerned for the public welfare and morals.

A months and a half later, a constable who, by order of a judge, had brought a dark-eyed nymph to Madrid, as being the place of her birth, was telling a colleague of his in an eatery on the Calle de Fuencarral that the nymph in question had preferred a room in the poorhouse to life under the guardianship of a certain female relative of hers who stood for no nonsense.

A month and a half later still, one night a person was missing from the women's dormitory of the welfare home in this capital, and forty-eight hours later the employees of the Manzanares canal dragged out of those muddy waters the corpse of a young woman with her hands in front of her face.

La joven era la desventurada Dolores. Un castigo imprudentemente impuesto la condujo a la carrera del vicio; el mismo castigo hizo a Gabriela entrar en la senda del deber. A otros caracteres, otro modo de manejarlos: otros tiempos, otras costumbres.

The young woman was the unfortunate Dolores. A punishment unwisely inflicted led her to a career of vice; the same punishment made Gabriela enter the path of duty. Different natures require different methods of handling them: new times, new customs.

Mariano José de Larra (1809–1837)

El casarse pronto y mal

Así como tengo aquel sobrino de quien he hablado en mi artículo de empeños y desempeños, tenía otro no hace mucho tiempo, que en esto suele venir a parar el tener hermanos. Éste era hijo de una mi hermana, la cual había recibido aquella educación que se daba en España no hace ningún siglo; es decir, que en casa se rezaba diariamente el rosario, se leía la vida del santo, se oía misa todos los días; se trabajaba los de labor, se paseaba las tardes de los de guardar, se velaba hasta las diez, se estrenaba vestido el Domingo de Ramos, y andaba siempre señor padre, que entonces no se llamaba *papá*, con la mano más besada que reliquia vieja, y registrando los rincones de la casa, temeroso de que las muchachas, ayudadas de su cuyo, hubiesen a las manos algún libro de los prohibidos, ni menos aquellas novelas que, como solía decir, a pretexto de inclinar a la virtud, enseñan desnudo el vicio. No diremos que esta educación fuese mejor ni peor que la del día; sólo sabemos que vinieron los franceses, y como aquella buena o mala educación no estribaba en mi hermana en principios ciertos, sino en la rutina y en la opresión doméstica de aquellos terribles padres del siglo pasado, no fue necesaria mucha comunicación con algunos oficiales de la guardia imperial para echar de ver que si aquel modo de vivir era sencillo y arreglado, no era, sin embargo, el más divertido. ¿Qué motivo habrá, efectivamente, que nos persuada que debemos en esta corta vida pasarlo mal, pudiendo pasarlo mejor? Aficionóse mi hermana de las costumbres francesas, y ya no fue el pan, pan, y el vino, vino; casóse, y siguiendo en la famosa jornada de Vitoria la suerte del tuerto Pepe Botellas, que tenía dos ojos muy hermosos y nunca bebía vino, emigró a Francia.

Excusado es decir que adoptó mi hermana las ideas del siglo; pero como esta segunda educación tenía tan malos cimientos como la primera, y como quiera que esta débil humanidad nunca sepa dete-

MARIANO JOSÉ DE LARRA (1809–1837)

Marrying in Haste

Just as I have that nephew of whom I've spoken in my article "In and Out of Hock," I had another one not long ago, for that's what comes of having brothers and sisters. This one was the son of one of my sisters; she had received the kind of education that was given in Spain less than a century ago; that is, at home they recited the rosary every day, the life of that day's saint was read, and they heard mass daily; they worked on weekdays, they strolled on the afternoons of days of obligation, they stayed up until ten, they put on new clothes on Palm Sunday, and Father, who in those days was never called "daddy," always went around with his hand kissed more than a venerable relic, inspecting every corner of the house in fear that the girls, aided by their suitors, might have at hand some forbidden book, let alone those novels which, as people said, on the pretext of encouraging virtue, teach vice openly. We won't state that this education was better or worse than today's; all we know is that the French arrived, and since that good or bad education, in my sister's case, was based not on secure principles, but on routine and the domestic tyranny of those awful fathers of the past century, it didn't take much conversation with some officers of the imperial guard to realize that if that way of life was simple and regular, it nevertheless wasn't the most entertaining. Indeed what reason can persuade us that we have to spend our brief life in discomfort, when we could have a better time? My sister grew fond of French customs, and things weren't as straightforward as they had been; she married, and after the famous battle of Vitoria she followed the fortunes of "Joe Bottles, the one-eyed" (though Joseph Bonaparte had two perfectly fine eyes and never drank wine) and emigrated to France.

Needless to say, my sister adopted the ideas of the age; but since her second education was as weakly founded as her first, and feeble mankind is never able to steer a middle course, she went from read-

nerse en el justo medio, pasó del Año Cristiano a Pigault Lebrun; y se
dejó de misas y devociones, sin saber más ahora por qué las dejaba
que antes por qué las tenía. Dijo que el muchacho se había de educar
como convenía; que podría leer sin orden ni método cuanto libro le
viniese a las manos, y qué sé yo qué más cosas decía de la ignorancia
y del fanatismo, de las luces y de la ilustración, añadiendo que la religión era un convenio social en que sólo los tontos entraban de buena
fe, y del cual el muchacho no necesitaba para mantenerse bueno; que
padre y madre eran cosa de brutos, y que a *papá y mamá* se les debía
tratar de tú, porque no hay amistad que iguale a la que une a los
padres con los hijos (salvo algunos secretos que guardarán siempre los
segundos de los primeros, y algunos soplamocos que darán siempre
los primeros a los segundos): verdades todas que respeto tanto o más
que las del siglo pasado, porque cada siglo tiene sus verdades como
cada hombre tiene su cara.

No es necesario decir que el muchacho, que se llamaba Augusto,
porque ya han caducado los nombres de nuestro calendario, salió
despreocupado, puesto que la despreocupación es la primera preocupación de este siglo.

Leyó, hacinó, confundió; fue superficial, vano, presumido, orgu-
lloso, terco, y no dejó de tomarse más rienda de la que se le había
dado. Murió, no sé a qué propósito, mi cuñado, y Augusto regresó a
España con mi hermana, toda aturdida de ver lo brutos que estamos
por acá todavía los que no hemos tenido como ella la dicha de emi-
grar, y trayéndonos entre otras cosas noticias ciertas de cómo no había
Dios, porque eso se sabe en Francia de muy buena tinta. Por supuesto
que no tenía el muchacho quince años y ya galleaba en las sociedades,
y citaba, se metía en cuestiones, y era hablador y raciocinador, como
todo muchacho bien educado; y fue el caso que oía hablar todos los
días de aventuras escandalosas, y de los amores de Fulanito con la
Menganita, y le pareció, en resumidas cuentas, cosa precisa para hom-
brear enamorarse.

Por su desgracia, acertó a gustar a una joven, personita muy edu-
cada también, la cual es verdad que no sabía gobernar una casa, pero
se embaulaba en el cuerpo en sus ratos perdidos, que eran para ella
todos los días, una novela sentimental con la más desatinada afición
que en el mundo jamás se ha visto; tocaba su poco de piano y cantaba
su poco de aria de vez en cuando, porque tenía una bonita voz de contralto. Hubo guiños y apretones desesperados de pies y manos, y

ing the *Christian Year* to reading Pigault-Lebrun,[1] and gave up masses and prayers, without having a better idea now of why she was giving them up than she had had previously of why she observed them. She said that the boy was to be educated appropriately; that, following no order or method, he could read any book that fell into his hands, and she made any number of other remarks about ignorance and fanaticism, intelligence and enlightenment, adding that religion was a social convention which only fools took seriously, and which the boy didn't need in order to be a good person; that saying "Father" and "Mother" was for dumb animals, and that daddy and mommy should be addressed as *tú*, because no friendship equals that which unites parents and children (except that the latter always keep some secrets from the former, and the former will always give some slaps in the face to the latter): all truths which I respect as much as or more than those of the past century, because every century has its own truths just as every man has his own face.

It's unnecessary to say that the boy, whose name was Augusto, because saints' names are now out of fashion, emerged from all this "unpreoccupied," because not being preoccupied is the foremost preoccupation of our era.

He read, he accumulated knowledge, he mixed things up; he was superficial, vain, conceited, proud, and stubborn, and didn't fail to take more liberties than he was allowed. My brother-in-law died, I don't know from what cause, and Augusto returned to Spain with my sister, who was quite astounded to see how brutish those of us around here still are who haven't had her lucky chance to emigrate; among other things, she brought us the accurate news that there was no God, since that is well known in France on very good authority. Naturally, before the boy was even fifteen, he was already strutting about in society; he quoted authors, he joined in disputes, he was talkative and argumentative, like every well-educated boy; and it seems that every day he heard about scandalous escapades, the love affair between X and Y, and, in brief, he thought that, to act like a man, he had to fall in love.

To his misfortune, he managed to attract a young lady, herself very well educated, who, truth to tell, didn't know how to run a household, but who in her spare time, which for her meant every day, ingested into her body a sentimental novel, with the most foolish eagerness that has ever been seen; she played a little piano and occasionally sang some aria, because she had a pretty contralto voice. There were winks and

---

1. A licentious French writer, 1753–1835.

varias epístolas recíprocamente copiadas de la nueva Eloísa; y no hay
más que decir sino que a los cuatro días se veían los dos inocentes por
la ventanilla de la puerta, y escurrían su correspondencia por las
rendijas; sobornaban con el mejor fin del mundo a los criados, y, por
último, un su amigo, que debía de quererle muy mal, presentó al
señorito en la casa. Para colmo de desgracia, él y ella, que habían dado
principio a sus amores porque no se dijese que vivían sin su trapillo,
se llegaron a imaginar primero, y a creer después a pies juntillas, como
se suele muy mal decir, que estaban verdadera y terriblemente enamorados. ¡Fatal credulidad! Los parientes, que previeron en qué podría venir a parar aquella inocente afición ya conocida, pusieron de su
parte todos los esfuerzos para cortar el mal, pero ya era tarde. Mi hermana, en medio de su despreocupación y de sus luces, nunca había
podido desprenderse del todo de cierta afición a sus ejecutorias y blasones, porque hay que advertir dos cosas: 1ª, que hay despreocupados
por este estilo; y 2ª, que somos nobles; lo que equivale a decir que
desde la más remota antigüedad nuestros abuelos no han trabajado
para comer. Conservaba mi hermana este apego a la nobleza, aunque
no conservaba bienes; y ésta es una de las razones por que estaba mi
sobrinito destinado a morirse de hambre si no se le hacía meter la
cabeza en alguna parte, porque eso de que hubiera aprendido un oficio, ¡oh!, ¿qué hubieran dicho los parientes y la nación entera?
Averiguóse, pues, que no tenía la niña un origen tan preclaro, ni más
dote que su instrucción novelesca y sus *duettos,* fincas que no bastan
para sostener el boato de unas personas de su clase. Averiguó también
la parte contraria que el niño no tenía empleo, y dándosele un bledo
de su nobleza, hubo aquella de decirle: "Caballerito, ¿con qué objeto
entra usted en mi casa? —Quiero a Elenita, respondió mi sobrino. —
¿Y con qué fin, caballerito? —Para casarme con ella. —Pero no tiene
usted empleo ni carrera. —Eso es cuenta mía . . . —Sus padres de
usted no consentirán . . . —Sí, señor; usted no conoce a mis papás. —
Perfectamente: mi hija será de usted en cuanto me traiga una prueba
de que puede mantenerla, y el permiso de sus padres; pero en el ín-
terin, si usted la quiere tanto, excuse por su mismo decoro sus visitas.
—Entiendo. —Me alegro, caballerito"; y quedó nuestro Orlando
hecho una estatua, pero bien decidido a romper por todos los incon-
venientes.

Bien quisiéramos que nuestra pluma, mejor cortada, se atreviese a
trasladar al papel la escena de la niña con la mamá; pero diremos, en
suma, que hubo prohibición de salir y de asomarse al balcón, y de co-
rresponder al mancebo, a todo lo cual la malva respondió con cuatro

desperate meetings of feet and hands, and several letters which each
one copied out of Rousseau's *Nouvelle Héloïse*; and all that's left to tell
is that after four days the two innocents were looking at each other
through the peephole in the door and slipping their messages through
the cracks; with the best intentions in the world they bribed servants,
and finally a friend of the young man's, who must have disliked him very
much, introduced him into her home. As the pinnacle of misfortune,
both he and she, having initiated their affair so people wouldn't say they
had no romance of their own, came first to imagine, and then to believe
implicitly (as that tired cliché goes), that they were truly and terribly in
love. Fatal credulity! Their relatives, who foresaw how that innocent affection they already knew of might turn out, did all they could on their
side to forestall the disaster, but it was too late. My sister, amid her lack
of preoccupation and her enlightenment, had never been able to shake
off altogether a certain affection for her patents of nobility and escutcheons, because two things should be noted: (1) that there are "unpreoccupied" people of that type, and (2) that our family belongs to the
nobility; which is tantamount to saying that from the remotest antiquity
our ancestors never worked for their food. My sister retained this at-
traction to nobility, though she hadn't retained any property; and this is
one of the reasons why my young nephew was fated to die of hunger if
he wasn't urged to marry a rich girl, because at the idea of his learning
some trade, oh, what would his relatives and the entire nation have
said? Well, it was ascertained that the girl's origins weren't very eminent, and that her only dowry was her novel reading and her duets,
goods insufficient to maintain the pomp of people of his station. The
other party also learned that the boy had no job, and, not caring a fig for
his nobility, went so far as to say: "Young gentleman, with what intentions are you visiting my home?" "I love Elenita," my nephew replied.
"And to what end, young gentleman?" "To marry her." "But you have no
job or career." "That's my business. . . ." "Your parents won't consent. . . ."
"Yes, they will, you don't know my folks." "All right: my daughter will be
yours as soon as you bring me some proof that you can support her, and
your parents' consent; but in the meantime, if you love her that much,
stop visiting us for the sake of your own good name." "Understood."
"I'm glad, young gentleman." And our heroic Roland became a statue,
though he was determined to demolish all barriers.

How we wish that our pen were better trimmed and dared to com-
mit to paper the scene between the girl and her mother! But we'll
state briefly that she was forbidden to go out or even step out onto the
balcony, and to write to the young man; to all of which the meek child

desvergüenzas acerca del libre albedrío y de la libertad de la hija para
escoger marido, y no fueron bastantes a disuadirla las reflexiones
acerca de la ninguna fortuna de su elegido: todo era para ella tiranía y
envidia que los papás tenían de sus amores y de su felicidad; concluyendo que en los matrimonios era lo primero el amor, que en
cuanto a comer, ni eso hacía falta a los enamorados, porque en
ninguna novela se dice que coman las Amandas y los Mortimers, ni
nunca les habían de faltar unas sopas de ajo.

Poco más o menos fue la escena de Augusto con mi hermana,
porque, aunque no sea legítima consecuencia, también concluía que
los padres no deben tiranizar a los hijos, que los hijos no deben obe-
decer a los padres: insistía en que era independiente; que en cuanto a
haberle criado y educado nada le debía, pues lo había hecho por una
obligación imprescindible, y a lo del ser que le había dado, menos,
pues no se lo había dado por él, sino por las razones que dice nuestro
Cadalso entre otras lindezas sutilísimas de este jaez.

Pero insistieron también los padres, y después de haber intentado
infructuosamente varios medios de seducción y rapto, no dudó nuestro paladín, vista la obstinación de las familias, en recurrir al medio en
boga de sacar a la niña por el vicario: púsose el plan en ejecución; a
los quince días mi sobrino había reñido ya decididamente con su
madre; había sido arrojado de su casa, privado de sus cortos alimen-
tos, y Elena depositada en poder de una potencia neutral; pero se entiende, de esta especie de neutralidad que se usa en el día, de suerte
que nuestra Angélica y Medoro se veían más cada día, y se amaban
más cada noche. Por fin, amaneció el día feliz; otorgóse la demanda;
un amigo prestó a mi sobrino algún dinero, uniéronse con el lazo
conyugal, estableciéronse en su casa, y nunca hubo felicidad igual a la
que aquellos buenos hijos disfrutaron mientras duraron los pesos
duros del amigo.

Pero, ¡oh dolor!, pasó un mes y la niña no sabía más que acariciar a
su Medoro, cantarle un aria, ir al teatro y bailar una mazurka; y
Medoro no sabía más que disputar. Ello sin embargo, el amor no ali-
menta, y era indispensable buscar recursos.

Mi sobrino salía de mañana a buscar dinero, cosa más difícil de encontrar de lo que parece, y la vergüenza de no poder llevar a su casa
con qué dar de comer a su mujer le detenía hasta la noche . . .
Pasemos un velo sobre las escenas terribles de tan amarga posición.

responded with a few impudent remarks about free will and a girl's right to choose her own husband; and the references to her chosen one's total lack of fortune were insufficient to dissuade her: in her eyes this was all tyranny and the envy that her parents felt for her romance and her happiness; her conclusion was that in marriage love comes first, and as for food, lovers didn't need that, either, because it is never stated in any novel that Amanda or Mortimer ate, and they would always have enough for a garlic soup.

More or less similar was the scene between Augusto and my sister, because, even though it wasn't the logical inference, he, too, concluded that parents shouldn't tyrannize their children, and children didn't need to obey their parents: he insisted that he was independent; that he owed her nothing for having raised and educated him, because she had been strictly obligated to do so, and as for bringing him into the world, even less so, since she hadn't done it for his sake but for the reasons stated by our Cadalso[2] among other very subtle charming remarks of that nature.

But the parents insisted, too, and after trying in vain several means of seduction and kidnapping, our paladin, in view of their families' obstinacy, didn't hesitate to resort to the fashionable method of getting the girl by way of the altar: the plan was put into execution; within two weeks my nephew had already had a conclusive fight with his mother; he had been thrown out of his house, with his small allowance cut off, and Elena had been deposited in the hands of a neutral power; but, the reader will understand, it was the kind of neutrality in vogue nowadays, so that our Angelica and Medoro[3] saw more of each other daily, and loved each other more nightly. Finally the happy day dawned; the petition was granted; a friend lent my nephew a little money, they were tied with the conjugal knot, they set up housekeeping, and never was there happiness equal to that enjoyed by those good children as long as the friend's money lasted.

But, oh grief, a month went by and all the girl knew how to do was caress her Medoro, sing him an aria, go to the theater, and dance a mazurka; and all Medoro knew how to do was debate. Nonetheless, you can't live on love, and it was necessary to find ways and means.

My nephew would go out every morning in quest of money, which is harder to find than it may seem, and the shame he felt at his inability to bring home food for his wife kept him out until nightfall. . . . Let us draw a curtain over the horrible scenes caused by so bitter a situa-

2. Spanish Enlightenment author José Cadalso, 1741–1782.   3. Idyllic lovers in Ariosto's *Orlando furioso*.

Mientras que Augusto pasa el día lejos de ella en sufrir humillaciones, la infeliz consorte gime luchando entre los celos y la rabia. Todavía se quieren, pero en casa donde no hay harina todo es mohina; las más inocentes expresiones se interpretan en la lengua del mal humor como ofensas mortales; el amor propio ofendido es el más seguro antídoto del amor, y las injurias acaban de apagar un resto de la antigua llama que amortiguada en ambos corazones ardía; se suceden unos a otros reproches, y el infeliz Augusto insulta a la mujer que ha sacrificado su familia y su suerte, echándole en cara aquella desobediencia a la cual no ha mucho tiempo él mismo la inducía: a los continuos reproches se sigue, en fin, el odio.

¡Oh, si hubiera quedado aquí el mal! Pero un resto de honor mal entendido que bulle en el pecho de mi sobrino, y que le impide prestarse para sustentar a su familia a ocupaciones groseras, no le impide precipitarse en el juego, y en todos los vicios y bajezas, en todos los peligros, que son su consecuencia. Corramos de nuevo, corramos un velo sobre el cuadro a que dio la locura la primera pincelada, y apresurémonos a dar nosotros la última.

En este miserable estado pasan tres años, y ya tres hijos más rollizos que sus padres alborotan la casa con sus juegos infantiles. Ya el himeneo y las privaciones han roto la venda que ofuscaba la vista de los infelices: aquella amabilidad de Elena es coquetería a los ojos de su esposo; su noble orgullo, insufrible altanería; su garrulidad divertida y graciosa, locuacidad insolente y cáustica; sus ojos brillantes se han marchitado, sus encantos están ajados, su talle perdió sus esbeltas formas, y ahora conoce que sus pies son grandes y sus manos feas: ninguna amabilidad, pues, para ella, ninguna consideración. Augusto no es a los ojos de su esposa aquel hombre amable y seductor, flexible y condescendiente; es un holgazán, un hombre sin ninguna habilidad, sin talento alguno, celoso y soberbio, déspota y no marido . . . ; en fin, ¡cuánto más vale el amigo generoso de su esposo, que les presta ayuda y les promete aún protección! ¡Qué movimiento en él!, ¡qué actividad!, ¡qué heroísmo!, qué amabilidad!, ¡qué adivinar los pensamientos y prevenir los deseos!, ¡qué no permitir que ella trabaje en labores groseras!, ¡qué asiduidad, y qué delicadeza en acompañarla los días enteros que Augusto la deja sola!, ¡qué interés, en fin, el que se toma cuando le descubre por su bien que su marido se distrae con otra! . . .

¡Oh poder de la calumnia y de la miseria! Aquella mujer que, si hubiera escogido un compañero que la hubiera podido sostener, hubiera sido acaso una Lucrecia, sucumbe por fin a la seducción y a la falaz esperanza de mejor suerte.

tion. While Augusto spends his day far from her, suffering humiliations, his unhappy spouse moans, a prey to jealousy and rage. They're still in love, but "in a house without flour, all turns sour"; the most innocuous remarks are interpreted by ill-humored ears as mortal insults; affronted self-love is the surest antidote to love, and the insults finally extinguished the embers of the former flame that was still burning at a low level in both hearts; reproaches came thick and fast, and unhappy Augusto insulted the woman who had sacrificed her family and prospects for him, throwing in her face that disobedience which not long before he himself had led her to exhibit: the constant reproaches were finally followed by hate.

Oh, if the evil had only stopped there! But a remnant of misunderstood honor seething in my nephew's bosom, and preventing him from taking steps to support his family by vulgar tasks, did not prevent him from becoming a reckless gambler, with all the concomitant vices, low actions, and perils. Once again, let us draw a curtain over the picture to which folly gave the first brushstroke, and let us hasten to give the last one ourselves.

Three years went by in this wretched way, and by now three children chubbier than their parents were making the house noisy with their games. By now marriage and privations had torn away the blindfold that had deceived the unhappy pair: that likeable quality in Elena was coquetry in her husband's eyes; her noble pride was unbearable haughtiness; her amusing, delightful babble was insolent, caustic loquaciousness; her bright eyes had faded, her charms had withered, her figure had lost its slenderness, and now he knew that she had big feet and ugly hands: so he had no kind words for her, no regard. In his wife's eyes, Augusto was no longer that likeable, seductive man, compliant and obliging; he was an idler, a man without any ability or talent, jealous and prideful; a despot, not a husband . . . ; in short, how much better that generous friend of her husband's was, who had lent them aid and was still promising them protection! What dash he had, how active he was, how heroic, how likeable! How he guessed their thoughts and anticipated their wishes, not allowing her to do hard work! How assiduous he was, and what delicacy he showed, keeping her company all day long while Augusto left her alone! Finally, what interest in her he showed when for her own good he revealed to her that her husband was amusing himself with another woman! . . .

Oh, the power of slander and poverty! That woman who, had she chosen a helpmate who could support her, might have been a Lucrece, finally yielded to seduction and the deceptive hope for a better lot.

Una noche vuelve mi sobrino a su casa; sus hijos están solos. —
¿Y mi mujer?, ¿y sus ropas?—. Corre a casa de su amigo. —¿No
está en Madrid? ¡Cielos! ¡Qué rayo de luz! ¿Será posible?—. Vuela
a la policía: se informa. Una joven de tales señas, con un supuesto
hermano, ha salido en la diligencia para Cádiz. Reúne mi sobrino
sus pocos muebles, los vende, toma un asiento en el primer carru-
aje, y hétele persiguiendo a los fugitivos. Pero le llevan mucha ven-
taja, y no es posible alcanzarlos hasta el mismo Cádiz. Llega: son las
diez de la noche, corre a la fonda que le indican, pregunta, sube
precipitadamente la escalera, le señalan un cuarto cerrado por dentro; llama; la voz que le responde le es harto conocida y resuena en
su corazón; redobla los golpes; una persona desnuda levanta el
pestillo. Augusto ya no es un hombre, es un rayo que cae en la
habitación; un chillido agudo le convence de que le han conocido;
asesta una pistola, de dos que trae, al seno de su amigo, y el seductor cae revolcándose en su sangre; persigue a su miserable esposa,
pero una ventana inmediata se abre y la adúltera, poseída del terror
y de la culpa, se arroja, sin reflexionar de una altura de más de
sesenta varas. El grito de la agonía le anuncia su última desgracia y
la venganza más completa; sale precipitado del teatro del crimen y
encerrándose, antes de que lo sorprendan, en su habitación, coge
aceleradamente la pluma y apenas tiene tiempo para dictar a su
madre la carta siguiente:

"Madre mía, dentro de media hora no existiré: cuidad de mis hijos
y si queréis hacerlos verdaderamente despreocupados empezad por
instruirlos . . . Que aprendan en el ejemplo de su padre a respetar lo
que es peligroso despreciar sin tener antes más sabiduría. Si no les
podéis dar otra cosa mejor, no les quitéis una religión consoladora.
Que aprendan a domar sus pasiones y a respetar a aquellos a quienes
les deben todo. Perdonadme mis faltas: harto castigado estoy con mi
deshonra y mi crimen; harto cara pago mi falsa despreocupación.
Perdonadme las lágrimas que os hago derramar. Adiós para siempre."

Acabada esta carta, se oyó otra detonación que resonó en toda la
fonda; y la catástrofe que le sucedió me privó para siempre de un sobrino que, con el más bello corazón, se ha desgraciado a sí y a cuantos le rodean.

No hace dos horas que mi desgraciada hermana, después de haber
leído aquella carta, y llamándome para mostrármela, postrada en su
lecho y entregada al más funesto delirio, ha sido desahuciada por los
médicos.

Hijo . . . , despreocupación . . . , boda . . . Religión . . . , infeliz . . . ,

One night my nephew came home; his children were alone. "And my wife? And her clothes?" He ran to his friend's house. "He's not in Madrid? Heavens! What a flash of light! Can it be possible?" He dashed to the police; they investigated. A young woman of that description, with an alleged brother, had left on the stagecoach for Cádiz. My nephew gathered together his few furnishings, sold them, bought a seat on the next coach, and was off in pursuit of the runaways. But they had a long head start, and he was unable to overtake them before Cádiz itself. He arrived: it was ten at night, he ran to the inn that was pointed out to him, he inquired, he dashed up the stairs wildly, and was shown a room locked from the inside; he called; the voice that replied was very familiar to him and rang in his heart; he knocked harder; a naked person raised the bolt. Augusto was no longer a man, he was a thunderbolt crashing into the room; a shrill scream convinced him that he had been recognized; he aimed a pistol, one of the two he had with him, at his friend's heart, and the seducer fell, wallowing in his blood; he pursued his wretched wife, but an adjacent window opened, and the adulteress, a prey to terror and guilt, jumped out without thinking and fell more than sixty yards. Her cry of agony announced to him his final misfortune and the most total revenge; he dashed wildly out of the scene of the crime and, locking himself in his room before being arrested, he swiftly seized a pen, and had scarcely enough time to write the following letter to his mother:

"Mother, in half an hour I shall no longer exist: take care of my children and, if you want to make them truly unpreoccupied, begin by educating them. . . . Let them learn from their father's example to respect that which it is dangerous to belittle without being wiser first. If you can't give them anything better, don't deprive them of a religion which can comfort them. Let them learn to tame their passions and respect those to whom they owe everything. Forgive me for my failings: I am sufficiently punished by my dishonor and crime; I am paying all too dearly for my false lack of preoccupation. Forgive me for the tears I am making you shed. Farewell forever."

When this letter was completed, another shot rang out through the whole inn; the catastrophe that had befallen him robbed me forever of a nephew who, with the noblest heart, made himself and all around him unhappy.

Not two hours ago, my unfortunate sister, after reading that letter and summoning me to show it to me, prostrate on her bed and the victim of the direst delirium, was given up by the doctors.

"Son . . . unpreoccupied . . . wedding . . . religion . . . unhappy . . . ,"

son las palabras que van errantes sobre sus labios moribundos. Y esta funesta impresión, que domina en mis sentidos tristemente, me ha impedido dar hoy a mis lectores otros artículos más joviales que para mejor ocasión les tengo reservados.

El castellano viejo

Ya en mi edad pocas veces gusto de alterar el orden que en mi manera de vivir tengo hace tiempo establecido, y fundo esta repugnancia en que no he abandonado mis lares ni un solo día para quebrantar mi sistema, sin que haya sucedido el arrepentimiento más sincero al desvanecimiento de mis engañadas esperanzas. Un resto con todo eso del antiguo ceremonial que en su trato tenían adoptado nuestros padres, me obliga a aceptar a veces ciertos convites a que parecería el negarse grosería, o por lo menos ridícula afectación de delicadeza.

Andábame días pasados por esas calles a buscar materiales para mis artículos. Embebido en mis pensamientos, me sorprendí varias veces a mí mismo riendo como un pobre hombre de mis propias ideas y moviendo maquinalmente los labios; algún tropezón me recordaba de cuando en cuando que para andar por el empedrado de Madrid no es la mejor circunstancia la de ser poeta ni filósofo; más de una sonrisa maligna, más de un gesto de admiración de los que a mi lado pasaban, me hacía reflexionar que los soliloquios no se deben hacer en público; y no pocos encontrones que al volver las esquinas di con quien tan distraída y rápidamente como yo las doblaba, me hicieron conocer que los distraídos no entran en el número de los cuerpos elásticos y mucho menos de los seres gloriosos e impasibles. En semejante situación de mi espíritu, ¿qué sensación no debería producirme una horrible palmada que una gran mano, pegada (a lo que por entonces entendí) a un grandísimo brazo, vino a descargar sobre uno de mis hombros, que, por desgracia, no tienen punto alguno de semejanza con los de Atlante?

No queriendo dar a entender que desconocía este enérgico modo de anunciarse, ni desairar el agasajo de quien sin duda había creído hacérmelo más que mediano, dejándome torcido para todo el día, traté sólo de volverme por conocer quién fuese tan mi amigo para tratarme tan mal; pero mi castellano viejo es hombre que cuando está de gracia no se ha de dejar ninguna en el tintero. ¿Cómo diría el lector que siguió dándome pruebas de confianza y cariño? Echóme las manos a los ojos, y sujetándome por detrás, ¿quién soy?, gritaba, al-

are the words that appear randomly on her dying lips. And this fune-real impression, which sadly predominates in my mind, has prevented me from giving my readers today other, more jovial articles, which I hold in store for a better occasion.

The Old Castilian

At my age I seldom like to change the order I established in my way of living some time ago, and I base this repugnance on the fact that I have never deserted my fireside even a single day in violation of this system without feeling the sincerest repentance when my deceptive hopes were dashed. All the same, a remnant of the former ceremoni-ousness which our fathers had adopted in their social intercourse compels me at times to accept certain invitations I'd find it rude to turn down—or at least I'd find it laughably affected fastidiousness.

I was recently walking down the street in search of material for my articles. Absorbed in my thoughts, I caught myself several times laughing like a fool at my own ideas and moving my lips automatically; an occasional stumble reminded me that when walking on the pave-ment of Madrid it's best not to be a poet or a philosopher; more than one malevolent smile, more than one look of amazement from those passing by me made me reflect that soliloquies aren't to be spoken in public; and not a few collisions I made, when turning corners, with people turning them as absentmindedly and rapidly as I was, gave me to understand that the absentminded are not to be counted among the elastic bodies, and much less among the impassive beings who are in Glory. In that state of mind, how did I react to a tremendous tap that a large hand, attached (as I understood at the time) to a very large arm, suddenly gave one of my shoulders, which are unfortunately nothing at all like those of Atlas?

Not wishing to let it be known that I rejected so energetic a man-ner of announcing oneself, nor to snub the warm greeting of one who had no doubt thought he was giving me an above-average one, leaving me crippled for the rest of the day, I merely tried to turn around and see who was so friendly as to treat me so badly; but my Old Castilian is a man who won't leave anything undone when he's in a joking mood. As the reader will see, he continued to give me marks of confidence and affection. He put his hands over my eyes and, holding me fast from behind, he yelled "Who am I?," overjoyed by the success of his delicate mischievousness. "Who am I?" "Some animal," I was about to

borozado con el buen éxito de su delicada travesura. ¿Quién soy? —
Un animal, iba a responderle; pero me acordé de repente de quién
podría ser, y sustituyendo cantidades iguales —*Braulio eres*, le dije. Al
oírme, suelta sus manos, ríe, se aprieta los ijares, alborota la calle y pó-
nenos a entrambos en escena. —Bien, mi amigo! Pues ¿en qué me has
conocido? —¿Quién pudiera sino tú? . . . —¡Has venido ya de tu
Vizcaya? —No, Braulio, no he venido. —Siempre el mismo genio.
¿Qué quieres? es la pregunta del español. ¡Cuánto me alegro de que
estés aquí! ¿Sabes que mañana son mis días? —Te los deseo muy felices. —Déjate de cumplimientos entre nosotros; ya sabes que yo soy
franco y castellano viejo; el pan, pan, y el vino, vino; por consiguiente,
exijo de ti que no vayas a dármelos; pero estás convidado. —¿A qué?
—A comer conmigo. —No me es posible. —No hay remedio. —No
puedo, insisto ya temblando. —¿No puedes? —Gracias. —¿Gracias?
Vete a paseo: amigo, como no soy el duque de F. ni el conde de P. . . .
¿Quién se resiste a una sorpresa de esta especie?, ¿quién quiere parecer vano? —No es eso, sino que . . . —Pues si no es eso, me inte-
rrumpe, te espero a las dos; en casa se come a la española; temprano.
Tengo mucha gente: tendremos al famoso X., que nos improvisará de
lo lindo; T. nos cantará de sobremesa con su gracia natural; y por la
noche J. cantará y tocará alguna cosilla. —Esto me consoló algún
tanto, y fue preciso ceder: un día malo, dije para mí, cualquiera lo
pasa; en este mundo, para conservar amigos es preciso tener el valor
de aguantar sus obsequios. —No faltarás, si no quieres que riñamos.
—No faltaré, dije con voz exánime y ánimo decaído, como el zorro
que se revuelve inútilmente dentro de la trampa donde se ha dejado
coger. —Pues hasta mañana; y me dio un torniscón por despedida.
Vile marchar como el labrador ve alejarse la nube de su sembrado, y
quedéme discurriendo cómo podían entenderse estas amistades tan
hostiles y tan funestas.

Ya habrá conocido el lector, siendo tan perspicaz como yo le imagino, que mi amigo Braulio está muy lejos de pertenecer a lo que se
llama gran mundo y sociedad de buen tono, pero no es tampoco un
hombre de la clase inferior, puesto que es un empleado de los de segundo orden, que reúne entre su sueldo y su hacienda cuarenta mil
reales de renta; que tiene una cintita atada al ojal y una crucecita a la
sombra de la solapa; que es persona, en fin, cuya clase, familia y co-
modidades de ninguna manera se oponen a que tuviese una educación
más escogida y modales más suaves e insinuantes. Mas la vanidad le

answer; but I suddenly thought of who it might be, and substituting an equal quantity, I said: "You're Braulio." On hearing this, he dropped his hands, laughed, held his hands to his loins, set the street in an uproar, and put the two of us on stage. "Good work, friend! How did you recognize me?" "Who else could it have been?" . . . "Have you come back from Biscay yet?" "No, Braulio, I haven't." "Always so witty! What do you want? It's the way Spaniards ask questions. How glad I am that you're here! Do you know that tomorrow is my birthday?"[1] "I wish you many happy returns." "No polite phrases between us; you know I'm a frank Old Castilian, and I call a spade a spade; and so I ask you not to be ceremonious with me; but you're invited." "To what?" "To eat at my place." "I can't do it." "I won't take no for an answer." "I can't," I insisted, trembling by that time. "You can't?" "No, thanks." "No, thanks? Get along with you; friend, just because I'm not the Duke of F. or the Count of P. . . . ." Who can withstand a surprise of that nature? Who wants to seem stuck up? "It's not that, it's because . . ." "Well, if it's not that," he interrupted me, "I'll expect you at two; in my house we eat the Spanish way: early. There'll be a big crowd: we'll have the famous X., with his wonderful improvisations; T. will sing for us at dessert with his natural grace; and at night J. will sing and play some trifle." That cheered me up a little, and I had to give in: "Everyone has to put in a bad day," I said to myself; "in this world, if you want to keep your friends, you've got to be brave enough to put up with their favors." "Don't fail to come, if you don't want us to have a fight." "I won't fail," I said, my voice feeble and my spirits low, like a fox turning around futilely in the trap he's been caught in. "Well, see you tomorrow!" And he gave me a farewell tap on the head. I watched him depart the way that a farmer watches a cloud moving away from his planted field, and I was left to ponder over how these hostile and even dismal friendships were to be understood.

The reader, being as observant as I imagine him to be, must have seen that Braulio is very far from belonging to what is called high society and the elegant world, but neither is he a man of the lower class, since he's a clerk of the second rank, who, between his salary and his personal fortune, takes in ten thousand pesetas a year; he has a ribbon in his buttonhole and a little cross in the shade of his lapel; in short, he's a man whose station, family, and wealth by no means stand in the way of his having a finer education and more suave and winning behavior. But vanity has caught him off guard just where it has nearly al-

---

1. Can also mean name day (saint's day).

ha sorprendido por donde ha sorprendido casi siempre a toda o a la mayor parte de nuestra clase media, y a toda nuestra clase baja. Es tal su patriotismo, que dará todas las lindezas del extranjero por un dedo de su país. Esta ceguedad le hace adoptar todas las responsabilidades de tan inconsiderado cariño; de paso que defiende que no hay vinos como los españoles, en lo cual bien puede tener razón, defiende que no hay educación como la española, en lo cual bien pudiera no tenerla; a trueque de defender que el cielo de Madrid es purísimo, defenderá que nuestras manolas son las más encantadoras de todas las mujeres: es un hombre, en fin, que vive de exclusivas, a quien le sucede poco más o menos lo que a una parienta mía, que se muere por las jorobas, sólo porque tuvo un querido que llevaba una excrecencia bastante visible sobre entrambos omoplatos.

No hay que hablarle, pues, de estos usos sociales, de estos respetos mutuos, de estas reticencias urbanas, de esa delicadeza de trato que establece entre los hombres una preciosa armonía, diciendo sólo lo que debe agradar y callando siempre lo que puede ofender. Él se muere *por plantarle una fresca al lucero del alba,* como suele decir, y cuando tiene un resentimiento se lo *espeta a uno cara a cara*; como tiene trocados todos los frenos, dice de los cumplimientos que ya sabe lo que quiere decir *cumplo y miento*; llama a la urbanidad hipocresía, y a la decencia, monadas; a toda cosa buena le aplica un mal apodo; el lenguaje de la finura es para él poco más que griego: cree que toda la crianza está reducida a decir *Dios guarde a ustedes* al entrar en una sala, y añadir *con permiso de usted* cada vez que se mueve; a preguntar a cada uno por toda su familia y a despedirse de todo el mundo; cosas todas que así se guardará él de olvidarlas como de tener pacto con franceses. En conclusión, hombre de estos que no saben levantarse para despedirse sino en corporación con alguno o algunos otros, que han de dejar humildemente debajo de una mesa su sombrero, que llaman *su cabeza,* y que cuando se hallan en sociedad por desgracia sin un socorrido bastón, darían cualquier cosa por no tener manos ni brazos, porque en realidad no saben dónde ponerlos, ni qué cosa se puede hacer con los brazos en una sociedad.

Llegaron las dos, y como yo conocía ya a mi Braulio, no me pareció conveniente acicalarme demasiado para ir a comer; estoy seguro de que se hubiera picado; no quise, sin embargo excusar un frac de color y un pañuelo blanco, cosa indispensable en un día de días en semejantes casas: vestíme sobre todo lo más despacio que me fue posible, como se reconcilia al pie del suplicio el infeliz reo, que quisiera tener

ways caught all or most of our middle class, and all of our lower class. His patriotism is such that he'd give all the charms of foreign lands for one inch of his homeland. This blindness makes him adopt all the consequences of such a thoughtless affection; so that he maintains that there are no wines like Spanish wines, in which he may be correct, and that there's no education like Spanish education, in which he may very well be wrong; as a concomitant of maintaining that the sky of Madrid is extremely clear, he'll maintain that our lower-class women are the most enchanting of all females; in short, he's a man who lives on extreme opinions, in which he more or less resembles a female relative of mine who adores hunchbacks because she once loved a man with a rather visible growth between his shoulder blades.

So then, there's no talking to him about those social usages, those signs of mutual respect, those urbane circumlocutions, that delicacy of conversation which establishes a precious harmony among men by saying only that which is calculated to please and always repressing what might give offense. He adores telling anybody and everybody off, as he likes to say, and when he has a grudge he throws it in the other person's face; since his standards are all confused, he says that a *cumplimiento,* a polite remark, consists of *cumplo* and *miento* ("I do my duty" and "I tell a lie"); he calls courtesy hypocrisy and decency foolishness; he applies a bad nickname to every good thing; to him the language of delicacy is practically Greek: he believes that all you need to do in order to be well bred is to say "may God keep you" when you enter a room and add "by your leave" whenever you make a move; to ask everyone how his whole family is and to say good-bye to everyone individually; all customs he'll take care not to neglect, just as he'll take care not to make pacts with Frenchmen. In conclusion, he's one of those men who don't know how to get up and say good-bye unless someone else is also doing so, who humbly leave their hat under a table and call it their "head," and who when they're unfortunately out in company without a walking stick to help them, would give anything not to have hands or arms, because they really don't know where to put them, or what to do with their arms among company.

Two o'clock arrived, and since I knew my Braulio, I didn't think it necessary to spruce up too much when going to dine with him; I'm sure it would have irritated him; all the same, I didn't want to do without a colored dress coat and a white handkerchief, something indispensable on a birthday in homes like his: above all, I dressed as slowly as I could, as slowly as a wretched criminal confesses at the foot of the scaffold; he'd like to have committed a hundred more sins that he can

cien pecados más cometidos que contar para ganar tiempo; era citado a las dos, y entré en la sala a las dos y media.

No quiero hablar de las infinitas visitas ceremoniosas que antes de la hora de comer entraron y salieron en aquella casa, entre las cuales no eran de despreciar todos los empleados de su oficina con sus señoras y sus niños, y sus capas, y sus paraguas, y sus chanclos, y sus perritos; déjome en blanco los necios cumplimientos que se dijeron al señor de los días; no hablo del inmenso círculo con que guarnecía la sala el concurso de tantas personas heterogéneas, que hablaron de que el tiempo iba a mudar y de que en invierno suele hacer más frío que en verano. Vengamos al caso: dieron las cuatro, y nos hallamos solos los convidados. Desgraciadamente para mí, el señor de X., que debía divertirnos tanto, gran conocedor de esta clase de convites, había tenido la habilidad de ponerse malo aquella mañana; el famoso T. se hallaba oportunamente comprometido para otro convite, y la señorita que tan bien había de cantar y tocar estaba ronca en tal disposición que se asombraba ella misma de que se la entendiese una sola palabra, y tenía un panadizo en un dedo. ¡Cuántas esperanzas desvanecidas!

—Supongo que estamos los que hemos de comer, exclamó don Braulio, vamos a la mesa, querida mía. —Espera un momento, le contestó su esposa, casi al oído; con tanta visita yo he faltado algunos momentos de allá dentro, y . . . —Bien, pero mira que son las cuatro . . . —Al instante comeremos.

Las cinco eran cuando nos sentábamos a la mesa.

—Señores —dijo el anfitrión al vernos titubear en nuestras respectivas colocaciones—, exijo la mayor franqueza: en mi casa no se usan cumplimientos. ¡Ah!, Fígaro, quiero que estés con toda comodidad; eres poeta; y además, estos señores, que saben nuestras íntimas relaciones, no se ofenderán si te prefiero; quítate el frac, no sea que lo manches. —¿Qué tengo de manchar?, le respondí, mordiéndome los labios. —No importa, te daré una chaqueta mía; siento que no haya para todos. —No hay necesidad. —¡Oh, sí, sí, mi chaqueta! Toma, mírala; un poco ancha te vendrá. —Pero, Braulio . . . —No hay remedio; no te andes con etiquetas; y en esto me quita él mismo el frac, *velis nolis*, y quedo sepultado en una cumplida chaqueta rayada, por la cual sólo asomaba los pies y la cabeza, y cuyas mangas no me permitirían comer probablemente. Dile las gracias: ¡al fin, el hombre creía hacerme un obsequio!

Los días en que mi amigo no tiene convidados se contenta con una mesa baja, poco más que banqueta de zapatero, porque él y su mujer, como dice, ¿para qué quieren más? Desde tal mesita, y como se sube

relate to gain time. My invitation was for two, and I entered his parlor at two-thirty.

I don't want to mention all the polite visitors who went in and out of that house before dinnertime, among whom one shouldn't overlook all the clerks from his office with their wives and children, and their capes, umbrellas, rubbers, and lapdogs; I omit the foolish wishes expressed for the man whose birthday it was; I won't mention the immense circle formed in the room by that assembly of such diverse people, who stated that the weather was going to change and that it's usually colder in winter than in summer. Let's get down to cases: the clock struck four, and only we invited guests were left. To my misfortune, Señor X., who was to entertain us so well, being well acquainted with this type of invitation, had been clever enough to fall ill that morning; the famous T. was opportunely engaged for another party, and the young lady who was to sing and play was so hoarse that she herself was amazed that one word of hers could be heard, and she also had a swelling on one finger. So many hopes dashed!

"I presume all those of us who are going to dine are present!" Don Braulio exclaimed. "Let's go to the table, my dear." "Wait a minute," his wife replied, practically in his ear; "with so many visitors I was unable to be in there for a while, and . . ." "All right, but remember it's four o'clock . . ." "We'll eat right away."

It was five when we sat down at the table.

"Ladies and gentlemen," said our host, seeing us hesitate about where to sit, "I demand the utmost freedom: there's no standing on ceremony in my house. Ah, Figaro, I want you to be as comfortable as possible; you're a poet; and, besides, these good people, who know what close friends we are, won't be insulted if I show you some preference; take off your dress coat so you don't stain it." "Why should I stain it?" I replied, biting my lips. "No matter, I'll give you a jacket of mine; I'm sorry I don't have enough to go around." "There's no need." "Oh, yes, yes, my jacket! Take it, look at it; it will be a little big on you." "But, Braulio . . ." "I won't take no for an answer; don't try any of your etiquette." And, saying that, he himself took off my dress coat, willy nilly, and I was buried in a long striped jacket, from which only my head and feet protruded and the sleeves of which probably wouldn't allow me to eat. I thanked him: after all, the fellow thought he was doing me a favor!

On days when my friend has no guests he's contented with a low table, little better than a shoemaker's bench, because, as he says, why do he and his wife need more? From that little table, as water is raised

el agua del pozo, hace subir la comida hasta la boca; adonde llega goteando después de una larga travesía; porque pensar que estas gentes han de tener una mesa regular, y estar cómodos todos los días del año, es pensar en lo excusado. Ya se concibe, pues, que la instalación de una gran mesa de convite era un acontecimiento en aquella casa; así que se había creído capaz de contener catorce personas que éramos una mesa donde apenas podrían comer ocho cómodamente. Hubimos de sentarnos de medio lado como quien va a arrimar el hombro a la comida, y entablaron los codos de los convidados íntimas relaciones entre sí con la más fraterna inteligencia del mundo. Colocáronme, por mucha distinción, entre un niño de cinco años, encaramado en unas almohadas que era preciso enderezar a cada momento porque las ladeaba la natural turbulencia de mi joven adlátere, y entre uno de esos hombres que ocupan en el mundo el espacio y sitio de tres, cuya corpulencia por todos lados se salía de madre de la única silla en que se hallaba sentado, digámoslo así, como en la punta de una aguja. Desdobláronse silenciosamente las servilletas, nuevas a la verdad, porque tampoco eran muebles en uso para todos los días, y fueron izadas por todos aquellos buenos señores a los ojales de sus fraques como cuerpos intermedios entre las salsas y las solapas.

—Ustedes harán penitencia, señores —exclamó el anfitrión, una vez sentado—; pero hay que hacerse cargo de que no estamos en Genieys; frase que creyó preciso decir. Necia afectación es ésta, si es mentira, dije yo para mí; y si verdad, gran torpeza convidar a los amigos a hacer penitencia. Desgraciadamente, no tardé mucho en conocer que había en aquella expresión más verdad de la que mi buen Braulio se figuraba. Interminables y de mal gusto fueron los cumplimientos con que para dar y recibir cada plato nos aburrimos unos a otros.

—Sírvase usted. —Hágame usted el favor. —De ninguna manera. —No lo recibiré. —Páselo usted a la señora. —Está bien ahí. —Perdone usted. —Gracias. —Sin etiqueta, señores, exclamó Braulio, y se echó el primero con su propia cuchara. Sucedió a la sopa un cocido surtido de todas las sabrosas impertinencias de este engorrosísimo aunque buen plato; cruza por aquí la carne; por allá la verdura; acá los garbanzos; allá el jamón; la gallina por derecha; por medio tocino; por izquierda los embuchados de Extremadura; siguióle un plato de ternera mechada, que Dios maldiga, y a éste otros y otros y otros; mitad traídos de la fonda, que esto basta para que excusemos hacer su elo-

from a well, he raises the food to his mouth, where it arrives dripping after a long crossing; because to think that these people have a regular table, and are comfortable every day of the year, is to think the impossible. So you may imagine that the installation of a big dinner table was an event in that household; and thus they had thought it possible to seat all fourteen of us at a table that could hardly accommodate eight diners. We had to sit almost sideways, like people about to put their shoulder to the food, and the guests' elbows entered into intimate relations as fraternally as you could wish. As a mark of great distinction, I was seated between a boy of five, who was perched on several pillows that had to be adjusted every minute because the natural ebullience of my young neighbor kept shifting them, and one of those men who occupy in the world the space and room of three; his corpulence overflowed on all sides the single chair on which he was seated, so to speak, as if on the point of a needle. The napkins were unfolded in silence—new ones, actually, because they, too, were not furnishings for everyday use; and all those good people hoisted them to the buttonholes of their dress coats like buffers between sauces and lapels.

"You'll have only a modest meal, ladies and gentlemen!" our host exclaimed, once he was seated. "But you must recall you're not at Genieys's."[2] He felt called upon to say that. "A foolish affectation, that, if it's a lie," I said to myself; "and, if it's true, what boorishness to invite friends to dine badly!" Unfortunately, it wasn't long before I discovered that my good Braulio's comment was truer than he imagined. On passing and receiving each plate, we bored one another with interminable, tasteless polite phrases.

"Help yourself." "Be so kind." "By no means." "I don't want any." "Pass it to the lady." "Leave it where it is." "Pardon me." "Thank you." "No ceremony, ladies and gentlemen!" exclaimed Braulio, and he was the first to dig in with his own spoon. Soup was followed by a hot pot comprised of all the tasty motley ingredients of that most annoying but good dish; here the meat was floating; there, the greens; here, the chickpeas; there, the ham; the chicken, on the right; the bacon, in the middle; on the left, the sausages from Extremadura. This was followed by a dish of larded veal, may God damn it, and that by others and others and others. Half of them were brought from the inn, and that is enough reason why we don't have call to praise them; the other half were cooked at home by their everyday maid, by a female Basque

---

2. The most fashionable inn in Madrid at the time.

gio; mitad hechos en casa por la criada de todos los días, por una viz-
caína auxiliar tomada al intento para aquella festividad y por el ama de
la casa, que en semejantes ocasiones debe estar en todo, y, por consiguiente, suele no estar en nada.

—Este plato hay que disimularle, decía ésta de unos pichones;
están un poco quemados. —Pero, mujer . . . —Hombre, me aparté un
momento, y ya sabes lo que son las criadas. —¡Qué lástima que este
pavo no haya estado media hora más al fuego! Se puso algo tarde. —
¿No les parece a ustedes que está algo ahumado este estofado? —
¿Qué quieres? Una no puede estar en todo. —¡Oh está excelente, ex-
clamábamos todos, dejándonoslo en el plato, excelente! —Este
pescado está pasado. —Pues en el despacho de la diligencia del fresco
dijeron que acababa de llegar; ¡el criado es tan bruto! —¿De dónde
has traído este vino? —En eso no tienes razón, porque es . . . —Es
malísimo. —Estos diálogos cortos iban exornados con una infinidad
de miradas furtivas del marido para advertirle continuamente a su
mujer alguna negligencia, queriendo darnos a entender entrambos a
dos que estaban muy al corriente de todas las fórmulas que en semejantes casos se reputan finura y que todas las torpezas eran hijas de los
criados, que nunca han de aprender a servir. Pero estas negligencias
se repetían tan a menudo, servían tan poco ya las miradas, que le fue
preciso al marido recurrir a los pellizcos y a los pisotones; y ya la
señora, que a duras penas había podido hacerse superior hasta entonces a las persecuciones de su esposo, tenia la faz encendida y los
ojos llorosos. —Señora, no se incomode usted por eso, le dijo el que a
su lado tenía. —¡Ah!, les aseguro a ustedes que no vuelvo a hacer estas
cosas en casa; ustedes no saben lo que es esto: otra vez, Braulio, ire-
mos a la fonda y no tendrás . . . —Usted, señora mía, hará lo que . . .
—¡Braulio! ¡Braulio! Una tormenta espantosa estaba a punto de esta-
llar; empero todos los convidados a porfía probamos a aplacar aquellas disputas, hijas del deseo de dar a entender la mayor delicadeza,
para lo cual no fue poca parte la manía de Braulio y la expresión con-
cluyente que dirigió de nuevo a la concurrencia acerca de la inutilidad
de los cumplimientos, que así llama él al estar bien servido y al saber
comer. ¿Hay nada más ridículo que estas gentes que quieren pasar por
finas en medio de la más crasa ignorancia de los usos sociales; que
para obsequiarle le obligan a usted a comer y beber por fuerza, y no
le dejan medio de hacer su gusto? ¿Por qué habrá gentes que sólo
quieren comer con alguna más limpieza los días de días?

A todo esto, el niño que a mi izquierda tenía hacía saltar las aceitunas a un plato de magras con tomate, y una vino a parar a uno de mis

helper hired especially for that festivity, and by the lady of the house, who on such occasions must look after everything and therefore usually looks after nothing.

"You must forgive me for this dish," she was saying apropos of some pigeons; "they're a little burned." "But, wife . . ." "Husband, I stepped away for a minute, and you know what servants are like." "What a shame this turkey wasn't on the fire another half-hour! It was put up a little late." "Don't you think this stew has a rather smoky flavor?" "What do you want? A woman can't be everywhere at once." "Oh, it's excellent!" we all exclaimed, leaving it on our plates. "Excellent!" "This fish isn't fresh." "Well, in the office of the coach that brings perishables, they said it had just arrived. The servant is such an oaf!" "Where did you get this wine?" "There you're wrong, because . . ." "It's awful." These short dialogues were adorned with an infinity of furtive glances from the husband, constantly pointing out some negligence to his wife, both of them trying to give us to understand that they were quite familiar with all the formulas considered refined on such occasions, and that all the mistakes were imputable to the servants, who can never learn how to serve. But these negligences were so often repeated, and glances accomplished so little by now, that the husband had to have recourse to pinching her and treading on her foot; and his wife, who had had great difficulty up till then in rising above her husband's persecutions, had a red face and tearful eyes. "Madam, don't get upset over that," said the man beside her. "Oh, I assure you all that I'll never again have a party like this at home; you don't know what it means; next time, Braulio, we'll go to the inn, and you won't have to . . ." "You, my good woman, will do what . . ." "Braulio! Braulio!" A fearful storm was about to be unleashed, but all of us guests vied in our attempts to settle those disputes, which resulted from the desire to exhibit the greatest refinement; in which a great part was played by Braulio's mania and the concluding comment he once again addressed to the assembly with regard to the needlessness of excessive courtesy, which is the name he gives to being properly served and knowing how to dine. Is there anything more ridiculous than these people who want to be perceived as elegant, though most crassly ignorant of social graces; who think they're doing you a favor by compelling you to eat and drink by force, and leave you no way to enjoy yourself? Why must there be people who eat with a little more cleanliness only on birthdays?

On top of all this, the boy I had on my left was flipping the olives onto a platter of ham slices with tomato, and one landed on one of my

ojos, que no volvió a ver claro en todo el día; y el señor gordo de mi
derecha había tenido la precaución de ir dejando en el mantel, al lado
de mi pan, los huesos de las suyas, y los de las aves que había roído; el
convidado de enfrente, que se preciaba de trinchador, se había encargado de hacer la autopsia de un capón, o sea gallo, que esto nunca se
supo; fuese por la edad avanzada de la víctima, fuese por los ningunos
conocimientos anatómicos del victimario, jamás aparecieron las
coyunturas. —Este capón no tiene coyunturas, exclamaba el infeliz
sudando y forcejeando, más como quien cava que como quien trincha.
¡Cosa más rara! En una de las embestidas resbaló el tenedor sobre el
animal como si tuviera escamas, y el capón, violentamente despedido,
pareció querer tomar su vuelo como en sus tiempos más felices, y se
posó en el mantel tranquilamente, como pudiera en un palo de un
gallinero.

El susto fue general y la alarma llegó a su colmo cuando un surtidor
de caldo, impulsado por el animal furioso, saltó a inundar mi
limpísima camisa: levántase rápidamente a este punto el trinchador
con ánimo de cazar el ave prófuga, y al precipitarse sobre ella, una
botella que tiene a la derecha, con la que tropieza su brazo, abandonando su posición perpendicular, derrama un abundante caño de
Valdepeñas sobre el capón y el mantel; corre el vino, auméntase la algazara, llueve la sal sobre el vino para salvar el mantel; para salvar la
mesa se ingiere por debajo de él una servilleta, y una eminencia se levanta sobre el teatro de tantas ruinas. Una criada toda azorada retira
el capón en el plato de su salsa; al pasar sobre mí hace una pequeña
inclinación, y una lluvia maléfica de grasa desciende, como el rocío
sobre los prados, a dejar eternas huellas en mi pantalón color de perla;
la angustia y el aturdimiento de la criada no conocen término; retírase
atolondrada sin acertar con las excusas; al volverse tropieza con el criado que traía una docena de platos limpios y una salvilla con las copas
para los vinos generosos, y toda aquella máquina viene al suelo con el
más horroroso estruendo y confusión. —¡Por San Pedro!, exclama
dando una voz Braulio, difundida ya sobre sus facciones una palidez
mortal, al paso que brota fuego el rostro de su esposa. —Pero sigamos,
señores, no ha sido nada, añade volviendo en sí.

¡Oh honradas casas, donde un modesto cocido y un principio final
constituyen la felicidad diaria de una familia; huíd del tumulto de un
convite de días! Sólo la costumbre de comer y servirse bien diariamente puede evitar semejantes destrozos.

¿Hay más desgracias? ¡Santo cielo! ¡Sí, las hay para mí, infeliz!
Doña Juana, la de los dientes negros y amarillos, me alarga de su plato

eyes, out of which I couldn't see clearly for the rest of the day; and the fat man on my right had had the foresight to leave on the tablecloth, next to my bread, the pits of his own olives and the bones of the fowl he had gnawed; the guest opposite me, who fancied himself a great carver, had undertaken to perform an autopsy on a capon (or rooster; we never found out which); either because of the victim's advanced age, or because the sacrificial priest had a poor knowledge of anatomy, the joints could never be found. "This capon has no joints!" exclaimed the unhappy man, sweating and struggling, more like someone digging than like someone carving. An odd occurrence! During one of his attacks, the fork skidded over the creature as if it had scales, and the capon, at that violent send-off, seemed to try to take wing as in its happier days, and landed calmly on the tablecloth, as if perching in the henhouse.

The fright was general, and the alarm reached its height when a jet of broth, unleashed by the furious beast, burst forth and flooded my immaculate shirt: at that moment the carver stood up rapidly, intending to hunt the runaway foul, and as he lunged at it, a bottle that stood on his right was jostled by his arm and, abandoning its upright position, poured an abundant stream of Valdepeñas wine over the capon and the tablecloth; the wine flowed, the hubbub increased, salt rained down on the wine to save the tablecloth; to save the table, a napkin was thrust beneath the cloth, and a protuberance rose over the scene of such destruction. A very flustered maid returned the capon to its platter of gravy; while passing over me, she stooped slightly, and a malicious rain of fat descended like the dew on the meadows, leaving indelible stains on my pearl-gray trousers; the maid's anguish and confusion knew no end; she withdrew, dumbfounded, without managing to apologize; as she was returning, she bumped into the manservant who was carrying a dozen clean plates and a tray with glasses for the dessert wines, and the whole array crashed to the floor with the most horrendous clatter and confusion. "By Saint Peter!" Braulio loudly shouted, a deadly pallor already spreading over his features, while his wife's face was blazing red. "But let's continue, ladies and gentlemen, it was nothing," he added, regaining self-control.

Oh, honorable homes in which a modest stew, and one more main dish to top it off, constitute the daily bliss of a family! Flee from the tumult of a birthday party! Only the habit of eating and serving well on a daily basis can eliminate such disasters.

Were there more misfortunes? Heavens above! Yes, there were for me, wretch that I am! Doña Juana, she of the black and yellow teeth,

y con su propio tenedor una fineza, que es indispensable aceptar y tragar; el niño se divierte en despedir a los ojos de los concurrentes los
huesos disparados de las cerezas; don Leandro me hace probar el
manzanilla exquisito, que he rehusado, en su misma copa, que conserva las indelebles señales de sus labios grasientos; mi gordo fuma ya
sin cesar y me hace cañón de su chimenea; por fin, ¡oh última de las
desgracias!, crece el alboroto y la conversación; roncas ya las voces
piden versos y décimas, y no hay más poeta que Fígaro. —Es preciso.
—Tiene usted que decir algo, claman todos. —Désele pie forzado;
que diga una copla a cada uno. —Yo le daré el pie: *A don Braulio en
este día*. —Señores, ¡por Dios! —No hay remedio. —En mi vida he
improvisado. —No se haga usted el chiquito. —Me marcharé. —
Cerrar la puerta. —No sale de aquí sin decir algo. Y digo versos, por
fin, y vomito disparates, y los celebran, y crece la bulla y el humo y el
infierno.

A Dios gracias, logro escaparme de aquel nuevo *Pandemonio*. Por
fin, ya respiro el aire fresco y desembarazado de la calle; ya no hay
necios, ya no hay castellanos viejos a mi alrededor. —¡Santo Dios, yo
te doy gracias!, exclamo respirando, como el ciervo que acaba de es-
caparse de una docena de perros, y que oye ya apenas sus ladridos;
para de aquí en adelante no te pido riquezas, no te pido empleos, no
honores; líbrame de los convites caseros y de días de días; líbrame de
estas casas en que es un convite un acontecimiento; en que sólo se
pone la mesa decente para los convidados; en que creen hacer obsequios cuando dan mortificaciones; en que se hacen finezas; en que se
dicen versos; en que hay niños; en que hay gordos; en que reina, en
fin, la brutal franqueza de los castellanos viejos. Quiero que, si caigo
de nuevo en tentaciones semejantes, me falte un *roastbeef*, desa-
parezca del mundo el *beefsteak,* se anonaden los timbales de maca-
rrones, no haya pavos en Perigueux, ni pasteles en Perigord, se sequen
los viñedos de Burdeos, y beban, en fin, todos menos yo la deliciosa
espuma del champaña.

Concluida mi deprecación mental, corro a mi habitación a despo-
jarme de mi camisa y de mi pantalón, reflexionando en mi interior que
no son unos todos los hombres, puesto que los de un mismo país,
acaso de un mismo entendimiento, no tienen las mismas costumbres,
ni la misma delicadeza, cuando ven las cosas de tan distinta manera.
Vístome y vuelo a olvidar tan funesto día entre el corto número de
gentes que piensan, que viven sujetas al provechoso yugo de una
buena educación libre y desembarazada, y que fingen acaso estimarse
y respetarse mutuamente para no incomodarse, al paso que las otras

handed me a delicacy from her plate on her own fork, and I couldn't avoid accepting it and swallowing it; the little boy amused himself by shooting cherry pits at the eyes of the guests; Don Leandro made me taste the delicious Manzanilla, which I had refused, in his own glass, which retained the indelible marks of his greasy lips; my fat man was now chain-smoking and making me the flue of his chimney; lastly (my final misfortune!) the racket and conversation got louder; the guests' voices, already hoarse, were calling for poems, and the only poet present was Figaro. "You must." "You've got to recite something," they all shouted. "Give him a forced line; have him make up a stanza for everyone ending in that line." "I'll supply the line: 'To Don Braulio on this day.'" "Ladies and gentlemen, I beg of you!" "We won't take no for an answer." "I've never improvised." "Don't beat around the bush!" "I'll walk out." "Lock the door!" "You won't get out of here without reciting something." And I recited verses, finally, and spewed out nonsense, and they praised it, and the hubbub and smoke and hell increased.

Thank God, I managed to escape from that new Pandemonium. At last I breathed the fresh, clear air of the street; there were no more fools, no more Old Castilians, around me. "Dear God, I thank you!" I exclaimed as I took deep breaths, like a stag that has just eluded a dozen hounds and now can hardly hear their barking. "From now on I won't ask you for wealth, jobs, or honors; deliver me from those homes where a party is a rare event, where a decent table is only laid for guests, where they think they're doing you a favor when they mortify you, where they try to be refined, where they recite poetry, where there are children, where there are fat men; in short, where the brutal frankness of Old Castilians prevails. If I fall into such temptations again, may I lack for roast beef, may beefsteak disappear from the world, may macaroni pies be annihilated, may there be no turkeys in Périgueux or pâtés in Périgord, may the vineyards of Bordeaux dry up, and, in short, may everyone but me drink the delicious foam of champagne!"

When my silent supplication was over, I ran home to take off my shirt and trousers, reflecting in my mind that not all men are the same, seeing that those from the same country, and perhaps equally intelligent, don't have the same ways, or the same delicacy, but see things differently. I got dressed and hastened to forget that horrible day by enjoying the company of that handful of people who think, who live in subjection to the beneficial yoke of good breeding and liberal education, though they perhaps only pretend to esteem and respect one another to avoid inconveniencing one another, while others parade their propensity to give inconvenience, and insult and

hacen ostentación de incomodarse, y se ofenden y se maltratan, queriéndose y estimándose tal vez verdaderamente.

La Nochebuena de 1836

Yo y mi criado:° Delirio filosófico

El número 24 me es fatal: si tuviera que probarlo diría que en día 24 nací. Doce veces al año amanece, sin embargo, un día 24; soy supersticioso, porque el corazón del hombre necesita creer algo, y cree mentiras cuando no encuentra verdades que creer; sin duda, por esa razón creen los amantes, los casados y los pueblos a sus ídolos, a sus consortes y a sus gobiernos; y una de mis supersticiones consiste en creer que no puede haber para mí un día 24 bueno. El día 23 es siempre en mi calendario víspera de desgracia, y a imitación de aquel jefe de policía ruso que mandaba tener prontas las bombas las vísperas de incendios, así yo desde el 23 me prevengo para el siguiente día de sufrimiento y de resignación, y en dando las doce ni tomo vaso en mi mano por no romperle, ni apunto carta por no perderla, ni enamoro a mujer porque no me diga que sí, pues en punto a amores tengo otra superstición: imagino que la mayor desgracia que a un hombre le puede suceder es que una mujer le diga que le quiere. Si no la cree es un tormento, y si la cree . . . ¡Bienaventurado aquel a quien la mujer dice *no quiero*, porque ése a lo menos oye la verdad!

El último día 23 del año 1836 acababa de expirar en la muestra de mi péndola, y consecuente en mis principios supersticiosos ya estaba yo agachado esperando el aguacero y sin poder conciliar el sueño. Así pasé las horas de la noche, más largas para el triste desvelado que una guerra civil; hasta que por fin la mañana vino con paso de intervención, es decir, lentísima, a teñir de púrpura y rosa las cortinas de mi estancia.

El día anterior había sido hermoso, y no sé por qué me daba el corazón que el día 24 había de ser *día de agua*. Fue peor todavía; amaneció nevando. Miré el termómetro, y marcaba muchos grados bajo cero; como el crédito del Estado.

° Por esta vez sacrifico la urbanidad a la verdad. Francamente, creo que valgo más que mi criado: si así no fuese le serviría yo a él. En esto soy al revés del divino orador que dice "Cuadro y Yo."

mistreat one another, though perhaps loving and esteeming one another truly.

Christmas Eve, 1836

I and My Servant:° A Philosophical Delirium

The number 24 is unlucky to me: if I had to prove it, I'd merely say that I was born on a 24th. Nevertheless, a 24th dawns twelve times a year; I'm superstitious, because the heart of man needs to believe something, and it believes lies when it finds no truths to believe; it's no doubt for that reason that lovers, husbands, and nations believe in their idols, wives, and governments; and one of my superstitions consists in believing that no 24th of the month can turn out well for me. On my calendar the 23rd is always the eve of some misfortune, and in emulation of that Russian police chief who gave orders to have pumps ready on the day before fires, I, from the 23rd on, prepare myself for the following day of suffering and resignation, and when the clock strikes twelve, I don't pick up a glass for fear of breaking it, play a card for fear of losing on it, or make a woman fall in love with me for fear of her saying yes, because with regard to love, I have another superstition: I imagine that the greatest misfortune that can befall a man is to have a woman tell him she loves him. If he doesn't believe her, it's torture, and if he does . . . Lucky the man to whom a woman says "I don't love you," because that man at least is hearing the truth!

The final 23rd of the year 1836 had just expired on the face of my clock, and in accordance with my superstitious principles, I had already bowed my head, waiting for the downpour and unable to fall asleep. In that way I spent the hours of the night, longer for a sad insomniac than a civil war; until finally morning came at an intervention pace, that is very slowly,[1] to tinge my bedroom curtains with purple and rose.

The day before had been a fine one, but for some reason my heart told me that the 24th would be rainy. It was worse yet; it started out snowy. I looked at the thermometer, which stood at many degrees below zero—like the government's credit.

°(Author's note:) For this once, I sacrifice courtesy to truth. I honestly believe that I'm worth more than my servant; otherwise *I'd* serve *him*. In this case I'm doing the opposite of the sacred orator who says "Cuadro and I."   1. The Spanish government long awaited in vain French intervention in the civil war against the Carlists (1833–1839).

Resuelto a no moverme porque tuviera que hacerlo todo la suerte este mes, incliné la frente, cargada como el cielo de nubes frías, apoyé los codos en mi mesa, y paré tal que cualquiera me hubiera reconocido por escritor público en tiempo de libertad de imprenta, o me hubiera tenido por miliciano nacional citado para un ejercicio. Ora vagaba mi vista sobre la multitud de artículos y folletos que yacen empezados y no acabados ha más de seis meses sobre mi mesa, y de que sólo existen los títulos, como esos nichos preparados en los cementerios que no aguardan más que el cadáver; comparación exacta, porque en cada artículo entierro una esperanza o una ilusión. Ora volvía los ojos a los cristales de mi balcón; veíalos empañados como llorosos por dentro: los vapores condensados se deslizaban a manera de lágrimas a lo largo del diáfano cristal; así se empaña la vida, pensaba; así el frío exterior del mundo condensa las penas en el interior del hombre; así caen gota a gota las lágrimas sobre el corazón. Los que ven de fuera los cristales los ven tersos y brillantes; los que ven sólo los rostros, los ven alegres y serenos . . .

Haré merced a mis lectores de las más de mis meditaciones; no hay periódicos bastantes en Madrid, acaso no hay lectores bastantes tampoco. Dichoso el que tiene oficina, dichoso el empleado aun sin sueldo o sin cobrarlo, que es lo mismo: al menos no está obligado a pensar, ¡puede fumar, puede leer la *Gaceta*!

¡Las cuatro! ¡La comida!, me dijo una voz de criado, una voz de entonación servil y sumisa; en el hombre que sirve hasta la voz parece pedir permiso para sonar. Esta palabra me sacó de mi estupor, e involuntariamente iba a exclamar como Don Quijote: "Come, Sancho, hijo, come tú que no eres caballero andante y que naciste para comer"; porque, al fin, los filósofos, es decir, los desgraciados, podemos no comer, pero los criados de los filósofos . . . Una idea más luminosa se me ocurrió: era día de Navidad. Me acordé de que en sus famosas saturnales los romanos trocaban los papeles y que los esclavos podían decir la verdad a sus amos. Costumbre humilde, digna del cristianismo. Miré a mi criado y dije para mí: esta noche me dirás la verdad. Saqué de mi gaveta unas monedas, tenían el busto de los monarcas de España; cualquiera diría que son retratos; sin embargo, eran artículos de periódicos. Las miré con orgullo: come y bebe de mis artículos, añadí con desprecio; sólo en esa forma, sólo por medio de esa estratagema se pueden meter los artículos en el cuerpo de ciertas gentes. Una risa estúpida se dibujó en la fisonomía de aquel ser que

Resolved not to make a move, because this month it was up to fate to arrange everything, I bowed my head, which was loaded like the sky with cold clouds, I rested my elbows on my desk, and I presented such an appearance that anyone would have recognized me as a writer for the public in an age of freedom of the press,[2] or would have taken me for a national guardsman called up for service. At times my eyes roamed over the multitude of articles and pamphlets which had lain on my desk, begun but not completed, for over six months, and of which only the titles existed, like those niches prepared in cemeteries which are only awaiting the corpse; an exact comparison, because in every article I bury a hope or a dream. At other times I turned my eyes toward the glass of my balcony door and saw it clouded on the inside as if weeping: the condensed vapor was trickling all the way down the transparent glass like tears. "Life is clouded that same way," I thought; "in that way, the outer coldness of the world condenses sorrows inside man; in that way, tears fall drop by drop onto his heart. Those who see the glass from outside see it smooth and shiny; those who see only faces see them happy and calm. . . ."

I'll spare my readers most of my reflections; there aren't enough newspapers in Madrid, perhaps not enough readers, either. Happy the man who has a workplace, happy the clerk even without pay or unable to collect it, which is the same thing: at least he isn't compelled to think; he can smoke, he can read the official *Gazette!*

"Four o'clock! Mealtime!" a servant's voice said to me, a voice with a servile and submissive tone; in a servingman even his voice seems to ask permission to be heard. Those words freed me from my stupor, and I was about to exclaim involuntarily like Don Quixote: "Eat, Sancho my boy, *you* eat, since you're not a knight errant, and you were born to eat." Because, in short, we philosophers—that is, we unfortunate men—are able to do without food, but the philosophers' servants . . . A brighter idea occurred to me: it was Christmas Eve. I remembered that during their famous Saturnalia the Romans used to exchange roles and the slaves could tell their masters what they really thought. A humble custom, worthy of Christianity. I looked at my servant and said to myself: "Tonight you'll tell me your true feelings." I took a few coins out of my drawer; they had a bust portrait of the monarchs of Spain; anyone would say they were portraits, but they were really newspaper articles. I looked at them with pride. "Eat and drink off my articles," I added with contempt; "only in that form, only by means of that stratagem can articles be ingested by certain people." A

2. That is, devoid of ideas because they weren't prescribed.

los naturalistas han tenido la bondad de llamar racional sólo porque lo han visto hombre. Mi criado se rió. Era aquella risa el demonio de la gula que reconocía su campo.

Tercié la capa, calé el sombrero y en la calle.

¿Qué es un aniversario? Acaso un error de fecha. Si no se hubiera compartido el año en trescientos sesenta y cinco días, ¿qué sería de nuestro aniversario? Pero al pueblo le han dicho: hoy es un aniversario; y el pueblo ha respondido: pues, si es un aniversario, comamos, y comamos doble. ¿Por qué come hoy más que ayer? O ayer pasó hambre, u hoy pasará indigestión. Miserable humanidad, destinada siempre a quedarse más acá o a ir más allá.

Hace mil ochocientos treinta y seis años nació el Redentor del mundo, nació el que no reconoce principio; y el que no reconoce fin, nació para morir. Sublime misterio.

¿Hay misterio que celebrar? Pues comamos, dice el hombre; no dice: reflexionemos. El vientre es el encargado de cumplir con las grandes solemnidades. El hombre tiene que recurrir a la materia para pagar las deudas del espíritu. ¡Argumento terrible en favor del alma!

Para ir desde mi casa al teatro es preciso pasar por la plaza tan indispensablemente como es preciso pasar por el dolor para ir desde la cuna al sepulcro. Montones de comestibles acumulados, risa y algazara, compra y venta, sobras por todas partes y alegría. No pudo menos de ocurrirme la idea de Bilbao; figuróseme ver de pronto que se alzaba por entre las montañas de víveres una frente altísima y extenuada: una mano seca y roída llevaba a una boca cárdena, y negra de morder cartuchos, un manojo de laurel sangriento. Y aquella boca no hablaba. Pero el rostro entero se dirigía a los bulliciosos liberales de Madrid que traficaban. Era horrible el contraste de la fisonomía escuálida y de los rostros alegres. Era la reconvención y la culpa, aquélla agria y severa, ésta indiferente y descarada.

Todos aquellos víveres han sido aquí traídos de distintas provincias para la colación cristiana de una capital. En una cena de ayuno se come una ciudad a las demás.

¡Las cinco! Hora del teatro: el telón se levanta a la vista de un pueblo palpitante y bullicioso. Dos comedias de circunstancias, o yo estoy loco. Una representación en que los hombres son mujeres y las mujeres hombres. He aquí nuestra época y nuestras costumbres. Los hombres ya no saben sino hablar como las mujeres, en congresos y en corrillos. Y las mujeres son hombres, ellas son las únicas que conquistan. Segunda comedia: un novio que no ve el logro de su esperanza;

stupid smile appeared on the face of that being which experts in natural history have had the kindness to call rational merely because they recognized it as human. My servant laughed. That laugh was the demon of gluttony reconnoitering its field.

I adjusted my cape, pulled my hat down over my face, and went out.

What is an anniversary, or recurring day? Perhaps an error in the date. If the year hadn't been divided into three hundred sixty-five days, what would become of our anniversaries? But the populace has been told: "Today is an annual event." And the populace has replied: "Well, if it's an annual event, let's eat, and let's eat twice as much as usual." Why do they eat more today than yesterday? Either they were still hungry yesterday, or they'll suffer from indigestion today. Wretched mankind, destined forever to do too much or too little!

One thousand eight hundred thirty-six years ago, the Redeemer of the world was born, he who knows no beginning; and he who knows no end was born to die. Sublime mystery!

"Is there a mystery to be celebrated? Then let's eat!" says man. He doesn't say: "Let's reflect." His stomach is empowered to observe great religious occasions. Man must resort to matter to pay the debts of the spirit. A terrible argument in favor of the soul!

To go from my house to the theater I must cross the square, just as inexorably as one must go through sorrow to go from the cradle to the grave. Heaps of foodstuffs, laughter and hubbub, buying and selling, excess everywhere and joy. I couldn't help thinking about Bilbao; I thought I could suddenly see rising amid the mountains of food a very high, exhausted brow: a dry, emaciated hand was raising to a livid mouth, blackened from biting cartridges, a tuft of bloodred laurel. And that mouth didn't speak. But the entire face was turned toward the noisy Madrid liberals who were profiteering. The contrast between the pinched features and the merry faces was horrible. They represented reproach and guilt; the former, bitter and severe; the latter, indifferent and impudent.

All that food has been brought here from various provinces for the Christian meal of the capital. In a fast-day meal, one city eats all the rest.

Five o'clock! Curtain time: the curtain rises before the eyes of a throbbing, noisy populace. Two plays quickly written for the occasion, or I'm crazy. A performance in which the men are women and the women, men. There you have our era and our ways! The men can no longer speak except like women, in congresses and in private circles. And the women are men; they're the only ones who conquer. The second play: a suitor who fails to see his hopes come true; that suitor is

ese novio es el pueblo español; no se casa con un solo gobierno con quien no tenga que reñir al día siguiente. Es el matrimonio repetido al infinito.

Pero las orgías llaman a los ciudadanos. Ciérranse las puertas, ábrense las cocinas. Dos horas, tres horas, y yo rondo de calle en calle a merced de mi pensamiento. La luz que ilumina los banquetes viene a herir mis ojos por las rendijas de los balcones, el ruido de los panderos y de la bacanal que estremece los pisos y las vidrieras se abre paso hasta mis sentidos, y entra en ellos como cuña a mano, rompiendo y desbaratando.

Las doce van a dar: las campanas que ha dejado la junta de enajenación en el aire, y que en estar en el aire se parecen a todas nuestras cosas, citan a los cristianos al oficio divino. ¿Qué es esto? ¿Va a expirar el 24, y no me ha ocurrido en él más contratiempo que mi mal humor de todos los días? Pero mi criado me espera en mi casa; como espera la cuba al catador, llena de vino; mis artículos hechos moneda, mi moneda hecha mosto, se ha apoderado del imbécil, como imaginé, y el asturiano ya no es hombre; es todo verdad.

Mi criado tiene de mesa lo cuadrado y el estar en talla al alcance de la mano. Por tanto, es un mueble cómodo; su color es el que indica la ausencia completa de aquello con que se piensa, es decir, que es bueno; las manos se confundirían con los pies, si no fuera por los zapatos, y porque anda casualmente sobre los últimos; a imitación de la mayor parte de los hombres, tiene orejas que están a uno y otro lado de la cabeza como los floreros en una consola, de adorno, o como los balcones figurados, por donde no entra ni sale nada; también tiene dos ojos en la cara; él cree ver con ellos. ¡Qué chasco se lleva! A pesar de esta pintura, todavía sería difícil reconocerle entre la multitud, porque al fin no es sino un ejemplar de la grande edición hecha por la Providencia de la humanidad, y que yo comparo de buena gana con las que suelen hacer los autores: algunos ejemplares de regalo finos y bien empastados: el surtido todo igual, ordinario y a la rústica.

Mi criado pertenece al surtido. Pero la Providencia, que se vale para humillar a los soberbios de los instrumentos más humildes, me reserva en él mi mal rato del día 24. La verdad me esperaba en él y era preciso oírla de sus labios impuros. La verdad es como el agua filtrada, que no llega a los labios sino al través del cieno. Me abrió mi criado, y no tardé en reconocer su estado.

—Aparta, imbécil —exclamé, empujando suavemente aquel cuerpo sin alma que en uno de sus columpios se venía sobre mí—. ¡Oiga!, está ebrio. ¡Pobre muchacho! ¡Da lástima!

the Spanish people; it doesn't wed a single government it doesn't have to fight with the next day. It's marriage repeated ad infinitum.

But orgies summon the citizens. Doors are locked, kitchens are opened. Two hours, three hours, and I wander from street to street at the mercy of my thoughts. The light illuminating the banquets strikes my eyes as it issues through balcony-shutter cracks, the noise of tambourines and of the bacchanal that shakes floors and windows makes its way to my senses and penetrates them like a wedge, splitting and dislocating them.

It will soon be twelve; the bells that the board for disentailment of Church property has left in the air, and which by still being up in the air resemble all our national affairs, are summoning Christians to the sacred service. What's this? The 24th is about to expire, and I've undergone no greater contretemps than my daily ill humor? But my servant is waiting for me at home, the way a cask awaits a taster: full of wine. My articles, turned into coin, and my coin turned into new wine, have overpowered the imbecile, as I expected, and the Asturian is no longer a man: he's all truth.

My servant is like a table in being foursquare and short enough to be within hand's reach. Therefore he's a handy piece of furniture; his temperament is one that indicates the total absence of anything to think with; that is, he's good-natured. His hands might be confused with his feet if it weren't for his shoes and the fact that he happens to walk on the latter; like most men, he has ears placed on either side of his head like vases on a pier table, as decoration, or like painted balconies through which nothing goes in or out; he also has two eyes in his head, and he thinks he sees with them. How could he be so wrong?! Despite this portrait, it would still be hard to pick him out of a crowd, because, after all, he's merely one copy of the big edition of mankind printed by Providence, which I like to compare to those made by writers: a few gift copies that are elegant and well bound: the general stock, all the same, ordinary, and paperbound.

My servant is part of the general stock. But Providence, which, to humble the proud, makes use of the most lowly instruments, has used him to give me my bad moments on this 24th. Truth was awaiting me in him, and I had to hear it from his impure lips. Truth is like filtered water, which must pass through mud before it reaches the lips. My servant let me in, and it didn't take me long to realize the state he was in.

"Move aside, imbecile!" I exclaimed, gently pushing away that soulless body which was about to bump into me as he swayed. "Listen! You're drunk. Poor fellow! You're pitiful!"

Me entré de rondón a mi estancia; pero el cuerpo me siguió con un rumor sordo e interrumpido; una vez dentro los dos, su aliento desigual y sus movimientos violentos apagaron la luz; una bocanada de aire colada por la puerta al abrirme, cerró la de mi habitación, y quedamos dentro casi a oscuras yo y mi criado, es decir, la verdad y Fígaro, aquélla en figura de hombre beodo arrimado a los pies de mi cama para no vacilar, y yo a su cabecera, buscando inútilmente un fósforo que nos iluminase.

Dos ojos brillaban como dos llamas fatídicas enfrente de mí: no sé por qué misterio mi criado encontró entonces y de repente voz y palabras, y habló y raciocinó; misterios más raros se han visto acreditados; los fabulistas hacen hablar a los animales, ¿por qué no he de hacer yo hablar a mi criado? Oradores conozco yo de quienes hace algún tiempo no hubiera hecho una pintura más favorable que de mi astur, y que han roto sin embargo a hablar, y los oye el mundo y los escucha, y nadie se admira.

En fin, yo cuento un hecho: tal me ha pasado; yo no escribo para los que dudan de mi veracidad; el que no quiera creerme puede doblar la hoja. Eso se ahorrará tal vez de fastidio; pero una voz salió de mi criado, y entre ella y la mía se estableció el siguiente diálogo:

—Lástima —dijo la voz, repitiendo mi piadosa exclamación—. ¿Y por qué me has de tener lástima, escritor? Yo a ti, ya lo entiendo.

—¿Tú a mí? —pregunté, sobrecogido ya por un terror supersticioso. Y es que la voz empezaba a decir la verdad.

—Escucha: tú vienes triste como de costumbre; yo estoy más alegre que suelo. ¿Por qué ese color pálido, ese rostro deshecho, esas hondas y verdes ojeras que ilumino con mi luz al abrirte todas las noches? ¿Por qué esa distracción constante y esas palabras vagas e interrumpidas de que sorprendo todos los días fragmentos errantes sobre tus labios? ¿Por qué te vuelves y te revuelves en tu mullido lecho como un criminal, acostado con su remordimiento, en tanto que yo ronco sobre mi tosca tarima? ¿Quién debe tener lástima a quién? No pareces criminal; la justicia no te prende, al menos; verdad es que la justicia no prende sino a los pequeños criminales, a los que roban con ganzúas, o a los que matan con puñal; pero a los que arrebatan el sosiego de una familia seduciendo a la mujer casada o a la hija honesta, a los que roban con los naipes en la mano, a los que matan una existencia con una palabra dicha al oído, con una carta cerrada, a ésos ni los llama la sociedad criminales, ni la justicia los prende, porque la víctima no arroja sangre, ni manifiesta herida, sino agoniza lentamente consumida por el veneno de la pasión que su verdugo le ha

Without notice I entered my room; but the body followed me with a muffled, intermittent sound; once we were both inside, his irregular breathing and violent movements put out the candle; a draft slipping through the front door when he opened it for me shut the door to my room, and I and my servant were left inside almost in the dark; that is, Truth and Figaro were, the former in the shape of a drunken man leaning against the foot of my bed to keep from reeling, and I at the head, looking in vain for a match to illuminate us.

Two eyes shone opposite me like two fateful flames: by some mystery or other, my servant then suddenly found his voice and words, and spoke and reasoned; more unusual mysteries have been attested to; fable writers make animals speak. Why can't I represent my servant as speaking? I know orators of whom some time back I wouldn't have painted a portrait more flattering than the one I have of my Asturian, but who nevertheless have burst into speech, and are now heard and listened to by the world, to no one's amazement.

After all, I'm narrating a real event; it did happen to me; I don't write for those who doubt my veracity; anyone who refuses to believe me can turn the page. Perhaps he will spare himself some boredom. But a voice issued from my servant, and between it and mine the following dialogue took place:

"'Pitiful,' said the voice repeating my pious exclamation. "And why should you pity me, writer? I could understand my pitying you."

"Your pitying me?" I asked, already seized by superstitious terror. And the voice began to speak the truth.

"Listen: You come home gloomy as usual; I'm merrier than usual. Why that pallid complexion, that sorry face, those deep green rings around your eyes that my candle shines on when I let you in every night? Why that constant absentmindedness and those vague, intermittent words, fragments of which I overhear daily wandering over your lips? Why do you toss and turn on your fluffy bed like a criminal, lying down with your remorse, while I snore on my rough bench? Who should pity whom? You don't look like a criminal; at least, the police aren't arresting you; though it's true that the police arrest only petty criminals, those who burgle houses with picklocks or kill people with a dagger; but those who rob a family of its peace by seducing the wife or the virtuous daughter, those who steal with playing cards in their hands, those who snuff out a life with a word whispered in the ear, with a sealed letter: those aren't called criminals by society, and the police don't arrest them, because the victim doesn't shed blood or display a wound, but dies slowly, consumed by the impassioned poison that his execu-

propinado. ¡Qué de tísicos han muerto asesinados por una infiel, por un ingrato, por un calumniador! Los entierran; dicen que la cura no ha alcanzado y que los médicos no la entendieron. Pero la puñalada hipócrita alcanzó e hirió el corazón. Tú, acaso, eres de esos criminales y hay un acusador dentro de ti, y ese frac elegante y esa media de seda, y ese chaleco de tisú de oro que yo te he visto, son tus armas maldecidas.

—Silencio, hombre borracho.

—No; has de oír al vino, una vez que habla. Acaso ese oro, que a fuer de elegante has ganado en tu sarao y que vuelcas con indiferencia sobre tu tocador, es el precio del honor de una familia. Acaso ese billete que desdoblas es un anónimo embustero que va a separar de ti para siempre la mujer que adorabas; acaso es una prueba de la ingratitud de ella o de su perfidia. Más de uno te he visto morder y despedazar con tus uñas y tus dientes en los momentos en que el buen tono cede el paso a la pasión y a la sociedad.

Tú buscas la felicidad en el corazón humano, y para eso le destrozas, hozando en él, como quien remueve la tierra en busca de un tesoro. Yo nada busco, y el desengaño no me espera a la vuelta de la esperanza. Tú eres literato y escritor; y qué tormentos no te hace pasar tu amor propio, ajado diariamente por la indiferencia de unos, por la envidia de otros, por el rencor de muchos. Preciado de gracioso, harías reír a costa de un amigo, si amigos hubiera, y no quieres tener remordimiento. Hombre de partido, haces la guerra a otro partido: o cada vencimiento es una humillación, o compras la victoria demasiado cara para gozar de ella. Ofendes y no quieres tener enemigos. ¡A mí quién me calumnia! ¿Quién me conoce? Tú me pagas un salario bastante a cubrir mis necesidades; a ti te paga el mundo como paga a los demás que le sirven. Te llamas liberal y despreocupado, y el día que te apoderes del látigo, azotarás como te han azotado. Los hombres de mundo os llamáis hombres de honor y de carácter, y a cada suceso nuevo cambiáis de opinión, apostatáis de vuestros principios. Despedazado siempre por la sed de gloria, inconsecuencia rara, despreciarás acaso a aquellos para quienes escribes y reclamas con el incensario en la mano su adulación: adulas a tus lectores para ser de ellos adulado, y eres también despedazado por el temor, y no sabes si mañana irás a coger tus laureles a las Baleares o a un calabozo.

—¡Basta, basta!

—Concluyo: yo, en fin, no tengo necesidades; tú, a pesar de tus riquezas, acaso tendrás que someterte mañana a un usurero para un capricho innecesario, porque vosotros tragáis oro, o para un banquete

tioner has poured for him. How many consumptives have been mur-
dered by a faithless woman, an ungrateful man, or a slanderer! They're
buried; people say that the cure didn't work and the doctors didn't understand it. But the hypocritical dagger blow reached and wounded the
heart. Perhaps you are one of those criminals and have an accuser inside you, and maybe that elegant dress coat, those silk stockings, and
that cloth-of-gold vest I've seen on you are your accursed weapons."

"Quiet, drunk!"

"No; you must hear the wine, once it starts talking. Perhaps that
gold, which you won as a dandy at your evening party and which you
indifferently toss onto your dressing table, is the price of a family's
honor. Perhaps that note you unfold is an anonymous deceiver who is
going to separate you forever from the woman you adored; perhaps it's
a proof of her ingratitude or perfidy. I've seen you bite more than one
such note and rip it to shreds with your nails and teeth at moments
when refined behavior gives way to passion and social pressures.

"You seek happiness in the human heart, and for that purpose you de-
stroy that heart, delving into it like a man digging up earth to find a treasure. I seek nothing, and disappointment doesn't await me when hope
is gone. You are a literary man and writer; and what tortures your self-
love causes you, bruised as you are every day by the indifference of
some, the envy of others, and the rancor of many! Esteemed for your
wit, you'll raise a laugh at the expense of a friend, if you had any, and you
refuse to harbor remorse. As a politician, you wage war with the oppos-
ing party; either every defeat is a humiliation, or you buy victory too
dearly to enjoy it. You give offense, but you don't want to have enemies.
Who slanders *me*? Who knows me? You pay me wages sufficient to
cover my needs; the world pays *you* what it pays the others who serve it.
You call yourself liberal and impartial, but the day you get the whip in
your hand, you'll whip others as they did you. You men of the world call
yourselves men of honor and character, but at each new turn of events
you change your opinions and renege on your principles. Constantly
torn apart by a thirst for fame, something quite illogical, you may perhaps look down on those you write for and whose adulation you solicit,
censer in hand: you flatter your readers in order to be flattered by them,
but you're also torn apart by fear, and you never know whether tomorrow you'll go and gather your laurels in exile in the Balearics, or in jail."

"Enough! Enough!"

"I'm coming to the end. I, in short, have no needs; you, despite your
wealth, may perhaps have to apply to a usurer tomorrow for an unnecessary caprice, because your kind squanders gold, or for a banquet

de vanidad en que cada bocado es un tósigo. Tú lees día y noche buscando la verdad en los libros hoja por hoja, y sufres de no encontrarla
ni escrita. Ente ridículo, bailas sin alegría; tu movimiento turbulento
es el movimiento de la llama, que sin gozar ella, quema. Cuando yo
necesito de mujeres, echo mano de mi salario, y las encuentro, fieles
por más de un cuarto de hora; tú echas mano de tu corazón, y vas y lo
arrojas a los pies de la primera que pasa, y no quieres que lo pise y lo
lastime, y le entregas ese depósito sin conocerla. Confías tu tesoro a
cualquiera por su linda cara, y crees porque quieres; y si mañana tu
tesoro desaparece, llamas ladrón al depositario, debiendo llamarte
imprudente y necio a ti mismo.

—Por piedad, déjame, voz del infierno.

—Concluyo: inventas palabras y haces de ellas sentimientos, cien-
cias, artes, objetos de existencia. ¿Política, gloria, saber, poder,
riqueza, amistad, amor? Y cuando descubres que son palabras, blasfe-
mas y maldices. En tanto, el pobre asturiano come, bebe y duerme, y
nadie le engaña, y si no es feliz, no es desgraciado, no es al menos
hombre de mundo, ni ambicioso, ni elegante, ni literato, ni enamo-
rado. Ten lástima ahora al pobre asturiano. Tú me mandas, pero no te
mandas a ti mismo. Tenme lástima, literato. Yo estoy ebrio de vino, es
verdad; pero ¡tú lo estás de deseos y de impotencia . . . !

Un ronco sonido terminó el diálogo; el cuerpo, cansado del esfuerzo, había caído al suelo; el órgano de la Providencia había callado,
y el asturiano roncaba. ¡Ahora te conozco —exclamé—, día 24!

Una lágrima preñada de horror y de desesperación surcaba mi
mejilla, ajada ya por el dolor. A la mañana amo y criado yacían, aquél
en el lecho, éste en el suelo. El primero tenía todavía abiertos los ojos
y los clavaba con delirio y con delicia en una caja amarilla, donde se
leía *mañana*. ¿Llegará ese *mañana* fatídico? ¿Qué encerraba la caja?
En tanto la *Noche buena* era pasada, y el mundo todo, a mis barbas,
cuando hablaba de ella, la seguía llamando *Noche buena*.

of vanity at which every mouthful is poison. You read day and night, seeking truth in books page by page, and suffer because you don't find it even in writing. Ridiculous creature, you dance without joy; your turbulent motions are those of the flame, which burns without itself deriving enjoyment. When I need women, I dig into my pocket and find some who are faithful for more than fifteen minutes; *you* take hold of your heart, and go and fling it at the feet of the first woman passing by, though you don't want her to tread on it and injure it, and you hand over that deposit to her without knowing her. You entrust your treasure to just anybody because she has a pretty face, you believe in her because you want to; and if tomorrow your treasure disappears, you call the trustee a thief, whereas you ought to call yourself imprudent and foolish."

"For pity's sake, stop, you hellish voice!"

"I'm coming to the end. You invent words and you make of them feelings, sciences, arts, things that exist. Politics, fame, knowledge, power, wealth, friendship, love? And when you discover that they're merely words, you blaspheme and curse. Meanwhile the poor Asturian eats, drinks, and sleeps, and no one deceives him, and if he isn't happy he isn't unfortunate; at least he isn't a man of the world, ambitious, elegant, literary, or in love. Now feel pity for the poor Asturian! You give me orders, but you can't control your own self. Feel pity for me, literary man! I'm drunk on wine, it's true, but you're drunk on desire and powerlessness! . . ."

A hoarse sound ended the dialogue; the body, exhausted by its effort, had fallen on the floor; the organ of Providence had become silent, and the Asturian was snoring. "Now I recognize you," I exclaimed, "the 24th!"

A tear laden with horror and despair furrowed my cheek, which was already pale with sorrow. In the morning, master and man were both recumbent, the former in bed, the latter on the floor. The first-named still had his eyes open and was staring in delirium and delight at a yellow case, on which could be read "tomorrow." Will that fateful tomorrow ever come? What was inside the case? Meanwhile, Christmas Eve, the "Good Night," had passed, and the whole world, flouting me, continued to speak of it as the "Good Night."

ENRIQUE GIL Y CARRASCO (1815–1846)

Anochecer en San Antonio de la Florida

I

A la caída de una serena tarde del mes de agosto, un joven como de 22 años, que había salido por la Puerta de Segovia, enderezaba sus pasos lentamente por la hermosa y despejada calle de árboles que guía a la Puerta de Hierro, orillas del mermado Manzanares. A juzgar por su fisonomía, cualquiera le hubiera imaginado nativo de otros climas menos cariñosos que el apacible y templado de España: sin embargo, había nacido en un confín de Castilla a las orillas de un río que lleva arenas de oro, y que llevó con ellas su niñez y los primeros años de su juventud. Su vestido era sencillo, rubia su cabellera, azules sus apagados ojos, y en su despejada frente se notaba una ligera tinta de melancolía al parecer habitual. Este joven se llamaba Ricardo T. . . .

El sol ocultaba su disco bajo un resplandeciente velo de púrpura, orlado de franjas de oro: las lavanderas recogían su ajuar, levantando extraño murmullo a la margen del río: varios jinetes caballeros en soberbios palafrenes volvían grupa hacia la capital; los pobres paisanos del mercado se retiraban con carros y cabalgaduras, y aquella escena bulliciosa y animada tenía indefinibles encantos, perdiéndose poco a poco en la soledad y en el silencio del crepúsculo.

Como quiera, nuestro joven más parecía divertido en sus tristezas y pensamientos que cuidadoso de los últimos suspiros del día y de la poética y apacible despedida del sol. La brisa de la tarde que soplaba fresca y voluptuosa después de un día de fuego, despertando vagos rumores entre los árboles y meciendo sus esmaltados ramos, fue poderosa por fin a sacarle de su cavilación. Levantó la inclinada cabeza a su balsámico aliento; sus amortiguados ojos lanzaron un relámpago; sus labios se entreabrieron con ansia para respirarla; su frente se despejó del todo, y no parecía sino que un tropel de

ENRIQUE GIL Y CARRASCO (1815–1846)

Nightfall in San Antonio de la Florida

I

At one serene nightfall in the month of August, a young man of about 22, who had left the center of Madrid through the Puerta de Segovia, was directing his steps slowly down the beautiful, clear avenue of trees that leads to the Puerta de Hierro, on the bank of the depleted Manzanares. To judge by his face, anyone would have taken him to be a native of other climes less mellow than the gentle, temperate one of Spain: nevertheless, he had been born in a corner of Castile on the banks of a river that carries golden sands, and which had carried away along with them his childhood and the first years of his youth. His attire was simple, his hair was blond, his lusterless eyes were blue, and on his open brow could be detected a slight tinge of seemingly habitual melancholy. This young man was called Ricardo T. . . .

The sun was hiding its disk beneath a resplendent purple veil, edged with golden fringes; the washerwomen were gathering up their belongings, creating a strange murmur at the riverbank; several horsemen riding superb palfreys were returning to the city; the poor market farmers were leaving with their carts and mounts, and that noisy, animated scene held an indefinable charm, which gradually died away in the solitude and silence of dusk.

And yet our young man seemed more distracted by his sadness and thoughts than attentive to the day's last sighs and the poetic, peaceful leave-taking of the sun. The evening breeze, which blew coolly and voluptuously after a fiery day, awakening light stirring in the trees and rocking their colorful boughs, finally had the power to release him from his meditation. He raised his bowed head to its balmy breath; his dulled eyes emitted a flash; his lips parted anxiously to inhale the breeze; his brow became perfectly smooth, and you would surely say

nacaradas visiones desfilaba de repente por delante de él según se mostraba fascinado y gozoso. Aquella brisa se desprendía de las cumbres de Guadarrama, y tal vez se había levantado entre las olorosas praderas de su país: aquella brisa le traía las caricias de su madre, las puras alegrías del hogar doméstico, los primeros suspiros del amor, los paseos a la luna con su mejor amigo; todo un mundo, finalmente, de recuerdos suaves y dorados, y que aparecían más dorados y más suaves mirados al través de la neblina de lo pasado desde el arenal de las tristezas presentes.

El aura recogió sus alas por un breve espacio, y las visiones del mancebo recogieron sus alas a la par. No parecía sino que la súbita caída de un telón le quitaba de delante un teatro lleno de luz y de alegría. Sus ojos lanzaron todavía una llamarada, pero lúgubre y siniestra como una luz de desencanto, que sólo sirve para alumbrar el desierto que cruzamos: quedó su frente más anublada que antes y sus miradas se extinguieron como los fuegos fatuos del estío.

Aquel mancebo había nacido con un alma cándida y sencilla, con un corazón amante y crédulo, y la pacífica vida de sus primeros años junto con la ternura de su madre, habían desenvuelto hasta el más subido punto estas disposiciones. Cuando cumplió los quince años eran las mujeres a sus ojos otros tantos ángeles de amor y de paz, o unos espíritus de protección y de ternura como su madre: miraba a los hombres como a los compañeros de un alegre y ameno viaje, y la vida se le aparecía por el prisma de sus creencias como un río anchuroso, azul y sereno por donde se bogaban bajeles de nácar, llenos de perfumes y de músicas y en cuyas orillas se desarrollaban, en panorama vistoso, campos de rosas y de trigo, pintorescas cabañas y castillos feudales empavesados de banderas y resplandecientes de armaduras. El sentimiento de lo grande y de lo bello era un instinto poderoso en él: su corazón latía con acelerado compás al leer en la historia de la Grecia el paso de las Termópilas, y muchas veces soñaba con la caballería y con los torneos de los siglos medios. La libertad, la religión, el amor, todo lo que los hombres sienten como desinteresado y sublime se anidaba en su alma, como pudiera en una flor solitaria y virgen, nacida en los vergeles del paraíso; y los vuelos de su corazón y de su fantasía iban a perderse en los nebulosos confines de la tierra, y a descansar entre los bosquecillos de la fraternidad y de la virtud.

Su amor hasta entonces era como el vapor de la mañana, una pasión errante y apacible que flotaba en los rayos de la luna, se embarcaba en las espumas de los ríos o se desvanecía entre los aromas de las flores silvestres. Algunas veces su alma se empañaba y entristecía en la

that a troop of pearly visions was suddenly parading before him, he seemed so fascinated and joyful. That breeze had come from the peaks of Guadarrama, and perhaps had arisen amid the fragrant meadows of his native region: that breeze was bringing him his mother's caresses, the unsullied joys of his hearth, the first sighs of love, the moonlight walks with his best friend—in short, a whole world of sweet, golden memories, which seemed more golden and sweet viewed through the mist of the past from the barren sands of his present sorrow.

The breeze folded its wings for a brief while, and the lad's visions folded their wings likewise. You would surely say that the sudden dropping of a curtain was removing from his sight a stage scene filled with light and joy. His eyes still flashed one flame, but a funereal and sinister one, like a light of disenchantment which only serves to illuminate the desert we all cross; his brow became more clouded than before, and his gaze died away like will-o'-the-wisps in summer.

That lad had been born with a candid, simple soul and a loving, trusting heart, and the peaceful life of his earliest years, together with his mother's tenderness, had developed these traits to the highest degree. When he reached fifteen, women were to him so many angels of love and peace, or tender, protective spirits like his mother; he looked on men as companions on a merry, pleasant journey, and he saw life through the prism of his beliefs as a broad, blue, calm river on which pearly vessels floated, filled with fragrance and music, and on whose banks were unfurled, in a charming panorama, fields of roses and grain, picturesque cottages, and feudal castles decked with banners and resplendent with armor. The feeling for the great and beautiful was a mighty instinct in him: his heart beat at a faster rate when he read about the battle of Thermopylae in the history of Greece, and he often dreamed about the chivalry and tournaments of the Middle Ages. Freedom, religion, love, all that men take to be disinterested and sublime, nested in his soul, as it might within a solitary, virginal flower born in the orchards of Paradise; and the flights of his heart and imagination were lost in the nebulous corners of the earth, where they reposed amid the groves of brotherhood and virtue.

Up till then his love had been like the morning mist, a wandering, peaceful emotion floating on moonbeams, embarking on the froth of rivers, or disappearing amid the scent of wildflowers. At times his soul would become clouded and saddened in his solitude, and he'd take delight in the muffled roars of the mountain stream; but very soon the

soledad, y se gozaba en los roncos mugidos del torrente; pero muy pronto la fada de sus aguas se le aparecía coronada de espumas y de tornasolado rocío, y en un espejo encantado le mostraba una creación blanca y divina, alumbrada por un astro desconocido de esperanza, que le llamaba y corría a aguardarle entre las sombras de un pensil de arrayán y de azucenas. Y la vida tornaba al alma del mancebo, y tenía fe en *mañana* y era feliz.

La virgen prometida se le apareció finalmente. Era una doncella de ojos negros, de frente melancólica y de sonrisa angelical: su alma era pura como los pliegues de su velo blanco, y su corazón apasionado y crédulo como el nuestro joven. Los dos corazones volaron al encuentro; se convirtieron en una sustancia aérea y luminosa, confundiendo sus recíprocos fulgores, y las flores de alrededor bajaron sus corolas hacia el suelo estremecidas de placer. De entonces más los dos amantes se amaron, como se ama la primera vez en la vida, y el porvenir sonaba en sus oídos como una promesa inefable de unión sin fin y de amor eterno.

Sin embargo, la imaginación de Ricardo por sobra de candor había cometido un yerro; vivía entre los hombres, y se figuró vivir entre los ángeles, y esperó de aquéllos lo que de éstos pudiera esperar. Hombres hubo que hirieron con su anatema la frente de su padre y la paz de su hogar y el porvenir del amor, y los propósitos para el porvenir, todo fue a perderse entre las formas de la desconfianza y de la desesperación. Y sin embargo, la frente de su padre era respetable y sin mancilla, la paz de su hogar se derramaba como una luz de consuelo entre los infelices, era su amor una fuente de nobleza, de entusiasmo y de virtud y su porvenir un ensueño de beneficiencia universal. Aquellos hombres soplaron sobre este reposado y verde paisaje, y lo trocaron en una arena movediza que el viento de la amargura arremolinaba a cada soplo para esparcirla en seguida por los últimos confines del horizonte.

El pobre mancebo tuvo que abandonar todo lo que le quedaba en el mundo, el tierno cariño del hogar y las llorosas miradas de su ángel. La noche en que por última vez la vio hubo misterios extraños: sus ojos se abrieron a la orilla de una sima sin fondo, por la cual pasaba una agua invisible, pero cuyo delicioso murmullo llegaba hasta ellos. Los amantes, víctimas de un amargo delirio tenían sed, una sed inmensa y abrasadora, y pasaban increíbles tormentos al borde de aquella corriente, que tan dulcemente sonaba, pero que huía de sus labios. Un rayo de la luna rasgó el manto de los nublados y la visión pasó. "Adiós, dijo la virgen, con inefable y melancólica sonrisa; nuestro amor pasará como las aguas de esa corriente subterránea; pero esas

nymph of its waters would appear before him, wreathed in foam and iridescent dew, and would show him in a magic mirror a white, divine being, illuminated by an unfamiliar star of hope, who called to him and ran to await him amid the shade of a garden of myrtle and lilies. And life would return to the lad's soul, and he had faith in tomorrow, and he was happy.

The promised maiden finally appeared before him. She was a girl with dark eyes, a melancholy brow, and an angelic smile; her soul was as pure as the folds of her white veil, and her heart as passionate and trusting as our young man's. The two hearts flew to meet each other, and were turned into an airy, luminous substance, merging their mutual glow, and the flowers around them lowered their corollas to the ground, quivering with pleasure. From then on, the two lovers loved each other the way one does when it's for the first time, and the future rang in their ears like an ineffable promise of infinite togetherness and eternal love.

Nevertheless, out of excessive candor Ricardo's imagination had made a mistake; he was living among men, and thought he was living among angels, and he expected from men what could only be expected of angels. There were men who wounded with their anathema his father's brow and the peace of his home, and the future of his love and his plans for the future were all destroyed in the form of distrust and despair. And yet, his father's brow was honest and unblemished, the peace of his home had spread like a comforting light among those less fortunate, his love was a fountain of nobility, enthusiasm, and virtue, and his future, a dream of universal beneficence. Those men blew upon this calm, green landscape and turned it into shifting sands which the wind of bitterness whirled about at every gust, scattering them immediately to the remotest corners of the horizon.

The poor lad had to leave behind all that remained to him in the world, the loving affection of his home and the tearful glances of his angel. On the night he saw her for the last time there were strange mysteries: their eyes opened onto the brink of a bottomless chasm through which flowed a stream they couldn't see, but whose delicious murmuring reached them. The lovers, prey to a bitter delirium, were athirst, with an immense, parching thirst, and endured incredible torments by the bank of that stream, which murmured so sweetly but fled from their lips. A moonbeam tore apart the mantle of heavy cloud and the vision passed. "Farewell," said the maiden, with a smile of ineffable melancholy; "our love will pass like the waters of this under-

aguas paran en el mar y nosotros con nuestra pasión descansaremos un día en el mar de la muerte." El joven la dijo entonces unos versos muy melancólicos que había hecho, besó con adoración la punta de su velo y partió con lentos pasos.

Al otro día un solo amigo le acompañó en su amargo viaje, y al apretarle contra su corazón le dijo: ¡Adiós, y quizá para siempre! . . . ¿Quién sabe si este abrazo te envenena? Mi presencia daba antes la dicha y la alegría . . . pero hoy sólo la muerte puede dar. El amigo se alejó con los ojos anublados. ¡La predicción se ha cumplido! ¡Aquel amigo duerme hace un año entre los muertos!

La vida de Ricardo en la corte se había pasado olvidada y solitaria, perdida entre los sucesos y los hombres. No había alcanzado a volver la paz al que le había dado la vida; su orgullo de hombre se había visto lastimado y herido, la pobreza le había rodeado con su manto de abandono y de privaciones y desamparado de los hombres, habíase visto obligado a conversar, como Lord Byron, con el espíritu de la naturaleza. Entonces una musa *dulce y triste como el recuerdo de las alegrías pasadas,* había venido a sentarse a su ignorada cabecera, le había hecho el presente de una lira de ébano y dictado himnos de dolor y de reminiscencias perdidas: le mostró lo pasado por impenetrables rejas que le vedaban el paso para tornar a él, y tendió sobre lo futuro una cortina de sutil crespón negro que le permitía ver sus paisajes, pero todos anublados y cenicientos. Sólo de cuando en cuando, y como por singular merced, decorría la musa una punta del velo, y le dejaba ver en el cielo del porvenir el sol rutilante de la libertad alumbrando a pueblos colosos, que llevaban arrastrando en pos de sí las cadenas y los cetros de los déspotas. Y entonces un rayo de aquel sol inflamaba el corazón del poeta, doraba la lira de ébano que aparecía de oro resplandeciente y purísimo, templaba sus cuerdas, le inspiraba canciones de juventud y de esperanza, cantaba los pueblos nobles y caídos por villanas apostasías, y los ángeles del destierro venían a escucharle y a batir sus blancas alas en torno de la cabeza de los proscritos. ¡Pobre poeta! Entonces su misión le parecía grande, y aun cuando el velo dejase caer sus enlutadas puntas, conservaba dulcísimas memorias que iban a juntarse en su mente con los demás recuerdos, único patrimonio que le dejara la musa.

Y he aquí la razón porque muchas veces su alma se complacía en el camino de los campos donde naciera, y en respirar sus auras balsámicas. El día en que le hemos visto, su corazón estaba más tenebroso que de costumbre: su anciano padre descansaba al lado del amigo de su niñez en las tinieblas de la muerte: su madre no le abrazaba más de dos

ground stream; but its waters empty into the sea, and we with our passion will find rest one day in the sea of death." The young man then recited to her a few very melancholy verses he had composed, kissed the corner of her veil in adoration, and walked away slowly.

The next day, one friend alone saw him off on his bitter journey. When he pressed him to his heart, the lad said: "Farewell, and perhaps forever! . . . Who can tell whether this embrace may not poison you? My company used to lend good luck and happiness . . . but today, it can only give death." His friend departed with clouded eyes. The prediction came true! For a year that friend has been asleep among the dead!

Ricardo's life in Madrid had gone by in oblivion and loneliness, lost among the doings of men. He hadn't succeeded in restoring peace to the man who had given him life; his manly pride had been injured and wounded; poverty had ringed him around with its mantle of forsakenness and privations, and, lacking the protection of men, he had found himself compelled to converse, like Lord Byron, with the spirit of Nature. Then a Muse, "sweet and sad as the memory of past joys," had come to take a seat by his unknown bedside, and had made him the gift of an ebony lyre, dictating hymns of sorrow and of lost recollections: she showed him the past through impenetrable bars which prevented his feet from returning to it, and drew across the future a curtain of thin black crêpe that allowed him to see its landscapes, but all clouded over and ash-gray. Only once in a while, as by some unusual grace, his Muse lifted a corner of the veil and let him see in the sky of the future the blazing sun of freedom shining on colossal nations which were dragging behind them the chains and scepters of tyrants. And then a beam of that sunlight would kindle the poet's heart, gilding the ebony lyre, which seemed to be of the purest resplendent gold, tuning its strings, and inspiring in him songs of youth and hope; he'd sing noble nations which had decayed through villainous apostasy, and the angels of exile would come to listen to him and to beat their white wings around the heads of the proscribed. Poor poet! At such times his mission seemed great to him, and even after the veil had dropped its corners, which were the color of mourning, he'd retain sweet memories which combined in his mind with all his other recollections, the only patrimony his Muse had left to him.

And this is the reason why his soul frequently took delight in journeying to the fields where he had been born, and in inhaling their balmy breezes. On the day on which we found him, his heart was in greater gloom than usual: his aged father was resting beside his boyhood friend in the darkness of death; his mother hadn't embraced him

años hacía; y en fuerza de mirar su amor como un ensueño demasiado hermoso para verlo cumplido, la esperanza se había ido agotando en su pecho, y la tristeza quedaba únicamente por señora de él.

II

Todas estas circunstancias de su vida, que expuestas dejamos, todas estas memorias de dicha se desplomaban sobre el corazón de Ricardo como un peñasco que se precipita sobre una aldea del valle: sintió que su alma se cansaba de la vida, y una nube de suicidio empañó por un instante su frente. Aquella idea maléfica fascinaba cada vez más sus sentidos, y sentía doblegarse bajo su peso todas las fuerzas de su ser, cuando la voz de una campana pausada y misteriosa vino a liberarle de ella. Miró en derredor como quien despierta de una pesadilla, y se encontró a la mano derecha con la ermita de San Antonio de la Florida, graciosa y linda capilla, asentada a un lado del camino, como un asilo religioso para los pensamientos del cansado viajero. Algunas veces había pasado Ricardo por delante de su puerta, pero nunca se había resuelto a orar en ella, porque su amargura destilaba gota a gota en su corazón la duda y la ironía, y no osaba cruzar los umbrales de la casa del Señor, sin llevarle por ofrenda una fe sencilla y pura como la de sus primeras oraciones. Pero aquella tarde abrumaba el pesar su pobre espíritu, faltábale el corazón de un amigo con quien partir su deconsuelo, y le pareció que el Señor perdonaría sus dudas por lo mucho que padecía. Entró, pues, en el recinto de la oración: la capilla estaba silenciosa, sola; los postreros reflejos del sol la iluminaban con una luz vacilante y dudosa; todo era grave, solemne y recogido allí, y hasta los rumores de afuera se desvanecían a sus puertas. Ricardo sintió la religión de sus primeros años, se arrodilló desolado en las aras del altar, dejó correr las lágrimas que se agolpaban a sus ojos y oró con abandono, con confianza y con fe. Rezó las oraciones de la Virgen, que le había enseñado su madre, con el mismo candor que entonces, conoció que un bálsamo desconocido se derramaba por las llagas de su pecho, hasta se le figuró que la Madre de los desventurados le sonreía con amor, y cuando alzó sus rodillas del suelo y fue a sentarse, divertido en blandas imaginaciones, en uno de los bancos de la capilla, comprendió que la esperanza es una luz del cielo, que brilla en las más espesas tinieblas de la desventura.

Alzó sus ojos a la bóveda del santuario como para dar gracias a la Virgen de su alivio, y un espectáculo de todo punto nuevo se ofreció a su vista. La nube de púrpura, que velaba las últimas miradas del sol,

for over two years now; and by dint of looking on his love as a dream too beautiful ever to come true, his hope had drained away in his bosom, and sorrow remained his only mistress.

II

All these circumstances of his life which we have narrated, all those memories of happiness were plummeting onto Ricardo's heart like a boulder hurling itself onto a valley village; he felt that his soul was tiring of life, and for a moment a cloud of suicide darkened his brow. That evil idea was fascinating his senses more and more, and he felt all the strength of his nature bowed under its weight, when the deliberate, mysterious ringing of a church bell suddenly freed him of it. He looked around like a man awakening from a nightmare, and discovered on his right the hermitage of San Antonio de la Florida, a graceful, pretty chapel located on one side of the road, like a religious asylum for the thoughts of the weary wayfarer. A few times Ricardo had passed in front of its entrance, but had never decided to pray inside, because his bitterness was distilling doubt and irony in his heart drop by drop, and he didn't dare cross the threshold of the Lord's house without bearing as an offering to him a faith simple and pure as that of his boyhood prayers. But that evening, grief was overwhelming his wretched spirit, and he felt the lack of a friend's heart with which to share his affliction, and he felt that the Lord would forgive him for his doubts because he was suffering so much. So he entered the precincts of prayer; the chapel was silent, deserted; the last gleams of the sun were illuminating it with a wavering, uncertain light; all was grave, solemn, and meditative there, and even the sounds from outdoors vanished at its portal. Ricardo felt the religion of his earliest years, knelt by the altar in desolation, let flow the tears that crowded to his eyes, and prayed with abandonment, trust, and faith. He recited the prayers to the Virgin that his mother had taught him, with the same candor as then, and felt an unfamiliar balm spreading through the wounds of his bosom, until he imagined that the Mother of the unfortunate was smiling at him lovingly; and when he raised his knees from the floor and sat down, lost in sweet imaginings, on one of the chapel benches, he understood that hope is a light from heaven that shines in the thickest darkness of misfortune.

He raised his eyes to the vault of the sanctuary as if to thank the Virgin for her relief, and a totally new sight met his eyes. The purple cloud that had been veiling the last glances of the sun was now spread-

las derramaba sobre la tierra lánguidas y teñidas con los matices más delicados de la rosa, bien así como una reina llena de dulzura, que realza con sus cariñosas palabras la afable despedida de su real esposo. Aquellos mágicos resplandores penetraban por las altas vidrieras de la capilla, y derramaban sus apacibles tintas por las pintadas bóvedas.

Un pincel gigante de nuestros días había dejado allí una magnífica huella, porque el Señor había rasgado delante de él las bóvedas del firmamento, y la gloria le había mostrado sus inefables galas y alegrías. El soplo de Dios hinchó de inspiración el genio de aquel hombre, los querubines prepararon en su paleta los cambiantes más suaves de la mañana, las pompas más sublimes de la tarde, y las ondulaciones más vagas de los inciensos, y mientras su mano, guiada por el frenesí divino que encendía su cabeza, copiaba las glorias del Altísimo, unos ángeles mujeres, parecidos a los que brotaban de su pincel, refrescaban su frente con el apacible batir de sus alas. Estos ángeles-mujeres eran hermosos y aéreos, pero reinaba en su semblante un apagado viso de pesadumbre, como el sonido lejano de un arpa, que se ha amortiguado entre las alas de los céfiros. Ricardo, el poeta de las memorias, comprendió la expresión de pesar que empañaba apenas su frente, y divisó al través de ella las mártires del amor puro, las vírgenes que habían muerto con su primer pasión como una aureola de virtud, y que volando por espacio sin fin, al compás de las arpas de los serafines, volvían de cuando en cuando a la tierra compasivas miradas, y vertían una lágrima sobre el hombre, que un tiempo miraron como el compañero de su vida. Por entre ellas y en celajes de color más encendido flotaban los ángeles niños, que habían caído en la huesa desde el pecho de sus madres, alegres, bulliciosos, abandonados, sin más pensamiento que el de su eterna alegría y el de las alabanzas del Señor. Perdíanse a veces en los más remotos términos del espacio, y aparecían allí radiantes aún, pero confusos como las formas de los ensueños; o se mostraban en las nubes más cercanas a la tierra, formando delicados y cariñosos grupos, y espiando con una sonrisa de esperanza, la triste peregrinación de sus madres por el suelo. Aquel espectáculo sojuzgó el alma de Ricardo, y el entusiasmo, que era la principal cualidad de su índole generosa, y que sólo yacía adormecido en su alma por las penas, se despertó de repente en su corazón; lanzaron sus ojos extraños resplandores y una especie de éxtasis artístico y religioso se apoderó de todas las facultades de su ser. Su pecho había palpitado con las vagas melancolías de Osián; las sublimes visiones de Dante, las apariciones espléndidas del Apocalipsis habían embargado su imaginación, y sus ojos se habían detenido fascinados delante de los lienzos de Murillo y

ing them over the earth, languid and tinged with the most delicate colors of the rose, just like a queen full of gentleness heightening with her affectionate words the loving farewell to her royal husband. Those magical glows were entering through the high windows of the chapel and spreading their peaceful tints across the painted vaults.

A gigantic brush of our era had left a magnificent mark there, because the Lord had torn open the vaults of the firmament before it, and glory had shown it its ineffable pomp and joy. The breath of God had swelled that man's genius with inspiration, the cherubim had prepared on his palette the gentlest gleams of morning, the most sublime splendors of evening, and the subtlest undulations of incense; and while his hand, guided by the divine frenzy that ignited his mind, was copying the glories of the Most High, female angels, like those who flowed from his brush, cooled his brow with the gentle beating of their wings. These female angels were beautiful and airy, but on their faces reigned a muted glint of sorrow, like the distant sound of a harp that has died away on the wings of the zephyrs. Ricardo, the poet of memory, understood the sorrowful expression that barely clouded their brow, and discerned through it the martyrs of pure love, the maidens who had died with their first passion as an aureole of virtue, and who, flying through infinite space to the rhythm of the seraphim's harps, occasionally directed compassionate glances at the earth and shed a tear for the man whom they had once looked on as their life companion. Among them, in cloud effects of a brighter color, floated child angels, who had fallen into the grave from their mothers' breasts, merry, noisy, abandoned, with no thought other than their eternal joy and the praises of the Lord. At times they were lost in the remotest limits of the space, and appeared there still radiant, but blurred like shapes in dreams; or else, they showed up in the clouds closer to the ground, forming delicate, affectionate groups and observing with a hopeful smile the sad pilgrimage of their mothers still on earth. That sight subdued Ricardo's soul, and enthusiasm, which was the chief trait of his noble nature and which had only lain dormant because of his sorrows, suddenly awakened in his heart; his eyes flashed with strange resplendency, and a sort of artistic and religious ecstasy seized hold of all the faculties of his being. His bosom had throbbed to the vague melancholies of Ossian; the sublime visions of Dante and the splendid apparitions of the Apocalypse had overwhelmed his imagination, and his eyes had lingered in fascination before the canvases of Murillo and Raphael, but never had so powerful an inspiration captivated

de Rafael; pero jamás inspiración tan poderosa le había cautivado, jamás habían pasado por su mente tan profundas emociones. Quedó el joven embebecido en pensamientos de religión y de arte, doblóse involuntariamente su cabeza, y ni él mismo supo lo que por él pasaba.

III

La luz se apagaba de todo punto en la capilla, el sol se había escondido completamente, y sólo la encendida nube enviaba un reflejo cada vez más pálido, que atravesaba sin fuerza las vidrieras y se perdía entre los celajes de la bóveda. Un extraño rumor, un rumor como lejano y delicioso, sacó de su distracción a nuestro poeta. Alzó los ojos y al punto volvió a cerrarlos como si un vértigo le acometiera, porque su imaginación se había desarreglado con el tropel de sensaciones de aquella tarde memorable, o los ángeles se habían animado y dejando las bóvedas cruzaban el aire, lo alumbraban con el fulgor cambiante de sus alas y lo poblaban de inefables melodías. Durante un rato que estuvo nuestro poeta con los ojos cerrados, su razón luchaba a brazo partido con su fantasía procurando sojuzgarla; pero su corazón a pesar suyo abrigaba una sensación dulcísima, un presentimiento de ventura, y su leal corazón jamás le había engañado. Abrió, pues, de nuevo los ojos y ya no le fue lícito dudar. Los ángeles niños flotaban entre nubes de magníficos arreboles: sus bocas puras como un capullo de entreabierta rosa, entonaban los cantares de la ciudad mística; sus alas esplendentes y ligeras se revolvían lanzando suaves reflejos y todo en derredor suyo respiraba el perfume y el abandono de la infancia. Y los ángeles vírgenes pulsaban las arpas de oro, cruzaban por el viento con reposado compás, con frente melancólica pero radiante, y envueltos en nacaradas nubes parecidas al humo de los inciensos. Rosas blancas y marchitas coronaban sus arpas, y de cuando en cuando caían algunas a los pies del absorto poeta, y el poeta las cogía y las aspiraba con fe y encontraba perfumes purísimos bajo aquel velo de muerte. La luz del Señor se había derramado en el místico recinto; la luz de la mañana, la luz de los presentimientos dichosos inundaban el alma de Ricardo, y le parecía encontrarse delante de una de aquellas auroras de su primera juventud, en que el inmenso cielo estaba azul por todas partes, y el horizonte teñido de rosa, de jazmín y de gualda. ¡Pobre poeta! ¡Cuánto tiempo hacía que su corazón no palpitaba con tanta dulzura! ¡Desde las noches en que su amor se adormecía bajo los pabellones de la esperanza, nunca se había sentido tan venturoso!

Súbito una figura blanca y vaporosa se desprendió del coro de las

him, never had such deep emotions passed through his mind. The young man remained absorbed in thoughts of religion and art, he bowed his head involuntarily, and not even he knew what was taking place within him.

III

The light was fading totally in the chapel, the sun had hidden itself completely, and only the bright cloud was sending an increasingly pale reflection, which entered the windows feebly and was lost among the painted skies on the vault. A strange sound, as if distant and delightful, brought our poet out of his absorption. He raised his eyes and immediately shut them again as if assailed by dizziness, because his imagination had been brought out of kilter by the troop of sensations of that memorable evening; or the angels had come to life and, leaving the vaults, were flying through the air, illuminating it with the iridescent glow of their wings and filling it with ineffable melodies. During the brief time that our poet kept his eyes shut, his reason was struggling mightily with his imagination, trying to subdue it; but in spite of himself his heart harbored an extremely sweet sensation, a premonition of good fortune, and his honest heart had never deceived him. So he opened his eyes again, and now he could no longer be in doubt. The child angels were hovering amid clouds of a magnificent red glow; their lips, pure as a partly opened rosebud, were intoning the chants of the mystical city; their light, shining wings, as they beat, were emitting gentle gleams, and everything around them breathed the fragrance and heedlessness of childhood. And the maiden angels were striking their golden harps and floating in the breeze to a calm rhythm, their brows melancholy but radiant; they were enveloped in pearly clouds that resembled the fumes of incense. White and faded roses wreathed their harps, and from time to time some of them fell at the feet of the absorbed poet, and the poet picked them up and smelled them in his faith, and found most pure scents beneath that veil of death. The Lord's light had spread through the mystical precincts; the light of morning, the light of lucky premonitions, flooded Ricardo's soul, and he thought he was standing before one of those dawns of his earliest youth, in which the immense sky was blue everywhere, and the horizon tinged with roses, jasmines, and the yellow blossoms of dyer's weed. Poor poet! How long it had been since his heart had throbbed with such sweetness! Ever since the nights when his love used to fall asleep beneath the pavilions of hope, he had never felt so fortunate!

Suddenly a white, vaporous figure detached itself from the choir of

vírgenes, cruzó el aire con sereno vuelo y quedó en pie delante del poeta. Un velo ligero y transparente ondeaba en torno de sus sienes; su vestido era blanco como el armiño y sólo una cinta negra estaba atada a su cuello con descuidado lazo. Cuando el poeta la vio se empañaron sus ojos, y su corazón se paró como si fuese a morir bajo el peso de la memoria, que despertaba en él la pura aparición de su ángel *de ojos negros, de frente melancólica y de sonrisa angelical.*

Hubo un largo silencio durante el cual callaron las arpas y los himnos; uno de aquellos silencios inexplicables en que hay tanta alegría como amargura. Por fin la virgen tomó la mano del poeta, le miró de hito en hito y le dijo con dulce voz los versos que Ricardo había compuesto para la noche de su despedida.

> *¡Pobre Ricardo! El ángel de la vida*
> *¿por qué extendió sus alas sobre ti?*
> *¿Por qué tiñó tu juventud perdida*
> *con el suave color del alhelí?*
>
> *Tu amor como la espuma de los mares*
> *frágil entre amarguras pasará,*
> *y al eco de tus lúgubres cantares*
> *nadie sobre la tierra llorará.*
>
> *La virgen de tus sueños de pureza*
> *flor solitaria de un abismo fue,*
> *que alzó a mirarte la gentil cabeza*
> *exhalando el aroma de su fe.*
>
> *Pero nunca tus labios a besarla*
> *en su pasión pudieron ¡ay! llegar,*
> *y apagarán sus hojas su color,*
> *por el oscuro prisma del pesar.*
>
> *La flor irá perdiendo sus perfumes*
> *y apagarán sus hojas su color . . .*
> *¡Mísero corazón! ¿Por qué consumes*
> *sin porvenir el fuego de tu amor?*
>
> ✿   ✿   ✿
>
> *Triste es decir adiós a la esperanza*
> *junto a la puerta do asomó el placer . . .*
> *Mas pasaron las auras de bonanza*
> *y sopla el huracán ...¡adiós, mujer!*

virgins, crossed the air in a serene flight, and was standing in front of the poet. A light, transparent veil billowed around her temples; her robe was as white as ermine and only a black ribbon was tied around her neck in a loose bow. When the poet saw her, his eyes clouded over, and his heart stood still as if about to die beneath the weight of memory awakened in him by the pure apparition of his angel with dark eyes, melancholy brow, and angelic smile.

There was a long silence, during which the harps and hymns were still; one of those inexplicable silences in which there is as much joy as bitterness. Finally the maiden took the poet's hand, stared at him, and recited to him in sweet tones the verses Ricardo had composed for the night of their parting:

> Poor Ricardo! Why did the angel of your life
> spread her wings over you?
> Why did she color your lost youth
> with the gentle yellow of the wallflower?
>
> Your love, fragile as the foam
> of the seas, will pass through bitterness,
> but to the echo of your funereal songs
> no one on earth will weep.
>
> The maiden of your pure dreams
> was a solitary flower in an abyss
> which raised its lovely head to look at you,
> breathing the fragrance of its faith.
>
> But, alas, your lips were never
> able to kiss her in their passion,
> and her petals will lose their color
> in the dark prism of sorrow.
>
> The flower will go on losing its fragrance,
> and her petals will lose their color . . .
> Unhappy heart! Why do you consume
> the fire of your love without a future?
>
> ❉   ❉   ❉
>
> It's sad to bid hope farewell
> beside the door at which pleasure appeared . . .
> But the fair-weather breezes have passed
> and the hurricane is blowing . . . Farewell, woman!

¡Pobre Ricardo! el ángel de la vida
al extender sus alas sobre ti,
cegó tus ojos con su luz mentida . . .
¡Sombras eternas morarán allí!

❀   ❀   ❀

Hubo después de estos versos otro intervalo de silencio.

—¡Pobre Ricardo! —dijo la virgen con un suspiro doloroso—.

—¡Oh! sí, ¡pobre Ricardo! —contestó el poeta—: mi vida se ha pasado sola como un sepulcro en medio de los campos, y tu memoria era la única que la acompañaba. Óyeme, angélica; yo no sé si eres tú o es tu sombra la que me habla. ¡Ay!, en mi corazón todas son sombras, y tú eras la más pura y más querida de ellas! ¡Angel mío!, dime: ¿has visto tú mi abandono, mi soledad y mi pobreza? ¿Has visto tú mis humillaciones en medio de esta sociedad que ha consentido mi perdición cuando tenía dieciséis años, y mi corazón no pensaba más que en amarte? ¡Oh! dime como antes: ¡Ricardo mío! y yo seré feliz: Y si no eres más que una ilusión de mi fantasía, déjame morir con mi ilusión.

—Es verdad —contestó la virgen—, algunos hombres han robado su manto a la justicia y nos han perdido: ¿Qué les habíamos hecho nosotros, pobres pájaros que solo les pedíamos la luz del sol, los cristales de las fuentes y un rosal donde cantar nuestros amores? ¡Ricardo, Ricardo mío! Yo he llorado mucho, porque lloraba por ti, y mi corazón te seguía por doquiera, y sangraba con las espinas de tu senda de amargura. Mi corazón se volvió a Dios y le mostró sus heridas, y le pidió bálsamo para curarlas, y Dios se apiadó de sus pesares, y mandó al ángel de la muerte que sacudiese sobre mí sus alas negras como las del cuervo, y el ángel las sacudió y mi alma flotó por los espacios y el Señor me colocó en el coro de mis hermanas las doncellas de los amores perdidos. Mis ojos entonces se volvieron hacia la tierra, y te vieron allí solitario y desamparado: tu corazón apagaba poco a poco su fuego, y sólo por mí exhalaba alguna vez una llamarada. Yo sentí que el mío se partía y me postré llorosa ante el trono del Eterno.

—¡Señor! —le dije—, perdón para el hombre que amé en el suelo: su alma está triste hasta la muerte, y su fe vacila.

—El hombre que tú amas —respondió el Señor—, ha dudado y su alma estará triste hasta morir. Pero baja a la tierra y consuélale y díctale cantares que alivien su tristeza: no te mostrarás a sus ojos como la virgen de sus primeros amores, porque sólo te ha ver cuando su alma llore al pie de los altares.

Poor Ricardo! When the angel of your life
spread her wings over you,
she blinded your eyes with her deceptive light . . .
Eternal shadows will dwell there!

❁   ❁   ❁

After those verses came another interval of silence.

"Poor Ricardo!" said the maiden with a sorrowful sigh.

"Oh, yes, poor Ricardo!" the poet replied. "My life has been spent alone like a grave in the middle of the fields, and the memory of you was the only one that accompanied it. Hear me, angelic one! I don't know whether it's you or your shade that's speaking to me. Alas, all is shadows in my heart, and you were the purest and most beloved of them! My angel, tell me: have you seen how forsaken I am, how lonely, how poor? Have you seen my humiliations in the midst of this society which consented to my ruin when I was sixteen and my heart thought only of loving you? Oh, say to me as you used to, 'My Ricardo!,' and I shall be happy. But if you're only a figment of my imagination, let me die with my illusions!"

"It's true," the maiden answered. "Some men have stolen the mantle of justice, and have ruined us. What had we done to them, we poor birds who only asked them for the sunshine, the clear waters of springs, and a rosebush in which to sing of our love? Ricardo, my Ricardo! I have wept much, because I wept for you, and my heart followed you everywhere, and bled on the thorns of your path of bitterness. My heart turned toward God and showed him its wounds, and asked him for balm to cure them, and God took pity on its sorrow and sent the angel of death to shake over me his wings as black as the raven's, and the angel shook them and my soul floated through space and the Lord placed me in the choir of my sisters, the maidens of lost loves. Then my eyes turned toward the earth, and saw you there alone and defenseless; your heart was gradually losing its fire, and only for my sake was occasionally emitting a flame. I felt that my own was breaking, and in tears I prostrated myself before the throne of the Everlasting.

"'Lord,' I said, 'forgive the man I loved on earth: his soul is sad unto death, and his faith is wavering.'

"'The man you love,' the Lord replied, 'has felt doubt, and his soul will be sad unto death. But descend to earth and comfort him and dictate to him songs that will alleviate his sadness; don't reveal yourself to his eyes as the maiden he first loved, because he mustn't see you until his soul weeps at the foot of the altar.'

Y yo bajé a la tierra y me fui a sentar a tu cabecera bajo el semblante de una musa tierna y melancólica, y te di el laúd de ébano que has pulsado en la soledad. Yo te mostré tu pasado porque tu pasado era puro y virtuoso; y te oscurecí tu porvenir porque era nublado en tu imaginación, donde imperaban los recuerdos como señores despóticos. Yo alcanzaba permiso del Señor para alzar de tarde en tarde una punta de tu velo y por allí veías el porvenir del mundo libre, resplandeciente y feliz; yo he velado sobre ti siempre, porque te había coronado con las primeras flores de mi esperanza: yo te he querido, porque te quise con mi primer amor, y este amor es como las lámparas del cielo que nunca se apagan.

Hoy has orado, y el Señor te ha permitido que me vieras entre la pompa de los ángeles y te ha recompensado de tu fe presentándome a tus ojos.

Las arpas de oro volvieron a sonar entonces, pero sus ecos dulcísimos y apagados se perdían por entre las bóvedas y apenas llegaban a morir en los oídos del poeta.

—¡Ricardo mío! —dijo el ángel—, ¿amas mucho la gloria?

—¡Oh! —respondió el poeta contristado—; mi gloria eres tú: pero los lauros del amor no han crecido para mi frente, yo quisiera laureles para ofrecértelos algún día en el paraíso.

Un ángel niño batió entonces sus alas de mariposa, trajo un laurel de oro y el ángel lo puso sobre la cabeza del poeta.

—¡Toma —le dijo—, solitario poeta! Tus lágrimas y las mías han sacado las guirnaldas del amor; toma este laurel de oro y ojalá que tu fama vuele por los últimos ámbitos del mundo. Pero habrá quien te adore como te adoro yo?

¡Oh!, no pierdas tu amor, porque es un perfume quemado en un altar y entre sus nubes alzarás tu vuelo hasta el trono del Señor. Tu Angélica ha cruzado ya las tinieblas de la huesa para llegar a los campos de la luz y tú las cruzarás también, porque tu Angélica te aguarda y las esperanzas del cielo nunca se agostan en flor.

Calló la virgen y el poeta sintió el blando contacto de sus cabellos en su semblante, sus labios estamparon en la frente de Ricardo un beso de castidad y de pureza, sus alas se agitaron con un blando estremecimiento, y cuando el arrobado joven abrió los ojos, ya la visión se había desvanecido.

Enseñoreaban las sombras la capilla. La música de las arpas de oro se había perdido en el silencio de las tinieblas, y sólo a lo lejos se percibía un rumor débil y apagado como el de una bandada de palomas que surcan el viento. El poeta paseó por la oscuridad sus desola-

"And I descended to earth and sat by your bedside in the shape of a tender, melancholy Muse, and I gave you the ebony lute you have played in your solitude. I showed you your past because your past was pure and virtuous; and I hid the future from you because it was confused in your imagination, where memories reigned like despotic lords. I obtained permission from the Lord to lift a corner of your veil from time to time, and thus you saw the future of the world free, resplendent, and happy; I have always watched over you, because I had garlanded you with the first flowers of my hope; I have loved you, because you were my first love, and this love is like the lamps of heaven, which are never extinguished.

"Today you prayed, and the Lord has allowed you to see me amid the glory of the angels, rewarding you for your faith by revealing me to your eyes."

Then the golden harps sounded once more, but their sweet, muffled echoes were lost among the vaults and barely managed to die away in the poet's ears.

"My Ricardo," said the angel, "do you love fame very much?"

"Oh," replied the saddened poet, "you are my fame; but the laurels of love haven't grown for my brow, and I'd like bays to offer you someday in Paradise."

Then a child angel beat his butterfly wings and brought a golden laurel wreath, which the female angel placed on the poet's head.

"Take it," she said, "solitary poet! Your tears and mine have elicited the garlands of love; take this golden laurel, and may your fame fly through the remotest regions of the world! But will there be anyone to adore you as I do?

"Oh, don't lose your love, because it's an incense burnt on an altar, and amid its clouds you will take your flight up to the Lord's throne. Your Angelica has already crossed the darkness of the grave to arrive at the fields of light, and you shall cross them, too, because your Angelica is awaiting you, and heavenly hopes are never nipped in the bud."

The maiden fell silent and the poet felt the soft touch of her hair on his face; her lips impressed on Ricardo's brow a kiss of chastity and purity; her wings beat with a soft stirring, and when the ecstatic youth opened his eyes, the vision had already disappeared.

Shadow prevailed in the chapel, the music of the golden harps had been lost in the silence of the darkness, and only in the distance could be heard a slight, muffled sound like that of a flock of doves cutting through the wind. The poet's desolate eyes scanned the

dos ojos, rodeó con ellos la capilla y sólo encontró en todas partes la noche y el silencio. Por una de aquellas ilusiones de óptica que tan fáciles son en las horas del crepúsculo, la ermita se ensanchó de un modo increíble a su vista: su bóveda le pareció más alta que la de las góticas catedrales, y allá en lo más encumbrado de la cúpula fingían sus ojos dulces reverberaciones, más pálidas que las que despedían las alas de los ángeles, pero tan apacibles y serenas como aquellas. Sin duda la tribu luminosa se había parado allí un instante para darle el último adiós.

Entonces el tañido de una campana se derramó solemne y religioso por aquellas soledades, vibró con particular acento en todos los ángulos de la capilla, y el poeta cayó de hinojos delante del altar borrado por las sombras. Aquella campana que sonaba en el crepúsculo, como para recordar la incertidumbre de la vida, llamaba a los fieles a orar sobre los muertos y Ricardo que había perdido sus padres, el amigo de su niñez y el amor de su juventud, oró sobre las cenizas de los tres, y el eco santo de los altares repitió su oración como en prueba de que el cielo le había escuchado.

Cuando se acabó su plegaria sus ojos se alzaron a la cúpula de la ermita esperando encontrar en ella el velo flotante de las vírgenes, pero todo había desaparecido, y la noche envolvía la tierra entre su oscuridad. Los ángeles habían aguardado allí la oración del poeta suspendidos entre la tierra y el cielo, y la había llevado palpitante y fervorosa a los pies del Altísimo.

IV

Desde aquella tarde memorable las tristezas de Ricardo tuvieron una tinta más plácida y bien que los recuerdos de sus pasadas venturas anublasen su espíritu, la reminiscencia de la gloriosa aparición era una especie de luna que todo lo plateaba en su memoria. Muchas veces iba a esperar el crepúsculo vespertino en el paseo de San Antonio de la Florida y el paso por delante de sus puertas le era dulce como una cita de amores. Aquellas noches era tranquilo su sueño y poblado además de ensueños de esperanzas, de amor y de justicia.

darkness, gazed all around the chapel, and found nothing but night and silence everywhere. By one of those optical illusions which occur so readily at dusk, the hermitage expanded in his sight to incredible proportions: its vault seemed higher than that of Gothic cathedrals, and up there in the loftiest part of the dome he imagined that his eyes saw sweet reflections, paler than those emitted by angels' wings, but as peaceful and serene as they. No doubt the luminous tribe had lingered there for an instant to bid him a last farewell.

Then the pealing of a church bell spread its solemn, religious sound through those deserted places, vibrating with a special emphasis through every nook of the chapel, and the poet fell to his knees before the altar that was blurred by the shadows. That bell ringing in the dusk, like a reminder of the uncertainty of life, was calling the faithful to pray for the dead, and Ricardo, who had lost his parents, his boyhood friend, and the love of his early youth, prayed for the ashes of all of them, while the sacred echo of the altars repeated his prayer as if to prove that heaven had heard him.

When his prayer was over, he raised his eyes to the dome of the hermitage, hoping to see there the floating veils of the maidens, but everything had vanished, and night was enveloping the earth in its darkness. The angels had awaited the poet's prayer there, suspended between earth and heaven, and had brought it, throbbing and fervent, to the feet of the Most High.

IV

Ever since that memorable evening Ricardo's sadness was of a more placid kind, and even though the memories of his past fortunes clouded his mind, the recollection of that glorious apparition was a sort of moon that turned everything to silver in his memory. He often went to await the evening dusk on the promenade at San Antonio de la Florida, and he found the walk in front of its portals as sweet as a love tryst. On those nights his slumber was tranquil, and also filled with dreams of hope, love, and justice.

GUSTAVO ADOLFO BÉCQUER (1836–1870)

Los ojos verdes

Hace mucho tiempo que tenía ganas de escribir cualquier cosa con este título. Hoy, que se me ha presentado ocasión, lo he puesto con letras grandes en la primera cuartilla de papel, y luego he dejado a capricho volar la pluma.

Yo creo que he visto unos ojos como los que he pintado en esta leyenda. No sé si en sueños, pero yo los he visto. De seguro no los podré describir tal cual ellos eran: luminosos, transparentes como las gotas de la lluvia que se resbalan sobre las hojas de los árboles después de una tempestad de verano. De todos modos, cuento con la imaginación de mis lectores para hacerme comprender en éste que pudiéramos llamar boceto de un cuadro que pintaré algún día.

I

—Herido va el ciervo . . . , herido va; no hay duda. Se ve el rastro de la sangre entre las zarzas del monte, y al saltar uno de esos lentiscos han flaqueado sus piernas . . . Nuestro joven señor comienza por donde otros acaban . . . En cuarenta años de montero no he visto mejor golpe . . . Pero, ¡por San Saturio, patrón de Soria!, cortadle el paso por esas carrascas, azuzad los perros, soplad en esas trompas hasta echar los hígados, y hundidle a los corceles una cuarta de hierro en los ijares: ¿no veis que se dirige hacia la fuente de los Álamos y si la salva antes de morir podemos darlo por perdido?

Las cuencas del Moncayo repitieron de eco en eco el bramido de las trompas, el latir de la jauría desencadenada, y las voces de los pajes resonaron con nueva furia, y el confuso tropel de hombres, caballos y perros se dirigió al punto que Íñigo, el montero mayor de los marqueses de Almenar, señalara como el más a propósito para cortarle el paso a la res.

Gustavo Adolfo Bécquer (1836–1870)

The Green Eyes

For a long time I've felt like writing something with this title. Now that I have been offered that opportunity, I have set it down in big letters on the first sheet of paper, and I have then let my pen fly as it willed.

I believe I have seen eyes like those I've depicted in this legend. I don't know whether it was in a dream, but I've seen them. I surely won't be able to describe them exactly as they were: bright and as transparent as raindrops trickling down tree leaves after a summer storm. At any rate, I'm counting on my readers' imagination to help make my meaning understood in this tale, which we might call the sketch for a canvas that I shall paint someday.

I

"The stag is wounded . . . he's wounded, beyond a doubt. You can see the trail of blood among the brambles of the forest, and when he leaped over one of those short mastic trees, his legs buckled. . . . Our young lord is starting out where others finish. . . . In my forty years as huntsman I've never seen a better shot. . . . But, by Saint Saturio, patron saint of Soria, cut him off by those holm oaks, egg on the hounds, blow those bugles until your livers burst, and dig a span of iron into the horses' flanks! Don't you see that he's heading for the Fountain of the Poplars, and that if he crosses it before dying, we can consider him lost?"

The valleys of Mount Moncayo repeated from echo to echo the blaring of the bugles and the barking of the unleashed pack, the cries of the pages rang out with greater fury, and the mingled troop of men, horses, and hounds headed for the spot that Íñigo, the chief huntsman of the marquesses of Almenar, had indicated as the most suitable for cutting off the stag's flight.

Pero todo fue inútil. Cuando el más ágil de los lebreles llegó a las carrascas, jadeante y cubiertas las fauces de espuma, ya el ciervo, rápido como una saeta, las había salvado de un solo brinco, perdiéndose entre los matorrales de una trocha que conducía a la fuente.

—¡Alto! . . . ¡Alto todo el mundo! —gritó Íñigo entonces—. Estaba de Dios que había de marcharse.

Y la cabalgata se detuvo, y enmudecieron las trompas, y los lebreles dejaron refunfuñando la pista a la voz de los cazadores.

En aquel momento se reunía a la comitiva el héroe de la fiesta, Fernando de Argensola, el primogénito de Almenar.

—¿Qué haces? —exclamó, dirigiéndose a su montero, y, en tanto, ya se pintaba el asombro en sus facciones, ya ardía la cólera en sus ojos—. ¿Qué haces, imbécil? Ves que la pieza está herida, que es la primera que cae por mi mano, y abandonas el rastro y la dejas perder para que vaya a morir en el fondo del bosque. ¿Crees acaso que he venido a matar ciervos para festines de lobos?

—Señor —murmuró Íñigo entre dientes—, es imposible pasar de este punto.

—¡Imposible! ¿Y por qué?

—Porque esa trocha —prosiguió el montero— conduce a la fuente de los Álamos: la fuente de los Álamos, en cuyas aguas habita un espíritu del mal. El que osa enturbiar su corriente paga caro su atrevimiento. Ya la res habrá salvado sus márgenes. ¿Cómo las salvaréis vos sin atraer sobre vuestra cabeza alguna calamidad horrible? Los cazadores somos reyes del Moncayo, pero reyes que pagan un tributo. Pieza que se refugia en esa fuente misteriosa, pieza perdida.

—¡Pieza perdida! Primero perderé yo el señorío de mis padres, y primero perderé el ánima en manos de Satanás que permitir que se me escape ese ciervo, el único que ha herido mi venablo, la primicia de mis excursiones de cazador . . . ¿Lo ves? . . . ¿Lo ves? . . . Aún se distingue a intervalos desde aquí: las piernas le faltan, su carrera se acorta; déjame . . . , déjame; suelta esa brida o te revuelco en el polvo . . . ¿Quién sabe si no le daré lugar para que llegue a la fuente? Y si llegase, al diablo ella, su limpidez y sus habitadores. ¡Sus, *Relámpago!*; ¡sus, caballo mío! Si lo alcanzas, mando engarzar los diamantes de mi joyel en tu serreta de oro.

Caballo y jinete partieron como un huracán. Íñigo los siguió con la vista hasta que se perdieron en la maleza; después volvió los ojos en derredor suyo; todos, como él, permanecían inmóviles y consternados.

El montero exclamó al fin:

But it was all in vain. When the swiftest of the greyhounds reached the holm oaks, panting, his jaws covered with foam, the stag, rapid as an arrow, had already passed them in a single leap and was lost among the shrubbery on a trail leading to the fountain.

"Halt! . . . Everyone halt!" Íñigo then shouted. "It was God's will that he should get away."

And the cavalcade stopped, and the buglers fell silent, and the greyhounds, snarling, abandoned the trail at the hunters' command.

At that moment the party was joined by the hero of the occasion, Fernando de Argensola, firstborn of Almenar.

"What are you doing?" he exclaimed, addressing his huntsman, while amazement was already evident in his expression and anger already blazing in his eyes. "What are you doing, you idiot? You see that the animal is wounded, that it's the first one to fall by my hand, and you abandon the trail and let it get lost so it will die in the heart of the forest! Do you perhaps think I came out to kill stags for the wolves to feast on?"

"Sir," Íñigo muttered, "it's impossible to go beyond this point."

"Impossible! Why?"

"Because this trail," the huntsman continued, "leads to the Fountain of the Poplars: the Fountain of the Poplars, in whose waters an evil spirit dwells. Whoever dares to trouble its current pays dearly for his boldness. The stag must have already passed its banks. How will you pass them without bringing some horrible calamity down on your head? We hunters are kings of the Moncayo, but kings who pay a tribute. Any animal that takes refuge in that mysterious fountain is lost to the hunter."

"Lost to the hunter! I'll sooner lose my ancestral domain, I'll sooner lose my soul to Satan's hands, than to allow that stag to escape me, the only one my javelin has wounded, the firstfruits of my outings as a hunter! . . . Do you see him? . . . Do you see him? . . . He can still be made out from here at intervals: his legs were giving way, his speed is slackening; let me through . . . let me through; let go of that bridle or I'll roll you into the dust! . . . Who can say whether I can't stop him from reaching the fountain? And if he does, to the devil with it, its purity, and its inhabitants! Onward, Lightning, onward, my steed! If you overtake him, I'll have all the diamonds in my jewel case mounted on your golden halter nosepiece!"

Horse and rider shot away like a hurricane. Íñigo watched them ride until they were lost from view in the underbrush; then he looked all around him; all the others, like himself, remained motionless in their consternation.

Finally the huntsman exclaimed:

—Señores, vosotros lo habéis visto; me he expuesto a morir entre los pies de su caballo por detenerlo. Yo he cumplido con mi deber. Con el diablo no sirven valentías. Hasta aquí llega el montero con su ballesta; de aquí en adelante, que pruebe a pasar el capellán con su hisopo.

II

—Tenéis la color quebrada; andáis mustio y sombrío. ¿Qué os sucede? Desde el día, que yo siempre tendré por funesto, en que llegasteis a la fuente de los Álamos, en pos de la res herida, diríase que una mala bruja os ha encanijado con sus hechizos. Ya no vais a los montes precedido de la ruidosa jauría ni el clamor de vuestras trompas despierta sus ecos. Solo con esas cavilaciones que os persiguen, todas las mañanas tomáis la ballesta para enderezaros a la espesura y permanecer en ella hasta que el sol se esconde. Y cuando la noche oscurece y volvéis pálido y fatigado al castillo, en balde busco en la bandolera los despojos de la caza. ¿Qué os ocupa tan largas horas lejos de los que más os quieren?

Mientras Íñigo hablaba, Fernando, absorto en sus ideas, sacaba maquinalmente astillas de su escaño de ébano con el cuchillo de monte.

Después de un largo silencio, que sólo interrumpía el chirrido de la hoja al resbalarse sobre la pulimentada madera, el joven exclamó, dirigiéndose a su servidor, como si no hubiera escuchado una sola de sus palabras:

—Íñigo, tú que eres viejo, tú que conoces todas las guaridas del Moncayo, que has vivido en sus faldas persiguiendo a las fieras, y en tus errantes excursiones de cazador subiste más de una vez a su cumbre, dime: ¿has encontrado, por acaso, una mujer que vive entre sus rocas?

—¡Una mujer! —exclamó el montero con asombro y mirándole de hito en hito.

—Sí —dijo el joven—; es una cosa extraña lo que me sucede, muy extraña . . . Creí poder guardar este secreto eternamente, pero no es ya posible, rebosa en mi corazón y asoma a mi semblante. Voy, pues, a revelártelo . . . Tú me ayudarás a desvanecer el misterio que envuelve a esa criatura que, al parecer, sólo para mí existe, pues nadie la conoce, ni la ha visto, ni puede darme razón de ella.

El montero, sin despegar los labios, arrastró su banquillo hasta colocarse junto al escaño de su señor, del que no apartaba un punto los espantados ojos. Éste, después de coordinar sus ideas, prosiguió así:

"Gentlemen, you've seen it; I risked dying under his horse's feet to keep him back. I've done my duty. Boldness is of no use against the Devil. Up to this point the huntsman and his crossbow can go; beyond this point let the chaplain and his aspergillum try to pass!"

II

"Your coloring is dull; you go around gloomy and somber. What's wrong with you? Ever since the day, which I shall always consider ill-fated, when you reached the Fountain of the Poplars in pursuit of the wounded stag, an evil witch seems to have enfeebled you with her spells. You no longer go to the forest preceded by the noisy pack, nor does the blaring of your bugles awaken its echoes. Alone with those deep thoughts which persecute you, every morning you take your crossbow, head for the densest woods, and stay there until the sun sets. And when night darkens and you return to the castle, pale and weary, in vain do I seek the spoils of the chase in your game bag. What occupies you such long hours far from those who love you best?"

While Íñigo was speaking, Fernando, lost in thought, was automatically digging splinters out of his ebony bench with his hunting knife.

After a long silence, which was only interrupted by the squeaking of the blade as it skidded over the polished wood, the young man, addressing his servant as if he hadn't heard a single word of his, exclaimed:

"Íñigo, you who're an old man, you who're familiar with every lair on the Moncayo, you who've lived on its slopes hunting wild animals, and more than once in your roamings as a hunter have climbed to its summit, tell me: have you ever happened to come across a woman living among its crags?"

"A woman!" the huntsman exclaimed in amazement as he stared at him.

"Yes," the young man said; "what's happening to me is strange, very strange. . . . I thought I could keep this secret forever, but it's no longer possible, it's overflowing my heart and rising to my lips. And so I'm going to reveal it to you. . . . You'll help me unravel the mystery surrounding that being who seems to exist for me alone, since no one knows her, has seen her, or can give me an account of her."

Without opening his mouth, the huntsman dragged over his stool until he was sitting next to his master's bench, and he didn't take his frightened eyes off him for a second. After putting his thoughts in order, the young man continued as follows:

—Desde el día en que, a pesar de tus funestas predicciones, llegué a la fuente de los Álamos y, atravesando sus aguas, recobré el ciervo que vuestra superstición hubiera dejado huir, se llenó mi alma del deseo de soledad.

»¿Tú no conoces aquel sitio? Mira: la fuente brota escondida en el seno de una peña, y cae, resbalándose gota a gota, por entre las verdes y flotantes hojas de las plantas que crecen al borde de su cuna. Aquellas gotas, que al desprenderse brillan como puntos de oro y suenan como las notas de un instrumento, se reúnen entre los céspedes y, susurrando, susurrando, con un ruido semejante al de las abejas que zumban en torno a las flores, se alejan por entre las arenas y forman un cauce, y luchan con los obstáculos que se oponen a su camino, y se repliegan sobre sí mismas, y saltan, y huyen, y corren, unas veces con risas; otras, con suspiros, hasta caer en un lago. En el lago caen con un rumor indescriptible. Lamentos, palabras, nombres, cantares, yo no sé lo que he oído en aquel rumor cuando me he sentado solo y febril sobre el peñasco a cuyos pies saltan las aguas de la fuente misteriosa, para estancarse en una balsa profunda, cuya inmóvil superficie apenas riza el viento de la tarde.

»Todo es allí grande. La soledad, con sus mil rumores desconocidos, vive en aquellos lugares y embriaga el espíritu en su inefable melancolía. En las plateadas hojas de los álamos, en los huecos de las peñas, en las ondas del agua, parece que nos hablan los invisibles espíritus de la naturaleza, que reconocen un hermano en el inmortal espíritu del hombre.

»Cuando al despuntar la mañana me veías tomar la ballesta y dirigirme al monte, no fue nunca para perderme entre sus matorrales en pos de la caza, no; iba a sentarme al borde de la fuente, a buscar en sus ondas . . . no sé qué, ¡una locura! El día que salté sobre ella con mi *Relámpago*, creí haber visto brillar en su fondo una cosa extraña . . . , muy extraña: los ojos de una mujer.

»Tal vez sería un rayo del sol que serpeó fugitivo entre su espuma; tal vez una de esas flores que flotan entre las algas de su seno y cuyos cálices parecen esmeraldas . . . ; no sé; yo creí ver una mirada que se clavó en la mía, una mirada que encendió en mi pecho un deseo absurdo, irrealizable: el de encontrar una persona con unos ojos como aquéllos. En su busca fui un día y otro a aquel sitio.

»Por último, una tarde . . . yo me creí juguete de un sueño . . . ; pero no, es verdad; la he hablado ya muchas veces como te hablo a ti ahora . . . ; una tarde encontré sentada en mi puesto, y vestida con unas ropas que llegaban hasta las aguas y flotaban sobre su haz, una mujer

"Ever since the day when, despite your dire predictions, I reached the Fountain of the Poplars and, crossing its waters, retrieved the stag which your superstition would have allowed to escape, my soul has been filled with a desire for solitude.

"You don't know that spot? Listen. The fountain springs from a hidden place in the heart of a crag and, trickling drop by drop, flows among the floating green leaves of the plants that grow beside its source. Those drops, which, on being detached, shine like golden dots and sound like the notes of an instrument, reassemble among the bushes and, whispering, whispering, with a sound like that of bees buzzing around the flowers, move onward amid the sand and form a channel, and combat the obstacles that bar their path, and double back upon themselves, and leap, and flee, and run, at times laughingly, at other times sighingly, until they empty into a lake. They empty into the lake with a sound that can't be described. Laments, words, names, chants, I don't know what I haven't heard in that sound while seated, alone and feverish, on the boulder at whose feet the waters of the mysterious spring leap, coming to rest in a deep pool whose motionless surface is scarcely rippled by the evening breeze.

"Everything there displays grandeur. Solitude, with its thousand unfamiliar sounds, lives in that locale and intoxicates the mind with its ineffable melancholy. In the silvery leaves of the poplars, in the hollows of the crags, in the waves of the water, the invisible spirits of Nature seem to speak to us, recognizing a brother in the immortal spirit of man.

"When you have seen me take my crossbow at daybreak and head for the forest, it has never been to lose myself amid its brush in pursuit of game; no, I was on my way to sit by the rim of the spring, to seek in its waters . . . I don't know what, some madness! On the day I crossed it with my Lightning, I thought I saw something strange, very strange, gleaming in its depths: a woman's eyes.

"Maybe it was a sunbeam moving furtively over its foam; maybe one of those flowers which float among the algae on its surface and whose calyxes resemble emeralds . . . ; I don't know; I thought I saw a glance staring into my eyes, a glance that kindled in my breast an absurd, unattainable desire: that of meeting a person with eyes like those. In search of her I went to that place day after day.

"Finally, one afternoon . . . I thought myself the plaything of a dream . . . but no, it's true, by now I've spoken to her often just as I'm talking to you now . . . one afternoon I found, seated in my regular place and clad in robes that reached the water and floated on its sur-

hermosa sobre toda ponderación. Sus cabellos eran como el oro; sus pestañas brillaban como hilos de luz, y entre las pestañas volteaban inquietas unas pupilas que yo había visto . . . , sí, porque los ojos de aquella mujer eran los ojos que yo tenía clavados en la mente, unos ojos de un color imposible, unos ojos . . .

—¡Verdes! —exclamó Íñigo con un acento de profundo terror e incorporándose de un salto en su asiento.

Fernando le miró a su vez como asombrado de que concluyese lo que iba a decir, y le preguntó con una mezcla de ansiedad y de alegría:

—¿La conoces?

—¡Oh, no! —dijo el montero—. ¡Líbreme Dios de conocerla! Pero mis padres, al prohibirme llegar hasta estos lugares, me dijeron mil veces que el espíritu, trasgo, demonio o mujer que habita en sus aguas tiene los ojos de ese color. Yo os conjuro por lo que más améis en la tierra, a no volver a la fuente de los Álamos. Un día u otro os alcanzará su venganza y expiaréis, muriendo, el delito de haber encenagado sus ondas.

—¡Por lo que más amo! —murmuró el joven con una triste sonrisa.

—Sí —prosiguió el anciano—; por vuestros padres, por vuestros deudos, por las lágrimas de la que el cielo destina por vuestra esposa, por las de un servidor, que os ha visto nacer.

—¿Sabes tú lo que más amo en este mundo? ¿Sabes tú por qué daría yo el amor de mi padre, los besos de la que me dio la vida y todo el cariño que puedan atesorar todas las mujeres de la tierra? Por una mirada, por una sola mirada de esos ojos . . . ¡Mira cómo podré yo dejar de buscarlos!

Dijo Fernando estas palabras con tal acento, que la lágrima que temblaba en los párpados de Íñigo se resbaló silenciosa por su mejilla, mientras exclamó con acento sombrío:

—¡Cúmplase la voluntad del cielo!

III

—¿Quién eres tú? ¿Cuál es tu patria? ¿En dónde habitas? Yo vengo un día y otro en tu busca, y ni veo el corcel que te trae a estos lugares ni a los servidores que conducen tu litera. Rompe de una vez el misterioso velo en que te envuelves como en una noche profunda. Yo te amo, y, noble o villana, seré tuyo, tuyo siempre . . .

El sol había traspuesto la cumbre del monte; las sombras bajaban a grandes pasos por su falda; la brisa gemía entre los álamos de la

face, a woman beautiful beyond all praise. Her hair was like gold; her lashes gleamed like thin rays of light, and between them there rolled restlessly two eyes that I had already seen . . . yes, because that woman's eyes were the eyes I had implanted in my mind, eyes of an impossible color, eyes that were . . ."

"Green!" exclaimed Íñigo in tones of stark terror, as he leaped up from his seat.

Fernando looked back at him as if amazed at his ability to finish his sentence, and with a mixture of anxiety and joy, asked:

"You know her?"

"Oh, no!" said the huntsman. "God forbid I should know her! But my parents, when forbidding me to reach those places, told me a thousand times that the spirit, goblin, demon, or woman who lives in those waters has eyes of that color. I beseech you, by all you hold dearest on earth, not to return to the Fountain of the Poplars! One day or another its vengeance will overtake you and you will expiate by death the crime of having muddied its waters."

"By all I hold dearest!" the young man murmured with a sad smile.

"Yes," the old man continued, "for the sake of your parents, your kinsmen, the tears of the woman heaven has destined as your bride, and those of a servant who has known you all your life!"

"Do you know what I hold dearest in this world? Do you know what it is that I'd give my father's love for, the kisses of the woman who gave birth to me, and all the affection that all the women on earth can store up? One glance, a single glance from those eyes! . . . Now tell me to cease seeking them!"

Fernando spoke those words in such tones that the tears trembling on Íñigo's lashes rolled silently down his cheeks, while he exclaimed in somber tones:

"May heaven's will be done!"

III

"Who are you? What is your homeland? Where do you live? I come looking for you day after day, and I never see a horse that has brought you here or servants who have borne your chair. Once and for all, rend the mysterious veil in which you envelop yourself as in a dark night. I love you, and, be you a noblewoman or a commoner, I shall be yours, yours forever. . . ."

The sun had crossed the summit of the mountain; the shadows were descending its slope with great strides; the breeze was moaning

fuente, y la niebla, elevándose poco a poco de la superficie del lago, comenzaba a envolver las rocas de su margen.

Sobre una de estas rocas, sobre una que parecía próxima a desplomarse en el fondo de las aguas, en cuya superficie se retrataba, temblando, el primogénito de Almenar, de rodillas a los pies de su misteriosa amante, procuraba en vano arrancarle el secreto de su existencia.

Ella era hermosa, hermosa y pálida como una estatua de alabastro. Uno de sus rizos caía sobre sus hombros, deslizándose entre los pliegues del velo como un rayo de sol que atraviesa las nubes, y en el cerco de sus pestañas rubias brillaban sus pupilas como dos esmeraldas sujetas en una joya de oro.

Cuando el joven acabó de hablarle, sus labios se removieron como para pronunciar algunas palabras; pero sólo exhalaron un suspiro, un suspiro débil, doliente, como el de la ligera onda que empuja una brisa al morir entre los juncos.

—¡No me respondes! —exclamó Fernando al ver burlada su esperanza—. ¿Querrás que dé crédito a lo que de ti me han dicho? ¡Oh, no! . . . Háblame; yo quiero saber si me amas; yo quiero saber si puedo amarte, si eres una mujer . . .

—O un demonio . . . ¿Y si lo fuese?

El joven vaciló un instante; un sudor frío corrió por sus miembros; sus pupilas se dilataron al fijarse con más intensidad en las de aquella mujer, y fascinado por su brillo fosfórico, demente casi, exclamó en un arrebato de amor:

—Si lo fueses . . . , te amaría . . . , te amaría como te amo ahora, como es mi destino amarte hasta más allá de esta vida, si hay algo más allá de ella.

—Fernando —dijo la hermosa entonces con una voz semejante a una música—, yo te amo más aún que tú me amas; yo, que desciendo hasta un mortal siendo un espíritu puro. No soy una mujer como las que existen en la tierra; soy una mujer digna de ti, que eres superior a los demás hombres. Yo vivo en el fondo de estas aguas, incorpórea como ellas, fugaz y transparente: hablo con sus rumores y ondulo con sus pliegues. Yo no castigo al que osa turbar la fuente donde moro; antes lo premio con mi amor, como a un mortal superior a las supersticiones del vulgo, como a un amante capaz de comprender mi cariño extraño y misterioso.

Mientras ella hablaba así, el joven, absorto en la contemplación de su fantástica hermosura, atraído como por una fuerza desconocida, se aproximaba más y más al borde de la roca. La mujer de los ojos verdes prosiguió así:

among the poplars by the spring, and the mist, gradually rising from the surface of the lake, began to envelop the crags at its edge.

On one of those rocks, one that seemed about to plummet into the depths of the waters, on whose surface was tremblingly reflected the firstborn of Almenar, kneeling at the feet of his mysterious sweetheart, he was trying in vain to pry from her the secret of her existence.

She was beautiful, beautiful and pallid as an alabaster statue. One of her long curls fell on her shoulder, slipping through the folds of her veil like a sunbeam piercing clouds, and within the circle of her blonde lashes her eyes gleamed like two emeralds set in a golden jewel.

When the young man had done speaking, her lips quivered as if she were going to utter some words; but they merely breathed a sigh, a soft, sorrowful sigh, like that of the light waters impelled by a breeze dying amid the reeds.

"You don't reply!" exclaimed Fernando, on finding his hopes dashed. "Do you want me to believe what people have told me about you? Oh, no! . . . Speak to me; I want to know whether you love me; I want to know whether it's all right for me to love you, whether you're a woman . . ."

"Or a demon. . . . And if I were?"

The young man wavered for a moment; a cold sweat ran down his limbs; his pupils dilated as he stared more intensely into that woman's eyes, and, fascinated by their phosphorescent glow, nearly out of his mind, he exclaimed in an ecstasy of love:

"Even if you were . . . , I'd love you . . . , I'd love you as I do now, since it's my destiny to love you even beyond this life, if there is anything beyond it."

"Fernando," the beautiful woman then said in tones resembling music, "I love you even more than you love me; I, who being pure spirit, descend to a mortal man. I'm not a woman like those who exist on earth; I'm a woman worthy of you, you who are superior to all other men. I live in the depths of these waters, incorporeal like them, fleeting and transparent: I speak with their sounds and undulate with their waves. I do not punish the man who dares trouble the fountain where I dwell; rather, I reward him with my love, as being a mortal superior to the superstitions of the mob, as being a suitor capable of understanding my strange, mysterious affection."

While she was saying that, the young man, absorbed in the contemplation of her fantastic beauty, and drawn as if by some unknown force, was edging closer and closer to the rim of the boulder. The green-eyed woman continued as follows:

—¿Ves, ves el límpido fondo de ese lago? ¿Ves esas plantas de largas y verdes hojas que se agitan en su fondo? . . . Ellas nos darán un lecho de esmeraldas y corales . . . , y yo . . . , yo te daré una felicidad sin nombre, esa felicidad que has soñado en tus horas de delirio y que no puede ofrecerte nadie . . . Ven; la niebla del lago flota sobre nuestras frentes como un pabellón de lino . . . ; las ondas nos llaman con sus voces incomprensibles; el viento empieza entre los álamos sus himnos de amor; ven . . . , ven . . .

La noche comenzaba a extender sus sombras; la luna rielaba en la superficie del lago; la niebla se arremolinaba al soplo del aire, y los ojos verdes brillaban en la oscuridad como los fuegos fatuos que corren sobre el haz de las aguas infectas . . . «Ven, ven . . .» Estas palabras zumbaban en los oídos de Fernando como un conjuro. «Ven . . .» y la mujer misteriosa lo llamaba al borde del abismo donde estaba suspendida, y parecía ofrecerle un beso . . . , un beso . . .

Fernando dio un paso hacia ella . . . , otro . . . , y sintió unos brazos delgados y flexibles que se liaban a su cuello, y una sensación fría en sus labios ardorosos, un beso de nieve . . . , y vaciló . . . , y perdió pie, y cayó al agua con un rumor sordo y lúgubre.

Las aguas saltaron en chispas de luz y se cerraron sobre su cuerpo, y sus círculos de plata fueron ensanchándose, ensanchándose, hasta expirar en las orillas.

Maese Pérez el organista

En Sevilla, en el mismo atrio de Santa Inés, y mientras esperaba que comenzase la misa del Gallo, oí esta tradición a una demandadera del convento.

Como era natural, después de oírla aguardé impaciente a que comenzara la ceremonia, ansioso de asistir a un prodigio.

Nada menos prodigioso, sin embargo, que el órgano de Santa Inés, ni nada más vulgar que los insulsos motetes que nos regaló su organista aquella noche.

Al salir de la misa no pude por menos de decirle a la demandadera con aire de burla:

—¿En qué consiste que el órgano de maese Pérez suena ahora tan mal?

—¡Toma! —me contestó la vieja—, en que ése no es el suyo!

"Do you see, do you see the clear bottom of that lake? Do you see those plants with long green leaves waving in its depths? . . . They will give us a bed of emerald and coral . . . and I . . . I shall give you a bliss without name, that bliss which you have dreamed of in your hours of delirium, and which no one else can offer you. . . . Come; the mist from the lake is hovering over our fountain like a linen banner . . . ; the waters are calling to us with their incomprehensible words; the wind among the poplars is beginning its love songs; come . . . , come. . . ."

Night was beginning to spread its shadows; the moon was glistening on the surface of the lake; the mist was eddying in the gusts of wind, and the green eyes were shining in the darkness like the will-o'-the-wisps that run over the surface of foul waters. . . . "Come, come. . . ." These words were humming in Fernando's ears like a spell. "Come," . . . and the mysterious woman was summoning him to the brink of the abyss, where she hung suspended, seeming to offer him a kiss . . . , a kiss. . . .

Fernando took a step toward her . . . , another . . . , and he felt two slender, pliant arms coiling themselves around his neck, and a sensation of cold on his ardent lips, a kiss of snow . . . , and he wavered . . . , and he lost his footing, and fell into the water with a dull, mournful sound.

The waters leaped up into sparks of light and closed over his body, and their silvery circles grew wider and wider, until they expired at the banks.

Master Pérez, the Organist

In Seville, in the very portico[1] of Saint Agnes's, while waiting for midnight mass to begin on Christmas Eve, I heard this traditional story from a woman who runs errands for the convent.

As only natural, after hearing it I impatiently awaited the beginning of the service, eager to be present at an extraordinary event.

Nonetheless, nothing could have been less extraordinary than the Saint Agnes organ, or more commonplace than the insipid motets its organist regaled us with on that night.

When mass was over, I couldn't help telling that woman in scornful tones:

"What makes Master Pérez's organ sound so bad now?"

"Well!" the old woman replied. "It's because it isn't his!"

---

1. Can also mean "forecourt."

—¿No es el suyo? ¿Pues qué ha sido de él?

—Se cayó a pedazos de puro viejo hace una porción de años.

—¿Y el alma del organista?

—No ha vuelto a aparecer desde que colocaron el que ahora lo sustituye.

Si a alguno de mis lectores se le ocurriese hacerme la misma pregunta después de leer esta historia, ya sabe el por qué no se ha continuado el milagroso portento hasta nuestros días.

I

—¿Veis ese de la capa roja y la pluma blanca en el fieltro, que parece que trae sobre su justillo todo el oro de los galeones de Indias? ¿Aquel que baja en este momento de su litera para dar la mano a esa otra señora que, después de dejar la suya, se adelanta hacia aquí, precedida de cuatro pajes con hachas? Pues ése es el marqués de Moscosso, galán de la condesa viuda de Villapineda. Se dice que antes de poner sus ojos sobre esta dama había pedido en matrimonio a la hija de un opulento señor; mas el padre de la doncella, de quien se murmura que es un poco avaro . . . Pero, ¡calle!, en hablando del ruin de Roma, cátale aquí que asoma. ¿Veis aquel que viene por debajo del arco de San Felipe, a pie, embozado en una capa oscura y precedido de un solo criado con una linterna? Ahora llega frente al retablo.

»¿Reparasteis, al desembozarse para saludar a la imagen, en la encomienda que brilla en su pecho? A no ser por ese noble distintivo, cualquiera le creería un lonjista de la calle de Culebras . . . Pues ése es el padre en cuestión. Mirad cómo la gente del pueblo le abre paso y le saluda. Toda Sevilla le conoce por su colosal fortuna. Él solo tiene más ducados de oro en sus arcas que soldados mantiene nuestro señor el rey don Felipe, y con sus galeones podría formar una escuadra suficiente a resistir a la del Gran Turco . . .

»Mirad, mirad ese grupo de señores graves; ésos son los caballeros veinticuatro. ¡Hola, hola! También está aquí el flamencote, a quien se dice que no han echado ya el guante los señores de la cruz verde merced a su influjo con los magnates de Madrid . . . Éste no viene a la iglesia más que a oír música . . . No, pues si maese Pérez no le arranca con su órgano lágrimas como puños, bien se puede asegurar que no tiene su alma en su armario, sino friyéndose en las calderas de Pedro Botero . . . ¡Ay, vecina! Malo . . . , malo . . . Presumo que vamos

"It isn't his? Then, what has become of it?"

"It fell to pieces from sheer old age quite a few years ago."

"And the organist's soul?"

"Hasn't showed up again since they installed the replacement organ."

If it occurs to one of my readers to ask me the same question after reading this story, he already knows why the miraculous happening hasn't continued down to our days.

I

"Do you see that man with the red cape and the white plume on his felt hat, who seems to be wearing on his jacket all the gold from the West Indies galleons? The one who's getting out of his sedan chair right now and giving his hand to that lady who, after leaving her own chair, is coming this way, preceded by four pages with torches? Well, he's the marquess of Moscosso, the wooer of the widowed countess of Villapineda. They say that before he set eyes on this lady, he had asked for the hand of the daughter of a wealthy lord; but the girl's father, who is rumored to be a little miserly . . . But, quiet! Speak of the Devil, and he shows up. Do you see that man coming under the arch of Saint Philip, on foot, wrapped up in a dark cape and preceded by a single servant with a lantern? Now he's coming opposite the altar.

"When he undid his cape to hail the image, did you notice the cross of a military order gleaming on his breast? If it weren't for that sign of nobility, anyone would take him for a grocer on the Calle de Culebras. . . . Well, he's the father in question. See how the commoners make way for him and greet him. All of Seville knows him because of his colossal fortune. He alone has more golden ducats in his coffers than our master King Philip has soldiers, and with his galleons he could make up a fleet numerous enough to withstand the Great Turk's. . . .

"Look, look at that group of solemn gentlemen; they are the twenty-four city councillors.[2] Ho, ho! The Fleming is here, too! They say that the inquisitors, with their green crosses, haven't arrested him yet thanks to his influence with the magnates of Madrid. . . . *He* comes to church only to hear the music. . . . Well, if Master Pérez at the organ doesn't squeeze tears big as fists out of him, you can rest assured that his soul isn't in its proper place, but is frying in Old Nick's cauldrons. . . . Oh, my neighbor! Bad . . . , bad. . . . I think we're going to have a rumpus. I'm

---

2. Or: "aldermen."

a tener jarana. Yo me refugio en la iglesia. Pues, por lo que veo, aquí van a andar más de sobra los cintarazos que los *paternoster*. Mirad, mirad: las gentes del duque de Alcalá doblan la esquina de la plaza de San Pedro, y por el callejón de las Dueñas se me figura que he columbrado a las del de Medina Sidonia. ¿No os lo dije?

»Ya se han visto, ya se detienen unos y otros, sin pasar de sus puestos . . . Los grupos se disuelven . . . Los ministriles, a quienes en estas ocasiones apalean amigos y enemigos, se retiran . . . Hasta el señor asistente, con su vara y todo, se refugia en el atrio . . . Y luego dicen que hay justicia. Para los pobres . . .

»Vamos, vamos, ya brillan los broqueles en la oscuridad . . . ¡Nuestro Señor del Gran Poder nos asista! Ya comienzan los golpes . . . ¡Vecina, vecina! Aquí . . . , antes que cierren las puertas. Pero, ¡calle! ¿Qué es eso? Aún no han comenzado, cuando lo dejan . . . ¿Qué resplandor es aquél? . . . ¡Hachas encendidas! ¡Literas! Es el señor arzobispo.

»La Virgen Santísima del Amparo, a quien invocaba ahora mismo con el pensamiento, lo trae en mi ayuda . . . ¡Ay! ¡Si nadie sabe lo que yo le debo a esta Señora! . . . ¡Con cuánta usura me paga las candelillas que le enciendo los sábados! . . . Vedlo qué hermosote está con sus hábitos morados y su birrete rojo . . . Dios le conserve en su silla tantos siglos como yo deseo de vida para mí. Si no fuera por él media Sevilla hubiera ya ardido con estas disensiones de los duques. Vedlos, vedlos, los hipocritones, cómo se acercan ambos a la litera del prelado para besarle el anillo . . . Cómo lo siguen y le acompañan confundiéndose con sus familiares. Quién diría que esos dos que parecen tan amigos, si dentro de media hora se encuentran en una calle oscura . . . Es decir, ¡ellos, ellos! . . . Líbreme Dios de creerlos cobardes. Buena muestra han dado de sí peleando en algunas ocasiones contra los enemigos de Nuestro Señor . . . Pero es la verdad que si se buscaran . . . y se buscaran con ganas de encontrarse, se encontrarían, poniendo fin de una vez a estas continuas reyertas, en las cuales los que verdaderamente se baten el cobre de firme son sus deudos, sus allegados y su servidumbre.

»Pero vamos, vecina, vamos a la iglesia, antes que se ponga de bote en bote . . . , que algunas noches como ésta suele llenarse de modo que no cabe ni un grano de trigo . . . Buena ganga tienen las monjas con su organista . . . ¿Cuándo se ha visto el convento tan favorecido como ahora? . . . De las otras comunidades puedo decir que le han hecho a maese Pérez proposiciones magníficas. Verdad que nada tiene de extraño, pues hasta el señor arzobispo le ha ofrecido montes

escaping into the church. Because from what I see, blows with the flat of the sword are going to be more plentiful here than Our Fathers. Look, look: the men of the duke of Alcalá are turning the corner of Saint Peter's Square, and down the Callejón de las Dueñas I believe I've caught sight of those of the duke of Medina Sidonia. Didn't I tell you?

"Now they've spotted one another, now both groups are stopping and not budging from their place. . . . They're breaking up. . . . The constables, who get beaten on similar occasions by friends and foes alike, are withdrawing. . . . Even the town magistrate, baton and all, is taking refuge in the portico. . . . And then they say there's a police force. For the poor! . . .

"Let's go, let's go, the bucklers are already gleaming in the darkness. . . . May Our Lord of Great Power help us! The blows are beginning to fall. . . . Neighbor, neighbor! This way . . . before they shut the doors! But, wait! What's this? They haven't even started, and they're stopping. . . . What's that glow? Flaming torches! Sedan chairs! It's the lord archbishop!

"Our Lady of Perpetual Help, whom I was calling on in my mind just now, has brought him here to aid me. . . . Ah, nobody knows what I owe that Lady! . . . With how much interest she repays me for the little candles I light for her on Saturdays! . . . See how good-looking he is in his purple robes and red biretta. . . . May God keep him on his throne as many centuries as I desire to live! If it weren't for him, half of Seville would have already burned down because of the squabbles between those dukes. Look at them, look at them, the big hypocrites, how they both approach the prelate's sedan chair to kiss his ring. . . . How they follow him and escort him, mingling with his servants! Who'd think that those two, who seem so friendly, if they were to meet on a dark street a half-hour from now . . . Yes, I mean them, them! . . . God forbid I should think them cowards. They've given a good account of themselves on some occasions fighting against the enemies of Our Lord. . . . But the truth is that if they really sought each other out . . . and sought each other out with the intention of finding each other, they *would*, and they'd put an end once and for all to these constant brawls, in which those who really lay on with a will are their kinsmen, supporters, and servants.

"But let's go, neighbor, let's go into church before it gets too crowded . . . , because on some nights like this it often gets so full that even a wheat grain can't fit in. . . . The nuns have a good deal with such an organist. . . . When has the convent ever been as well attended as now? . . . As for the other communities, I can say that they've made Master Pérez magnificent propositions. It's true, there's nothing strange about it, because even the lord archbishop has offered him

de oro por llevarle a la catedral . . . Pero él, nada . . . Primero dejaría
la vida que abandonar su órgano favorito . . . ¿No conocéis a maese
Pérez? Verdad es que sois nueva en el barrio . . . Pues es un santo
varón, pobre sí, pero limosnero, cual no otro . . . Sin más parientes que
su hija ni más amigo que su órgano, pasa su vida entera en velar por
la inocencia de la una y componer los registros del otro . . . ¡Cuidado
que el órgano es viejo! . . . Pues nada; él se da tal maña en arreglarlo
y cuidarle, que suena que es una maravilla . . . Como que le conoce de
tal modo, que a tientas . . . Porque no sé si os lo he dicho, pero el
pobre señor es ciego de nacimiento . . . ¡Y con qué paciencia lleva su
desgracia! . . . Cuando le preguntan que cuánto daría por ver, responde: "Mucho, pero no tanto como creéis, porque tengo esperanzas." "¿Esperanzas de ver?" "Sí, y muy pronto —añade, sonriendo
como un ángel—. Ya cuento setenta y seis años. Por muy larga que sea
mi vida, pronto veré a Dios."

»¡Pobrecito! Y sí lo verá . . . , porque es humilde como las piedras
de la calle, que se dejan pisar de todo el mundo. Siempre dice que no
es más que un pobre organista de convento, y puede dar lecciones de
solfa al mismo maestro de la capilla de la Primada. Como que echó los
dientes en el oficio . . . Su padre tenía la misma profesión que él. Yo
no le conocí, pero mi señora madre, que santa gloria haya, dice que le
llevaba siempre al organo consigo para darle a los fuelles. Luego, el
muchacho mostró tales disposiciones, que, como era natural, a la
muerte de su padre heredó el cargo . . . ¡Y qué manos tiene! ¡Dios se
las bendiga! Merecía que se las llevaran a la calle de Chicarreros y se
las engarzasen en oro . . . Siempre toca bien, siempre; pero en semejante noche como ésta es un prodigio . . . Él tiene una gran devoción
por esta ceremonia de la misa del Gallo, y cuando levantan la Sagrada
Forma, al punto y hora de las doce, que es cuando vino al mundo
Nuestro Señor Jesucristo . . . , las voces de su órgano son voces de ángeles.

»En fin, ¿para qué tengo de ponderarle lo que esta noche oirá?
Baste el ver cómo todo lo más florido de Sevilla, hasta el mismo señor
arzobispo, vienen a un humilde convento para escucharle. Y no se
crea que sólo la gente sabida, y a la que se le alcanza esto de la solfa,
conocen su mérito, sino que hasta el populacho, todas esas bandadas
que veis llegar con teas encendidas, entonando villancicos con gritos
desaforados al compás de los panderos, las sonajas y las zambombas,
contra su costumbre, que es la de alborotar las iglesias, callan como
muertos cuando pone maese Pérez las manos en el órgano . . . ; y
cuando alzan . . . , cuando alzan no se siente una mosca . . . : de todos

mountains of gold to transfer to the cathedral. . . . But he absolutely refuses. . . . He'd rather lose his life than abandon his favorite organ. . . . Don't you know Master Pérez? True, you're new in the neighborhood. . . . Well, he's a godly man, poor to be sure, but second to none in giving charity. . . . With no relatives other than his daughter, and no friend other than his organ, he spends his whole life watching over the girl's innocence and pulling the stops of the organ. . . . Oh, yes, the organ is old, but what of it? He's so skillful at repairing it and taking care of it that it has a marvelous sound. . . . Since he knows it so well that even in the dark . . . Because I don't recall whether I told you, but the poor gentleman has been blind from birth. . . . And how patiently he bears his misfortune! . . . When he's asked what he'd give to be able to see, he replies: 'A lot, but not as much as you think, because I have hopes.' 'Hopes that you'll see?' 'Yes, and before very long,' he adds, smiling like an angel; 'I'm seventy-six. No matter how much longer I live, I'll soon see God.'

"Poor fellow! And he *will* see him . . . because he's as humble as the stones in the street, which let themselves be walked on by everyone. He always says he's merely a poor convent organist, but he could give theory lessons to the very master of music in the cathedral. Seeing that he cut his teeth on the job. . . . His father was in the same profession. I didn't know him, but my mother, God rest her soul, said that he always took his son along to the organ to work the bellows. After that, the boy showed such talent that, as was only natural, he inherited the post when his father died. . . . And what hands he has! God bless them! They're worth being taken to the jewelers' row on the Calle de Chicarreros and being plated with gold. . . . He always plays well, always; but on nights like tonight he's a marvel. . . . He has a special devotion for this midnight mass on Christmas Eve, and when they elevate the Host, on the very dot of twelve, when Our Lord Jesus Christ was born . . . , the sounds of his organ are angels' voices.

"But anyway, why do I need to praise something you'll hear for yourself tonight? All you need is to see how the cream of Seville society, even the lord archbishop himself, comes to a humble convent to hear him. And don't think that only experts, and those who understand music theory, recognize his merit, because even the common people, all those flocks you see arriving with burning torches, singing carols in loud yells to the beat of their tambourines, rattles, and friction drums, leave off their habitual custom of making a racket in church, and are silent as dead men when Master Pérez puts his hands on the organ . . . ; and when the Host is elevated . . . , when the Host is elevated, you

los ojos caen lagrimones tamaños, y al concluir se oye como un suspiro inmenso, que no es otra cosa que la respiración de los circunstantes, contenida mientras dura la música . . . Pero vamos, vamos; ya han dejado de tocar las campanas, y va a comenzar la misa. Vamos adentro . . . Para todo el mundo es esta noche Nochebuena, pero para nadie mejor que para nosotros.

Esto diciendo, la buena mujer que había servido de *cicerone* a su vecina atravesó el atrio del convento de Santa Inés y, codazo en éste, empujón en aquél, se internó en el templo perdiéndose entre la muchedumbre que se agolpaba en la puerta.

II

La iglesia estaba iluminada con una profusión asombrosa. El torrente de luz que se desprendía de los altares para llenar sus ámbitos chispeaba en los ricos joyeles de las damas que, arrodillándose sobre los cojines de terciopelo que tendían los pajes y tomando el libro de oraciones de manos de sus dueñas, vinieron a formar un brillante círculo alrededor de la verja del presbiterio.

Junto a aquella verja, de pie, envueltos en sus capas de color galoneadas de oro, dejando entrever con estudiado descuido las encomiendas rojas y verdes, en la una mano el fieltro, cuyas plumas besaban los tapices; la otra sobre los bruñidos gavilanes del estoque o acariciando el pomo del cincelado puñal, los caballeros veinticuatro, con gran parte de lo mejor de la nobleza sevillana, parecían formar un muro destinado a defender a sus hijas y sus esposas del contacto con la plebe. Ésta, que se agitaba en el fondo de las naves con un rumor parecido al del mar cuando se alborota, prorrumpió en una aclamación de júbilo, acompañada del discordante sonido de las sonajas y los panderos, al mirar aparecer al arzobispo, el cual, después de sentarse junto al altar mayor, bajo un solio de grana que rodearon sus familiares, echó por tres veces la bendición al pueblo.

Era la hora de que comenzase la misa. Transcurrieron, sin embargo, algunos minutos sin que el celebrante apareciese. La multitud comenzaba a rebullirse demostrando su impaciencia; los caballeros cambiaban entre sí algunas palabras a media voz, el arzobispo mandó a la sacristía a uno de sus familiares a inquirir el por qué no comenzaba la ceremonia.

—Maese Pérez se ha puesto malo, muy malo, y será imposible que asista esta noche a la misa de medianoche.

Ésta fue la respuesta del familiar.

don't hear a peep . . . ; every eye sheds huge tears, and at the end you can hear something like a gigantic sigh, which is nothing else than the release of the listeners' breath, which they've held in during the music. . . . But let's go, let's go; the bells have already stopped ringing, and the mass is going to start. Let's go in. . . . For the whole world, tonight is 'the Good Night,' but for nobody more so than for us."

With those words, the good woman who had played the part of a cicerone for her neighbor crossed the portico of Saint Agnes's convent and, elbowing one person and shoving another, entered the church and mingled with the multitude crowding around the entrance.

II

The church was illuminated with amazing profusion. The torrent of light issuing from the altars and filling its expanses sparkled on the rich jewels of the ladies who, kneeling on the velvet cushions that their pages held out to them, and taking their prayer books from the hands of their duennas, formed a gleaming circle around the main altar railing.

Next to that railing, enveloped in their bright, gold-braided capes, and revealing with studied nonchalance the red and green crosses underneath, holding their felt hats, whose plumes kissed the carpets, in one hand, while the other lay on the polished quillon of their rapier or caressed the pommel of their engraved dagger, stood the twenty-four town councillors, with a large part of the highest nobility of Seville; they seemed to form a wall meant to protect their daughters and wives against contact with plebeians. The plebs, which stirred at the back of the naves with a rumble like that of a choppy sea, burst into a jubilant acclamation, accompanied by the discordant sound of rattles and tambourines, upon the appearance of the archbishop, who, after taking a seat next to the high altar, beneath a scarlet, canopied throne which his servants surrounded, pronounced three blessings on the people.

It was time for mass to begin. Nevertheless, a few minutes went by and the celebrant didn't appear. The crowd was beginning to get restless and was demonstrating its impatience; the gentlemen exchanged a few words in low tones, and the archbishop sent one of his servants to the sacristy to inquiry why the service wasn't beginning.

"Master Pérez has fallen ill, very ill, and he won't possibly be able to be present tonight at the midnight mass."

That was the servant's reply.

La noticia cundió instantáneamente entre la muchedumbre. Pintar el efecto desagradable que causó en todo el mundo sería imposible. Baste decir que comenzó a notarse tal bullicio en el templo, que el asistente se puso de pie y los alguaciles entraron a imponer silencio, confundiéndose entre las apiñadas olas de la multitud.

En aquel momento, un hombre mal trazado, seco, huesudo y bisojo por añadidura, se adelantó hasta el sitio que ocupaba el prelado.

—Maese Pérez está enfermo —dijo—. La ceremonia no puede empezar. Si queréis, yo tocaré el órgano en su ausencia, que ni maese Pérez es el primer organista del mundo, ni a su muerte dejará de usarse este instrumento por falta de inteligentes.

El arzobispo hizo una señal de asentimiento con la cabeza, y ya algunos de los fieles, que conocían a aquel personaje extraño por un organista envidioso, enemigo del de Santa Inés, comenzaban a prorrumpir en exclamaciones de disgusto, cuando de improviso se oyó en el atrio un ruido espantoso.

—¡Maese Pérez está aquí! . . . ¡Maese Pérez está aquí! . . .

A estas voces de los que estaban apiñados en la puerta, todo el mundo volvió la cara.

Maese Pérez, pálido y desencajado, entraba, en efecto, en la iglesia, conducido en un sillón, que todos se disputaban el honor de llevar en sus hombros.

Los preceptos de los doctores, las lágrimas de su hija, nada había sido bastante a detenerle en el lecho.

—No —había dicho—. Ésta es la última, lo conozco. Lo conozco, y no quiero morir sin visitar mi órgano, y esta noche sobre todo, la Nochebuena. Vamos, lo quiero, lo mando. Vamos a la iglesia.

Sus deseos se habían cumplido. Los concurrentes lo subieron en brazos a la tribuna y comenzó la misa. En aquel punto sonaban las doce en el reloj de la catedral.

Pasó el introito, y el evangelio, y el ofertorio, y llegó el instante solemne en que el sacerdote, después de haberla consagrado, toma con la extremidad de sus dedos la Sagrada Forma y comienza a elevarla.

Una nube de incienso que se desenvolvía en ondas azuladas llenó el ámbito de la iglesia. Las campanillas repicaron con un sonido vibrante y maese Pérez puso sus crispadas manos sobre las teclas del órgano.

Las cien voces de sus tubos de metal resonaron en un acorde majestuoso y prolongado, que se perdió poco a poco, como si una ráfaga de aire hubiese arrebatado sus últimos ecos.

A este primer acorde, que parecía una voz que se elevaba desde la

The news spread through the crowd instantaneously. It would be impossible to describe the unpleasant effect it had on everyone. Suffice it to say that such a racket began to be noticed in the church that the town magistrate stood up and the constables came in to impose silence, mingling with the waves of the thronging multitude.

At that moment, an unattractive, thin, bony man, who was cross-eyed to boot, came up to the place where the prelate was sitting.

"Master Pérez is ill," he said. "The service can't begin. If you wish, I will play the organ in his absence, because Master Pérez isn't the foremost organist in the world, and when he dies this instrument won't go out of use for lack of skilled players."

The archbishop made a sign of consent with his head, and already some of the churchgoers, who knew that odd character to be an envious organist, and an enemy of the Saint Agnes musician, were beginning to utter exclamations of displeasure, when suddenly a terrific racket was heard from the portico.

"Master Pérez is here! . . . Master Pérez is here! . . ."

At those cries from the people crowding at the entrance, everyone looked back.

Master Pérez, pale and contorted, was actually entering the church, borne on an armchair, and all the people were vying for the privilege of carrying it on their shoulders.

The doctors' orders, his daughters' tears, nothing had been enough to keep him in bed.

"No," he had said. "This is the last time, I can tell. I can tell, and I don't want to die without visiting my organ, and especially tonight, Christmas Eve. Let's go, I want to, I order you to! Let's go to church!"

His wishes had been complied with. The churchgoers carried him up to the organ loft in their arms, and the mass began. Just then, the cathedral clock was striking twelve.

The introit went by, and the reading from the Gospels, and the offertory, and there arrived the solemn moment when the priest, after consecrating it, picks up the Host with his fingertips and begins to elevate it.

A cloud of incense, unfurling in bluish waves, filled the expanses of the church. The handbells rang out with a vibrant sound, and Master Pérez placed his contracted fingers on the keys of the organ.

The hundred voices of its metal pipes resounded in a majestic, prolonged chord that gradually died away, as if a gust of wind had snatched away its last echoes.

This first chord, which resembled a voice rising from earth to

tierra al cielo, respondió otro lejano y suave, que fue creciendo, creciendo, hasta convertirse en un torrente de atronadora armonía. Era la voz de los ángeles que, atravesando los espacios, llegaba al mundo.

Después comenzaron a oírse como unos himnos distantes que entonaban las jerarquías de serafines. Mil himnos a la vez, que al confundirse formaban uno solo que, no obstante, sólo era el acompañamiento de una extraña melodía, que parecía flotar sobre aquel océano de acordes misteriosos, como un jirón de niebla sobre las olas del mar.

Luego fueron perdiéndose unos cantos; después, otros. La combinación se simplificaba. Ya no eran más que dos voces, cuyos ecos se confundían entre sí; luego quedó una aislada, sosteniendo una nota brillante como un hilo de luz. El sacerdote inclinó la frente, y por encima de su cabeza cana, y como a través de una gasa azul que fingía el humo del incienso, apareció la hostia a los ojos de los fieles. En aquel instante, la nota que maese Pérez sostenía tremando se abrió, se abrió, y una explosión de armonía gigante estremeció la iglesia, en cuyos ángulos zumbaba el aire comprimido y cuyos vidrios de colores se estremecían en sus angostos ajimeces.

De cada una de las notas que formaban aquel magnífico acorde se desarrolló un tema, y unos cerca, otros lejos, éstos brillantes, aquéllos sordos, diríase que las aguas y los pájaros, las brisas y las frondas, los hombres y los ángeles, la tierra y los cielos, cantaban, cada cual en su idioma, un himno al nacimiento del Salvador.

La multitud escuchaba atónita y suspendida. En todos los ojos había una lágrima; en todos los espíritus, un profundo recogimiento.

El sacerdote que oficiaba sentía temblar sus manos, porque Aquel que levantaba en ellas, Aquel a quien saludaban hombres y arcángeles, era su Dios, era su Dios, y le parecía haber visto abrirse los cielos y transfigurarse la hostia.

El órgano proseguía sonando; pero sus voces se apagaban gradualmente, como una voz que se pierde de eco en eco y se aleja y se debilita al alejarse, cuando sonó un grito en la tribuna, un grito desgarrador, agudo, un grito de mujer.

El órgano exhaló un sonido discorde y extraño, semejante a un sollozo, y quedó mudo.

La multitud se agolpó a la escalera de la tribuna, hacia la que, arrancados de su éxtasis religioso, volvieron la mirada con ansiedad todos los fieles.

—¿Qué ha sucedido? ¿Qué pasa? —se decían unos a otros, y nadie sabía responder, y todos se empeñaban en adivinarlo, y crecía la con-

heaven, was followed by another, distant and soft, which swelled and swelled until it became a torrent of deafening harmony. It was the voice of the angels crossing space and arriving in our world.

Then the people began to hear sounds like distant hymns intoned by the hierarchies of seraphim. A thousand hymns at once, blending into a single one, which was nevertheless merely the accompaniment to a strange melody that seemed to float above that ocean of mysterious chords like a strip of mist over the waves of the sea.

Then, various strands died away; later, others. The polyphony became simpler. Now there were only two voices, whose echoes merged; then there remained a single isolated one, sustaining a note as brilliant as a thin beam of light. The priest bowed his forehead, and above his white head, as if through a blue gauze created by the incense fumes, the Host appeared to the eyes of the churchgoers. At that moment, the note which Master Pérez was sustaining in a tremolo opened and opened, and an explosion of gigantic harmony shook the church, in whose corners the compressed air hummed, while the stained-glass windows trembled between their narrow strips of leading.

From each of the notes comprising that magnificent chord a theme developed, and with some themes sounding close by, others far away, some bright, others muffled, it was as if the waters and the birds, the breezes and the leaves, men and angels, earth and sky, were each in its own language singing a hymn to the Savior's birth.

The crowd listened in astonishment and suspense. There was a tear in every eye; deep meditation, in every mind.

The officiating priest felt his hands tremble, because he whom he elevated in them, he whom men and archangels greeted, was his God, his God, and he thought he had seen the heavens open and the Host become transfigured.

The organ kept playing; but its sounds were gradually extinguished, like a voice dying away from echo to echo, growing distant and weakening as it did so, when a cry was heard in the organ loft, a high-pitched, rending cry, a woman's cry.

The organ breathed a strange, discordant sound, like a sob, and fell silent.

The crowd thronged to the stairway to the loft, toward which the eyes of all the churchgoers, wrenched out of their religious ecstasy, turned anxiously.

"What's happened? What's going on?" they asked one another, but no one knew the answer, and everyone strove to guess it; the confu-

fusión, y el alboroto comenzaba a subir de punto, amenazando turbar el orden y el recogimiento propios de la iglesia.

—¿Qué ha sido eso? —preguntaron las damas al asistente que, precedido de los ministriles, fue uno de los primeros en subir a la tribuna y que, pálido y con muestras de profundo pesar, se dirigía al puesto en donde le esperaba el arzobispo, ansioso, como todos, por saber la causa de aquel desorden.

—¿Qué hay?

—Que maese Pérez acaba de morir.

En efecto, cuando los primeros fieles, después de atropellarse por la escalera, llegaron a la tribuna, vieron al pobre organista caído de boca sobre las teclas de su viejo instrumento, que aún vibraba sordamente, mientras su hija, arrodillada a sus pies, lo llamaba en vano entre suspiros y sollozos.

III

—Buenas noches, mi señora doña Baltasara. ¿También usarced viene esta noche a la misa del Gallo? Por mi parte, tenía hecha intención de irla a oír a la parroquia; pero, lo que sucede . . . ¿Dónde va Vicente? Donde va la gente. Y eso que, si he de decir la verdad, desde que murió maese Pérez parece que me echan una losa sobre el corazón cuando entro en Santa Inés . . . ¡Pobrecito! ¡Era un santo! . . . Yo de mí sé decir que conservo un pedazo de su jubón como una reliquia, y lo merece. Pues en Dios y en mi ánima que si el señor arzobispo tomara mano en ello, es seguro que nuestros nietos lo verían en altares . . . Mas ¿cómo ha de ser? . . . A muertos y a idos no hay amigos . . . Ahora lo que priva es la novedad . . . , ya me entiende usarced. ¡Qué! ¿No sabe nada de lo que pasa? Verdad que nosotras nos parecemos en eso: de nuestra casita a la iglesia y de la iglesia a nuestra casita, sin cuidarnos de lo que se dice o se deja de decir . . . Sólo que yo, así . . . , al vuelo . . . , una palabra de acá, otra de acullá . . . , sin ganas de enterarme siquiera, suelo estar al corriente de algunas novedades.

»Pues sí, señor. Parece cosa hecha que el organista de San Román, aquel bisojo que siempre está echando pestes de los otros organistas, aquel perdulariote, que más parece jifero de la Puerta de la Carne que maestro de solfa, va a tocar esta Nochebuena en lugar de maese Pérez. Ya sabrá usarced, porque esto lo ha sabido todo el mundo y es cosa pública en Sevilla, que nadie quería comprometerse a hacerlo. Ni

sion increased, and the hubbub was beginning to grow louder, threatening to disrupt the order and silence that are fitting in a church.

"What was that?" the ladies asked the town magistrate; preceded by the constables, he had been one of the first to ascend to the loft and now, pale and displaying profound grief, he was heading for the place where he was awaited by the archbishop, who was as eager as the rest to learn the cause of that disorder.

"What is it?"

"Master Pérez has just died."

Indeed, when the first churchgoers, after jostling one another on the stairs, had reached the loft, they had found the poor organist face down on the keyboard of his old instrument, which was still throbbing in muffled tones, while his daughter, kneeling at his feet, was calling to him in vain amid sighs and sobs.

III

"Good evening, Doña Baltasara. Are you also coming to midnight mass tonight? As for me, I had intended to hear it in my parish church, but you know how things are: 'Where does Vincent go? Where the people flow.' And this despite the fact that, to tell the truth, ever since Master Pérez died I feel as if there's a stone on my heart whenever I go to Saint Agnes's. . . . Poor fellow! He was a saint! . . . As far as I'm concerned, I keep a piece of his doublet as a relic, and he deserves it. Because by God and my soul, if the lord archbishop set his mind to it, I'm sure that our grandchildren would revere him at the altar. . . . But how will that ever be? . . . 'Once you're gone and dead, all your friends have fled.' . . . What counts nowadays is novelty . . . you get my drift. What?! You know nothing about what's going on? Of course you and I are alike that way: from our house to church and back again, without worrying about what people say or don't say. . . . Except that I, somehow or other . . . on the fly . . . a word here, another there . . . without even wanting to be informed, am usually abreast of some bits of news.

"Well, yes. It seems certain that the organist of Saint Román's, that cross-eyed man who's always cursing the other organists, that rake who's more like a slaughterer at the Meat Gate than a music teacher, is going to play this Christmas Eve in place of Master Pérez. You surely know, because everyone has found out, and it's public knowledge in Seville, that nobody else would agree to do it. Not even his

aun su hija, que es profesora, y después de la muerte de su padre entró en un convento de novicia.

»Y era natural: acostumbrados a oír aquellas maravillas, cualquiera otra cosa había de parecernos mala, por más que quisieran evitarse las comparaciones. Pues cuando ya la comunidad había decidido que en honor del difunto, y como muestra de respeto a su memoria, permanecería callado el órgano en esta noche, hete aquí que se presenta nuestro hombre diciendo que él se atreve a tocarlo . . . No hay nada más atrevido que la ignorancia . . . Cierto que la culpa no es suya, sino de los que le consienten esta profanación. Pero así va el mundo . . . Y digo . . . No es cosa la gente que acude . . . Cualquiera diría que nada ha cambiado de un año a otro. Los mismos personajes, el mismo lujo, los mismos empellones en la puerta, la misma animación en el atrio, la misma multitud en el templo . . . ¡Ay, si levantara el muerto la cabeza! Se volvía a morir por no oír su órgano tocado por manos semejantes.

»Lo que tiene que, si es verdad lo que me han dicho las gentes del barrio, le preparan una buena al intruso. Cuando llegue el momento de poner la mano sobre las teclas, va a comenzar una algarabía de sonajas, panderos y zambombas que no haya más que oír . . . Pero, ¡calle!, ya entra en la iglesia el héroe de la función. ¡Jesús, qué ropilla de colorines, qué gorguera de cañutos, qué aires de personaje! Vamos, vamos, que ya hace rato que llegó el arzobispo y va a comenzar la misa . . . Vamos, que me parece que esta noche va a darnos que contar para muchos días.

Esto diciendo, la buena mujer, que ya conocen nuestros lectores por sus exabruptos de locuacidad, penetró en Santa Inés, abriéndose, según costumbre, un camino entre la multitud a fuerza de empellones y codazos.

Ya se había dado principio a la ceremonia. El templo estaba tan brillante como el año anterior.

El nuevo organista, después de atravesar por en medio de los fieles que ocupaban las naves para ir a besar el anillo del prelado, había subido a la tribuna, donde tocaba, unos tras otros, los registros del órgano con una gravedad tan afectada como ridícula.

Entre la gente menuda que se apiñaba a los pies de la iglesia se oía un rumor sordo y confuso, cierto presagio de que la tempestad comenzaba a fraguarse y no tardaría mucho en dejarse sentir.

—Es un truhán que, por no hacer nada bien, ni aun mira a derechas —decían los unos.

—Es un ignorantón que, después de haber puesto el órgano de su

daughter, who's a teacher and who entered the convent as a novice after her father died.

"And it was natural: accustomed as we are to hear those wonders, anything else had to seem bad to us, no matter how we tried to avoid comparisons. Because when the community had decided that, in honor of the deceased and as a token of respect for his memory, the organ would remain silent tonight, lo and behold, that fellow turned up saying he dared to play it. . . . There's nothing bolder than ignorance. . . . Of course, the fault isn't his, but of those who agree to this desecration. Yet, that's how the world goes. . . . And I say . . . Quite a few people are coming. . . . Anyone would say that nothing has changed from one year to the other. The same dignitaries, the same luxury, the same shoving at the door, the same agitation in the portico, the same crowd in the church . . . Oh, if the dead man could raise his head! He'd die a second time to avoid hearing his organ played by such hands.

"The thing is that, if what the people in the neighborhood told me is true, they're preparing a rare treat for the intruder. When the time comes for him to put his fingers on the keys, they're going to begin a racket with rattles, tambourines, and friction drums that will drown out everything else. . . . But, quiet, the hero of the evening is coming into the church. Jesus, what a bright-colored jacket, what a stiffened ruff, what superior airs! Let's go, let's go, because the archbishop arrived some time ago and mass is about to start. . . . Let's go, because I think that this night will give us a subject of conversation for many days."

With these words, the good woman, whom our readers already recognize by her bursts of loquacity, entered Saint Agnes's, making her way through the crowd as usual, shoving and elbowing.

The service had already begun. The church was as richly adorned as the year before.

After the new organist had passed right through the churchgoers who were occupying the naves, so he could kiss the prelate's ring, he had ascended to the organ loft, where he pulled out the stops one after another with a gravity as affected as it was ridiculous.

Amid the crowd of common people in the lower part of the church could be heard a muffled, confused sound, a sure sign that the storm was beginning to brew and would make itself felt before long.

"He's a clown who, because he can do nothing right, doesn't even look straight at you," said some.

"He's an ignoramus who, after leaving his own parish organ worse

parroquia peor que una carraca, viene a profanar el de maese Pérez
—decían los otros.

Y mientras éste se desembarazaba del capote para prepararse a
darle de firme a su pandero, y aquél apercibía sus sonajas, y todos se
disponían a hacer bulla a más y mejor, sólo alguno que otro se aven-
turaba a defender tibiamente al extraño personaje, cuyo porte orgu-
lloso y pedantesco hacía tan notable contraposición con la modesta
apariencia y la afable bondad del difunto maese Pérez.

Al fin llegó el esperado momento, el momento solemne en que el
sacerdote, después de inclinarse y murmurar algunas palabras santas,
tomó la hostia en sus manos . . . Las campanillas repicaron, semejando
su repique una lluvia de notas de cristal. Se elevaron las diáfanas
ondas del incienso y sonó el órgano.

Una estruendosa algarabía llenó los ámbitos de la iglesia en aquel
instante y ahogó su primer acorde.

Zampoñas, gaitas, sonajas, panderos, todos los instrumentos del
populacho alzaron sus discordantes voces a la vez; pero la confusión y
el estrépito sólo duro algunos segundos. Todos a la vez, como habían
comenzado, enmudecieron de pronto.

El segundo acorde, amplio, valiente, magnífico, se sostenía aún,
brotando de los tubos de metal del órgano como una cascada de armonía inagotable y sonora.

Cantos celestes como los que acarician los oídos en los momentos
de éxtasis, cantos que percibe el espíritu y no los puede repetir el
labio, notas sueltas de una melodía lejana que suenan a intervalos,
traídas en las ráfagas del viento; rumor de hojas que se besan en los
árboles con un murmullo semejante al de la lluvia, trinos de alondras
que se levantan gorjeando de entre las flores como una saeta despedida a las nubes; estruendos sin nombre, imponentes como los rugi-
dos de una tempestad; coros de serafines sin ritmo ni cadencia, ignota
música del cielo que sólo la imaginación comprende, himnos alados
que parecían remontarse al trono del Señor como una tromba de luz
y de sonidos . . . , todo lo expresaban las cien voces del órgano con más
pujanza, con más misteriosa poesía, con más fantástico color que lo
habían expresado nunca.

. . . .

Cuando el organista bajó de la tribuna, la muchedumbre que se
agolpó a la escalera fue tanta y tanto su afán por verle y admirarle, que

than an old crock, has come here to desecrate Master Pérez's," said others.

And while one man was taking off his cape so he could devote himself to his tambourine, and another man was readying his rattle, and everyone was getting set to make the most noise possible, only a few rare individuals ventured a lukewarm defense of the odd character, whose proud, pedantic bearing was in such marked contrast to the modest appearance and affable kindness of the late Master Pérez.

At last the long-awaited moment came, that solemn moment when, after bowing and murmuring a few sacred words, the priest picked up the Host. . . . The handbells rang out, their peal resembling a shower of crystal notes. The diaphanous waves of incense rose, and the organ sounded.

A horrendous racket filled the expanses of the church at that moment, drowning out the first chord.

Panpipes, bagpipes, rattles, tambourines, all the plebeian instruments, raised their voices at once; but the confusion and noise lasted only a few seconds. Everybody fell silent at the same time, as suddenly as they had begun.

The second chord, ample, bold, magnificent, was still being held, issuing from the metal organ pipes like a cascade of inexhaustible, resonant harmony.

Celestial chants like those which caress the ears in moments of ecstasy, chants perceived by the spirit, but which the lips can't repeat, detached notes of a distant melody resounding at intervals, borne on the gusts of the wind; the sound of leaves kissing one another in the trees with a rustling like that of the rain, trills of larks rising in song from amid the flowers like an arrow[3] loosed into the clouds; nameless rumblings, as imposing as the roaring of a tempest; choirs of seraphim without rhythm or cadence, unknown heavenly music that only the imagination comprehends, winged hymns that seemed to ascend to the throne of the Lord like a whirlwind of light and sound—all this was expressed by the organ's hundred voices with more emphasis, with more mysterious poetry, with more fantastic color than they had ever expressed before.

. . . .

When the organist descended from the loft, the masses of people thronging the staircase were so great, and so great their eagerness to

---

3. Or: "like an Andalusian processional hymn."

el asistente, temiendo, no sin razón, que le ahogaran entre todos, mandó a algunos de sus ministriles para que, vara en mano, le fueran abriendo camino hasta llegar al altar mayor, donde el prelado lo esperaba.

—Ya veis —le dijo este último cuando lo trajeron a su presencia—. Vengo desde mi palacio aquí sólo por escucharos. ¿Seréis tan cruel como maese Pérez que nunca quiso excusarme el viaje tocando la Nochebuena en la misa de la catedral?

—El año que viene —respondió el organista— prometo daros gusto, pues por todo el oro de la tierra no volvería a tocar este órgano.

—¿Y por qué? —interrumpió el prelado.

—Porque . . . —añadió el organista, procurando dominar la emoción que se revelaba en la palidez de su rostro—, porque es viejo y malo, y no puede expresar todo lo que se quiere.

El arzobispo se retiró, seguido de sus familiares. Unas tras otras, las literas de los señores fueron desfilando y perdiéndose en las revueltas de las calles vecinas; los grupos del atrio se disolvieron, dispersándose los fieles en distintas direcciones, y ya la demandadera se disponía a cerrar las puertas de la entrada del atrio, cuando se divisaban aún dos mujeres que después de persignarse y murmurar una oración ante el retablo del arco de San Felipe, prosiguieron su camino, internándose en el callejón de las Dueñas.

—¿Qué quiere usarced, mi señora doña Baltasara —decía la una—. Yo soy de este genial. Cada loco con su tema . . . Me lo habían de asegurar capuchinos descalzos y no lo creería del todo . . . Ese hombre no puede haber tocado lo que acabamos de escuchar . . . Si yo lo he oído mil veces en San Bartolomé, que era su parroquia, y de donde tuvo que echarle el señor cura por malo, y era cosa de taparse los oídos con algodones . . . Y luego, si no hay más que mirarle al rostro, que, según dicen, es el espejo del alma . . . Yo me acuerdo, pobrecito, como si la estuviera viendo, me acuerdo de la cara de maese Pérez cuando, en semejante noche como ésta, bajaba de la tribuna, después de haber suspendido al auditorio con sus primores . . . ¡Qué sonrisa tan bondadosa, qué color tan animado! . . . Era viejo y parecía un ángel . . . No que éste ha bajado las escaleras a trompicones, como si le ladrase un perro en la meseta, y con un color de difunto y unas . . . Vamos, mi señora doña Baltasara, créame usarced, y créame con todas veras: yo sospecho que aquí hay busilis . . .

Comentando las últimas palabras, las dos mujeres doblaban la esquina del callejón y desaparecían.

Creemos inútil decir a nuestros lectores quién era una de ellas.

see and admire him, that the town magistrate, fearing, not ground-lessly, that they might smother him with their great numbers, ordered a few of his constables to make a path for him, their batons in hand, until he could reach the high altar, where the prelate was awaiting him.

"Now you see," the latter said to him when he was brought into his presence. "I've come here from my palace just to hear you. Will you be as cruel as Master Pérez, who always refused to spare me the trip by playing Christmas Eve mass at the cathedral?"

"Next year," the organist replied, "I promise to oblige you, because I wouldn't play this organ again for all the gold on earth."

"Why?" the prelate interrupted.

"Because," the organist added, trying to subdue the emotion evident in his facial pallor, "because it's old and bad, and can't express everything I'd wish."

The archbishop withdrew, followed by his servants. One after another the sedan chairs of the lords and ladies paraded away and were lost around the bends of the adjacent streets; the groups in the portico broke up, the churchgoers scattering in different directions, and the convent servant was getting set to shut the doors of the portico entrance, when two more women could be seen; after crossing themselves and murmuring a prayer in front of the altar of Saint Philip's arch, they went on their way, entering the Callejón de las Dueñas.

"What do you want, Doña Baltasara?" one of them said. "That's just my nature. Every madman has his own mania. . . . Even if barefoot Capuchins assured me of it, I wouldn't believe it at all. . . . That man can't possibly have played what we just heard. . . . After all, I heard him a thousand times at Saint Bartholomew's, which was once his parish, but where the priest had to throw him out, he was so bad, and you had to stuff your ears with cotton. . . . And then, since you only need to look at his face, which they say is the mirror of the soul . . . I recall, poor fellow, as if I could still see it, I recall Master Pérez's face when, on a night like this, he'd descend from the loft after captivating the audience with his excellent playing. . . . What a good-natured smile, what lively coloring! . . . He was old and resembled an angel. . . . Whereas this one came down the stairs by fits and starts, as if a dog were barking at him on the landing, looking pale as a corpse and with . . . Come, Doña Baltasara, believe me and believe me implicitly: I suspect there's some mystery behind this. . . ."

Discussing the last few words, the two women turned the corner of the lane and disappeared.

We think it's unnecessary to tell our readers who one of them was.

IV

Había transcurrido un año más. La abadesa del convento de Santa Inés y la hija de maese Pérez hablaban en voz baja, medio ocultas entre las sombras del coro de la iglesia. El esquilón llamaba a voz herida a los fieles desde la torre, y alguna que otra rara persona atravesaba el atrio, silencioso y desierto esta vez, y después de tomar el agua bendita en la puerta, escogía un puesto en un rincón de las naves, donde unos cuantos vecinos del barrio esperaban tranquilamente a que comenzara la misa del Gallo.

—Ya lo veis —decía la superiora—; vuestro temor es sobremanera pueril; nadie hay en el templo; toda Sevilla acude en tropel a la catedral esta noche. Tocad vos el órgano, y tocadle sin desconfianza de ninguna clase; estaremos en comunidad . . .

Pero . . . proseguís callando, sin que cesen vuestros suspiros. ¿Qué os pasa? ¿Qué tenéis?

—Tengo . . . miedo —exclamó la joven con un acento profundamente conmovido.

—¡Miedo! ¿De qué?

—No sé . . . , de una cosa sobrenatural . . . Anoche, mirad, yo os había oído decir que teníais empeño en que tocase el órgano en la misa y, ufana con esta distinción, pensé arreglar sus registros y templarle, a fin de que hoy os sorprendiese . . . Vine al coro . . . sola . . . , abrí la puerta que conduce a la tribuna . . . En el reloj de la catedral sonaba en aquel momento una hora . . . , no sé cuál . . . , pero las campanadas eran tristísimas y muchas . . . , muchas . . . , estuvieron sonando todo el tiempo que yo permanecí como clavada en el dintel, y aquel tiempo me pareció un siglo.

»La iglesia estaba desierta y oscura . . . Allá lejos, en el fondo, brillaba, como una estrella perdida en el cielo de la noche, una luz moribunda . . . : la luz de la lámpara que arde en el altar mayor . . . A sus reflejos debilísimos, que sólo contribuían a hacer más visible todo el profundo horror de las sombras, vi . . . , lo vi, madre, no lo dudéis; vi un hombre que, en silencio, y vuelto de espaldas hacia el sitio en que yo estaba, recorría con una mano las teclas del órgano, mientras tocaba con la otra a sus registros . . . , y el órgano sonaba, pero sonaba de una manera indescriptible. Cada una de sus notas parecía un sollozo ahogado dentro del tubo de metal, que vibraba con el aire comprimido en su hueco y reproducía el tono sordo, casi imperceptible, pero justo.

IV

One year more had gone by. The abbess of Saint Agnes's convent and Master Pérez's daughter were speaking in low tones, half-hidden in the shadows of the chancel of the church. The bell was summoning the faithful from the tower in a stricken voice, and at rare intervals someone would cross the portico, which was now silent and deserted, and after taking holy water at the entrance, would choose a place in a corner of one nave, where a few residents of the neighborhood were calmly waiting for midnight mass to begin.

"You can see," the mother superior was saying, "that your fear is exceedingly childish; there's no one in the church; all of Seville is in attendance at the cathedral tonight en masse. Play the organ, and play it without any lack of confidence; we'll be together, just we nuns. . . .

"But . . . you remain silent, and you don't stop sighing. What's wrong with you? What's the matter?"

"I'm . . . afraid!" the young woman exclaimed in a tone of deep alarm.

"Afraid! Of what?"

"I don't know . . . , of something supernatural. . . . Listen, last night, after hearing you say you insisted on my playing the organ at mass, I was proud of that mark of distinction, and I wanted to regulate its stops and tune it, so I could surprise you today. . . . I came to the chancel . . . alone . . . , I opened the door that leads to the loft. . . . The cathedral clock was just then striking the hour . . . , I don't know which . . . , but the strokes were very sad and there were a lot of them . . . , a lot . . . , the ringing continued the whole time that I remained as if glued to the threshold, and that space of time seemed like a century to me.

"The church was deserted and dark. . . . Over there, at the back, a dying light was shining like a star lost in the night sky . . . : the light of the lamp burning on the high altar. . . . By its very weak gleams, which only helped make more visible all the deep horror of the shadows, I saw . . . I saw it, Mother, believe me; I saw a man who, in silence, with his back turned to the spot I was occupying, was running one hand over the organ keys while pulling out the stops with the other . . . , and the organ was playing, but playing in an indescribable way. Each note was like a stifled sob inside the metal pipe, which was vibrating with the compressed air in its hollow, and was reproducing the tone, muffled and nearly inaudible, but on pitch.

»Y el reloj de la catedral continuaba dando la hora, y el hombre aquel proseguía recorriendo las teclas. Yo oía hasta su respiración.

»El horror había helado la sangre de mis venas; sentía en mi cuerpo como un frío glacial, y en mis sienes fuego . . . Entonces quise gritar, quise gritar, pero no pude. El hombre aquel había vuelto la cara y me había mirado . . . ; digo mal, no me había mirado, porque era ciego . . . ¡Era mi padre!

—¡Bah! Hermana, desechad esas fantasías con que el enemigo malo procura turbar las imaginaciones débiles . . . rezad un *paternoster* y un *avemaría* al arcángel San Miguel, jefe de las milicias celestiales, para que os asista contra los malos espíritus. Llevad al cuello un escapulario tocado en la reliquia de San Pacomio, abogado contra las tentaciones, y marchad, marchad a ocupar la tribuna del órgano; la misa va a comenzar, y ya esperan con impaciencia los fieles . . . Vuestro padre está en el cielo, y desde allí, antes que daros sustos, bajará a inspirar a su hija en esta ceremonia solemne, para él objeto de tan especial devoción.

La priora fue a ocupar su sillón en el coro en medio de la comunidad. La hija de maese Pérez abrió con mano temblorosa la puerta de la tribuna para sentarse en el banquillo del órgano, y comenzó la misa.

Comenzó la misa y prosiguió sin que ocurriese nada notable hasta que llegó la consagración. En aquel momento sonó el órgano, y al mismo tiempo que el órgano, un grito de la hija de maese Pérez. La superiora, las monjas y algunos de los fieles corrieron a la tribuna.

—¡Miradle! ¡Miradle! —decía la joven, fijando sus desencajados ojos en el banquillo, de donde se había levantado, asombrada, para agarrarse con sus manos convulsas al barandal de la tribuna.

Todo el mundo fijó sus miradas en aquel punto. El órgano estaba solo, y, no obstante, el órgano seguía sonando . . . ; sonando como sólo los arcángeles podrían imitarle en sus raptos de místico alborozo.

❧   ❧   ❧   ❧   ❧

—¿No os lo dije yo una y mil veces, mi señora doña Baltasara; no os lo dije yo? ¡Aquí hay busilis! . . . Vedlo . . . ¡Qué!, ¿no estuvisteis anoche en la misa del Gallo? Pero, en fin, ya sabréis lo que pasó. En toda Sevilla no se habla de otra cosa . . . El señor arzobispo está hecho, y con razón, una furia . . . Haber dejado de asistir a Santa Inés, no haber podido presenciar el portento . . . , ¿y para qué? . . . Para oír una cencerrada, porque personas que lo oyeron dicen que lo que hizo el dichoso organista de San Bartolomé en la catedral no fue otra

"And the cathedral clock kept striking the hour, and that man kept running over the keys. I could even hear his breathing.

"Terror had frozen the blood in my veins; I felt a sort of glacial chill in my body, and fire in my temples. . . . Then I tried to scream, I tried to scream, but I couldn't. That man had turned his face and had looked at me . . . ; I'm putting it badly: he hadn't looked at me, because he was blind. . . . It was my father!"

"Bah! Sister, cast out these fancies with which the Evil One tries to perturb weak imaginations. . . . Recite an Our Father and a Hail Mary to the archangel Saint Michael, captain of the heavenly hosts, so he may aid you against evil spirits. Wear around your neck a scapular that has touched the relic of Saint Pachomius, who protects against temptations, and go up, go right up and sit in the organ loft; mass is about to begin, and the churchgoers are already waiting impatiently. . . . Your father is in heaven, and from there, rather than frighten you, he'll come down to inspire his daughter at this solemn service, to which he was so particularly devoted."

The prioress took her seat, an armchair in the chancel in the midst of the nuns. With a trembling hand Master Pérez's daughter opened the loft door and sat down on the organ stool; and the mass began.

The mass began, and it continued with no noteworthy event until the moment of the consecration of the Host. At that instant the organ sounded, and at the same time as the organ, there was heard a scream from Master Pérez's daughter. The mother superior, the nuns, and a few of the churchgoers ran to the loft.

"Look at him! Look at him!" the young woman was saying, staring wildly at the stool, from which she had arisen in amazement, clutching the loft railing with her convulsive hands.

They all stared at that spot. The organ was unattended, but all the same the organ kept on playing . . . , playing in a manner that only the archangels could emulate in their raptures of mystical joy.

❖   ❖   ❖   ❖   ❖

"Haven't I told you a thousand and one times, Doña Baltasara? Haven't I told you? There's a mystery behind this! . . . Just look. . . . What?! You weren't at midnight mass last night? Well, anyway, you probably know what happened. No one is Seville is talking about anything else. . . . The lord archbishop is in a rage, and rightly so. . . . To have stopped coming to Saint Agnes's, to have been unable to witness the marvel . . . and for what? . . . to hear a shivaree, because people who heard it say that what the fortunate organist of Saint Bartholomew's perpe-

cosa . . . Si lo decía yo. Eso no puede haberlo tocado el bisojo, mentira . . . ; aquí hay busilis, y el busilis era, en efecto, el alma de maese
Pérez.

Tres fechas

En una cartera de dibujo que conservo aún llena de ligeros apuntes,
hechos durante algunas de mis excursiones semiartísticas a la ciudad
de Toledo, hay escritas tres fechas.
    Los sucesos de que guardan la memoria estos números, son hasta
cierto punto insignificantes. Sin embargo, con su recuerdo me he en-
tretenido en formar algunas noches de insomnio una novela más o
menos sentimental o sombría, según que mi imaginación se hallaba
más o menos exaltada y propensa a ideas risueñas o terribles.
    Si a la mañana siguiente de uno de estos nocturnos y extravagantes
delirios hubiera podido escribir los extraños episodios de las historias
imposibles que forjo antes que se cierren del todo mis párpados, esas
historias, cuyo vago desenlace flota, por último, indeciso en ese punto
que separa la vigilia del sueño, seguramente formarían un libro disparatado, pero original y acaso interesante.
    No es eso lo que pretendo hacer ahora. Esas fantasías ligeras y, por
decirlo así, impalpables, son en cierto modo como las mariposas, que
no pueden cogerse en las manos sin que se quede entre los dedos el
polvo de oro de sus alas.
    Voy, pues, a limitarme a narrar brevemente los tres sucesos que
suelen servir de epígrafe a los capítulos de mis soñadas novelas; los
tres puntos aislados que yo suelo reunir en mi mente por medio de
una serie de ideas como un hilo de luz; los tres temas, en fin, sobre
que yo hago mil y mil variaciones, las que pudiéramos llamar absurdas
sinfonías de la imaginación.

I

Hay en Toledo una calle estrecha, torcida y oscura que guarda tan fiel-
mente la huella de las cien generaciones que en ella han habitado; que
habla con tanta elocuencia a los ojos del artista y le revela tantos secretos puntos de afinidad entre las ideas y las costumbres de cada
siglo, con la forma y el carácter especial impreso en sus obras más insignificantes, que yo cerraría sus entradas como una barrera, y pondría
sobre la barrera un tarjetón con este letrero:

trated in the cathedral was nothing less . . . I told you so. That great mass couldn't have been played by that cross-eyed fellow; it's a lie . . . ; there's a mystery here, and the mystery was precisely Master Pérez's soul!"

Three Calendar Dates

In a sketchbook I still possess, filled with slight sketches made during some of my semiartistic trips to the city of Toledo, three dates are entered.

The events whose memory those numbers preserve are insignificant up to a certain point. All the same, the recollection of them has allowed me to spend several sleepless nights creating a story that is sentimental in parts and somber in others, depending on whether my imagination was more or less excited and inclined either to charming or frightening ideas.

If on the morning after one of those wild nocturnal deliriums I had been able to set down the strange episodes of the impossible stories I invent before my eyelids close altogether, those stories, whose vague denouement finally floats indecisively at the point separating wakefulness from sleep, would surely comprise a book that was nonsensical, but original and perhaps interesting.

That is not what I claim to be doing now. Those lightweight and, so to speak, impalpable fantasies are somewhat like butterflies, which can't be caught in your hands without leaving the golden powder of their wings behind on your fingers.

So then, I shall confine myself to narrating briefly the three events that usually serve as an epigraph to the chapters of my dreamed-up stories; the three isolated points I generally bring together in my mind by means of a series of ideas like a thin beam of light; in short, the three themes on which I compose a thousand, thousand variations, which we might call absurd symphonies of the imagination.

I

In Toledo there is a narrow, tortuous, dark street which retains so faithfully the footsteps of the hundred generations who have lived on it, which speaks with so much eloquence to the eyes of the artist and reveals to him so many secret points of affinity between the ideas and the customs of every century, through the form and special character stamped on its most insignificant buildings, that I would close off the entrances to it with a barrier, and place a big sign on the barrier with this wording:

«En nombre de los poetas y de los artistas, en nombre de los que
sueñan y de los que estudian, se prohíbe a la civilización que toque a
uno solo de estos ladrillos con su mano demoledora y prosaica.»

Da entrada a esta calle por uno de sus extremos un arco macizo,
achatado y oscuro, que sostiene un pasadizo cubierto.

En su clave hay un escudo, roto ya y carcomido por la acción de los
años, en el cual crece la hiedra, que agitada con el aire, flota, sobre el
casco que lo corona, como un penacho de pluma.

Debajo de la bóveda y enclavado en el muro se ve un retablo, con
un lienzo ennegrecido e imposible de descifrar, su marco dorado y
churrigueresco, su farolillo pendiente de un cordel y sus votos de cera.

Más allá de este arco que baña con su sombra aquel lugar, dándole
un tinte de misterio y tristeza indescriptibles, se prolongan a ambos
lados dos hileras de casas oscuras, desiguales y extrañas cada cual de
su forma, sus dimensiones y su color. Unas están construidas de
piedras toscas y desiguales, sin más adornos que algunos blasones
groseramente esculpidos sobre la portada; otras son de ladrillos, y
tienen un arco árabe que les sirve de ingreso, dos o tres ajimeces
abiertos a capricho en un paredón agrietado, y un mirador que ter-
mina en una alta veleta. Las hay con traza que no pertenecen a ningún
orden de arquitectura, y que tienen, sin embargo, un remiendo de
todos; que son un modelo acabado de un género especial y conocido,
o una muestra curiosa de las extravagancias de un período del arte.
Éstas tienen un balcón de madera con un cobertizo disparatado;
aquéllas una ventana gótica recientemente enlucida y con algunos
tiestos de flores; la de más allá unos pintorreados azulejos en el marco
de la puerta, clavos enormes en los tableros, y dos fustes de columnas,
tal vez procedentes de un alcázar morisco, empotrados en el muro.

El palacio de un magnate, convertido en corral de vecindad; la casa
de un alfaquí habitada por un canónigo; una sinagoga judía transfor-
mada en oratorio cristiano; un convento levantado sobre las ruinas de
una mezquita árabe, de la que aún queda en pie la torre; mil extraños
y pintorescos contrastes, y mil y mil curiosas muestras de distintas
razas, civilizaciones y épocas compendiadas, por decirlo así, en cien
varas de terreno.

He aquí todo lo que se encuentra en esta calle: calle construida en
muchos siglos; calle estrecha, deforme, oscura y con infinidad de revueltas, donde cada cual al levantar su habitación tomaba un saliente,
dejaba un rincón o hacía un ángulo con arreglo a su gusto, sin consul-
tar el nivel, la altura ni la regularidad; calle rica en no calculadas combinaciones de líneas, con un verdadero lujo de detalles caprichosos,

"In the name of the poets and artists, in the name of those who dream and those who study, it is forbidden to civilization to touch a single one of these bricks with its destructive, prosaic hand."

This street is entered at one end of it through a massive, low, dark archway that supports a covered passageway.

On its keystone is an escutcheon, now broken and eroded by the action of the years, on which grows ivy, which, blowing in the breeze, floats like a feather plume over the helmet that crowns the coat of arms.

Beneath the vault, and let into the wall, is seen a shrine, with its painted image blackened and impossible to decipher, its gilded Churrigueresque frame, its little light hanging by a cord, and its wax ex-votos.

Beyond this arch, which bathes that spot in its shadow, giving it a tinge of indescribable mystery and sadness, there extend on both sides two rows of dark houses, irregular and strange, each of which has its own shape, dimensions, and color. Some are built of rough, uneven stones, with no other ornament than a few coats of arms, carelessly carved, over the doorway; others are of brick, and have a Moorish arch for an entranceway, two or three pointed windows opened capriciously in the cracked wall, and an enclosed, covered balcony ending in a tall weather vane. The design of some belongs to no order of architecture, and yet has a touch of them all; these houses are a perfect model of a special, familiar genre, or a curious specimen of the extravagances of some artistic period. The latter have a wooden balcony with a ridiculous roof; the former have a recently plastered Gothic window with a few flowerpots; the one farthest away has a few daubed tiles on the framework of the door, enormous studs in the panels, and two column shafts, perhaps originating in a Moorish castle, embedded in the wall.

A magnate's palace converted into a tenement; a mullah's house inhabited by a cathedral canon; a Jewish synagogue transformed into a Christian oratory; a monastery rising on the ruins of an Arabic mosque, whose minaret is still standing; a thousand strange, picturesque contrasts, and a thousand, thousand tokens of different races, civilizations, and eras epitomized, so to speak, in a hundred yards of terrain.

That's all that is found on this street: a street constructed over many centuries; a narrow, shapeless, dark street with infinite bends, where everyone who put up a house built a salient, skipped a corner, or created an angle according to his taste, with no regard to level, height, or regularity; a street rich in unpremeditated combinations of lines, with

con tantos y tantos accidentes, que cada vez ofrece algo nuevo al que la estudia.

Cuando por primera vez fui a Toledo, mientras me ocupé en sacar algunos apuntes de San Juan de los Reyes, tenía precisión de atravesarla todas las tardes para dirigirme al convento desde la posada con honores de fonda en que me había hospedado.

Casi siempre la atravesaba de un extremo a otro, sin encontrar en ella una sola persona, sin que turbase su profundo silencio otro ruido que el ruido de mis pasos, sin que detrás de las celosías de un balcón, del cancel de una puerta o la rejilla de una ventana viese, ni aun por casualidad, el arrugado rostro de una vieja curiosa o los ojos negros y rasgados de una muchacha toledana. Algunas veces me parecía cruzar por en medio de una ciudad desierta, abandonada por sus habitantes desde una época remota.

Una tarde, sin embargo, al pasar frente a un caserón antiquísimo y oscuro, en cuyos altos paredones se veían tres o cuatro ventanas de formas desiguales, repartidas sin orden ni concierto, me fijé casualmente en una de ellas. La formaba un gran arco ojival, rodeado de un festón de hojas picadas y agudas. El arco estaba cerrado por un ligero tabique, recientemente construido y blanco como la nieve, en medio del cual se veía, como contenida en la primera, una pequeña ventana con un marco y sus hierros verdes, una maceta de campanillas azules, cuyos tallos subían a enredarse por las labores de granito, y unas vidrieras con sus cristales emplomados y su cortinilla de una tela blanca, ligera y transparente.

Ya la ventana de por sí era digna de llamar la atención por su carácter; pero lo que más poderosamente contribuyó a que me fijase en ella, fue el notar que, cuando volví la cabeza para mirarla, las cortinillas se habían levantado un momento para volver a caer, ocultando a mis ojos la persona que sin duda me miraba en aquel instante.

Seguí mi camino preocupado con la idea de la ventana, o mejor dicho, de la cortinilla, o más claro todavía, de la mujer que la había levantado; porque, indudablemente, a aquella ventana tan poética, tan blanca, tan verde, tan llena de flores, sólo una mujer podía asomarse, y cuando digo una mujer, entiéndase que se supone joven y bonita.

Pasé otra tarde; pasé con el mismo cuidado; apreté los tacones aturdiendo la silenciosa calle con el ruido de mis pasos, que repetían, respondiéndose, dos o tres ecos; miré a la ventana y la cortinilla se volvió a levantar.

La verdad es que realmente detrás de ella no vi nada; pero con la imaginación me pareció descubrir un bulto, el bulto de una mujer, en efecto.

a veritable treasury of fanciful details, with so very many individual features that it always offers something new to the observer.

On my first visit to Toledo, while I occupied myself by making some sketches of San Juan de los Reyes, I needed to go down that street every afternoon on my way to that monastery from the inn with pretensions to a hotel in which I had taken a room.

I almost always went down it from one end to another, without meeting a single person on it, while no sound disturbed its deep silence but the sound of my footsteps, without seeing behind a balcony lattice, a door grating, or a window grille, even by chance, the wrinkled face of an inquisitive old lady or the dark almond eyes of a Toledan girl. At times I thought I was walking through a deserted city, abandoned by its inhabitants long, long ago.

Nevertheless, one afternoon, while passing opposite a very old and dark large building, in whose high walls could be seen three or four windows of different shape, distributed without order or plan, I chanced to gaze at one of them. Its form was that of a large ogival arch, surrounded by a festoon of sharp, jagged leaves. The arch was closed by a light partition, recently built and white as snow, in the middle of which could be seen, as if contained within the main window, a small one with a frame and green bars, a pot of blue bellflowers, whose stems climbed and tangled around the granite stonework, and glass which had leaded panes and a little curtain of some white, lightweight, transparent material.

The window by itself was worthy of attracting attention by its character; but what contributed most powerfully to my staring at it was my noting, as I turned my head to look at it, that the curtains had been raised for an instant, only to fall again, concealing from my view the person who was doubtless looking at me that very moment.

I proceeded on my way, my thoughts occupied by the window or, rather, the curtain, or even more clearly still, the woman who had raised it; because without a doubt only a woman could appear at that window which was so poetic, so white, so green, so full of flowers; and when I say a woman, you can be sure I mean a young, pretty one.

I passed by on another afternoon; I walked just as deliberately; I stamped my heels, disrupting the silence of the street with the sound of my footsteps, which were repeated in response by two or three echoes; I looked at the window and the curtain was raised again.

The truth is that I actually saw nothing behind it; but in my imagination I seemed to discover a form, the form of a woman, to be exact.

Aquel día me distraje dos o tres veces dibujando. Y pasé otros días, y siempre que pasaba, la cortinilla se levantaba de nuevo, permaneciendo así hasta que se perdía el ruido de mis pasos y yo desde lejos volvía a ella por última vez los ojos.

Mis dibujos adelantaban poca cosa. En aquel claustro de San Juan de los Reyes, en aquel claustro tan misterioso y bañado en triste melancolía, sentado sobre el roto capitel de una columna, la cartera sobre las rodillas, el codo sobre la cartera y la frente entre las manos, al rumor del agua que corre allí con un murmullo incesante, al ruido de las hojas del agreste y abandonado jardín, que agitaba la brisa del crepúsculo, ¡cuánto no soñaría yo con aquella ventana y aquella mujer! Yo la conocía; ya sabía cómo se llamaba y hasta cuál era el color de sus ojos.

La miraba cruzar por los extensos y solitarios patios de la antiquísima casa, alegrándolos con su presencia como el rayo del sol que dora unas ruinas. Otras veces me parecía verla en un jardín con unas tapias muy altas y muy oscuras, con unos árboles muy corpulentos y añosos, que debía haber allá en el fondo de aquella especie de palacio gótico donde vivía, coger flores y sentarse sola en un banco de piedra, y allí suspirar mientras las deshojaba pensando en . . . , ¿quién sabe? Acaso en mí. ¿Qué digo acaso? En mí seguramente. ¡Oh! ¡Cuántos sueños, cuántas locuras, cuánta poesía despertó en mi alma aquella ventana mientras permanecí en Toledo! . . .

Pero transcurrió el tiempo que había de permanecer en la ciudad. Un día, pesaroso y cabizbajo, guardé todos mis papeles en la cartera; me despedí del mundo de las quimeras, y tomé un asiento en el coche para Madrid.

Antes de que se hubiera perdido en el horizonte la más alta de las torres de Toledo, saqué la cabeza por la portezuela para verla otra vez, y me acordé de la calle.

Tenía aún la cartera bajo el brazo, y al volverme a mi asiento, mientras doblábamos la colina que ocultó de repente la ciudad a mis ojos, saqué el lápiz y apunté una fecha. Es la primera de las tres, a la que yo llamo la fecha de la ventana.

II

Al cabo de algunos meses volví a encontrar ocasión de marcharme de la corte por tres o cuatro días. Limpié el polvo de mi cartera de dibujo, me la puse bajo el brazo, y provisto de una mano de papel, media docena de lápices y unos cuantos napoleones, deplorando que aún no es-

That day I took my mind off her two or three times, sketching. And I passed by on other days, and whenever I passed by, the curtain would be raised again, remaining that way until the sound of my footsteps died away and I turned to look back at it from a distance for the last time.

My sketches weren't progressing to any great extent. In that cloister of San Juan de los Reyes, in that most mysterious cloister bathed in sad melancholy, I'd sit on a broken column capital, my sketchbook on my knees, my elbow on the sketchbook, and my head in my hands, to the sound of the water flowing there with a ceaseless murmur, the rustling of the leaves in the wild, abandoned garden, as the twilight breeze stirred them; and how I dreamed of that window and that woman! I knew her; by now I knew her name and even the color of her eyes.

I'd watch her walking across the broad, solitary patios of the very old house, cheering them with her presence like the sunbeam which gilds a set of ruins. At other times I thought I saw her in a garden with very tall and dark adobe walls, with very thick, age-old trees (that garden had to exist behind that sort of Gothic palace where she lived); she was picking flowers and sitting down alone on a stone bench, sighing there while she pulled off their petals, thinking of—who can tell? Perhaps of me. Why do I say "perhaps"? Certainly, of me. Oh, how many dreams, follies, and poems were awakened in my soul by that window all the while I remained in Toledo! . . .

But the time I was able to spend in that city went by. One day, sorrowful and dejected, I put all my papers in the portfolio; I bade farewell to the world of chimeras and I bought a seat in the stagecoach for Madrid.

Before the tallest of Toledo's towers was lost on the horizon, I put my head out of the coach window to see it again, and I recalled that street.

I still had the sketchbook under my arm, and when I returned to my seat, while we were turning around the hill which suddenly concealed the city from my view, I took out my pencil and wrote down a date. It's the first of the three, and I call it "the date of the window."

II

A few months later, I once again had the opportunity to leave Madrid for three or four days. I brushed the dust off my sketchbook, put it under my arm, and, equipped with a quire of paper, a half-dozen pencils, and several gold coins, lamenting the fact that the rail link had not

tuviese concluida la línea férrea, me encajoné en un vehículo para recorrer en sentido inverso los puntos en que tiene lugar la célebre comedia de Tirso *Desde Toledo a Madrid.*

Ya instalado en la histórica ciudad, me dediqué a visitar de nuevo los sitios que más me llamaron la atención en mi primer viaje, y algunos otros que aún no conocía sino de nombre.

Así dejé transcurrir, en largos y solitarios paseos entre sus barrios más antiguos, la mayor parte del tiempo de que podía disponer para mi pequeña expedición artística, encontrando un verdadero placer en perderme en aquel confuso laberinto de callejones sin salida, calles estrechas, pasadizos oscuros y cuestas empinadas e impracticables.

Una tarde, la última que por entonces debía permanecer en Toledo, después de una de estas largas excursiones a través de lo desconocido, no sabré decir siquiera por qué calles llegué hasta una plaza grande, desierta, olvidada, al parecer aun de los mismos moradores de la población, y como escondida en uno de sus más apartados rincones.

La basura y los escombros arrojados de tiempo inmemorial en ella se habían identificado, por decirlo así, con el terreno, de tal modo, que éste ofrecía el aspecto quebrado y montuoso de una Suiza en miniatura. En las lomas y los barrancos formados por sus ondulaciones, crecían a su sabor malvas de unas proporciones colosales, cerros de gigantescas ortigas, matas rastreras de campanillas blancas, prados de esa hierba sin nombre, menuda, fina y de un verde oscuro, y meciéndose suavemente al leve soplo del aire, descollando como reyes entre todas las otras plantas parásitas, los poéticos al par que vulgares jaramagos, la verdadera flor de los yermos y las ruinas.

Diseminados por el suelo, medio enterrados unos, casi ocultos por las altas hierbas los otros, veíase allí una infinidad de fragmentos de mil y mil cosas distintas, rotas y arrojadas en diferentes épocas a aquel lugar, donde iban formando capas en las cuales hubiera sido fácil seguir un curso de geología histórica.

Azulejos moriscos esmaltados de colores, trozos de columnas de mármol y de jaspe, pedazos de ladrillos de cien clases diversas, grandes sillares cubiertos de verdín y de musgo, astillas de madera ya casi hechas polvo, restos de antiguos artesonados, jirones de tela, tiras de cuero, y otros cien y cien objetos sin forma ni nombre, eran los que aparecían a primera vista a la superficie, llamando asimismo la atención y deslumbrando los ojos una mirada de chispas de luz derramadas sobre la verdura como un puñado de diamantes arrojados a granel, y que, examinados de cerca, no eran otra cosa que pequeños fragmentos de vidrio, de pucheros, platos y vasijas que, reflejando los

yet been completed, I shut myself up in a coach to retrace in reverse order the scenes of the action of Tirso's famous play *From Toledo to Madrid*.

Installed again in that historic city, I devoted my time to revisiting the places that had most strongly attracted my attention on my first trip, and visiting some others that I still knew only by name.

In that way, in long, lonely strolls amid its oldest neighborhoods, I let go by most of the time at my disposal for my little artistic expedition, finding real pleasure in losing myself in that confused labyrinth of dead-end lanes, narrow streets, dark passageways, and steep slopes, impassable for traffic.

One afternoon, the last I intended to spend in Toledo on that trip, after one of those long excursions into the unknown (I couldn't even say along which streets), I arrived at a large, deserted square, seemingly forgotten even by the local residents, and as if hidden in one of the town's remotest crannies.

The garbage and rubble that had been tossed there from time immemorial had blended in with the terrain, so to speak, to such an extent that the spot had the rugged, mountainous look of a miniature Switzerland. On the hills and gullies formed by its wavy surface, there grew freely mallows of colossal proportions, tall clumps of gigantic nettles, creeping thickets of white bellflowers, meadows of that nameless grass, small, delicate, and of a dark green, and—swaying gently in the light breeze, standing out like kings among all the other parasitic plants—the equally poetic and commonplace hedge mustard, the characteristic flower of wildernesses and ruins.

Scattered on the ground there, some half-buried, others nearly hidden in the tall weeds, could be seen an infinite number of fragments of a thousand, thousand different things, broken and thrown away in different eras on that spot, where they gradually formed strata in which it would have been easy to take a course in geological history.

Moorish tiles of many bright colors, pieces of marble and jasper columns, bits of brick of a hundred different kinds, large ashlars covered with mildew and moss, wood splinters that were now almost dust, remnants of former ceiling coffers, shreds of cloth, strips of leather, and a hundred, hundred other shapeless, nameless objects were those evident on the surface at first glance; equally attention-getting, and dazzling the eyes, was the flashing of sparks of light strewn through the grass like a handful of diamonds tossed there in profusion, and which, examined close up, were only small fragments

rayos del sol, fingían todo un cielo de estrellas microscópicas y deslumbrantes.

Tal era el pavimento de aquella plaza, empedrada a trechos con pequeñas piedrecitas de varios matices formando labores, a trechos cubierta de grandes losas de pizarra, y en su mayor parte, según dejamos dicho, semejante a un jardín de plantas parásitas o a un prado yermo e inculto.

Los edificios que dibujaban su forma irregular, no eran tampoco menos extraños y dignos de estudio.

Por un lado la cerraba una hilera de casucas oscuras y pequeñas, con sus tejados dentellados de chimeneas, veletas y cobertizos, sus guardacantones de mármol sujetos a las esquinas con una anilla de hierro, sus balcones achatados o estrechos, sus ventanillos con tiestos de flores, y su farol rodeado de una red de alambre que defiende los ahumados vidrios de las pedradas de los muchachos.

Otro frente lo constituía un paredón negruzco, lleno de grietas y hendiduras, en donde algunos reptiles asomaban su cabeza de ojos pequeños y brillantes por entre las hojas de musgo; un paredón altísimo, formado de gruesos sillares, sembrado de huecos de puertas y balcones tapiados con piedra y argamasa, y a uno de cuyos extremos se unía, formando ángulo con él, una tapia de ladrillos, desconchada y llena de mechinales, manchada a trechos de tintas rojas, verdes o amarillentas, y coronada de un bardal de heno seco, entre el cual corrían algunos tallos de enredaderas.

Esto no era más, por decirlo así, que los bastidores de la extraña decoración que al penetrar en la plaza se presentó de improviso a mis ojos, cautivando mi ánimo o suspendiéndolo durante algún tiempo, pues el verdadero punto culminante del panorama, el edificio que le daba el tono general, se veía alzarse en el fondo de la plaza, más caprichoso, más original, infinitamente más bello en su artístico desorden que todos los que se levantaban a su alrededor.

—¡He aquí lo que yo deseaba encontrar! —exclamé al verlo; y sentándome en un pedrusco, colocando la cartera sobre mis rodillas y afilando un lápiz de madera, me apercibí a trazar, aunque ligeramente, sus formas irregulares y estrambóticas para conservar por siempre su recuerdo.

Si yo pudiera pegar aquí con obleas el ligerísimo y mal trazado apunte que conservo de aquel sitio, imperfecto y todo como es, me ahorraría un cúmulo de palabras, dando a mis lectores una idea más aproximada de él que todas las descripciones imaginables.

Ya que no puede ser así, trataré de pintarlo del mejor modo posible, a fin de que, leyendo estos renglones, puedan formarse una idea remota, si no de sus infinitos detalles, al menos de la totalidad de su conjunto.

of glass, pots, plates, and pans which, reflecting the sunbeams, imitated a skyful of microscopic, dazzling stars.

Such was the ground cover of that square, which was paved in some places with patterns of little stones of various colors, and in others covered with large slate flagstones, but which chiefly, as we've said, resembled a garden of parasitic plants or a deserted, untended meadow.

The buildings that gave it its uneven shape were no less odd or worthy of study.

On one side it was bounded by a row of small, dark houses with roofs serrated by chimneys, weather vanes, and sheds, their marble corner posts fastened to the corners with an iron ring, their balconies low or narrow, their little windows filled with flowerpots, and their lanterns surrounded by copper netting which protected their smoky glass against stones hurled by boys.

Another side of the square consisted of a blackish building wall, full of cracks and splits, from which a few lizards looked out with small, shiny eyes from among the patches of moss; a very high wall built of thick dressed stones, with a sprinkling of door and balcony openings covered over with stone and mortar; at one end it adjoined, and formed an angle with, a low brick barrier wall, flaking, full of square openings, stained in places by red, green, or yellowish tints, and crowned by a wall topping of dry hay which had several stems of climbing vines running through it.

This was no more, so to speak, than the wings of the odd stage set that was suddenly presented to my view as I entered the square, captivating my mind and occupying it for some time: because the true culminating point of the panorama, the building that gave it its overall tone, could be seen looming at the far end of the square, more capricious, more original, and infinitely more beautiful in its artistic disorder than all the others that rose around it.

"This is what I wanted to find!" I exclaimed when I saw it; and sitting down on a rough stone, placing my sketchbook on my knees, and sharpening a pencil, I got ready to draw, even if only sketchily, its irregular, eccentric forms so I could preserve the memory of it forever.

If I could paste here with wafers the very sketchy and badly done drawing of that site which I still have, even as imperfect as it is, it would save me a heap of words and would give my readers a closer idea of it than all the descriptions imaginable.

But since that's impossible, I'll try to depict it as well as I can, so that, reading these lines, you may form a remote idea, if not of its smallest details, at least of the ensemble as a whole.

Figuraos un palacio árabe, con sus puertas en forma de herradura; sus muros engalanados con largas hileras de arcos que se cruzan cien y cien veces entre sí y corren sobre una franja de azulejos brillantes; aquí se ve el hueco de un ajimez partido en dos por un grupo de esbeltas columnas y encuadrado en un marco de labores menudas y caprichosas; allá se eleva una atalaya con su mirador ligero y airoso, su cubierta de tejas vidriadas, verdes y amarillas, y su aguda flecha de oro que se pierde en el vacío; más lejos se divisa la cúpula que cubre un gabinete pintado de oro y azul, o las altas galerías cerradas con persianas verdes, que al descorrerse dejan ver los jardines con calles de arrayán, bosques de laureles y surtidores altísimos. Todo es original, todo armónico, aunque desordenado; todo deja entrever el lujo y las maravillas de su interior; todo deja adivinar el carácter y las costumbres de sus habitadores.

El opulento árabe que poseía este edificio lo abandona al fin; la acción de los años comienza a desmoronar sus paredes, a deslustrar los colores y a corroer hasta los mármoles. Un monarca castellano escoge entonces para su residencia aquel alcázar que se derrumba, y en este punto rompe un lienzo y abre un arco ojival y lo adorna con una cenefa de escudos, por entre los cuales se enrosca una guirnalda de hojas de cardo y de trébol; en aquél levanta un macizo torreón de sillería con sus saeteras estrechas y sus almenas puntiagudas; en el de más allá construye un ala de habitaciones altas y sombrías, en las cuales se ven por una parte trozos de alicatado reluciente, por otra artesones oscurecidos, o un ajimez solo, o un arco de herradura ligero y puro, que da entrada a un salón gótico, severo e imponente.

Pero llega el día en que el monarca abandona también aquel recinto; cediéndolo a una comunidad de religiosas, y éstas a su vez fabrican de nuevo, añadiéndole otros rasgos a la ya extraña fisonomía del alcázar morisco. Cierran las ventanas con celosías; entre dos arcos árabes colocan el escudo de su religión esculpido en berroqueña; donde antes crecían tamarindos y laureles, plantan cipreses melancólicos y oscuros; y aprovechando unos restos y levantando sobre otros, forman las combinaciones más pintorescas y extravagantes que pueden concebirse.

Sobre la portada de la iglesia, en donde se ven como envueltos en el crepúsculo misterioso en que los bañan las sombras de sus doseles, una andanada de santos ángeles y vírgenes, a cuyos pies se retuercen, entre las hojas de acanto, sierpes, vestiglos y endriagos de piedra, se mira elevarse un minarete esbelto y afiligranado con labores moriscas; junto a las saeteras del murallón cuyas almenas están ya rotas, ponen un retablo, y

Picture an Arabian palace, with its horseshoe-shaped doors; its walls enlivened with long rows of arches that crisscross a hundred, hundred times and run above a band of gleaming tiles; here you see the opening of a tall window divided in two by a group of slender columns and set in a frame of small-scale, capricious designs; over there rises a watchtower with its light, airy balcony, its roof of glazed tiles, green and yellow, and its sharp golden spire that is lost in the void; farther along, you can make out the dome that covers a balcony painted gold and blue, and the lofty galleries closed off with green blinds which, when opened, allow you to see the gardens with avenues of myrtle, clumps of laurel, and extremely high fountain jets. Everything is original, everything is harmonious, though disordered; everything gives a glimpse of the luxury and marvels of the interior; everything lets you guess the character and habits of its residents.

The wealthy Arab who owned this building finally abandons it; the action of the years begins to weaken its walls, to rob its colors of their luster, and to erode even the marble. A Castilian monarch then chooses that decaying palace for his residence; in one spot he breaks through a stretch of wall and opens an ogival arch, adorning it with a frieze of escutcheons amid which coils a garland of thistle leaves and clover; in another spot he raises a massive turret of dressed stone with narrow loopholes and pointed battlements; in the spot beyond that one, he builds a wing of high, somber rooms, in which can be seen on one side bits of glittering glazed tiling and, on another, darkened coffering, or a single mullioned window, or a light, pure horseshoe arch leading into a severe, imposing Gothic hall.

But the day comes when the monarch, too, abandons those precincts, ceding them to a community of nuns, and they in turn build new elements, adding yet other features to the already odd face of the Moorish palace. They close off the windows with lattices; between two Arabian arches they place the escutcheon of their order, carved in granite; where tamarinds and laurels formerly grew, they plant dark, melancholy cypresses; and, keeping some remains and building over others, they create the most picturesque and unusual combinations conceivable.

Over the entrance to the church—where there can be seen, as if enveloped in that mysterious dusk in which the shadows of their canopies bathe them, a procession of holy angels and maidens, at whose feet, amid the acanthus leaves, writhe stone serpents, monsters, and dragons—you can see rising a slender minaret, filigreed with Moorish designs; next to the loopholes of the big wall whose

tapian los grandes huecos con tabiques cuajados de pequeños agujeritos
y semejantes a una tabla de ajedrez; colocan cruces sobre todos los
picos, y fabrican, por último, un campanario de espadaña con sus campanas, que tañen melancólicamente noche y día, llamando a oración,
campanas que voltean al impulso de una mano invisible, campanas
cuyos sonidos lejanos arrancan a veces lágrimas de involuntaria tristeza.

Después pasan los años y bañan con una veladura de un medio
color oscuro todo el edificio, armonizan sus tintas y hacen brotar la
hiedra en sus hendiduras.

Las cigüeñas cuelgan su nido en la veleta de la torre; los vencejos,
en el ala de los tejados; las golondrinas en los doseles de granito, y el
búho y la lechuza escogen para su guarida los altos mechinales, desde
donde en las noches tenebrosas asustan a las viejas crédulas y a los ate-
morizados chiquillos con el resplandor fosfórico de sus ojos redondos
y sus silbos extraños y agudos.

Todas estas revoluciones, todas estas circunstancias especiales, hubieran podido únicamente dar por resultado un edificio tan original,
tan lleno de contraste, de poesía y de recuerdos, como el que aquella
tarde se ofreció a mi vista y hoy he ensayado, aunque en vano, describir con palabras.

Yo lo había trazado en parte en una de las hojas de mi cartera. El
sol doraba apenas las más altas agujas de la ciudad, la brisa del crepúsculo comenzaba a acariciar mi frente, cuando absorto en las ideas que
de improviso me habían asaltado, al contemplar aquellos silenciosos
restos de otras edades, más poéticas que la material en que vivimos y
nos ahogamos en pura prosa, dejé caer de mis manos el lápiz y aban-
doné el dibujo, recostándome en la pared que tenía a mis espaldas y
entregándome por completo a los sueños de la imaginación. ¿Qué
pensaba? No sé si sabré decirlo. Veía claramente sucederse las épocas,
derrumbarse unos muros y levantarse otros. Veía a unos hombres, o
mejor dicho, veía a unas mujeres, dejar lugar a otras mujeres, y las
primeras y las que venían después, convertirse en polvo y volar deshe-
chas, llevando un soplo del viento la hermosura, hermosura que
arrancaba suspiros secretos, que engendró pasiones y fue manantial
de placeres; luego . . . qué sé yo . . . todo confuso, veía muchas cosas
revueltas y tocadores de encaje y de estuco con nubes de aroma y le-
chos de flores; celdas estrechas y sombrías con un reclinatorio y un
crucifijo; al pie del crucifijo un libro abierto, y sobre el libro, una
calavera; salones severos y grandiosos cubiertos de tapices y adornados con trofeos de guerra, y muchas mujeres que cruzaban y volvían
a cruzar ante mis ojos; monjas altas, pálidas y delgadas; odaliscas

battlements are already broken, they place an altarpiece, and they cover up the big openings with partitions full of tiny holes and resembling a chessboard; they place crosses on every pinnacle, and, finally, add a bell gable, whose bells ring in melancholy fashion night and day, calling to prayer, bells that swing at the impetus of an invisible hand, bells whose distant sounds sometimes elicit tears of involuntary sadness.

Afterward, years go by, bathing the whole building in a haze of dark overall tones, harmonizing its tints, and letting ivy sprout in its cracks.

The storks hang their nests from the tower weather vane; the martins build theirs on the roof of the wing; the swallows, in the granite canopies; while the great owl and the screech owl choose for their lair the lofty square openings, from which on dark nights they frighten superstitious old women and timid children with the phosphorescent glow of their round eyes and their strange, high-pitched hooting.

All these revolutions, all these special circumstances, were the only things that could have resulted in so original a building, one so full of contrasts, poetry, and memories, as the one which offered itself to my view that afternoon, and which today I have attempted, though in vain, to describe in words.

I had partially drawn it on one sheet of my sketchbook. The sun was scarcely gilding the loftiest spires of the city, the breeze of dusk was beginning to caress my brow, when, absorbed in the ideas that had suddenly assailed me on contemplating those silent remains of other eras, more poetic than the materialistic one we live in as we suffocate on mere prose, I let the pencil drop from my fingers and abandoned the sketch, leaning against the wall in back of me and surrendering myself completely to the dreams of my imagination. What was I thinking about? I don't know whether I can say. I had a clear vision of the eras changing, some walls tumbling and others rising. I saw a number of human beings—rather, a number of women—making way for other women, and the earlier ones and those who came later turning into dust and flying away in powder, a gust of wind carrying off their beauty, beauty which had elicited secret sighs, had engendered passions, and had been a source of pleasure; then . . . I don't know . . . all in confusion I saw many things in a jumble, boudoirs of lace and stucco with clouds of perfume and beds of flowers; narrow, somber cells with a prie-dieu and a crucifix; at the foot of the crucifix, an open book, and on the book, a skull; austere, grandiose salons, covered with tapestries and adorned with martial trophies, and many women going back and forth in front of my eyes: tall, pale, thin nuns; swarthy oda-

morenas con labios muy encarnados y ojos muy negros; damas de per-
fil puro, de continente altivo y andar majestuoso.

Todas esas cosas veía yo, y muchas más de esas que después de pen-
sadas no pueden recordarse; de éstas tan inmateriales que es imposible encerrar en el círculo estrecho de la palabra, cuando de pronto di
un salto sobre mi asiento, y pasándome la mano por los ojos para con-
vencerme de que no seguía soñando, incorporándome como movido
de un resorte nervioso, fijé la mirada en uno de los altos miradores del
convento. Había visto, no me puede caber duda, la había visto perfectamente, una mano blanquísima que, saliendo por uno de los huecos de aquellos miradores de argamasa, semejantes a tableros de ajedrez, se había agitado varias veces como saludándome con un signo
mudo y cariñoso. Y me saludaba a mí; no era posible que me equivo-
case . . . Estaba solo, completamente solo en la plaza.

En balde esperé la noche, clavado en aquel sitio y sin apartar un
punto los ojos del mirador; inútilmente volví muchas veces a ocupar la
oscura piedra que me sirvió de asiento la tarde en que vi aparecer
aquella mano misteriosa, objeto ya de mis ensueños de la noche y de
mis delirios del día. No la volví a ver más . . .

Y llegó al fin la hora en que debía marcharse de Toledo, dejando
allí, como una carga inútil y ridícula, todas las ilusiones que en su seno
se habían levantado en mi mente. Torné a guardar los papeles en mi
cartera con un suspiro; pero antes de guardarlos escribí otra fecha, la
segunda, la que yo conozco por la fecha de la mano. Al escribirla, miré
un momento la anterior, la de la ventana, y no pude menos de son-
reírme de mi locura.

III

Desde que tuvo lugar la extraña aventura que he referido, hasta que
volví a Toledo, transcurrió cerca de un año, durante el cual no dejó de
presentárseme a la imaginación su recuerdo, al principio a todas horas
y con todos sus detalles; después con menos frecuencia, y, por último,
con tanta vaguedad, que yo mismo llegué a creer algunas veces que
había sido juguete de una ilusión o de un sueño.

No obstante, apenas llegué a la ciudad que con tanta razón llaman
algunos la Roma española, me asaltó nuevamente, y llena de él la
memoria salí preocupado a recorrer las calles, sin camino cierto, sin
intención preconcebida de dirigirme a ningún punto fijo.

El día estaba triste, con esa tristeza que alcanza a todo lo que se oye,
se ve y se siente. El cielo era color de plomo, y a su reflejo melancólico

lisques with very red lips and very dark eyes; ladies with a pure profile, a haughty bearing, and a majestic gait.

I was viewing all those things, and many more of the kind that can't be remembered after they come to your thoughts, things so immaterial that they can't be confined within the narrow circle of words, when suddenly I gave a start on my seat and, running my hand over my eyes to convince myself I wasn't still dreaming, I stood up as if activated by a tense spring and glued my eyes to one of the lofty balconies of the convent. No doubt about it, I had seen, seen quite clearly, a very white hand which, issuing from one of the openings in those mortared balconies that resembled chessboards, had waved several times as if greeting me with a mute, affectionate signal. And it was greeting *me;* I couldn't possibly be mistaken. . . . I was alone, completely alone, in the square.

In vain I awaited the night, fixed to that spot, and never taking my eyes off the balcony for a second; it was in vain that I frequently returned to the dark stone I had sat on on the afternoon when I caught sight of that mysterious hand, which was now the subject of my dreams at night and my deliriums by day. I never saw it again. . . .

And finally the time came when I had to depart from Toledo, leaving behind there, like a pointless, ridiculous burden, all the hopes that had sprung up in my mind within the city's bosom. I put the sheets back in my portfolio with a sigh; but before storing them away, I wrote down another date, the second, which I know as "the date of the hand." When I wrote it down, I glanced for a moment at the earlier one, "the date of the window," and I couldn't help smiling at my folly.

III

From the time that the strange adventure I have reported took place until I returned to Toledo, about a year went by, during which the memory of it never ceased coming to my mind, at first constantly and in full detail, afterward less often and, finally, so vaguely that I myself came to believe at times that I had been the plaything of an illusion or a dream.

All the same, scarcely had I arrived in the city which some people so justifiably call the Rome of Spain when those memories assailed me again and, with my mind full of them, I set out anxiously to roam the streets, with no fixed goal or preconceived intention to reach any definite spot.

The day was gloomy, with that gloom which tinges everything one hears, sees, and feels. The color of the sky was leaden, and in its

los edificios parecían más antiguos, más extraños y más oscuros. El aire gemía a lo largo de las revueltas y angostas calles, trayendo en sus ráfagas, como notas perdidas de una sinfonía misteriosa, ya palabras ininteligibles, clamor de campanas o ecos de golpes profundos y lejanos. La atmósfera húmeda y fría helaba el alma con un soplo glacial.

Anduve durante algunas horas por los barrios más apartados y desiertos, absorto en mil confusas imaginaciones, y contra mi costumbre, con la mirada vaga y perdida en el espacio, sin que lograse llamar mi atención ni un detalle caprichoso de arquitectura, ni un monumento de orden desconocido, ni una obra de arte maravillosa y oculta, ninguna cosa, en fin, de aquellas en cuyo examen minucioso me detenía a cada paso, cuando sólo ocupaban mi mente ideas de arte y recuerdos históricos.

El cielo cerraba cada vez más oscuro; el aire soplaba con más fuerza y más ruido, y había comenzado a caer en gotas menudas una lluvia de nieve deshecha, finísima y penetrante, cuando sin saber por dónde, pues ignoraba aún el camino, y como llevado allí por un impulso al que no podía resistirme, impulso que me arrastraba misteriosamente al punto a que iban mis pensamientos, me encontré en la solitaria plaza que ya conocen mis lectores.

Al encontrarme en aquel lugar salí de la especie de letargo en que me hallaba sumido, como si me hubiesen despertado de un sueño profundo con una violenta sacudida.

Tendí una mirada a mi alrededor. Todo estaba como yo lo dejé. Digo mal, estaba más triste. Ignoro si la oscuridad del cielo, la falta de verdura o el estado de mi espíritu era la causa de esta tristeza; pero la verdad es que desde el sentimiento que experimenté al contemplar aquellos lugares por la vez primera, hasta el que me impresionó entonces, había toda la distancia que existe desde la melancolía a la amargura.

Contemplé por algunos instantes el sombrío convento, en aquella ocasión más sombrío que nunca a mis ojos; y ya me disponía a alejarme, cuando hirió mis oídos el son de una campana, una campana de voz cascada y sorda, que tocaba pausadamente, mientras le acompañaba, formando contraste con ella, una especie de esquiloncillo que comenzó a voltear de pronto con una rapidez y un tañido tan agudo y continuado, que parecía como acometido de un vértigo.

Nada más extraño que aquel edificio, cuya negra silueta se dibujaba sobre el cielo como la de una roca erizada de mil y mil picos caprichosos, hablando con sus lenguas de bronce por medio de las campanas, que parecían agitarse al impulso de seres invisibles, una como

melancholy gleam the buildings looked older, stranger, and darker. The wind was moaning down the tortuous, narrow streets, carrying in its gusts, like lost notes of a mysterious symphony, either unintelligible words, the ringing of church bells, or the echoes of loud, distant blows. The cold, damp air froze one's soul with its glacial blast.

For a few hours I walked through the remotest, most deserted neighborhoods, absorbed in a thousand confused imaginings and, unlike my usual habits, with my gaze vague and lost in space, without having my attention attracted by even one capricious architectural detail, one monument in an unfamiliar style, or one marvelous, obscure work of art; it was attracted by none of those things, in short, which I usually stopped to examine closely every few steps when my mind was occupied solely by thoughts of art and historic memories.

The sky was becoming darker all the time; the wind was blowing harder and more noisily, and a rain of melting snow, very thin and penetrating, had begun to fall in tiny drops, when without knowing where I was going, since I wasn't even conscious of the path I was following, and as if borne there by an impetus I couldn't resist, an impetus that was mysteriously drawing me to the place to which my thoughts were directed, I found myself on the solitary square my readers are already familiar with.

When I found myself on that spot, I awoke from that sort of lethargy I had been plunged into, as if I had been aroused from a deep sleep by a violent shaking.

I glanced around me. Everything was as I had left it. No, I'm wrong, it was gloomier. I don't know whether the darkness of the sky, the lack of vegetation, or the state of my mind was the cause of that gloom; but the truth is that, between the emotion I had felt when I first observed that site and the one which overcame me just then, there was all the distance that lies between melancholy and bitterness.

For a few moments I observed the somber convent, which was then more somber than ever to my eyes; and I was already getting set to leave when my ears were struck with the sound of a church bell, a bell with a cracked, muffled tone, which was ringing deliberately while it was accompanied in a contrasting tone by a sort of small bell that suddenly began to swing so rapidly and with so high-pitched and continuous a peal that it seemed to be a victim of giddiness.

Nothing could be more unusual than that building, whose black silhouette was outlined against the sky like that of a crag bristling with a thousand, thousand capricious pinnacles, as it spoke through the bronze tongues of its bells, bells which seemed to be rung by invisible

llorando con sollozos ahogados, la otra como riendo con carcajadas estridentes, semejantes a la risa de una mujer loca.

A intervalos y confundidas con el atolondrador ruido de las campanas, creía percibir también notas confusas de un órgano y palabras de un cántico religioso y solemne.

Varié de idea, y en vez de alejarme de aquel lugar, llegué a la puerta del templo y pregunté a uno de los haraposos mendigos que había sentados en sus escalones de piedra:

—¿Qué hay aquí?

—Una toma de hábito —me contestó el pobre, interrumpiendo la oración que murmuraba entre dientes, para continuarla después, aunque no sin haber besado antes la moneda de cobre que puse en su mano al dirigirle mi pregunta . . .

Jamás había presenciado esta ceremonia; nunca había visto tampoco el interior de la iglesia del convento. Ambas consideraciones me impulsaron a penetrar en su recinto.

La iglesia era alta y oscura; formaban sus naves dos filas de pilares compuestos de columnas delgadas reunidas en un haz, que descansaban en una base ancha y octógona, y de cuya rica coronación de capiteles partían los arranques de las robustas ojivas. El altar mayor estaba colocado en el fondo, bajo una cúpula de estilo Renacimiento, cuajada de angelones con escudos, grifos, cuyos remates fingían profusas hojarascas, cornisas con molduras y florones dorados, y dibujos caprichosos y elegantes. En torno a las naves se veía una multitud de capillas oscuras, en el fondo de las cuales ardían algunas lámparas, semejantes a estrellas perdidas en el cielo de una noche oscura. Capillas de una arquitectura árabe, gótica o churrigueresca: unas, cerradas con magníficas verjas de hierro; otras, con humildes barandales de madera; éstas, sumidas en las tinieblas, con una antigua tumba de mármol delante del altar; aquéllas, profusamente alumbradas, con una imagen vestida de relumbrones y rodeada de votos de plata y cera con lacitos de cinta de colorines.

Contribuía a dar un carácter más misterioso a toda la iglesia, completamente armónica en su confusión y su desorden artístico con el resto del convento, la fantástica claridad que la iluminaba. De las lámparas de plata y cobre, pendientes de las bóvedas; de las velas de los altares y de las estrechas ojivas y los ajimeces del muro, partían rayos de luz de mil colores diversos: blancos los que penetraban de la calle por algunas pequeñas claraboyas de la cúpula; rojos, los que se desprendían de los cirios de los retablos; verdes, azules y de otros cien matices diferentes, los que se abrían paso a través de los pintados

beings, one bell as if weeping with stifled sobs, and the other as if laughing with strident guffaws, like the laughter of a madwoman.

At intervals, mingled with the deafening noise of the bells, I thought I could also make out confused organ notes and the words of a solemn religious canticle.

I changed my mind, and instead of leaving that place, I went up to the church entrance and asked one of the ragged beggars seated on the stone steps:

"What's going on here?"

"A nun is taking the veil," the pauper replied, interrupting the prayer he had been muttering, only to resume it afterward, though not before he had kissed the copper coin I had placed in his hand when asking my question. . . .

I had never witnessed that ceremony; nor had I ever seen the interior of the convent church. Both considerations impelled me to enter its precincts.

The church was high and dark; its naves were bounded by two rows of pillars made up of thin columns joined into a cluster and resting on a broad octagonal base; from the rich crown of their capitals sprang the sturdy ogival arches. The high altar was situated in the back, beneath a Renaissance-style dome filled with big angels bearing shields, griffins whose limbs ended in abundant leafy scrolls, cornices with gilded moldings and fleurons, and fanciful, elegant designs. Around the naves could be seen a multitude of dark chapels, in the back of which there burned a few lamps resembling stars lost in a dark night sky. Chapels of Arabic, Gothic, or Churrigueresque architecture, some enclosed by magnificent iron grilles, others with humble wooden railings; the latter, plunged into darkness, had an old marble sarcophagus in front of the altar, the former, lavishly illuminated, had an image dressed in gaudy clothes and surrounded by ex-votos of silver or wax with little bows of bright-colored ribbon.

The fantastic glow of the illumination helped give the whole church, which in its confusion and artistic disorder was in perfect harmony with the rest of the convent, a more mysterious character. From the silver and copper lamps hanging from the vaults; from the tapers on the altars, and the narrow ogives, and the mullioned windows in the walls came beams of light of a thousand different colors: white were the beams that came in from the street through a few small clerestories in the dome; red, those emitted by the tapers on the altars; green, blue, and of a hundred other varied colors, those which made their way through the stained-glass panes of the rose windows.

vidrios de las rosetas. Todos estos reflejos, insuficientes a inundar con la bastante claridad aquel sagrado recinto, parecían como que luchaban confundiéndose entre sí en algunos puntos, mientras que otros los hacían destacar con una mancha luminosa y brillante sobre los fondos velados y oscuros de las capillas. A pesar de la fiesta religiosa que allí tenía lugar, los fieles reunidos eran pocos. La ceremonia había comenzado hacía bastante tiempo y estaba a punto de concluir. Los sacerdotes que oficiaban en el altar mayor bajaban en aquel momento las gradas, cubiertas de alfombras, envueltos en una nube de incienso azulado que se mecía lentamente en el aire, para dirigirse al coro, en donde se oía a las religiosas entonar un salmo.

Yo también me encaminé hacia aquel sitio con el objeto de asomarme a las dobles rejas que lo separaban del templo. No sé; me pareció que había de conocer en la cara a la mujer a quien sólo había visto un instante la mano; y abriendo desmesuradamente los ojos y dilatando la pupila, como queriendo prestarla mayor fuerza y lucidez, la clavé en el fondo del coro. Afán inútil; a través de los cruzados hierros, muy poco o nada podía verse. Como unos fantasmas blancos y negros que se movían entre las tinieblas, contra las que luchaba en vano el escaso resplandor de algunos cirios encendidos; una prolongada fila de sitiales altos y puntiagudos, coronados de doseles, bajo los que se adivinaban, veladas por la oscuridad, las confusas formas de las religiosas, vestidas de luengas ropas talares; un crucifijo, alumbrado por cuatro velas, que se destacaba sobre el sombrío fondo del cuadro, como esos puntos de luz que en los lienzos de Rembrandt hacen más palpables las sombras; he aquí cuanto pude distinguir desde el lugar que ocupaba.

Los sacerdotes, cubiertos de sus capas pluviales bordadas de oro, precedidos de unos acólitos que conducían una cruz de plata y dos ciriales, y seguidos de otros que agitaban los incensarios, perfumando el ambiente, atravesando por en medio de los fieles, que besaban sus manos y las orlas de sus vestiduras, llegaron al fin a la reja del coro.

Hasta aquel momento no pude distinguir, entre las otras sombras confusas, cuál era la de la virgen que iba a consagrarse al Señor.

¿No habéis visto nunca en esos últimos instantes del crepúsculo de la noche levantarse de las aguas de un río, del haz de un pantano, de las olas del mar o de la profunda sima de una montaña, un jirón de niebla que flota lentamente en el vacío, y, alternativamente, ya parece una mujer que se mueve y anda y deja volar su traje al andar, ya un velo blanco prendido a la cabellera de alguna silfa invisible, ya un fantasma que se eleva en el aire cubriendo sus huesos amarillos con un

All these gleams, not strong enough to flood those sacred precincts with sufficient light, seemed to be struggling as they merged in some places, while in others they stood out as a bright, luminous patch against the veiled, dark back walls of the chapels. Despite the religious festivity taking place there, very few churchgoers had gathered. The ceremony had been going on for some time and was almost over. The priests officiating at the high altar were just coming down the carpeted steps, enveloped in a cloud of bluish incense that was slowly swaying in the air, and were on their way to the chancel, where the nuns could be heard intoning a psalm.

I, too, headed for that place, intending to look through the double grilles which separated it from the body of the church. I don't know; I felt that I was going to see the face of the woman whose mere hand I had glimpsed for a moment; opening my eyes very wide and dilating my pupils, as if trying to lend them greater strength and lucidity, I glued my eyes to the far end of the chancel. A futile desire; through the crisscrossing bars, very little or nothing could be seen. Some white and black specters moving in the darkness, which the dim glow of a few lighted tapers combated in vain; a long row of tall, pointed stalls, crowned with canopies beneath which one could guess at the confused shapes of the nuns, veiled in darkness, dressed in long, floor-length robes; a crucifix, illuminated by four candles, standing out against the somber background of the picture, like those points of light which make the shadows more palpable in Rembrandt's canvases: that is all I could discern from the place where I was standing.

The priests, covered by their gold-embroidered copes, preceded by some acolytes carrying a silver cross and two processional candlesticks, and followed by others swinging the censers that perfumed the air, walked between the groups of churchgoers, who kissed their hands and the hems of their vestments, and finally reached the grille of the chancel.

Up to that moment I was unable to tell, among the other confused shadows, which one belonged to the maiden who was about to consecrate herself to the Lord.

Have you ever seen, during the last moments of twilight, arising from the waters of a river, from the surface of a swamp, from the waves of the sea, or from a deep mountain chasm, a strip of mist floating slowly in the void and, in alternation, now resembling a woman moving, walking, and letting her gown fly after her as she walks, now resembling a white veil caught up in the hair of some invisible sylph, now a ghost rising in the air and covering its yellow bones with a

sudario, sobre el que se cree ver dibujadas sus formas angulosas? Pues una alucinación de ese género experimenté yo al mirar adelantarse hacia la reja, como desasiéndose del fondo tenebroso del coro, aquella figura blanca, alta y ligerísima.

El rostro no se lo podía ver. Vino a colocarse perfectamente delante de las velas que alumbraban el crucifijo, y su resplandor, formando como un nimbo de luz alrededor de su cabeza, la hacía resaltar por oscuro, bañándola en una dudosa sombra.

Reinó un profundo silencio; todos los ojos se fijaron en ella, y comenzó la última parte de la ceremonia.

La abadesa, murmurando algunas palabras ininteligibles, palabras que a su vez repetían los sacerdotes con voz sorda y profunda, le arrancó de las sienes la corona de flores que las ceñía y la arrojó lejos de sí . . . ¡Pobres flores! Eran las últimas que había de ponerse aquella mujer, hermana de las flores como todas las mujeres.

Después la despojó del velo, y su rubia cabellera se derramó como una cascada de oro sobre sus espaldas y sus hombros, que sólo pudo cubrir un instante, porque en seguida comenzó a percibirse, en mitad del profundo silencio que reinaba entre los fieles, un chirrido metálico y agudo que crispaba los nervios, y la magnífica cabellera se desprendió de la frente que sombreaba, y rodaron por su seno y cayeron al suelo después aquellos rizos que el aire perfumado habría besado tantas veces . . .

La abadesa tornó a murmurar las ininteligibles palabras; los sacerdotes las repitieron, y todo quedó de nuevo en silencio en la iglesia. Sólo de cuando en cuando se oían a lo lejos como unos quejidos largos y temerosos. Era el viento que zumbaba estrellándose en los ángulos de las almenas y los torreones, y estremecía, al pasar, los vidrios de color de las ojivas.

Ella estaba inmóvil, inmóvil y pálida como una Virgen de piedra arrancada del nicho de un claustro gótico.

Y la despojaron de las joyas que le cubrían los brazos y la garganta, y la desnudaron, por último, de su traje nupcial, aquel traje que parecía hecho para que un amante rompiera sus broches con mano trémula de emoción y cariño . . .

El esposo místico aguardaba a la esposa. ¿Dónde? Más allá de la muerte; abriendo sin duda la losa del sepulcro y llamándola a traspasarlo, como traspasa la esposa tímida el umbral del santuario de los amores nupciales, porque ella cayó al suelo desplomada como un cadáver. Las religiosas arrojaron, como si fuese tierra, sobre su cuerpo puñados de flores, entonando una salmodia tristísima; se alzó un mur-

shroud, on which you think you can see its angular forms traced? Well, I experienced a hallucination of that type when I beheld, moving toward the grille, as if detaching itself from the dark background of the chancel, that white, tall, and very lightweight figure.

Her face couldn't be seen. She came to take a stand directly in front of the candles that illuminated the crucifix; and their glow, forming a sort of halo of light around her head, silhouetted her, bathing her in a wavering shadow.

A deep silence reigned; all eyes were fixed on her, and the last part of the ceremony began.

The abbess, murmuring some unintelligible words, words repeated in turn by the priests in deep, muffled tones, tore from the girl's temples the garland of flowers that had wreathed them, and hurled it far away. . . . Poor flowers! They were the last that that woman would ever wear, herself a sister to the flowers, as all women are.

Next, she stripped her of her veil, and her blonde hair tumbled down like a golden cascade onto her back and shoulders, which it was able to cover for only an instant, because one could immediately begin to perceive, amid the deep silence reigning among the churchgoers, a sharp metallic clicking that set one's nerves on edge, and the magnificent head of hair became detached from the brow it had shaded, and there rolled down her breast, and then fell on the floor, those curls which the scented air had so often kissed. . . .

Once again the abbess murmured those unintelligible words; the priests repeated them, and all was again silent in the church. Only occasionally could be heard in the distance what sounded like long, fearful moans. It was the soughing of the wind as it dashed against the angles of the battlements and turrets, shaking, as it passed, the stained-glass panes of the ogival windows.

She remained motionless, motionless and pale as a stone Virgin torn from her niche in a Gothic cloister.

She had now been stripped of the jewels that had covered her arms and throat, and finally she was stripped of her bridal gown, that gown which seemed made to have a bridegroom break open its clasps, his hands trembling with emotion and love. . . .

The mystic Husband awaited his bride. Where? Somewhere beyond death; no doubt lifting the slab from her grave and calling upon her to cross its brink, as the timid bride crosses the threshold of the sanctuary of conjugal love—because she fell to the floor, rigid as a corpse. As if flinging soil, the nuns flung onto her body handfuls of flowers, intoning an extremely sad psalmody; a murmur arose from

mullo de entre la multitud, y los sacerdotes con sus voces profundas y huecas comenzaron el oficio de difuntos, acompañados de esos instrumentos que parece que lloran, aumentando el hondo temor que inspiran de por sí las terribles palabras que pronuncian.

—*De profundis clamavi ad te!* —decían las religiosas desde el fondo del coro con voces plañideras y dolientes.

—*Dies iræ, dies illa!* —le contestaban los sacerdotes con eco atronador y profundo, y en tanto las campanas tañían lentamente tocando a muerto, y de campanada a campanada se oía vibrar el bronce con un zumbido extraño y lúgubre.

Yo estaba conmovido; no, conmovido no, aterrado. Creí presenciar una cosa sobrenatural, sentir como que me arrancaban algo preciso para mi vida, y que a mi alrededor se formaba el vacío; pensaba que acababa de perder algo, como un padre, una madre o una mujer querida, y sentía ese inmenso desconsuelo que deja la muerte por donde pasa, desconsuelo sin nombre, que no se puede pintar, y que sólo pueden concebir los que lo han sentido . . .

Aún estaba clavado en aquel lugar con los ojos extraviados, tembloroso y fuera de mí, cuando la nueva religiosa se incorporó del suelo. La abadesa le vistió el hábito, las monjas tomaron en sus manos velas encendidas y, formando dos largas hileras, la condujeron como en procesión hacia el fondo del coro.

Allí, entre las sombras, vi brillar un rayo de luz: era la puerta claustral que se había abierto. Al poner el pie bajo su dintel, la religiosa se volvió por vez última hacia el altar. El resplandor de todas las luces la iluminó de pronto, y pude verle el rostro. Al mirarlo, tuve que ahogar un grito. Yo conocía a aquella mujer; no la había visto nunca, pero la conocía de haberla contemplado en sueños; era uno de esos seres que adivina el alma o los recuerda acaso de otro mundo mejor, del que, al descender a éste, algunos no pierden del todo la memoria.

Di dos pasos adelante; quise llamarla, quise gritar, no sé, me acometió como un vértigo, pero en aquel instante la puerta claustral se cerró . . . para siempre. Se agitaron las campanillas, los sacerdotes alzaron un *¡Hosanna!*, subieron por el aire nubes de incienso, el órgano arrojó un torrente de atronadora armonía por cien bocas de metal, y las campanas de la torre comenzaron a repicar, volteando con una furia espantosa.

Aquella alegría loca y ruidosa me erizaba los cabellos. Volví los ojos a mi alrededor, buscando a los padres, a la familia, huérfanos de aquella mujer. No encontré a nadie.

the crowd, and in their deep, hollow voices the priests began the office for the dead, accompanied by those instruments which seem to weep, increasing the profound fear which the terrible words they pronounce inspire on their own account.

"De profundis clamavi ad te!" said the nuns from the far end of the chancel in sorrowful, lamenting tones.

"Dies irae, dies illa!" responded the priests in a deep, thunderous echo, while the church bells were slowly tolling as for a funeral, and between the peals the bronze could be heard vibrating with a strange, mournful hum.

I was moved; no, not moved, frightened. I thought I was witnessing a supernatural event, feeling as if something necessary to my life were being torn away, while a void was forming around me; I thought I had just lost someone, like a father, mother, or sweetheart, and I felt that immense grief which death leaves behind wherever it passes, a nameless grief that can't be described, and can only be conceived by those who have felt it. . . .

I was still glued to that spot with staring eyes, trembling and beside myself, when the new nun arose from the floor. The abbess dressed her in her habit, then the nuns picked up lighted candles and, forming two long rows, led her, as if in a procession, to the back of the chancel.

There, in the shadows, I saw a ray of light shine: it was the cloistral door that had opened. When she set foot beneath its lintel, the nun looked back at the altar for the last time. The glow of all those lights suddenly illuminated her, and I was able to see her face. On beholding it, I had to stifle a cry. I knew that woman; I had never seen her, but I knew her from having contemplated her in dreams; she was one of those beings whom the soul divines or perhaps recalls from another, better world, the memory of which some people don't altogether lose when they descend to this one.

I took two steps forward; I wanted to call to her, I wanted to cry out, I don't know, I was overcome by a sort of dizziness, but at that moment the cloistral door shut . . . forever. The handbells were rung, the priests shouted "Hosanna!," clouds of incense rose in the air, the organ poured forth a torrent of deafening harmony through a hundred metal mouths, and the steeple bells began to peal, swinging with frightening fury.

The wild, noisy joy made my hair stand on end. I looked around me, trying to see the parents or family who were bereaved of that woman. I found no one.

—Tal vez era sola en el mundo —dije; y no pude contener una lágrima.

—¡Dios te dé en el claustro la felicidad que no te ha dado en el mundo! —exclamó al mismo tiempo una vieja que estaba a mi lado, y sollozaba y gemía agarrada a la reja.

—¿La conoce usted? —le pregunté.

—¡Pobrecita! Sí, la conocía. Y la he visto nacer y se ha criado en mis brazos.

—¿Y por qué profesa?

—Porque se vio sola en el mundo. Su padre y su madre murieron en el mismo día, del cólera, hace poco más de un año. Al verla huérfana y desvalida, el señor deán le dio el dote para que profesase; y ya veis . . . ¿qué había de hacer?

—¿Y quién era ella?

—Hija del administrador del conde C°°°, al cual serví yo hasta su muerte.

—¿Dónde vivía?

Cuando oí el nombre de la calle, no pude contener una exclamación de sorpresa.

Un hilo de luz, ese hilo de luz que se extiende rápido como la idea y brilla en la oscuridad y la confusión de la muerte, y reúne los puntos más distantes y los relaciona entre sí de un modo maravilloso, ató mis vagos recuerdos, y todo lo comprendí o creí comprenderlo . . .

. . . .

Esta fecha, que no tiene nombre, no la escribí en ninguna parte . . . Digo mal: la llevo escrita en un sitio en que nadie más que yo la puede leer, y de donde no se borrará nunca.

Algunas veces, recordando estos sucesos, hoy mismo al consignarlos aquí, me he preguntado:

—¿Algún día, en esa hora misteriosa del crepúsculo, cuando el suspiro de la brisa de primavera, tibio y cargado de aromas, penetra hasta en el fondo de los más apartados retiros, llevando allí como una ráfaga de recuerdos del mundo, sola, perdida en la penumbra de un claustro gótico, la mano en la mejilla, el codo apoyado en el alféizar de una ojiva, habrá exhalado un suspiro alguna mujer al cruzar su imaginación la memoria de estas fechas?

¡Quién sabe!

¡Oh! Y si ha suspirado, ¿dónde estará ese suspiro?

"Maybe she was alone in the world," I said; and I couldn't hold back a tear.

"May God give you in the cloister the happiness he didn't give you in the world!" an old woman beside me exclaimed at just that moment, sobbing and moaning as she clutched the grille.

"You know her?" I asked.

"Poor thing! Yes, I knew her. I was there when she was born, and she was nurtured in my arms."

"And why is she taking the veil?"

"Because she found herself alone in the world. Her father and her mother died of cholera on the same day, a little over a year ago. On finding her orphaned and unprotected, the dean gave her a dowry with which to take the veil; and now you see. . . . What else could she do?"

"And who was she?"

"The daughter of the business manager of the count of C., whom I served until he died."

"Where did she live?"

When I heard the street number, I was unable to repress an exclamation of surprise.

A thin ray of light, that ray of light which spreads as swiftly as thought, shining in the darkness and confusion of death, joining together the most distant points and miraculously bringing them into relation with one another, tied together my vague memories, and I understood, or thought I understood, everything. . . .

. . . .

This date, which has no name, I did not write down anywhere. . . . No, I'm wrong: it's written in a place where no one but I can read it, and from which it will never be erased.

At times, when I've recalled these events, and even today as I set them down here, I've asked myself:

"On some day, at that mysterious hour of dusk, when the sigh of the spring breeze, warm and laden with fragrance, penetrates the very depths of the remotest retreats, bringing there, as it were, a gust of memories of the world, did some woman, alone, lost in the half-shadow of a Gothic cloister, her hand on her cheek, her elbow resting on the sill of an ogival window, breathe a sigh when the memory of these dates crossed her mind?"

Who can tell?

Oh! And if she did sigh, where can that sigh be?

A CATALOG OF SELECTED
DOVER BOOKS
IN ALL FIELDS OF INTEREST

A CATALOG OF SELECTED DOVER
BOOKS IN ALL FIELDS OF INTEREST

CONCERNING THE SPIRITUAL IN ART, Wassily Kandinsky. Pioneering work by father of abstract art. Thoughts on color theory, nature of art. Analysis of earlier masters. 12 illustrations. 80pp. of text. 5⅜ x 8½. 0-486-23411-8

CELTIC ART: The Methods of Construction, George Bain. Simple geometric techniques for making Celtic interlacements, spirals, Kells-type initials, animals, humans, etc. Over 500 illustrations. 160pp. 9 x 12. (Available in U.S. only.) 0-486-22923-8

AN ATLAS OF ANATOMY FOR ARTISTS, Fritz Schider. Most thorough reference work on art anatomy in the world. Hundreds of illustrations, including selections from works by Vesalius, Leonardo, Goya, Ingres, Michelangelo, others. 593 illustrations. 192pp. 7⅛ x 10¼. 0-486-20241-0

CELTIC HAND STROKE-BY-STROKE (Irish Half-Uncial from "The Book of Kells"): An Arthur Baker Calligraphy Manual, Arthur Baker. Complete guide to creating each letter of the alphabet in distinctive Celtic manner. Covers hand position, strokes, pens, inks, paper, more. Illustrated. 48pp. 8¼ x 11. 0-486-24336-2

EASY ORIGAMI, John Montroll. Charming collection of 32 projects (hat, cup, pelican, piano, swan, many more) specially designed for the novice origami hobbyist. Clearly illustrated easy-to-follow instructions insure that even beginning papercrafters will achieve successful results. 48pp. 8¼ x 11. 0-486-27298-2

BLOOMINGDALE'S ILLUSTRATED 1886 CATALOG: Fashions, Dry Goods and Housewares, Bloomingdale Brothers. Famed merchants' extremely rare catalog depicting about 1,700 products: clothing, housewares, firearms, dry goods, jewelry, more. Invaluable for dating, identifying vintage items. Also, copyright-free graphics for artists, designers. Co-published with Henry Ford Museum & Greenfield Village. 160pp. 8¼ x 11. 0-486-25780-0

THE ART OF WORLDLY WISDOM, Baltasar Gracian. "Think with the few and speak with the many," "Friends are a second existence," and "Be able to forget" are among this 1637 volume's 300 pithy maxims. A perfect source of mental and spiritual refreshment, it can be opened at random and appreciated either in brief or at length. 128pp. 5⅜ x 8½. 0-486-44034-6

JOHNSON'S DICTIONARY: A Modern Selection, Samuel Johnson (E. L. McAdam and George Milne, eds.). This modern version reduces the original 1755 edition's 2,300 pages of definitions and literary examples to a more manageable length, retaining the verbal pleasure and historical curiosity of the original. 480pp. 5¹⁵⁄₁₆ x 8¼. 0-486-44089-3

ADVENTURES OF HUCKLEBERRY FINN, Mark Twain, Illustrated by E. W. Kemble. A work of eternal richness and complexity, a source of ongoing critical debate, and a literary landmark, Twain's 1885 masterpiece about a barefoot boy's journey of self-discovery has enthralled readers around the world. This handsome clothbound reproduction of the first edition features all 174 of the original black-and-white illustrations. 368pp. 5⅜ x 8½. 0-486-44322-1

STICKLEY CRAFTSMAN FURNITURE CATALOGS, Gustav Stickley and L. & J. G. Stickley. Beautiful, functional furniture in two authentic catalogs from 1910. 594 illustrations, including 277 photos, show settles, rockers, armchairs, reclining chairs, bookcases, desks, tables. 183pp. 6½ x 9¼.   0-486-23838-5

AMERICAN LOCOMOTIVES IN HISTORIC PHOTOGRAPHS: 1858 to 1949, Ron Ziel (ed.). A rare collection of 126 meticulously detailed official photographs, called "builder portraits," of American locomotives that majestically chronicle the rise of steam locomotive power in America. Introduction. Detailed captions. xi+ 129pp. 9 x 12.   0-486-27393-8

AMERICA'S LIGHTHOUSES: An Illustrated History, Francis Ross Holland, Jr. Delightfully written, profusely illustrated fact-filled survey of over 200 American light-houses since 1716. History, anecdotes, technological advances, more. 240pp. 8 x 10¾.
                                                                        0-486-25576-X

TOWARDS A NEW ARCHITECTURE, Le Corbusier. Pioneering manifesto by founder of "International School." Technical and aesthetic theories, views of industry, economics, relation of form to function, "mass-production split" and much more. Profusely illustrated. 320pp. 6⅛ x 9¼. (Available in U.S. only.)   0-486-25023-7

HOW THE OTHER HALF LIVES, Jacob Riis. Famous journalistic record, exposing poverty and degradation of New York slums around 1900, by major social reformer. 100 striking and influential photographs. 233pp. 10 x 7⅞.   0-486-22012-5

FRUIT KEY AND TWIG KEY TO TREES AND SHRUBS, William M. Harlow. One of the handiest and most widely used identification aids. Fruit key covers 120 deciduous and evergreen species; twig key 160 deciduous species. Easily used. Over 300 photographs. 126pp. 5⅜ x 8½.   0-486-20511-8

COMMON BIRD SONGS, Dr. Donald J. Borror. Songs of 60 most common U.S. birds: robins, sparrows, cardinals, bluejays, finches, more–arranged in order of increasing complexity. Up to 9 variations of songs of each species.
                                            Cassette and manual 0-486-99911-4

ORCHIDS AS HOUSE PLANTS, Rebecca Tyson Northen. Grow cattleyas and many other kinds of orchids–in a window, in a case, or under artificial light. 63 illustrations. 148pp. 5⅜ x 8½.   0-486-23261-1

MONSTER MAZES, Dave Phillips. Masterful mazes at four levels of difficulty. Avoid deadly perils and evil creatures to find magical treasures. Solutions for all 32 exciting illustrated puzzles. 48pp. 8¼ x 11.   0-486-26005-4

MOZART'S DON GIOVANNI (DOVER OPERA LIBRETTO SERIES), Wolfgang Amadeus Mozart. Introduced and translated by Ellen H. Bleiler. Standard Italian libretto, with complete English translation. Convenient and thoroughly portable–an ideal companion for reading along with a recording or the performance itself. Introduction. List of characters. Plot summary. 121pp. 5¼ x 8½. 0-486-24944-1

FRANK LLOYD WRIGHT'S DANA HOUSE, Donald Hoffmann. Pictorial essay of residential masterpiece with over 160 interior and exterior photos, plans, elevations, sketches and studies. 128pp. 9¼ x 10¾.   0-486-29120-0

THE CLARINET AND CLARINET PLAYING, David Pino. Lively, comprehensive work features suggestions about technique, musicianship, and musical interpretation, as well as guidelines for teaching, making your own reeds, and preparing for public performance. Includes an intriguing look at clarinet history. "A godsend," *The Clarinet*, Journal of the International Clarinet Society. Appendixes. 7 illus. 320pp. 5⅜ x 8½. 0-486-40270-3

HOLLYWOOD GLAMOR PORTRAITS, John Kobal (ed.). 145 photos from 1926-49. Harlow, Gable, Bogart, Bacall; 94 stars in all. Full background on photographers, technical aspects. 160pp. 8⅜ x 11¼. 0-486-23352-9

THE RAVEN AND OTHER FAVORITE POEMS, Edgar Allan Poe. Over 40 of the author's most memorable poems: "The Bells," "Ulalume," "Israfel," "To Helen," "The Conqueror Worm," "Eldorado," "Annabel Lee," many more. Alphabetic lists of titles and first lines. 64pp. 5³⁄₁₆ x 8¼. 0-486-26685-0

PERSONAL MEMOIRS OF U. S. GRANT, Ulysses Simpson Grant. Intelligent, deeply moving firsthand account of Civil War campaigns, considered by many the finest military memoirs ever written. Includes letters, historic photographs, maps and more. 528pp. 6⅛ x 9¼. 0-486-28587-1

ANCIENT EGYPTIAN MATERIALS AND INDUSTRIES, A. Lucas and J. Harris. Fascinating, comprehensive, thoroughly documented text describes this ancient civilization's vast resources and the processes that incorporated them in daily life, including the use of animal products, building materials, cosmetics, perfumes and incense, fibers, glazed ware, glass and its manufacture, materials used in the mummification process, and much more. 544pp. 6⅛ x 9¼. (Available in U.S. only.) 0-486-40446-3

RUSSIAN STORIES/RUSSKIE RASSKAZY: A Dual-Language Book, edited by Gleb Struve. Twelve tales by such masters as Chekhov, Tolstoy, Dostoevsky, Pushkin, others. Excellent word-for-word English translations on facing pages, plus teaching and study aids, Russian/English vocabulary, biographical/critical introductions, more. 416pp. 5⅜ x 8½. 0-486-26244-8

PHILADELPHIA THEN AND NOW: 60 Sites Photographed in the Past and Present, Kenneth Finkel and Susan Oyama. Rare photographs of City Hall, Logan Square, Independence Hall, Betsy Ross House, other landmarks juxtaposed with contemporary views. Captures changing face of historic city. Introduction. Captions. 128pp. 8¼ x 11. 0-486-25790-8

NORTH AMERICAN INDIAN LIFE: Customs and Traditions of 23 Tribes, Elsie Clews Parsons (ed.). 27 fictionalized essays by noted anthropologists examine religion, customs, government, additional facets of life among the Winnebago, Crow, Zuni, Eskimo, other tribes. 480pp. 6⅛ x 9¼. 0-486-27377-6

TECHNICAL MANUAL AND DICTIONARY OF CLASSICAL BALLET, Gail Grant. Defines, explains, comments on steps, movements, poses and concepts. 15-page pictorial section. Basic book for student, viewer. 127pp. 5⅜ x 8½. 0-486-21843-0

THE MALE AND FEMALE FIGURE IN MOTION: 60 Classic Photographic Sequences, Eadweard Muybridge. 60 true-action photographs of men and women walking, running, climbing, bending, turning, etc., reproduced from rare 19th-century masterpiece. vi + 121pp. 9 x 12. 0-486-24745-7

CATALOG OF DOVER BOOKS

ANIMALS: 1,419 Copyright-Free Illustrations of Mammals, Birds, Fish, Insects, etc., Jim Harter (ed.). Clear wood engravings present, in extremely lifelike poses, over 1,000 species of animals. One of the most extensive pictorial sourcebooks of its kind. Captions. Index. 284pp. 9 x 12. 0-486-23766-4

1001 QUESTIONS ANSWERED ABOUT THE SEASHORE, N. J. Berrill and Jacquelyn Berrill. Queries answered about dolphins, sea snails, sponges, starfish, fishes, shore birds, many others. Covers appearance, breeding, growth, feeding, much more. 305pp. 5¼ x 8¼. 0-486-23366-9

ATTRACTING BIRDS TO YOUR YARD, William J. Weber. Easy-to-follow guide offers advice on how to attract the greatest diversity of birds: birdhouses, feeders, water and waterers, much more. 96pp. 5³⁄₁₆ x 8¼. 0-486-28927-3

MEDICINAL AND OTHER USES OF NORTH AMERICAN PLANTS: A Historical Survey with Special Reference to the Eastern Indian Tribes, Charlotte Erichsen-Brown. Chronological historical citations document 500 years of usage of plants, trees, shrubs native to eastern Canada, northeastern U.S. Also complete identifying information. 343 illustrations. 544pp. 6½ x 9¼. 0-486-25951-X

STORYBOOK MAZES, Dave Phillips. 23 stories and mazes on two-page spreads: Wizard of Oz, Treasure Island, Robin Hood, etc. Solutions. 64pp. 8¼ x 11.
0-486-23628-5

AMERICAN NEGRO SONGS: 230 Folk Songs and Spirituals, Religious and Secular, John W. Work. This authoritative study traces the African influences of songs sung and played by black Americans at work, in church, and as entertainment. The author discusses the lyric significance of such songs as "Swing Low, Sweet Chariot," "John Henry," and others and offers the words and music for 230 songs. Bibliography. Index of Song Titles. 272pp. 6½ x 9¼. 0-486-40271-1

MOVIE-STAR PORTRAITS OF THE FORTIES, John Kobal (ed.). 163 glamor, studio photos of 106 stars of the 1940s: Rita Hayworth, Ava Gardner, Marlon Brando, Clark Gable, many more. 176pp. 8⅜ x 11¼. 0-486-23546-7

YEKL and THE IMPORTED BRIDEGROOM AND OTHER STORIES OF YIDDISH NEW YORK, Abraham Cahan. Film Hester Street based on *Yekl* (1896). Novel, other stories among first about Jewish immigrants on N.Y.'s East Side. 240pp. 5⅜ x 8½. 0-486-22427-9

SELECTED POEMS, Walt Whitman. Generous sampling from *Leaves of Grass*. Twenty-four poems include "I Hear America Singing," "Song of the Open Road," "I Sing the Body Electric," "When Lilacs Last in the Dooryard Bloom'd," "O Captain! My Captain!"–all reprinted from an authoritative edition. Lists of titles and first lines. 128pp. 5³⁄₁₆ x 8¼. 0-486-26878-0

SONGS OF EXPERIENCE: Facsimile Reproduction with 26 Plates in Full Color, William Blake. 26 full-color plates from a rare 1826 edition. Includes "The Tyger," "London," "Holy Thursday," and other poems. Printed text of poems. 48pp. 5¼ x 7.
0-486-24636-1

THE BEST TALES OF HOFFMANN, E. T. A. Hoffmann. 10 of Hoffmann's most important stories: "Nutcracker and the King of Mice," "The Golden Flowerpot," etc. 458pp. 5⅜ x 8½. 0-486-21793-0

THE BOOK OF TEA, Kakuzo Okakura. Minor classic of the Orient: entertaining, charming explanation, interpretation of traditional Japanese culture in terms of tea ceremony. 94pp. 5⅜ x 8½. 0-486-20070-1

FRENCH STORIES/CONTES FRANÇAIS: A Dual-Language Book, Wallace Fowlie. Ten stories by French masters, Voltaire to Camus: "Micromegas" by Voltaire; "The Atheist's Mass" by Balzac; "Minuet" by de Maupassant; "The Guest" by Camus, six more. Excellent English translations on facing pages. Also French-English vocabulary list, exercises, more. 352pp. 5⅜ x 8½. 0-486-26443-2

CHICAGO AT THE TURN OF THE CENTURY IN PHOTOGRAPHS: 122 Historic Views from the Collections of the Chicago Historical Society, Larry A. Viskochil. Rare large-format prints offer detailed views of City Hall, State Street, the Loop, Hull House, Union Station, many other landmarks, circa 1904-1913. Introduction. Captions. Maps. 144pp. 9⅜ x 12¼. 0-486-24656-6

OLD BROOKLYN IN EARLY PHOTOGRAPHS, 1865-1929, William Lee Younger. Luna Park, Gravesend race track, construction of Grand Army Plaza, moving of Hotel Brighton, etc. 157 previously unpublished photographs. 165pp. 8⅞ x 11¾.
0-486-23587-4

THE MYTHS OF THE NORTH AMERICAN INDIANS, Lewis Spence. Rich anthology of the myths and legends of the Algonquins, Iroquois, Pawnees and Sioux, prefaced by an extensive historical and ethnological commentary. 36 illustrations. 480pp. 5⅜ x 8½. 0-486-25967-6

AN ENCYCLOPEDIA OF BATTLES: Accounts of Over 1,560 Battles from 1479 B.C. to the Present, David Eggenberger. Essential details of every major battle in recorded history from the first battle of Megiddo in 1479 B.C. to Grenada in 1984. List of Battle Maps. New Appendix covering the years 1967-1984. Index. 99 illustrations. 544pp. 6½ x 9¼. 0-486-24913-1

SAILING ALONE AROUND THE WORLD, Captain Joshua Slocum. First man to sail around the world, alone, in small boat. One of great feats of seamanship told in delightful manner. 67 illustrations. 294pp. 5⅜ x 8½. 0-486-20326-3

ANARCHISM AND OTHER ESSAYS, Emma Goldman. Powerful, penetrating, prophetic essays on direct action, role of minorities, prison reform, puritan hypocrisy, violence, etc. 271pp. 5⅜ x 8½. 0-486-22484-8

MYTHS OF THE HINDUS AND BUDDHISTS, Ananda K. Coomaraswamy and Sister Nivedita. Great stories of the epics; deeds of Krishna, Shiva, taken from puranas, Vedas, folk tales; etc. 32 illustrations. 400pp. 5⅜ x 8½. 0-486-21759-0

MY BONDAGE AND MY FREEDOM, Frederick Douglass. Born a slave, Douglass became outspoken force in antislavery movement. The best of Douglass' autobiographies. Graphic description of slave life. 464pp. 5⅜ x 8½. 0-486-22457-0

FOLLOWING THE EQUATOR: A Journey Around the World, Mark Twain. Fascinating humorous account of 1897 voyage to Hawaii, Australia, India, New Zealand, etc. Ironic, bemused reports on peoples, customs, climate, flora and fauna, politics, much more. 197 illustrations. 720pp. 5⅜ x 8½. 0-486-26113-1

THE PEOPLE CALLED SHAKERS, Edward D. Andrews. Definitive study of Shakers: origins, beliefs, practices, dances, social organization, furniture and crafts, etc. 33 illustrations. 351pp. 5⅜ x 8½. 0-486-21081-2

THE MYTHS OF GREECE AND ROME, H. A. Guerber. A classic of mythology, generously illustrated, long prized for its simple, graphic, accurate retelling of the principal myths of Greece and Rome, and for its commentary on their origins and significance. With 64 illustrations by Michelangelo, Raphael, Titian, Rubens, Canova, Bernini and others. 480pp. 5⅜ x 8½. 0-486-27584-1

PSYCHOLOGY OF MUSIC, Carl E. Seashore. Classic work discusses music as a medium from psychological viewpoint. Clear treatment of physical acoustics, auditory apparatus, sound perception, development of musical skills, nature of musical feeling, host of other topics. 88 figures. 408pp. 5⅜ x 8½. 0-486-21851-1

LIFE IN ANCIENT EGYPT, Adolf Erman. Fullest, most thorough, detailed older account with much not in more recent books, domestic life, religion, magic, medicine, commerce, much more. Many illustrations reproduce tomb paintings, carvings, hieroglyphs, etc. 597pp. 5⅜ x 8½. 0-486-22632-8

SUNDIALS, Their Theory and Construction, Albert Waugh. Far and away the best, most thorough coverage of ideas, mathematics concerned, types, construction, adjusting anywhere. Simple, nontechnical treatment allows even children to build several of these dials. Over 100 illustrations. 230pp. 5⅜ x 8½. 0-486-22947-5

THEORETICAL HYDRODYNAMICS, L. M. Milne-Thomson. Classic exposition of the mathematical theory of fluid motion, applicable to both hydrodynamics and aerodynamics. Over 600 exercises. 768pp. 6⅛ x 9¼. 0-486-68970-0

OLD-TIME VIGNETTES IN FULL COLOR, Carol Belanger Grafton (ed.). Over 390 charming, often sentimental illustrations, selected from archives of Victorian graphics—pretty women posing, children playing, food, flowers, kittens and puppies, smiling cherubs, birds and butterflies, much more. All copyright-free. 48pp. 9¼ x 12¼. 0-486-27269-9

PERSPECTIVE FOR ARTISTS, Rex Vicat Cole. Depth, perspective of sky and sea, shadows, much more, not usually covered. 391 diagrams, 81 reproductions of drawings and paintings. 279pp. 5⅜ x 8½. 0-486-22487-2

DRAWING THE LIVING FIGURE, Joseph Sheppard. Innovative approach to artistic anatomy focuses on specifics of surface anatomy, rather than muscles and bones. Over 170 drawings of live models in front, back and side views, and in widely varying poses. Accompanying diagrams. 177 illustrations. Introduction. Index. 144pp. 8⅜ x11¼. 0-486-26723-7

GOTHIC AND OLD ENGLISH ALPHABETS: 100 Complete Fonts, Dan X. Solo. Add power, elegance to posters, signs, other graphics with 100 stunning copyright-free alphabets: Blackstone, Dolbey, Germania, 97 more—including many lower-case, numerals, punctuation marks. 104pp. 8⅛ x 11. 0-486-24695-7

THE BOOK OF WOOD CARVING, Charles Marshall Sayers. Finest book for beginners discusses fundamentals and offers 34 designs. "Absolutely first rate . . . well thought out and well executed."–E. J. Tangerman. 118pp. 7¾ x 10⅝. 0-486-23654-4

ILLUSTRATED CATALOG OF CIVIL WAR MILITARY GOODS: Union Army Weapons, Insignia, Uniform Accessories, and Other Equipment, Schuyler, Hartley, and Graham. Rare, profusely illustrated 1846 catalog includes Union Army uniform and dress regulations, arms and ammunition, coats, insignia, flags, swords, rifles, etc. 226 illustrations. 160pp. 9 x 12. 0-486-24939-5

WOMEN'S FASHIONS OF THE EARLY 1900s: An Unabridged Republication of "New York Fashions, 1909," National Cloak & Suit Co. Rare catalog of mail-order fashions documents women's and children's clothing styles shortly after the turn of the century. Captions offer full descriptions, prices. Invaluable resource for fashion, costume historians. Approximately 725 illustrations. 128pp. 8⅜ x 11¼.
0-486-27276-1

HOW TO DO BEADWORK, Mary White. Fundamental book on craft from simple projects to five-bead chains and woven works. 106 illustrations. 142pp. 5⅜ x 8.
0-486-20697-1

THE 1912 AND 1915 GUSTAV STICKLEY FURNITURE CATALOGS, Gustav Stickley. With over 200 detailed illustrations and descriptions, these two catalogs are essential reading and reference materials and identification guides for Stickley furniture. Captions cite materials, dimensions and prices. 112pp. 6½ x 9¼. 0-486-26676-1

EARLY AMERICAN LOCOMOTIVES, John H. White, Jr. Finest locomotive engravings from early 19th century: historical (1804–74), main-line (after 1870), special, foreign, etc. 147 plates. 142pp. 11⅜ x 8¼. 0-486-22772-3

LITTLE BOOK OF EARLY AMERICAN CRAFTS AND TRADES, Peter Stockham (ed.). 1807 children's book explains crafts and trades: baker, hatter, cooper, potter, and many others. 23 copperplate illustrations. 140pp. 4⅝ x 6.
0-486-23336-7

VICTORIAN FASHIONS AND COSTUMES FROM HARPER'S BAZAR, 1867–1898, Stella Blum (ed.). Day costumes, evening wear, sports clothes, shoes, hats, other accessories in over 1,000 detailed engravings. 320pp. 9⅜ x 12¼.
0-486-22990-4

THE LONG ISLAND RAIL ROAD IN EARLY PHOTOGRAPHS, Ron Ziel. Over 220 rare photos, informative text document origin (1844) and development of rail service on Long Island. Vintage views of early trains, locomotives, stations, passengers, crews, much more. Captions. 8⅞ x 11¾. 0-486-26301-0

VOYAGE OF THE LIBERDADE, Joshua Slocum. Great 19th-century mariner's thrilling, first-hand account of the wreck of his ship off South America, the 35-foot boat he built from the wreckage, and its remarkable voyage home. 128pp. 5⅜ x 8½.
0-486-40022-0

TEN BOOKS ON ARCHITECTURE, Vitruvius. The most important book ever written on architecture. Early Roman aesthetics, technology, classical orders, site selection, all other aspects. Morgan translation. 331pp. 5⅜ x 8½. 0-486-20645-9

THE HUMAN FIGURE IN MOTION, Eadweard Muybridge. More than 4,500 stopped-action photos, in action series, showing undraped men, women, children jumping, lying down, throwing, sitting, wrestling, carrying, etc. 390pp. 7⅞ x 10⅝.
0-486-20204-6 Clothbd.

TREES OF THE EASTERN AND CENTRAL UNITED STATES AND CANADA, William M. Harlow. Best one-volume guide to 140 trees. Full descriptions, woodlore, range, etc. Over 600 illustrations. Handy size. 288pp. 4½ x 6⅜. 0-486-20395-6

GROWING AND USING HERBS AND SPICES, Milo Miloradovich. Versatile handbook provides all the information needed for cultivation and use of all the herbs and spices available in North America. 4 illustrations. Index. Glossary. 236pp. 5⅜ x 8½.
0-486-25058-X

BIG BOOK OF MAZES AND LABYRINTHS, Walter Shepherd. 50 mazes and labyrinths in all–classical, solid, ripple, and more–in one great volume. Perfect inexpensive puzzler for clever youngsters. Full solutions. 112pp. 8⅛ x 11. 0-486-22951-3

PIANO TUNING, J. Cree Fischer. Clearest, best book for beginner, amateur. Simple repairs, raising dropped notes, tuning by easy method of flattened fifths. No previous skills needed. 4 illustrations. 201pp. 5⅜ x 8½. 0-486-23267-0

HINTS TO SINGERS, Lillian Nordica. Selecting the right teacher, developing confidence, overcoming stage fright, and many other important skills receive thoughtful discussion in this indispensible guide, written by a world-famous diva of four decades' experience. 96pp. 5⅜ x 8½. 0-486-40094-8

THE COMPLETE NONSENSE OF EDWARD LEAR, Edward Lear. All nonsense limericks, zany alphabets, Owl and Pussycat, songs, nonsense botany, etc., illustrated by Lear. Total of 320pp. 5⅜ x 8½. (Available in U.S. only.) 0-486-20167-8

VICTORIAN PARLOUR POETRY: An Annotated Anthology, Michael R. Turner. 117 gems by Longfellow, Tennyson, Browning, many lesser-known poets. "The Village Blacksmith," "Curfew Must Not Ring Tonight," "Only a Baby Small," dozens more, often difficult to find elsewhere. Index of poets, titles, first lines. xxiii + 325pp. 5⅝ x 8¼. 0-486-27044-0

DUBLINERS, James Joyce. Fifteen stories offer vivid, tightly focused observations of the lives of Dublin's poorer classes. At least one, "The Dead," is considered a masterpiece. Reprinted complete and unabridged from standard edition. 160pp. 5³⁄₁₆ x 8¼. 0-486-26870-5

GREAT WEIRD TALES: 14 Stories by Lovecraft, Blackwood, Machen and Others, S. T. Joshi (ed.). 14 spellbinding tales, including "The Sin Eater," by Fiona McLeod, "The Eye Above the Mantel," by Frank Belknap Long, as well as renowned works by R. H. Barlow, Lord Dunsany, Arthur Machen, W. C. Morrow and eight other masters of the genre. 256pp. 5⅜ x 8½. (Available in U.S. only.) 0-486-40436-6

THE BOOK OF THE SACRED MAGIC OF ABRAMELIN THE MAGE, translated by S. MacGregor Mathers. Medieval manuscript of ceremonial magic. Basic document in Aleister Crowley, Golden Dawn groups. 268pp. 5⅜ x 8½. 0-486-23211-5

THE BATTLES THAT CHANGED HISTORY, Fletcher Pratt. Eminent historian profiles 16 crucial conflicts, ancient to modern, that changed the course of civilization. 352pp. 5⅜ x 8½. 0-486-41129-X

NEW RUSSIAN-ENGLISH AND ENGLISH-RUSSIAN DICTIONARY, M. A. O'Brien. This is a remarkably handy Russian dictionary, containing a surprising amount of information, including over 70,000 entries. 366pp. 4½ x 6⅛. 0-486-20208-9

NEW YORK IN THE FORTIES, Andreas Feininger. 162 brilliant photographs by the well-known photographer, formerly with *Life* magazine. Commuters, shoppers, Times Square at night, much else from city at its peak. Captions by John von Hartz. 181pp. 9¼ x 10¾. 0-486-23585-8

INDIAN SIGN LANGUAGE, William Tomkins. Over 525 signs developed by Sioux and other tribes. Written instructions and diagrams. Also 290 pictographs. 111pp. 6⅛ x 9¼. 0-486-22029-X

ANATOMY: A Complete Guide for Artists, Joseph Sheppard. A master of figure drawing shows artists how to render human anatomy convincingly. Over 460 illustrations. 224pp. 8⅜ x 11¼. 0-486-27279-6

MEDIEVAL CALLIGRAPHY: Its History and Technique, Marc Drogin. Spirited history, comprehensive instruction manual covers 13 styles (ca. 4th century through 15th). Excellent photographs; directions for duplicating medieval techniques with modern tools. 224pp. 8⅜ x 11¼. 0-486-26142-5

DRIED FLOWERS: How to Prepare Them, Sarah Whitlock and Martha Rankin. Complete instructions on how to use silica gel, meal and borax, perlite aggregate, sand and borax, glycerine and water to create attractive permanent flower arrangements. 12 illustrations. 32pp. 5⅜ x 8½. 0-486-21802-3

EASY-TO-MAKE BIRD FEEDERS FOR WOODWORKERS, Scott D. Campbell. Detailed, simple-to-use guide for designing, constructing, caring for and using feeders. Text, illustrations for 12 classic and contemporary designs. 96pp. 5⅜ x 8½. 0-486-25847-5

THE COMPLETE BOOK OF BIRDHOUSE CONSTRUCTION FOR WOODWORKERS, Scott D. Campbell. Detailed instructions, illustrations, tables. Also data on bird habitat and instinct patterns. Bibliography. 3 tables. 63 illustrations in 15 figures. 48pp. 5¼ x 8½. 0-486-24407-5

SCOTTISH WONDER TALES FROM MYTH AND LEGEND, Donald A. Mackenzie. 16 lively tales tell of giants rumbling down mountainsides, of a magic wand that turns stone pillars into warriors, of gods and goddesses, evil hags, powerful forces and more. 240pp. 5⅜ x 8½. 0-486-29677-6

THE HISTORY OF UNDERCLOTHES, C. Willett Cunnington and Phyllis Cunnington. Fascinating, well-documented survey covering six centuries of English undergarments, enhanced with over 100 illustrations: 12th-century laced-up bodice, footed long drawers (1795), 19th-century bustles, 19th-century corsets for men, Victorian "bust improvers," much more. 272pp. 5⅝ x 8¼. 0-486-27124-2

ARTS AND CRAFTS FURNITURE: The Complete Brooks Catalog of 1912, Brooks Manufacturing Co. Photos and detailed descriptions of more than 150 now very collectible furniture designs from the Arts and Crafts movement depict davenports, settees, buffets, desks, tables, chairs, bedsteads, dressers and more, all built of solid, quarter-sawed oak. Invaluable for students and enthusiasts of antiques, Americana and the decorative arts. 80pp. 6½ x 9¼. 0-486-27471-3

WILBUR AND ORVILLE: A Biography of the Wright Brothers, Fred Howard. Definitive, crisply written study tells the full story of the brothers' lives and work. A vividly written biography, unparalleled in scope and color, that also captures the spirit of an extraordinary era. 560pp. 6⅛ x 9¼. 0-486-40297-5

THE ARTS OF THE SAILOR: Knotting, Splicing and Ropework, Hervey Garrett Smith. Indispensable shipboard reference covers tools, basic knots and useful hitches; handsewing and canvas work, more. Over 100 illustrations. Delightful reading for sea lovers. 256pp. 5⅜ x 8½. 0-486-26440-8

FRANK LLOYD WRIGHT'S FALLINGWATER: The House and Its History, Second, Revised Edition, Donald Hoffmann. A total revision–both in text and illustrations–of the standard document on Fallingwater, the boldest, most personal architectural statement of Wright's mature years, updated with valuable new material from the recently opened Frank Lloyd Wright Archives. "Fascinating"–*The New York Times*. 116 illustrations. 128pp. 9¼ x 10¾. 0-486-27430-6

PHOTOGRAPHIC SKETCHBOOK OF THE CIVIL WAR, Alexander Gardner. 100 photos taken on field during the Civil War. Famous shots of Manassas Harper's Ferry, Lincoln, Richmond, slave pens, etc. 244pp. 10⅞ x 8¼. 0-486-22731-6

FIVE ACRES AND INDEPENDENCE, Maurice G. Kains. Great back-to-the-land classic explains basics of self-sufficient farming. The one book to get. 95 illustrations. 397pp. 5⅜ x 8½. 0-486-20974-1

A MODERN HERBAL, Margaret Grieve. Much the fullest, most exact, most useful compilation of herbal material. Gigantic alphabetical encyclopedia, from aconite to zedoary, gives botanical information, medical properties, folklore, economic uses, much else. Indispensable to serious reader. 161 illustrations. 888pp. 6½ x 9¼. 2-vol. set. (Available in U.S. only.)   Vol. I: 0-486-22798-7   Vol. II: 0-486-22799-5

HIDDEN TREASURE MAZE BOOK, Dave Phillips. Solve 34 challenging mazes accompanied by heroic tales of adventure. Evil dragons, people-eating plants, blood-thirsty giants, many more dangerous adversaries lurk at every twist and turn. 34 mazes, stories, solutions. 48pp. 8¼ x 11.   0-486-24566-7

LETTERS OF W. A. MOZART, Wolfgang A. Mozart. Remarkable letters show bawdy wit, humor, imagination, musical insights, contemporary musical world; includes some letters from Leopold Mozart. 276pp. 5⅜ x 8½.   0-486-22859-2

BASIC PRINCIPLES OF CLASSICAL BALLET, Agrippina Vaganova. Great Russian theoretician, teacher explains methods for teaching classical ballet. 118 illustrations. 175pp. 5⅜ x 8½.   0-486-22036-2

THE JUMPING FROG, Mark Twain. Revenge edition. The original story of The Celebrated Jumping Frog of Calaveras County, a hapless French translation, and Twain's hilarious "retranslation" from the French. 12 illustrations. 66pp. 5⅜ x 8½.
0-486-22686-7

BEST REMEMBERED POEMS, Martin Gardner (ed.). The 126 poems in this superb collection of 19th- and 20th-century British and American verse range from Shelley's "To a Skylark" to the impassioned "Renascence" of Edna St. Vincent Millay and to Edward Lear's whimsical "The Owl and the Pussycat." 224pp. 5⅜ x 8½.
0-486-27165-X

COMPLETE SONNETS, William Shakespeare. Over 150 exquisite poems deal with love, friendship, the tyranny of time, beauty's evanescence, death and other themes in language of remarkable power, precision and beauty. Glossary of archaic terms. 80pp. 5³⁄₁₆ x 8¼.   0-486-26686-9

HISTORIC HOMES OF THE AMERICAN PRESIDENTS, Second, Revised Edition, Irvin Haas. A traveler's guide to American Presidential homes, most open to the public, depicting and describing homes occupied by every American President from George Washington to George Bush. With visiting hours, admission charges, travel routes. 175 photographs. Index. 160pp. 8¼ x 11.   0-486-26751-2

THE WIT AND HUMOR OF OSCAR WILDE, Alvin Redman (ed.). More than 1,000 ripostes, paradoxes, wisecracks: Work is the curse of the drinking classes; I can resist everything except temptation; etc. 258pp. 5⅜ x 8½.   0-486-20602-5

SHAKESPEARE LEXICON AND QUOTATION DICTIONARY, Alexander Schmidt. Full definitions, locations, shades of meaning in every word in plays and poems. More than 50,000 exact quotations. 1,485pp. 6½ x 9¼. 2-vol. set.
Vol. 1: 0-486-22726-X   Vol. 2: 0-486-22727-8

SELECTED POEMS, Emily Dickinson. Over 100 best-known, best-loved poems by one of America's foremost poets, reprinted from authoritative early editions. No comparable edition at this price. Index of first lines. 64pp. 5³⁄₁₆ x 8¼. 0-486-26466-1

THE INSIDIOUS DR. FU-MANCHU, Sax Rohmer. The first of the popular mystery series introduces a pair of English detectives to their archnemesis, the diabolical Dr. Fu-Manchu. Flavorful atmosphere, fast-paced action, and colorful characters enliven this classic of the genre. 208pp. 5³⁄₁₆ x 8¼.   0-486-29898-1

THE MALLEUS MALEFICARUM OF KRAMER AND SPRENGER, translated by Montague Summers. Full text of most important witchhunter's "bible," used by both Catholics and Protestants. 278pp. 6⅝ x 10. 0-486-22802-9

SPANISH STORIES/CUENTOS ESPAÑOLES: A Dual-Language Book, Angel Flores (ed.). Unique format offers 13 great stories in Spanish by Cervantes, Borges, others. Faithful English translations on facing pages. 352pp. 5⅜ x 8½. 0-486-25399-6

GARDEN CITY, LONG ISLAND, IN EARLY PHOTOGRAPHS, 1869–1919, Mildred H. Smith. Handsome treasury of 118 vintage pictures, accompanied by carefully researched captions, document the Garden City Hotel fire (1899), the Vanderbilt Cup Race (1908), the first airmail flight departing from the Nassau Boulevard Aerodrome (1911), and much more. 96pp. 8⅞ x 11¾. 0-486-40669-5

OLD QUEENS, N.Y., IN EARLY PHOTOGRAPHS, Vincent F. Seyfried and William Asadorian. Over 160 rare photographs of Maspeth, Jamaica, Jackson Heights, and other areas. Vintage views of DeWitt Clinton mansion, 1939 World's Fair and more. Captions. 192pp. 8⅞ x 11. 0-486-26358-4

CAPTURED BY THE INDIANS: 15 Firsthand Accounts, 1750-1870, Frederick Drimmer. Astounding true historical accounts of grisly torture, bloody conflicts, relentless pursuits, miraculous escapes and more, by people who lived to tell the tale. 384pp. 5⅜ x 8½. 0-486-24901-8

THE WORLD'S GREAT SPEECHES (Fourth Enlarged Edition), Lewis Copeland, Lawrence W. Lamm, and Stephen J. McKenna. Nearly 300 speeches provide public speakers with a wealth of updated quotes and inspiration–from Pericles' funeral oration and William Jennings Bryan's "Cross of Gold Speech" to Malcolm X's powerful words on the Black Revolution and Earl of Spenser's tribute to his sister, Diana, Princess of Wales. 944pp. 5⅜ x 8⅜. 0-486-40903-1

THE BOOK OF THE SWORD, Sir Richard F. Burton. Great Victorian scholar/adventurer's eloquent, erudite history of the "queen of weapons"–from prehistory to early Roman Empire. Evolution and development of early swords, variations (sabre, broadsword, cutlass, scimitar, etc.), much more. 336pp. 6⅛ x 9¼. 0-486-25434-8

AUTOBIOGRAPHY: The Story of My Experiments with Truth, Mohandas K. Gandhi. Boyhood, legal studies, purification, the growth of the Satyagraha (nonviolent protest) movement. Critical, inspiring work of the man responsible for the freedom of India. 480pp. 5⅜ x 8½. (Available in U.S. only.) 0-486-24593-4

CELTIC MYTHS AND LEGENDS, T. W. Rolleston. Masterful retelling of Irish and Welsh stories and tales. Cuchulain, King Arthur, Deirdre, the Grail, many more. First paperback edition. 58 full-page illustrations. 512pp. 5⅜ x 8½. 0-486-26507-2

THE PRINCIPLES OF PSYCHOLOGY, William James. Famous long course complete, unabridged. Stream of thought, time perception, memory, experimental methods; great work decades ahead of its time. 94 figures. 1,391pp. 5⅜ x 8½. 2-vol. set. Vol. I: 0-486-20381-6 Vol. II: 0-486-20382-4

THE WORLD AS WILL AND REPRESENTATION, Arthur Schopenhauer. Definitive English translation of Schopenhauer's life work, correcting more than 1,000 errors, omissions in earlier translations. Translated by E. F. J. Payne. Total of 1,269pp. 5⅜ x 8½. 2-vol. set. Vol. 1: 0-486-21761-2 Vol. 2: 0-486-21762-0

MAGIC AND MYSTERY IN TIBET, Madame Alexandra David-Neel. Experiences among lamas, magicians, sages, sorcerers, Bonpa wizards. A true psychic discovery. 32 illustrations. 321pp. 5⅜ x 8½. (Available in U.S. only.) 0-486-22682-4

THE EGYPTIAN BOOK OF THE DEAD, E. A. Wallis Budge. Complete reproduction of Ani's papyrus, finest ever found. Full hieroglyphic text, interlinear transliteration, word-for-word translation, smooth translation. 533pp. 6½ x 9¼. 0-486-21866-X

HISTORIC COSTUME IN PICTURES, Braun & Schneider. Over 1,450 costumed figures in clearly detailed engravings–from dawn of civilization to end of 19th century. Captions. Many folk costumes. 256pp. 8⅜ x 11¾. 0-486-23150-X

MATHEMATICS FOR THE NONMATHEMATICIAN, Morris Kline. Detailed, college-level treatment of mathematics in cultural and historical context, with numerous exercises. Recommended Reading Lists. Tables. Numerous figures. 641pp. 5⅜ x 8½. 0-486-24823-2

PROBABILISTIC METHODS IN THE THEORY OF STRUCTURES, Isaac Elishakoff. Well-written introduction covers the elements of the theory of probability from two or more random variables, the reliability of such multivariable structures, the theory of random function, Monte Carlo methods of treating problems incapable of exact solution, and more. Examples. 502pp. 5⅜ x 8½. 0-486-40691-1

THE RIME OF THE ANCIENT MARINER, Gustave Doré, S. T. Coleridge. Doré's finest work; 34 plates capture moods, subtleties of poem. Flawless full-size reproductions printed on facing pages with authoritative text of poem. "Beautiful. Simply beautiful."–*Publisher's Weekly.* 77pp. 9¼ x 12. 0-486-22305-1

SCULPTURE: Principles and Practice, Louis Slobodkin. Step-by-step approach to clay, plaster, metals, stone; classical and modern. 253 drawings, photos. 255pp. 8⅛ x 11. 0-486-22960-2

THE INFLUENCE OF SEA POWER UPON HISTORY, 1660–1783, A. T. Mahan. Influential classic of naval history and tactics still used as text in war colleges. First paperback edition. 4 maps. 24 battle plans. 640pp. 5⅜ x 8½. 0-486-25509-3

THE STORY OF THE TITANIC AS TOLD BY ITS SURVIVORS, Jack Winocour (ed.). What it was really like. Panic, despair, shocking inefficiency, and a little heroism. More thrilling than any fictional account. 26 illustrations. 320pp. 5⅜ x 8½. 0-486-20610-6

ONE TWO THREE . . . INFINITY: Facts and Speculations of Science, George Gamow. Great physicist's fascinating, readable overview of contemporary science: number theory, relativity, fourth dimension, entropy, genes, atomic structure, much more. 128 illustrations. Index. 352pp. 5⅜ x 8½. 0-486-25664-2

DALÍ ON MODERN ART: The Cuckolds of Antiquated Modern Art, Salvador Dalí. Influential painter skewers modern art and its practitioners. Outrageous evaluations of Picasso, Cézanne, Turner, more. 15 renderings of paintings discussed. 44 calligraphic decorations by Dalí. 96pp. 5⅜ x 8½. (Available in U.S. only.) 0-486-29220-7

ANTIQUE PLAYING CARDS: A Pictorial History, Henry René D'Allemagne. Over 900 elaborate, decorative images from rare playing cards (14th–20th centuries): Bacchus, death, dancing dogs, hunting scenes, royal coats of arms, players cheating, much more. 96pp. 9¼ x 12¼. 0-486-29265-7

MAKING FURNITURE MASTERPIECES: 30 Projects with Measured Drawings, Franklin H. Gottshall. Step-by-step instructions, illustrations for constructing handsome, useful pieces, among them a Sheraton desk, Chippendale chair, Spanish desk, Queen Anne table and a William and Mary dressing mirror. 224pp. 8⅛ x 11¼.
0-486-29338-6

NORTH AMERICAN INDIAN DESIGNS FOR ARTISTS AND CRAFTSPEOPLE, Eva Wilson. Over 360 authentic copyright-free designs adapted from Navajo blankets, Hopi pottery, Sioux buffalo hides, more. Geometrics, symbolic figures, plant and animal motifs, etc. 128pp. 8⅜ x 11. (Not for sale in the United Kingdom.)   0-486-25341-4

THE FOSSIL BOOK: A Record of Prehistoric Life, Patricia V. Rich et al. Profusely illustrated definitive guide covers everything from single-celled organisms and dinosaurs to birds and mammals and the interplay between climate and man. Over 1,500 illustrations. 760pp. 7½ x 10⅛.   0-486-29371-8

VICTORIAN ARCHITECTURAL DETAILS: Designs for Over 700 Stairs, Mantels, Doors, Windows, Cornices, Porches, and Other Decorative Elements, A. J. Bicknell & Company. Everything from dormer windows and piazzas to balconies and gable ornaments. Also includes elevations and floor plans for handsome, private residences and commercial structures. 80pp. 9⅜ x 12¼.   0-486-44015-X

WESTERN ISLAMIC ARCHITECTURE: A Concise Introduction, John D. Hoag. Profusely illustrated critical appraisal compares and contrasts Islamic mosques and palaces–from Spain and Egypt to other areas in the Middle East. 139 illustrations. 128pp. 6 x 9.   0-486-43760-4

CHINESE ARCHITECTURE: A Pictorial History, Liang Ssu-ch'eng. More than 240 rare photographs and drawings depict temples, pagodas, tombs, bridges, and imperial palaces comprising much of China's architectural heritage. 152 halftones, 94 diagrams. 232pp. 10¾ x 9⅞.   0-486-43999-2

THE RENAISSANCE: Studies in Art and Poetry, Walter Pater. One of the most talked-about books of the 19th century, *The Renaissance* combines scholarship and philosophy in an innovative work of cultural criticism that examines the achievements of Botticelli, Leonardo, Michelangelo, and other artists. "The holy writ of beauty."–Oscar Wilde. 160pp. 5⅜ x 8½.   0-486-44025-7

A TREATISE ON PAINTING, Leonardo da Vinci. The great Renaissance artist's practical advice on drawing and painting techniques covers anatomy, perspective, composition, light and shadow, and color. A classic of art instruction, it features 48 drawings by Nicholas Poussin and Leon Battista Alberti. 192pp. 5⅜ x 8½.
0-486-44155-5

THE MIND OF LEONARDO DA VINCI, Edward McCurdy. More than just a biography, this classic study by a distinguished historian draws upon Leonardo's extensive writings to offer numerous demonstrations of the Renaissance master's achievements, not only in sculpture and painting, but also in music, engineering, and even experimental aviation. 384pp. 5⅜ x 8½.   0-486-44142-3

WASHINGTON IRVING'S RIP VAN WINKLE, Illustrated by Arthur Rackham. Lovely prints that established artist as a leading illustrator of the time and forever etched into the popular imagination a classic of Catskill lore. 51 full-color plates. 80pp. 8⅜ x 11.   0-486-44242-X

HENSCHE ON PAINTING, John W. Robichaux. Basic painting philosophy and methodology of a great teacher, as expounded in his famous classes and workshops on Cape Cod. 7 illustrations in color on covers. 80pp. 5⅜ x 8½.   0-486-43728-0

LIGHT AND SHADE: A Classic Approach to Three-Dimensional Drawing, Mrs. Mary P. Merrifield. Handy reference clearly demonstrates principles of light and shade by revealing effects of common daylight, sunshine, and candle or artificial light on geometrical solids. 13 plates. 64pp. 5⅜ x 8½. 0-486-44143-1

ASTROLOGY AND ASTRONOMY: A Pictorial Archive of Signs and Symbols, Ernst and Johanna Lehner. Treasure trove of stories, lore, and myth, accompanied by more than 300 rare illustrations of planets, the Milky Way, signs of the zodiac, comets, meteors, and other astronomical phenomena. 192pp. 8⅜ x 11. 0-486-43981-X

JEWELRY MAKING: Techniques for Metal, Tim McCreight. Easy-to-follow instructions and carefully executed illustrations describe tools and techniques, use of gems and enamels, wire inlay, casting, and other topics. 72 line illustrations and diagrams. 176pp. 8¼ x 10⅞. 0-486-44043-5

MAKING BIRDHOUSES: Easy and Advanced Projects, Gladstone Califf. Easy-to-follow instructions include diagrams for everything from a one-room house for bluebirds to a forty-two-room structure for purple martins. 56 plates; 4 figures. 80pp. 8¾ x 6⅜. 0-486-44183-0

LITTLE BOOK OF LOG CABINS: How to Build and Furnish Them, William S. Wicks. Handy how-to manual, with instructions and illustrations for building cabins in the Adirondack style, fireplaces, stairways, furniture, beamed ceilings, and more. 102 line drawings. 96pp. 8¾ x 6⅜. 0-486-44259-4

THE SEASONS OF AMERICA PAST, Eric Sloane. From "sugaring time" and strawberry picking to Indian summer and fall harvest, a whole year's activities described in charming prose and enhanced with 79 of the author's own illustrations. 160pp. 8¼ x 11. 0-486-44220-9

THE METROPOLIS OF TOMORROW, Hugh Ferriss. Generous, prophetic vision of the metropolis of the future, as perceived in 1929. Powerful illustrations of towering structures, wide avenues, and rooftop parks–all features in many of today's modern cities. 59 illustrations. 144pp. 8¼ x 11. 0-486-43727-2

THE PATH TO ROME, Hilaire Belloc. This 1902 memoir abounds in lively vignettes from a vanished time, recounting a pilgrimage on foot across the Alps and Apennines in order to "see all Europe which the Christian Faith has saved." 77 of the author's original line drawings complement his sparkling prose. 272pp. 5⅜ x 8½. 0-486-44001-X

THE HISTORY OF RASSELAS: Prince of Abissinia, Samuel Johnson. Distinguished English writer attacks eighteenth-century optimism and man's unrealistic estimates of what life has to offer. 112pp. 5⅜ x 8½. 0-486-44094-X

A VOYAGE TO ARCTURUS, David Lindsay. A brilliant flight of pure fancy, where wild creatures crowd the fantastic landscape and demented torturers dominate victims with their bizarre mental powers. 272pp. 5⅜ x 8½. 0-486-44198-9

Paperbound unless otherwise indicated. Available at your book dealer, online at **www.doverpublications.com**, or by writing to Dept. GI, Dover Publications, Inc., 31 East 2nd Street, Mineola, NY 11501. For current price information or for free catalogs (please indicate field of interest), write to Dover Publications or log on to **www.doverpublications.com** and see every Dover book in print. Dover publishes more than 500 books each year on science, elementary and advanced mathematics, biology, music, art, literary history, social sciences, and other areas.